海州吉景

蒯天 —— 著

作家出版社

图书在版编目（CIP）数据

海州吉杲 / 蒯天著 . -- 北京：作家出版社，2025.
9. -- ISBN 978-7-5212-3522-7

Ⅰ. I247.5

中国国家版本馆 CIP 数据核字第 2025B5Q490 号

海州吉杲

作　　者：蒯　天
责任编辑：杨兵兵
封面题字：孙晓云
插　　图：熊庆平
装帧设计：奇文雲海 CHIVAL design
出版发行：作家出版社有限公司
社　　址：北京农展馆南里 10 号　　　邮　　编：100125
电话传真：86-10-65067186（发行中心）
　　　　　86-10-65004079（总编室）
E-mail:zuojia @ zuojia.net.cn
http://www.zuojiachubanshe.com
印　　刷：唐山嘉德印刷有限公司
成品尺寸：152×230
字　　数：368 千
印　　张：27.5
版　　次：2025 年 9 月第 1 版
印　　次：2025 年 9 月第 1 次印刷
ISBN 978-7-5212-3522-7
定　　价：68.00 元

序：历史烟尘中的精神亮色

陈 彦

　　这个叫吉杲的海州人，是我此前完全不熟悉的一位民间传奇人物。而连云港籍作家蒯天，采用长篇小说的形式，以独到的审美感知力，将吉杲这个人物形象及其传奇故事和盘托出，使一位几乎被时间淹没的历史人物的传奇经历和光彩，再次光大于世，的确具有特别的价值意义。

　　《海州吉杲》是一部描绘晚清维新变法时期激烈的社会动荡中人物波诡云谲的命运变化的作品，反映的是戊戌变法失败之后的社会现实。变法参与者——江苏海州籍青年举人吉杲，虽被迫逃亡，却心怀天下，始终保持着为民请命的热情。本书着重截取的是吉杲回乡途中虽遭遇重重围捕迫害，仍以非凡的智谋与勇毅，与王公贵族、海州州官和社会恶霸进行的殊死抗争。为"扳倒"昏聩残暴的知州，他不惜在自己已获平安之后，仍以戴罪之身重返京城，与贪婪颟顸的十六王爷斗智斗勇，最终成功戏弄并打击了邪恶势力的嚣张气焰。此后，他在海州州同、学正任上，关心民瘼，为民造福，成为一位寄寓着晚清时期劳苦民众精神意愿的"吉青天"。

　　据说吉杲在历史上确有其人，而且作为海州机智传奇人物，已列入江苏省连云港市第一批市级非物质文化遗产代表性项目。传说中的吉杲诙谐幽默，极富正义感，是有口皆碑的东方朔式人物。作家蒯天既从丰富的民间历史传奇故事中提取素材，又从源远流长的古代经典作品中汲取养分，体现出对中华优秀传统文化传承与创新的自觉。这也是中国文学与世界文学自古以来普遍采用的一种方式。通过对民间流传的历史故事的不断重述，使诸多历史人物与传奇故事，保持着常说常新的生命力。无论《西游记》《水浒传》《三国演义》这些小说经典，还是《窦娥冤》《牡丹亭》《白蛇传》这些戏曲经典，都是反复提取、改编、创造过往的范例。世界文学经典荷马史诗、莎士比亚戏剧，核心故事也都来自历史与传说。从文化基因的活性延续看，这些传说与故事本质上是集体记忆的载体，往往凝结着特定族群的文化和精神密码。在不同的时代结合现实语境予以重新创作，即能赋予新的意义，形成更具感染力的时代人物与故事。在世界文坛有着广泛影响的拉美魔幻现实主义更是因对民间传说充满魔幻色彩的吸收与改造，以及由此生发的对人的丰富心理维度的挖掘与哲学隐喻，从而实现了民间故事的现代性重构与精神突破。

需要指出的是，这样一种创作方法也不可随意滥用。毫无节制的改编、"重述"可能会伤及一个国家和民族文化传统的原汁原味，甚至会动摇根脉。如何让传统故事与人物焕发时代新意，需要作家的想象力、创造力，更需要在尊重传统、尊重原作精神基础上的现代审美与价值转换能力，蒯天在这方面无疑是有所突破的。初读蒯天的小说，也许会觉得过于平实，但只要静心品读下去，文字表象之下的波涛便会阵阵袭来，带你遐思神游，悲欣交集，且欲罢不能。他擅长以鲜活的人物群像作为承载题旨的坚实载体，善于洞悉细节与隐喻之于作品生命力的精微要义，从而让文本呈现出丰富的意义、坚强的灵魂与深沉的表情。他笔下精心雕琢的细节，因其高度写实、意涵丰饶而显得格外"精准"，其中暗藏的寓意更是承载着解读纷繁人世的复杂密码。

读完《海州吉呆》，我更深信蒯天是一位内敛中不乏学识智慧的作家。他能够精准地捕捉到时代浪潮在不同阶层人群心灵深处投下的斑斓光影，他的笔触宛如棱镜，将整个社会肌理与人生况味背后复杂的时代氛围层层折射，并由此熔铸出个性鲜明的艺术风格。这种善察时代心绪并将其升华为独特艺术表达的能力，在我看来，正是每一位写作者最值得激赏的核心禀赋。

郑重推荐《海州吉朵》。

2025 年 7 月 25 日

目录

第一章　遭遇兵丁

1

斗转星移，时日如飞。

每一个年头，三百六十五个日夜的流逝，在庞大到不可思议的宇宙中，相对于自然的运转变化，实在是蚁行龟步，微渺得不值一提，简直谈不上运动或变化。然而，对于人类社会来说，尤其是对于中国这样一个正处于江山鼎革、社会剧变、革命维新与反动守旧势力你死我活大搏斗之际的国度来说，每一年都是一列风驰电掣的高速列车，每一天都充斥着令人目不暇接的斗争。正是在这样的大背景下，1898年的华夏大地，维新变法和当局血腥镇压的殊死搏斗惊天动地，正可谓风雨大作、黑云压城而星星之火依然遍地燎原，即便是相对偏远的海州一隅，也同样上演着一幕有声有色的反抗活剧。

这幕壮剧的序幕，从吉杲由京师返乡海州的路途上开启。

时已入秋，本该天清气爽，偏偏一大早就起了大雾。盘山官道上，团团雾气扑面而来，浓重之处，几乎是咫尺之外就看不见人影。一老一少两个男人牵着一头毛驴，不得不放缓了跋涉的脚步，小心翼翼却坚定地在弯来转去的狭窄山道上前行着。

临近晌午，雾气渐渐淡去，天空却越发阴沉起来，迎面吹来的山风卷起一地的黄叶，凉飕飕的，两个男人觉得自己像被困在一口铁皮棺材里，心头焦躁却又奈何不得。

山里不像平原，这一段路处处是大山夹道，虽然也一样的远山抹黛、近树叶落，却很少人烟，饭店就更难得一见了。二人好不容易看见一家竹木搭起的简易小饭铺，紧挨在路边峭壁下的一块凹场上，面对着官路对面峭壁下的一条哗哗喧响的山涧，景致倒不错。他们加快脚步赶过去，想着可以歇息一下，吃口热食填填肚子，却不料饭铺里一个人影也没有。

一老一少相互对视一眼，苦笑着摇摇头，继续起程赶路。

长者年约五旬，是年少者的父亲，名叫吉银山，是海州乡里土生土长的村民。此时的他肩背行囊，蓬头垢面，穿一身破衫烂鞋，牵着一头瘦骨嶙峋、东倒西歪的毛驴，蹒跚而行。

始终紧随在他身后，肩负包裹、一身蓝衫短打、裹着绑腿健步疾行的年轻人是吉昊。二十岁不到的英俊少年，手中提着根一人多高的白蜡棍，虽然也面露倦容，但气质和神情却与乃父浑然不同。他身量要比父亲高出一个头，俊秀的方圆脸上毫无青涩之气，两道浓眉如蚕，一双凤眼炯炯如炬，尤其是观察动静或看人时，飞转流盼，透着英气逼人的神采。一看就是个胸有丘壑、心怀大志的不凡之人。

只见吉昊紧走几步站定在牵驴的吉银山前面，伸手拦住吉银山，说道："爹，你够累的啦，现在又连口饭也吃不上，你还是骑上驴走一段吧。"

吉银山却直摇头，看看驴道："我的个儿哟，你看看这头驴，瘦得一阵风就能把它刮跑了，怎么能驮动一个人？"

吉昊焦急起来："可是照这样磨蹭下去，我们几时才能回到海州老家？"

吉银山仍然拒绝。他疼爱地抚摸着毛驴枯干的鬃毛说："从京

城到这里，它也驮了我一两千里啦，眼看就到海州地界了，还能把它累死吗？再说了，如果我骑上去把它压趴倒了，我们俩还得抬着它走。还是咬咬牙走吧，畜生也是一条命啊。"

那毛驴仿佛是听懂了吉银山的话，竟点头打了一声响鼻，眼眶里也泛出了泪花。吉杲见状，也不忍心了，默默地点了点头。

父子俩继续赶路。

沉默地走了一段路后，吉银山问："我们在路上走了多少天啦？"

吉杲略一思索说："半个多月啦。"

吉银山好奇地问吉杲："当时我要是不到京城找你，你会到哪里去？"

吉杲不禁长叹一声说："说不定我会跟康有为一道逃往日本去了。爹啊，你也是的，我都这么大人了，难道还不知道怎样躲灾避祸？你何必跑这么远的路去找我呀？"

吉银山疼爱地打量着吉杲明显瘦削的脸庞，说道："你才多大的人？那年你和韦先生同去京城会试时，才十七岁啊！我就你这么一个儿，若你有个好歹，吉家的老坟就续不上香火了，我活在世上还有什么意思？你可知道，我听到北京城里杀人的消息，吓得魂都快没了。"

吉杲无所畏惧道："那有什么可怕的？那天在菜市口杀谭嗣同、林旭、杨锐、杨深秀、刘光第、康广仁时，我还去为他们高歌送行呢。兵丁围得里三层外三层，狼喊虎叫地要抓我，我还不是照样逃掉了。"

吉银山情不自禁地牢牢抓住吉杲的手说："我就是听到这个消息后，才连天带夜赶路去京城找你的，看你还像没事人一样，家里的亲邻现在还不知急成什么样子呢？"

吉银山虽然不过一介村夫，怜子之情却不逊于任何父亲。他听闻儿子面临险境，虽然也相信儿子的能力，明白儿子参与的是利国利民的正义之事，却不能不为儿子的性命担忧。所以他听到消息，片刻没有停留，没日没夜地疾奔京城。千打听万探询，总算是把儿子找到，一定要让儿子跟他回家来。现在虽然儿子和他逃离京城，但还不能算脱险，回家的路遥远艰辛不说，单就儿子被朝廷通缉的要犯身份，前面还不知隐藏着多少危机！他决心拼了这把老骨头，也要把儿子安全领回海州。

2

转过一道大弯，眼前突兀出现一座高大的寨子。四面圩沟，沟中水满，团团环绕。那寨门前吊桥高高悬起，有许多庄丁把守着。桥头竖着的石碑上，刻着"金家寨"三个大字。

一阵马蹄嘚嘚响过，一名武官骑着高头大马，挎着腰刀，右手高扬马鞭，耀武扬威地冲向寨门。一队兵丁呼喝着飞步紧随着他。

此人是海州府衙派来的哨官武光宗。他骑马到金家寨吊桥旁，勒马停步。后面的兵丁呼啸而至，列队站在武光宗马后。

武光宗神气活现地用鞭梢指向守吊桥的庄丁喊道："谁在那里守寨门？快去禀报金老太爷，就说哨官武光宗有要事面见老太爷。"

有个庄丁打眼罩细看一眼，哼了一声："哟，我的乖儿哟，我当是谁呢，这不是武秃子吗？你啥时混个鸟花帽子戴了，我都认不出来了。"

武光宗怒吼起来："少废话，侯麻子，我有公务在身，没闲工夫和你在这里胡扯！"

侯麻子不买账："嗬！你好大语气！一个哨官算个什么鸟东西，也不过带百十个兵，有能耐弄个千总、把总、游击什么的干干，也值得抖抖威风！你今个来是不是又想找老太爷混顿饭吃？"

侯麻子说归说，做归做，还是手扯吊桥绳拉起吊桥，嘴里却不住地嘲讽："咦哟，说你脸白，你就三天不洗脸了！想当年我俩在一块杀狗卖狗肉汤时，你弄得灰头土脸，走到哪个村，哪个村的狗都围住你叫，我跟在你屁股后头抢棍赶狗，那时，你咋不要威风？"

武光宗听侯麻子揭自己短，更是气得欲把侯麻子一口吞了，他指着侯麻子："老子今天前来见金老太爷，是共商缉拿要犯吉呆的大计，你要是误了事，看我不斩了你！"

侯麻子听武光宗这么说，更不服气，丢下手中的吊桥绳说："武秃子，我侯麻子不是被人吓大的，既然你有要事禀报金老太爷，发什么鸟火！你等着，我这就去禀报金老太爷。武秃子，你再有面子，也不能坏了金老太爷的规矩吧。"说着侯麻子慢吞吞向金家寨里走去了。

3

金家寨中间有一座深宅大院。门楼高大，两只石狮子把门。门房边立着拴马桩、拴马石。黑漆大门紧闭，铜质的虎头门环锃亮。宅院深深，多达五进，青砖灰瓦，粉壁花格。后进正厅内的八仙桌旁，有张盘龙太师椅，此时正端坐着一位白须红面的老者，蓝衫外套，酱色马褂，长辫子盘在脖上，辫梢从右边搭至胸前。他戴着花镜，手捧线装本《资治通鉴》，也不知是真看还是装样子，俨然一副学问高深的模样。

这人正是寨主金盖天。在他背后，一个丫鬟轻轻为他捶肩，面容凄楚。另一丫鬟手托木漆茶盘，上有青花瓷盖碗茶一杯，侍立一旁。

金盖天哼了一声，把书合起，放于胸前，微抬右手，指向端茶的丫鬟道："下去吧。"

丫鬟遇赦般赶紧低头离去。

金盖天微眯双眼，口中念念有词一番，随后摇头叹息起来：

"看来，天下真要大乱了。"

这时，侯麻子突然进门来，倒头叩拜道："太爷，武光宗带了百十个兵丁，说有要事相告，正在寨门外等候。"

金盖天不解地问："武光宗？哪个武光宗？"

侯麻子忙解释说："就是过去在寨子里杀狗卖狗肉汤的武秃子。他杀狗时，我经常帮他扯狗腿剥狗。他后来跑到海州城，听他自己说混了个什么鸟哨官，今天居然人模狗样地跑到我们寨了。"

金盖天满脸不屑，说道："你就说是武秃子回来了不就行了吗，何必绕这么大的弯子？你看你看，这都成什么世道了，连个杀狗的都披上了官皮子，天下还不大乱了？！我不见，叫他滚吧！"

侯麻子忙说："他说是前来抓差办案的，要缉拿一个叫吉杲的要犯，非见你不可。"

金盖天愤愤地说道："你没问清他在州里哪个老爷家混饭吃吗？"

侯麻子为难地望了望金盖天，摸摸后脑勺："这倒忘了。要不，我再回头问问他？"

金盖天哼了一声道："州里有头有脸的官有好几个，你也问不明白。就叫他进寨吧，我来问问他。"

4

此时，金家寨寨门吊桥旁正乱成一锅粥，四五十条狗聚拢在圩内吊桥旁，齐齐仰头、窜扑，朝着武光宗和他带的兵丁，狂吠乱叫，叫声刺耳震脑。

武光宗恼怒地挥动手中马鞭，面向群狗骂道："滚！都给我滚开！惹恼了老子，统统给你们来个白刀子进去红刀子出来，过过我的杀狗瘾！"

武光宗越挥马鞭赶狗，狗越狂吠不止，而且还更紧地围拢了狂叫。

幸好，侯麻子这时从寨中出来，边走边喊着："金老太爷有请，我马上就放吊桥。"算是帮武光宗解除了危机。

武光宗把马交给一小头目牵着，迈着刚学来的歪三扭四的所谓官步，胆怯地向吊桥边挪了几步，说道："侯麻子，你先把那些狗给我打跑，然后再放吊桥。"

侯麻子见武光宗被狗吓得狼狈样，龇牙嘿嘿乐了："现在我也不称呼你什么哨官了，就叫你——武哥，对了，武哥，你杀了十几年的狗，难道还怕狗吗？"

侯麻子边说边解开系吊桥的绳子："不要紧的，你手下这么多护兵，大胆地走过来吧。"

武光宗只好硬着头皮，壮胆走过吊桥："侯麻子，咋这么长时间才回来？老太爷怎么说？"

不料群狗趁机而上，团团围住武光宗，张口就咬。武光宗哀号开来："快打狗，快打狗！妈呀，咬着我啦！"

侯麻子一边赶狗一边朝兵丁喊："你们这些傻鸟，愣站着干什么？还不快帮着打狗？要是你们的老爷被狗撕吃了，有你们的好果子吃吗？"

兵丁各执长矛，你戳他捣，你喝他喊，费了好大的劲，才把群狗赶开，但那些狗却不离去，远远地站着，面向武光宗怒目而视。庄丁和几个兵丁围到武光宗身旁察看。侯麻子幸灾乐祸地说："武哥，你过去杀狗太多，如今虽说做了官，浑身上下还有狗腥气，所以那些狗专咬你。咬伤了没有？能不能走路？"

武光宗身上已经被狗咬得伤痕累累，疼得龇牙咧嘴："我的妈哟，疼死我了！"说着试了几次，都站不起来，"我疼得两腿抽筋，站不起来了，还怎能走路？"

庄丁弯下腰，伸手扯起武光宗的裤腿："哟，乖乖儿呀，两条腿被狗咬烂了，四五个血窟窿，看来是不能走路了。"

侯麻子忙朝一兵丁说："快去扶着武哨官走吧。"

武光宗摇摇头："扶着也走不动。"

"那就架着你走。"侯麻子假惺惺地说，"你个笨蛋，腿烂成这样还怎么能挪步？扶着架着都不行，快来几个力气大的把你们武哨官抬着走。"

兵丁中出来几个人，抬起嘴里哼哼不止的武光宗进了金家寨，慢慢向寨中走去。而咬他的那群狗，仍远远尾随着，狂吠不止。

5

傍晚时分天晴了，火烧云染红了半边天，夕阳渐渐向地平线滑落，天色很快暗下来了。枯树上落满暮鸦，零星的狗吠声远远传过来，通向寨堡的小路上也不见了人影。吉银山、吉呆父子俩牵着毛驴，慢慢下了官道，折向一条小路。

吉银山远远看见了威严的金家寨堡楼，不安地望着吉呆说："儿呀，我说寻个小村住下，你偏要选这个大寨子。有大寨必有大财主，守寨甚严，我们能进得去吗？"

吉呆摇头道："不是我偏要选大寨子，而是这周围没有小村庄，天快黑了，只能选这儿，难道还要在荒野露宿吗？"

吉银山忙问："要是守寨的人不让进寨呢？"

吉呆说："那也不见得。况且，这世道上，也不能以钱论善恶。有钱的人未必全恶，无钱的人未必全善。车到山前必有路，等到寨子再说吧。"

吉银山环顾四周，好像除了金家寨确实没有人家，无奈之下，只得随着吉呆向寨门走去。

金家寨，金家宅院大门口，兵丁们分左右两队，守在大门两旁。

武光宗骑的那匹高头大马，也拴在拴马石上。

金家客厅里面，金盖天端坐在盘龙太师椅上。在他的对面，武光宗屁股底下的普通木椅则发出嘎吱嘎吱的声响。

金盖天面向武光宗，嘲讽地笑着："真想不到，一个杀狗的居然在海州城混个官当——大概时间也不会太长吧，要不然，浑身的狗腥气怎么还没被酒肉脂粉味冲洗干净呢，进寨子就被狗咬了。"说着，金盖天还半真半假地朝站立一旁的庄丁瞟一眼："去，快给我查一查是哪家的狗咬的，一定严惩不贷！"

庄丁为难地摇头："回禀老太爷，全寨一百多户，喂有一百多条狗，在现场齐窜乱跳，狂叫不止，我怎认得清是谁家的狗呢？老太爷，实在不好查。"

武光宗知道这是老太爷戏弄自己，讪讪地咧嘴吸溜几下，忍住疼痛说："算了算了，日后再说吧。我还有大事要向老太爷禀告呢。"

金盖天嘿嘿一笑："既然光宗宽宏大量，权且罢了。"回头朝站着的庄丁说，"快去拿点酒来给武老爷擦擦伤口，再弄几张膏药给他贴上。"

金盖天又转向武光宗，假装关切地问："你是从海州衙门里来的？替谁带兵？"

武光宗显得很是吃惊："怎么，老太爷还不知道？我是在你家大公子金耀祖老爷手下当差。他当了知州，没告诉你？"

金盖天不以为然地说："他在五年前就捐了个知州衔，一直没补上缺，我都把此事给忘了，还以为他仍在海州开当铺呢，现今确实不知他补了缺。"

武光宗谄笑道："自从光绪二十一年公车上书地方上闹维新，海州一带也越来越不太平了。老佛爷一怒，维新派被杀的被杀，逃的逃，连带头上书的康有为都跑到日本去了。皇上为了维护地方安宁，就来个急缺急补，所以金老爷很快就补上了知州。行文一到，马上坐堂，捉拿严惩维新派。"

"咦？没想到在学堂窗外偷听先生教书认了几个字的杀狗人，

一入官场就能说会道了！我问你，皇上才发的几十道'明定国是'诏书，难道如今都成废纸了？"金盖天问道。

武光宗忙回："废纸不废纸，咱也弄不清，听说还是老佛爷说了算。"

金盖天沉吟半晌，说："那你这次带兵前来有何贵干？我也看过康有为的'万言书'呢，是不是来抓我？"说完似笑非笑地看着武光宗。

"看老太爷说到哪里去了，我一则前来给老太爷道个喜，二则是和老太爷共商捉拿要犯的事。"

"还道个什么喜！我儿他这乱世的官并不好当啊，州里现在有什么案子？又捉拿什么要犯？"

"金老爷正审结一个大案，明天午时三刻就要把案犯斩首。"

"什么案犯？是土匪头子还是海盗首领？"

"说起这个案犯你可能认识，他非匪非盗，是个办学的先生，叫韦良清，家住锦屏山韦家村，是个举人。"

金盖天拍了一下案几："噢，我想起来了。光绪二十一年京城会试，他不是也去了吗？会试未中返回乡里，怎会成了要犯，反倒弄得人头落地的下场？"

"活该！"武光宗哼了一声说，"他就是在北京会试时结识了维新派惹下的祸。他不但和众举子一起上书，又参加了康有为、梁启超等人组织的强学会，后来受强学会的指令，来海州也办个什么强学分会，还当了海州的学正，鼓吹维新。如今老佛爷一怒，要在全国捉拿维新派头子正法，你想想他韦良清的头还能长住吗？"

金盖天听明白了，点头称是："如此看来，他的头是长不住了。那么，你这次前来又捉拿哪一个？"

"就是离海州锦屏山不远的吉家村的吉杲。"

"我没听说过这个人，他又犯了什么案子？"

"这个人也是不得了呢。他也是举人老爷，是个十六岁就中举的神童，为人也有一套，远近都闻名。而且他还是将要问斩的韦良清的学生。"

金盖天疑惑地眯起眼睛："那一个小孩子家能犯什么法，也值得这样兴师动众地逮他？"

武光宗一个劲地摇头："老太爷，你可别小看了这个孩子，他是和韦良清一道去北京会试的。听说他和那些闹维新的走得最近。这次杀那谭嗣同等六个人时，他还去闹过法场，还高歌为同党送行，所以京城要缉拿他。估计他会逃回老家，这里又是他返回海州的必经之路，所以金老爷让我带兵来此把守，盘查过往行人，务必将吉杲缉拿归案。"

"原来如此。"金盖天手捋胡须，眯眼沉思了一会儿说，"这小子倒真是个人物！既然他如此聪明，就不一定非走这条返乡的路不可。大海捞针，到哪里去捉他？"

"所以，金老爷让小的前来请教老太爷，商量如何撒下天罗地网，将这小子拿住。"

"哼，现在办案子，空嘴说说话，想拿住就拿住了？"

"这事小的清楚。临来前，金老爷叫师爷写了百十张缉拿告示，在这一带广泛张贴。有拿住吉杲的，赏银一千两。"

"告示贴了没有？"

"这不，进了寨子就被狗咬伤了腿，还没来得及去贴。"

"那这公事千万不能误了，快传话叫手下去贴。"

武光宗应了一声，刚摇摇晃晃想站起，忽听咔嚓一声响，椅子腿断了，武光宗扑通摔在地上，哎呀一声惨叫："疼死我了，我的腿怕是不行了。"

正好庄丁一手捧酒壶，一手拿膏药进来了："来了，我这就给老爷治疗狗伤。"

武光宗吼起来："什么狗伤？"

"哦不，看我这嘴，是给老爷治被狗咬的伤。"

6

官道上，三匹快马正在奔驰。马上坐着三个兵丁，抖缰磕镫，紧催不停。

一个兵丁扭头问："这里离海州还有多远？"

另一个兵丁抹了一把汗说："我也说不准，大约还有五六十里吧。"

"那好，估计那个吉呆现在也不可能到达海州，我们放慢些速度歇歇马，边走边寻查，若无踪影，再催马赶往海州城。"

"我的肚子早饿了，前面不远处有个寨子，我们是不是到那里弄点吃的？从驿站换的这几匹马也该喂些草料了。"

"好！"

三个兵丁决定顺着前面的小路下官道，拐向金家寨去。

夜幕笼罩下的田间小道，从一方池塘边绕过。一株歪干枯柳，枝丫伸向池塘。池塘左边，是一片坟茔、大小不等的墓碑，被干枯的荒草遮去半截。吉银山、吉呆父子俩牵着毛驴走在去金家寨的小道上。

吉银山问吉呆："离寨子越来越近了，不知我们今夜能否找到歇脚的地方？"

吉呆很有把握地说："这么大的寨子哪能找不到住处？有寨子就有人，有人就有房子，天无绝人之路，难道寨子里有人还能绝人的路吗？走吧。"

吉银山突然叫起来："慢着。你看，从金家寨里走出了一队手拿火把的人，一、二、三……有十六个火把呢，至少有十六个人。他们黑夜打着火把出来干什么？"

吉呆肯定地道："很明显，不是寻找什么东西，就是寨子里住了兵丁出来巡查。我们赶紧躲一躲。"

"不对，我听见咱们后面不远处还有马的嘶鸣声，会不会是京城里派兵丁追来缉拿我们？"吉银山猜测道。

"有可能。"

"如果从金家寨里出来的是兵丁，后面追来的也是兵丁，那我们就死定了。"吉银山显得十分恐惧。

吉呆冷静地笑了笑："爹，你怎么净说不吉利的话。兵丁是人，我们也是人，都是活活的人，就那么容易让他们逮住？"说着，他向前后左右看了看，"这样吧，你牵着驴走你的路，他们要逮你，你就让他们逮好了。"

吉银山气愤地朝吉呆叫起来："你算个什么儿子，白白念了一肚子书，你这不是把老子往老虎嘴里送吗？"

吉呆听吉银山责备自己，忙解释道："哪儿的话呀！我要你这么做，为的是救你呀。不但救你，也是救我自己。你想呀，不论是寨子里出来的兵丁还是后面的追兵，他们要逮的人就只有我。再说，兵丁们也不认识你，你只要壮着胆子牵驴走路，保准没事。"

"他们要问我是干什么的呢？"

"你就说出门做生意被土匪把货抢去了，又迷了路，也别说出真名实姓，就混过去了。"

吉银山觉得吉呆的话有道理，连忙点了点头："这倒是个办法。可是，就算我走脱了，那孩子你怎么办呢？"

"你把兵丁吸引走，我不就好藏起来了吗？"

"那我们怎么再聚到一块呢？"

吉呆挥挥手道："还聚什么，你就直接回老家去，我躲过了兵丁再设法回家——老爹放心，保准没事。"

吉银山望着远处不断移动的火光，还在犹豫："我不是怕你有什么闪失嘛，往返几千里路把你找回来，若在家门口再出事，我心里能好受吗？"

身后没有回应，他忙扭头，吉杲已然不见了。四下里黑漆漆的。他又不敢喊，只好流泪牵驴往前走去。

7

粗大的歪脖子柳树静立在池塘边。吉银山将驴拴在树上，走到池塘边摸索着用手捧水喝。从寨中出来的十六个手举火把的兵丁，偏偏也来到柳树下停驻。一个兵丁手端糨糊盆，盆中放把刷子。另一兵丁腋下挟着一卷纸。一群人观看着柳树。

"这里好，过往行人多。"一个兵丁说着，便往柳树上刷糨糊。另一个兵丁将腋下夹的告示展开，揭出一张贴上树："贴好了。"

其他兵丁道："贴好了就给我们念念，至今我们还不知上面写的什么东西呢。"

拿告示的兵丁抓抓脑袋说："我又不认得字，哪个认得哪个来念。"

一个认字的兵丁从人群中走出来，正欲念，被驴遮住了："这是谁的驴，怎么跑到这里来了？快牵走。"

吉银山慌忙从池塘边站起，快步去牵驴："是我的，是我的。"

兵丁呵斥道："你怎么把驴乱放？你可知我们正在贴告示？"

吉银山灵机一动，说："是不是贴抓盗贼的告示？我买的货物全被盗贼抢去了。"

"你添什么乱子！我们贴的告示是捕拿从京城来的逃犯的，快把你的驴牵过去，我要念告示了。"

吉银山点头应道："好好好，我这就牵，你快念，我也听听。"边说边把驴牵走，离得远远的。

兵丁开始念道："告示。皇帝诏曰：维新乱党吉杲，在京与康、梁为伍，危害社稷。近日畏罪从京城出逃，令各州府缉拿。我海州境地，民安康乐。吉杲系海州人氏，有在本境将其缉拿归案或知情告官府者，赏白银一千两。特此告谕。海州知州：金耀祖。"

一兵丁不解地说："吉杲不是那个海州神童吗？还是举人老爷。他才二十几岁的人，怎么敢与朝廷作对？！"

另一兵丁也说："这下可坏事了，海州学正韦良清，明日午时三刻就要斩首，现在又在缉拿他的学生，怎么罪责都在他师生二人呢？"

躲在一边的吉银山心里也翻江倒海乱扑腾开来："我的天哪，我儿去京城犯了大逆之罪，韦先生没去北京，怎么也犯了杀头之罪？可惜我一介农夫，救不了他。"他怨恨自己无能，只得牵上毛驴匆匆赶路，"我得连夜回去，看明天午时三刻能否在法场上见韦先生一面，祭奠祭奠，以谢他教诲我儿的一片恩情。"

不料一个兵丁上前拦住了吉银山："喂，你不要走，我有话问你。"

吉银山只好停住脚步，装糊涂道："你叫我吗？"

"不叫你叫谁？你是干什么的？"

"刚才我不是说过了吗，做生意的，货被强盗抢了，走迷了路。正要回家，请问，这里是什么地方？"

"你不知道这是什么地方？这是金家寨。你怎么跑这儿来？你家住哪里？姓啥名谁？"

"哦，金家寨呀，那我就知道回家走哪条路了。"说罢又牵驴要走，还是被兵丁扯住了："站住，你还没回我的话呢。"

"哦哦，我姓孔，叫孔德高，就住在海州的锦屏山。"

"你认识海州孔望山的吉杲吗？"

吉银山故作疑问："什么吉杲？是不是刚出蛋壳的小鸡子？"

"你个浑蛋，他可是个举人老爷。"

"举人咋起这个名字？没听说过。"

兵丁气愤地把吉银山推开："滚你吧，回去打听打听，如果找到了，就到官府报告，一千两赏银呢。"

"我的乖儿哟，这么多银子，我可要想办法领到它。"吉银山口里念叨着，牵着驴快步离去。

贴完告示的兵丁，也沿路向前走去。却不知道，身边老柳树的大树丫上，有个黑影在注视着树下的动静。那正是他们要缉拿的要犯吉呆。

兵丁们走了不远，只见三匹快马迎面而来，正与他们顶头相遇。

骑马者喝道："前面是什么人？"

一个兵丁理直气壮地说："我们是奉州官老爷的命令贴告示的，你们是什么人？"

"我们是总督衙门的，奉朝廷之命，前来催办缉拿吉呆的。"

"噢，原来都是办差的，我们所贴的告示，也是缉拿吉呆的。"

骑马者哦了一声道："你们见到可疑人没有？"

"没有见到。"

"刚才你们和一个人说话，那个人呢？"

"那是个做买卖的，货物被强盗抢了，迷了路，牵头毛驴，已经走了。"

骑马者勃然大怒："浑蛋，怎么能随便放走可疑之人？告诉你们，我们从京城前来，沿途已打探清楚，吉呆就是被他父亲吉银山带出京城，雇了头毛驴，你们放走的人说不定就是吉呆的父亲吉银山，快把他追回来。"

不料兵丁们并不害怕，反而冷冷地回答："京城来的差官，话可不能这么说，我们担责不起。"

"放走了要犯，就要治你们的罪！"

"我们有鸟罪！你说的是两个人一头毛驴，我们看到的是一个人一头毛驴，对不上号。如果像你们所说的那样，你们为什么不把那俩人逮住呢？"

骑马者更生气了："我是京城总督衙门的管带，你们的老爷呢？我要治他个治军不严之罪。"

兵丁毫不在乎道："我们的老爷叫武光宗，是哨官，他正在寨子里金老太爷府上治伤。你知道金老太爷是谁吗？他可是知州金老爷的亲爹！来到海州地盘，我劝你放明白点！"

"我这是奉皇差行命，你敢顶嘴？"说着，管带转脸向身旁骑马者发令："你二人快下马，给我掌嘴。"

不想众兵丁依然不惧："你有事找哨官老爷去，我们还要到别处贴缉拿吉呆的告示，若误了公差我们拿你三人算账！我看谁敢动手？"

京城来的两个兵丁慑于众威，未敢动手掌嘴。

管带只好自找台阶下："既然都是为朝廷效力，那就免了。你们应该兵分两路，一半人去贴告示，另一半人随我们去抓那牵驴的人。"

兵丁们见管带自找台阶下，也就同意了，便将现有的人分成两路，一路人沿小道去另一处贴告示，一路人跟随管带他们三人马后，快速向前追赶。

8

吉银山牵着毛驴疾步下了小道，飞速穿过田野远去。而柳树丫上的吉呆待兵丁走后，也迅速下来，绕道向前去追吉银山。

吉银山见到吉呆后，又惊又喜，二人低语几句，又迅速绕道返回到那片墓地，隐藏起来。

兵丁向西追赶了一会儿，未见人影。管带狐疑地勒住马缰："不对，那牵驴的人刚走不久，不会太远，怎会不见踪影？"

一兵丁回答说："是不是进寨子找寻歇宿之处了？"

"有可能。前面不远处就是寨子，有无人把守寨门？"

另一个兵丁说："那寨子四面有壕沟，沟内水满，只有一个寨门，吊桥高悬，我估计他不会进寨。"

管带点头赞同："这就对了，那牵驴的肯定是吉银山，骗过你们之后，绕道逃走了。快，四下田野搜寻，只要抓住吉银山，也就等于抓住了吉呆。"

兵丁们乱纷纷地下了路，奔向田野。

坟场里，荒草萋萋，偶尔还飘过几点磷火，显得阴森森的。吉银山、吉呆和毛驴，都隐匿在草丛中。

吉呆看了看吉银山说："爹，我叫你把驴放了，你就是舍不得。如果驴一叫，我们还能藏得住吗？若兵丁把我们抓住，如何去救我的恩师？"

吉银山反问道："就算不被抓住，你又救得了你恩师？况且我们现在也被追杀，这头驴歇了一阵子，又吃了一会儿草，也有劲了，我想让它驮着你快逃命，兵丁来了由我顶上。"

"爹，你怎么又糊涂了，是驴跑得快还是马跑得快？刚才我藏在柳树丫上都听见、看见了，那个京城总督衙门管带骑的马叫火龙驹，跑起路来像飞一般，我们怎能逃得掉？"

吉银山不解地反问道："难道我们就在这里不动，等他们来抓吗？"

"所以我劝你把驴放了，趁黑夜我们向海州逃去，明天想办法去救我的恩师。"吉呆说。

吉银山只好恋恋不舍地拍拍毛驴说："谢谢你驮了我们父子几千里，我也顾不得你了，快走吧，哪个好心人捡到你，你就好好给他们干活，我若逃脱这一劫，再来寻你。"

然而，没想到那驴竟不愿走，居然还"嗯昂"地叫了一声。这叫声刚好被不远处的管带听到了："嗯？北边有驴在叫，那人肯定在！大家快前往包抄！"

众兵丁立刻转向北边，飞奔而去。管带则骑马箭一般向前射去。

吉银山懊恼地踢了驴一脚："都怪你，这一叫把我们的命也叫掉了！儿啊，你还是快跑吧。"

"他们抓的是我。"吉杲冷静地站直身子说，"这还跑什么，跑不掉啦，你看，兵丁已经把坟场围住了。"

吉银山又伤心地埋怨起吉杲来："我说你在家中个举人就算了，为啥还上京城会试？又为啥搞什么维新？你看，这倒好，没维到新，倒维了俺父子二人的命了！"

"话可不能这么说，谭嗣同为维新血染京城菜市口，咱比起他又算什么？况且，我们的命也不见得就保不住。"

吉银山焦急地说："我在京城就听说了，和谭嗣同一块被杀的那些人，刑部大堂没审问就拉出去斩了。金耀祖拿住我们，还不照样跟杀小鸡一样把我们宰了。"

"事情到了这一步，说那些话还有何用？爹，兵丁近前，我们不能装孬，不许求饶，挺着胸膛走路。"

吉银山觉得吉杲说得有道理，顿时也坚强起来："对对对，装孬也是死，挺胸也是死，反正都是一死，为人在世，又没干坏事，为什么要装孬呢？"

吉杲忍不住高声为吉银山喝彩："说得好。"

"你小些声。"

"为什么要小声？你看，他们来了。"吉杲索性高声喊起来，"总督衙门来的管带，你听着，吉杲父子就在这里，你们若有胆量，就过来吧。"

管带一听，立即滚下马来，猫腰趴下，同时大声指挥兵丁们："快快快，都给我上！"

兵丁们被吉杲的高声吓得畏畏缩缩，磨蹭着不敢上前，反惹得吉杲放声嘲笑："管带老爷，你也是从京师总督衙门来的，也带过兵，打过仗，抓过人，咋来到海州地界就装熊了？趴在那里像条病狗一样夹着尾巴。叫你的手下来吧，我们父子二人就在这里，你要答应我，不用枷锁枷，不用绳索捆，我们随你们一道走就是了。"

　　管带慌忙从地上爬起来，讪讪地说："好，我答应你。"随即命令兵丁："不许捆绑，带他二人和我们一道走。"

第二章　戏闹金府

1

管带带着人进了金家寨的金府客厅。

金盖天迎上前来，施礼毕，招呼管带和他分坐在八仙桌两旁。武光宗则在下首相陪。两丫鬟立刻献上青花盖碗茶。

金盖天打量着管带说："恕我直言，我见管带有些面熟，请问府上是……"

管带拱了拱手道："你看这，由于刚才抓捕要犯舞枪弄刀的，来到贵府也未来得及仔细相告。在下虽在京城总督衙门效劳，然祖籍却在海州云台山，家父姓朱，讳长发，本人朱驷驹。"

金盖天兴奋得一拍大腿："噢，我想起来了，我是和令尊同一年捐的知县，倒是令尊补了个山东日照县的缺，我则一直在家闲居，也不想出门了，就没去补什么缺，后来也就少了书信往来。想不到朱大人一路高升到京城里去了。你的相貌气质一看之下颇有乃父之风，故而有此一问。"

朱驷驹歉意道："说到这一层，我就欠礼了。"于是他赶紧离座，"我这就给世伯叩头……"

金盖天摇手谦让："免了免了，再说你眼下已是在京师总督衙门走动，我还咋受得起这个头。"

朱驷驹坚持要拜："皇帝老子还要敬上呢，何况是小的？我又是首次返乡公务，理当行礼。"

金盖天坚决不肯，两人相互谦让一会儿，结果朱驷驹还是行了个深深的拱手礼，方才落座。

金盖天笑道："想不到世侄此次办案竟是马到成功，将那个罪大恶极的吉杲给抓住了，为海州除了一害。还是后生可畏啊——前途不可估量。"

"谢世伯夸奖。其实也并非在下一人之功，多亏耀祖世兄派兵相助。"

武光宗连忙接话道："就是，就是。"

武光宗说归说，心中早已对朱驷驹将抓到吉银山父子之功贪为己有深感不满，这时便忍不住说："朱管带仅带两名随员，若不是我带了那么多兵丁，捉拿吉杲父子还真有些烫手呢。"

金盖天看出武光宗、朱驷驹在争缉拿吉杲父子功劳，便打圆场道："无论怎么说，这都是同为朝廷出力，为国家建功，不分彼此，不分彼此呀！"

朱驷驹听出武光宗的话意，已是不满，现听金盖天这么说，脸上又活泛了些："世伯教诲得极是。只不知这位是……"

朱驷驹一问，金盖天突然意识到忘了向他介绍武光宗，马上答道："我倒忘了与你说了，这位是犬子派来缉拿吉杲的哨官武光宗。"

"噢……"朱驷驹脸上露出不悦之色，暗恨这武光宗小小哨官，却对他毫无礼敬之意，自他进得客厅，这个人就一直坐着未动，不知道的还以为是府里来的老爷呢。

武光宗心里则仍不把朱驷驹太当回事，嘴上只淡淡地说了句："我缉拿要犯途中双腿被狗咬伤，未能亲迎朱管带，还请恕罪。尽管如此，我还是令手下沿途严加盘查过往行人，这才捉住了维新罪犯吉杲——这都是知州老爷教诲有方、兵丁奋勇的结果，欢迎朱老爷指教。"

朱驷驹听武光宗在金盖天面前摆功的话，顿时愠怒起来："我带手下二人，从京师飞马追赶一千八百余里，方至海州境内，就发现了吉杲之父吉银山的疑点，破疑追寻，终将二犯擒拿，虽身疲力竭，尚未坐在屋内不动。"

武光宗反唇相讥："在下也是因公受伤，却对手下兵丁的出巡不敢有丝毫懈怠，不然，罪犯早已逃之夭夭了。"

金盖天见他二人争执起来，互不相让，只好再和稀泥："二位都是有功之人，不必再言了。"转向侯麻子问："酒宴备齐没有？"

侯麻子道："回老太爷的话，酒宴早在西花厅备妥，请老太爷示下。"

金盖天赶忙离座起身，招呼朱驷驹、武光宗二位入席。

不想，武光宗使开了性子："在下腿脚不便，想早些歇息，就不便作陪了。朱管带请吧。"

"这如何使得？庆功酒不能少了功臣呀。"金盖天说着，忙命侯麻子派两个人，搀扶武哨官前往西花厅，自己则与朱驷驹先去了。

侯麻子上前搀扶武光宗，不料武光宗甩手闪开："不用你扶，我自己能走。"

侯麻子反问道："那你为何不与老太爷一同前往？"

"老子看不惯京城来的那个鸟管带，屁大的官，又摆架子又抢功，一副贪馋相！他算个什么玩意儿！"

侯麻子只得好言相劝："你呀，看在我二人往日杀狗谋生的份上，我劝你两句，这个姓朱的在京城有些根基，不能明着和他作对。好在他只带了两个人，强龙压不住地头蛇，先稳住他，再想办法。"

武光宗见侯麻子念旧情帮他出点子，颇感受用："我可不是这么想。姓朱的老家在云台山，也算个地头蛇。眼下两蛇相遇，先趁他人少，打他个措手不及，如果耽误了时间，久必生变。"

"你说得也对，看他的意思，是想抢缉拿吉杲的头功了。这一点须马上设法。无论如何，不能让他把吉杲带到京城去。"

武光宗连连点头："对对对，这一点我早想到了。吉杲父子现关在何处？"

"关在西花厅的耳房里。"

"有几人看守？"

"有四个人，朱管带的随从两人，加上州里来的兵丁两人。"

武光宗不高兴地责问侯麻子："怎么把吉杲父子关在西花厅？还有没有其他的门可以进去？得设法换个地方。"

"这你还不清楚？门在西花厅一旁，进出的人都在眼皮底下，怎么好挪换地方？"

武光宗深思片刻说："听说吉杲是个绝顶聪明的人，想来他也不愿意被带回京师，我们能否争取他的配合？想个办法向他透个消息，请他设法随我们走？"

侯麻子瞪大眼睛："这样做不是和犯人里勾外连吗？"

武光宗哼道："我们这顶多是抢功，就算知州老爷知道了，也不会怪罪的。"

侯麻子想了一下说："那好吧，写个字条从后边的小窗里送进去。你去喝你的酒，这事就交给我办好了！"

武光宗点头称是，便从客厅几案上取过笔、墨、纸飞快写好后，得意地念道："吉杲，为防将你押解京城，速设法换一地方。避开西花厅的众人耳目，你有何妙策？"

侯麻子也称好，接过字条藏在怀里，扶着武光宗一起上西花厅去了。

2

西花厅的耳房里，无灯无烛。吉银山、吉杲靠在墙角草垫上，眼前只有从耳房的门缝里射进的灯光，照在二人疲惫的面容上，却也听得见客厅里人声嘈杂，闻得到美酒佳肴的诱人香气。

"唉！"吉银山长叹一声，看了一眼吉杲道，"杲儿，我肚子饿得咕咕直叫，你饿不饿？"

吉杲望着吉银山埋怨地哼了一声："我又不是神仙，怎能不饿？半块烙饼还被你在坟场喂给驴吃了，弄得现在我父子二人忍饥受饿的。"

"唉，那驴虽是畜生，但也是一条命，不给它点吃的实在不忍心啊。"

"话也是不错，可这一来我们俩现在吃什么呢？"

吉银山焦急地连连摇头："我看现在吃的倒是小事，不知命能不能保得住？"

吉杲突然拍了一下吉银山，兴奋地道："爹，你放心，过去人常讲'人的命都在阎王爷手里攥着'，依我看，人的命还靠自己保着。你说是不是？"

"也是，也不是。这人哪，从小到大，小时候吃父母给的，长大了吃自己挣的，是自己保自己；可是，那些当官的、做贵人的，就霸住金银财宝甚至穷人的土地，弄得你想保命也保不成。"

"那么，你是说我们爷俩的命怕不能保住？"

"怎么不是？如果那个姓朱的什么鸟管带硬要把我们弄到京师去，你想想，多少有本事的人都被杀了，我俩还能活得了吗？"

吉杲点头："这个我已经想过了，绝不能让姓朱的把我们带回京师。"

"可你又不是姓朱的亲爹老子，他要带我们走你能咬他？这可不是由你说的算了。"

吉杲得意地嘿嘿笑了："你相信吗，有人不愿意呢。"

"哦？你说是谁？"

"海州的官。"

"海州的官能管得住京师来的官？"

"这可不一定。"

"为什么？"

"因为我现在是很值钱的。"

吉银山望着吉呆天真得意的样子，苦笑起来："你值钱？除了在我面前我把你看作无价之宝，你在官府眼里不过是根钉子，你想想，钉子能值几个钱？"

吉呆不服，语气更加坚定："我现在在他们眼里是宝贝，不是钉子。不过，宝贝的价值利用时间有限，很快又会变成钉子的。"

"你都把我说糊涂了。"

吉呆解释道："无论是京师总督衙门来的朱管带，还是海州知州金耀祖派来的武哨官，都想把我吉呆拿去邀功请赏，现在我吉呆就像一个宝贝似的被他们争来抢去……"

吉银山连连点头："我明白了，待他们一方把功争到手，就来惩治你这个眼中钉了。"

吉呆兴奋地点头："爹的脑子还蛮灵便的，不过，还有件大事你没想到。你还记得吗？我在寨外的柳树上听兵丁们说起，明天午时三刻就要斩我的老师韦良清，我们现在不但要自己保命，还要去救韦老师。这个大事你怎么忘了？"

"我忘倒是没忘，可我二人现在还被关在这里，就算逃出去，离海州城还有五六十里，天亮才能赶到，就凭我俩手无寸铁，还能劫法场救人？"

"我在京城里，曾跟前门半壁街源顺镖局的胡镖师学过几招武功，能对付三五个人。只不过你不是兵丁的对手，所以我们不能去干劫法场那种傻事，得另想个办法才行。"

"那还不是白说？我们现被关在黑屋里，门外有人站岗看守，寨子里驻有兵丁，连人都出不去，还有啥法子啊！"

"第一个办法就是设法出去。"

吉银山觉得吉呆很幼稚，摇摇头，又仰面看了看头上方那个小窗："除非你我会孙猴子的七十二变，变成个蜢虫子从那小窗里飞去，其他，实在没办法。"

吉呆神秘地一笑，附在吉银山耳朵旁轻声道："我想请金盖天的掌上明珠帮这个忙。"

吉银山目瞪口呆："你做梦吧？赳赳男人都帮不了我们，什么掌上明珠能帮我们？再说，你怎么知道这府上有什么掌上明珠？"

吉呆目光炯炯地正视吉银山道："当然有，现在她就在门外厅里陪当官的喝酒吃饭呢。"

"天哪，你越发让我糊涂了。你到底从哪知道这些，又怎么认识人家小姐的？"

吉呆爬起身，走到门前细听一会儿，转过身来对吉银山说出了自己刚才的遭遇……

3

其实，就在不久前，吉呆也根本没法想象，自己竟然会结识金家小姐金连珠。

那是在吉银山、吉呆父子俩被押进金府时，经过西花厅前花园小径的时候，花丛中突然闪出一个满脸机灵相的丫鬟。她放过走在前面的吉银山，却单单拦住吉呆，并挡住后面的押送兵丁，说了声："我们小姐有几句话想问这位公子。"便将吉呆的衣袖一扯，进了身后的花丛中。

吉呆满腹狐疑，随着丫鬟绕过花丛，但见前方立着一个衣着华美、袅袅婷婷的小姐，四目相对间，彼此都愣怔了片刻。小姐先向他施了个礼，开口便问他："你是不是海州举人吉呆？我先前听过海州有不少你的传说，说你是个了不起的神童，又中了举。"

吉呆急忙回礼道："我是吉呆，请问小姐是哪家闺秀？"

一旁的丫鬟笑道："这你还看不出来，这是我们金老太爷的女公子金连珠小姐呀。"

吉杲恍然大悟，定睛再看，只见这金连珠十七八岁的模样，眉清目秀、面白腮红，此刻正含羞带怯、脉脉含情地看向自己。感受到吉杲的目光，金连珠倒也没有回避，微微一笑，露出几颗皓白的贝齿，着实甜美漂亮，看得吉杲恍如在梦中，脸上也不觉发了烫。

原来，这个金连珠虽然一向长于深闺，却因父母的万般宠爱，性格倒是脱俗而不羁，甚至还有些任性。她向往自由独立，崇尚有思想有能为的英雄豪杰，父母给她张罗的对象，没一个让她满意。她虽已年满十八，却不肯轻易嫁人。再加上金盖天向来好在家中议论时政，无意中也对她影响颇大，所以金连珠从小就不爱女红爱读书。金盖天发现后也不反对，觉得乱世中女孩子多看书懂些道理未必是坏事。金盖天私下看过的康有为所上的"万言书"，金连珠也到金盖天书房中偷来看过，不知不觉间受到维新思想影响。

昨天，金盖天在客厅里和武光宗他们议论京师和吉杲的事情，被躲在屏风后的金连珠听了个真切。金连珠心下暗暗对那个既是举人又是维新人物的"要犯"吉杲，充满了好奇。她以前听说过有关这个神童的许多传说故事，心中崇拜已久，刚才又听闻兵丁已抓到吉杲，正要关押在府中时，金连珠便按捺不住内心冲动，带上贴身丫鬟到花园里候着。原只想偷偷看上一眼，可当吉杲途经花园那一刻，她发现"要犯"吉杲，居然是一个丰神俊秀、英气逼人的年轻人，看着他那张亲切的、讨人喜欢的面孔，金连珠心跳加快，仿佛被一种强烈而奇特的、前所未有的感觉攫住了。难怪他年纪轻轻就中了举，还在京师闯荡了好几年，果然不是平凡之辈啊！

金连珠一下子乱了方寸，忍不住想要结交一番，于是便不顾一切地让丫鬟抓住机会，拦住了吉杲。

面对金连珠的大胆注视，向来机智大方的吉杲，却不知怎的有些慌神，想说些什么，却不知从何说起。其实，金连珠的长相并不

算特别出众，但眉眼周正，鼻梁很挺，嘴巴小小的，一眼看上去便让人感到十分舒服，尤其是那副闺中女子少有的从容不迫、神采飞扬的神情，特别撩动吉杲的心。吉杲被金连珠盯得走神了。

金连珠先问了吉杲："一看先生就是知书达理之人，为何倒成了兵丁追缉的罪犯呢？"

吉杲闻言恢复了常态，镇静地道："你知道不久前京城里发生的事吗？"

"知道的。听说杀了'六君子'。"

"我就与'六君子'有干系。"

"不是说老佛爷、皇上都允许维新的吗？"

吉杲苦笑地哼了一声："老佛爷本来就没有多少真心，变卦自然不足为奇。可恨的是皇上被她软禁了，现在朝廷的事，真是一言难尽呀！"

金连珠同情地点点头："那对所有参加维新的人都治罪吗？"

"至少现在是这样。"

"既然如此，你为何不想办法逃远些，却要往海州城去？"

吉杲目光炯炯地答道："不瞒小姐说，我是要去海州救我的恩师韦良清。"

"我也听说过他，他是海州的学正，听说办新学很得百姓拥护。因什么要杀他？"

"哪有理由，只是觉得他是维新派呀……明天午时三刻就要被斩首。听说监斩官就是你的哥哥知州大老爷。"

金连珠很内疚地噢了一声，道："竟是这样啊，但仅凭你父子二人救得了他吗？"

"救不了也得一试。"

金连珠沉吟片刻，抬起头来问："你是神童，我相信定会有办法救你的恩师。"

吉杲摇了摇头："那都是民众抬爱我，其实，我哪里有什么本事。所以，如何救老师我心中也没底。"

"那你就凭一时之勇一腔之义硬闯吗？"

吉杲正想再说什么，几个等得不耐烦的押送官兵闯进花丛，强行把吉杲带走了。

金连珠还想追上去，却被丫鬟拉住了："小姐，不可以！要是被老爷知道了……"

金连珠望着吉杲远去的身影，十分不舍。

4

吉银山听完吉杲的讲述，张了张嘴巴，深感诧异："会有这种事情？太离奇了，你不是编来逗你老子的吧？还说什么金盖天的千金小姐会来救你？"

吉杲却信心满满地拍了下胸脯："那是你不了解金小姐。虽然我们仓促一面，我就觉得她不是一个见识短浅的女流之辈。而且她分明对我有情义，我被逼离开时，她还追了好几步，两眼含泪，分明流露出对我爱恋的目光。"

吉银山不相信，认为这是吉杲自作多情，叹口气道："我说杲儿呀，你是不是犯糊涂了？就凭这一点，一个弱女子，她又是金老太爷的小女儿、知州老爷的妹妹，能够救你一个素不相识的罪犯？"

吉杲很坚定地说："不单她会救我，我估计今后她可能要和我拜堂成亲、白头偕老。而我，也喜欢上她了。"

吉银山不悦："别再说疯话了！咱们是穷人家，怎能娶到这样的女子？你现实一些吧，现在你能向看守要到点吃的就不错了，我都饿得头晕了。"

吉杲很自信："爹，我一点都没疯，只要她能救我们出去，我们就能活命，也就能想办法救韦老师。"

吉银山见吉杲这么有把握，眼睛里终于闪出了希望的光彩，半信半疑道："如果你有把握，就按你的办法试试，等出去后再谈金小姐的事。"

"爹，唯有一条，无论我做什么，你都不要阻拦，我要做的事，肯定有做的道理。"

"依你！"

于是吉杲清清嗓门，开始放声吟起诗来：

夫君耳房难熬饥，
贤妻花厅赴宴席。
并蒂莲花同沐露，
为何咫尺分高低？

此时的西花厅酒宴上，八仙黑漆方桌，满满一桌丰盛酒菜。金盖天居正，金老夫人右陪。金老夫人下首是金连珠，她姣好的面容在烛光的照映下光艳照人，含羞垂目，温文尔雅。酒桌上陪为朱驷驹，挨朱驷驹而坐者是武光宗，打横而坐者系一里正、一乡绅。金连珠身旁是贴身丫鬟。

"略备薄酒，不成敬意，谢诸位光临。"金盖天端杯在手道，"朱、武二位带兵有方，擒犯有功，老朽先饮此杯，以示祝贺！"说着，他将酒一饮而尽，众人也纷纷客套着满饮了一盅。

朱驷驹咂巴着嘴又举杯说："感谢世伯垂爱，谢字不敢当，这杯酒我敬世伯。"说完，一饮而尽。

武光宗学着朱驷驹的样子道："我也敬金老太爷一杯。"

里正也道："老太爷平日关心乡里，相助不少。我敬老太爷一杯。"

接着是那乡绅："金太爷在四乡德高望重，诸事未少操心。况且，大公子知州老爷新任海州父母官，日后定会关照乡里。这杯酒，我代表乡邻敬老太爷。"

一时间觥筹交错，笑语盈庭。

朱驷驹的眼睛却开始不安分起来，目光不离金连珠左右。金连珠被他看得有些尴尬，把头低下，既不端杯，也不吃菜。

朱驷驹仍然涎着脸说："刚才世伯说了，我这位小妹熟读四书，精通琴棋，擅长书画诗文，实乃可敬得很，真闺英闱秀也。在下鲁莽，敬小妹一杯，不知肯不肯赏脸？"

朱驷驹说着，将杯举向金连珠。金连珠却端坐不动，亦不抬头："小女子不会饮酒。"

实际上，她现在满脑子都是吉杲的音容笑貌，想着他现在能不能吃上饭，自己有什么法子能帮他一下，哪有心思睬什么朱驷驹。

好在有人来帮她了，武光宗就愤愤地白了朱驷驹一眼，梗着脖子大声道："人家娇小姐不会喝酒，你何必硬强。"

朱驷驹只当没听见武光宗的话，说："在意不在酒，小姐沾唇为止。"

金盖天见金连珠不搭理，忙打圆场："刚才我都说了，今晚是家宴，不分内外的。朱管带是我世兄之子；武光宗是自小在寨子里我看着长大的，里正、乡绅都是我的至交。"说着他转向金连珠，"让你朱大哥敬酒，就已不合适了，理应你敬他才对，还不快快端杯。"

金老夫人也劝金连珠："连珠，就陪你朱大哥喝一杯。"

金连珠根本不想答应，但考虑到后面还有要紧的事情，不想将父母及客人得罪了，便极不情愿地端杯，也不言语，只在唇上沾了一下酒，复又低下了头。

忽然，从西花厅耳房方向，传来吉杲的吟诗声。

金盖天吃了一惊，忙喝道："耳房内的人犯，不许吵闹！"

朱驷驹也恶狠狠地向看守命令道："传我的话，不许人犯吵闹！"

金连珠却凝神细听了吉杲的诗，不禁向金盖天说："爹，我想，应是那犯人饿了才吵闹，何不让人送些吃食进去，好让他们安静一些。"

金老夫人瞪了金连珠一眼："女孩子家，不许多嘴！"

武光宗也赞同道："那吉呆可是个要犯哪，不能有任何闪失的。既然他也饿了，吃食还是该给他们些的。"

朱驷驹一时有些犯难，他既不愿听从武光宗的摆布，却又怕得罪金连珠，只好向金盖天道："既然这样，世伯你看，是否送些吃食进去？"

金盖天两边都不想得罪，于是应道："好。"便命侯麻子给吉呆父子送点吃的去。

侯麻子还想着如何把字条送过去，这差事正中下怀，忙答应着，将原先武光宗写的字条扣在手心，端了一盘吃食，走向耳房，对着看守说道："打开房门，老太爷叫我送吃食进去。"

5

吉呆在耳房内，侧耳听着外面的动静，得意地对吉银山说："爹，你听外面的人语声，我的办法灵验了吧。"

吉银山三分欣喜七分担忧："你别急着得意，还不知他们安的什么心呢。"

"管他安的什么心，先吃饱了再说。要不然，就算逃了出去，连路都走不动，还怎能去救恩师？"

"行，听你的，呆儿说得在理。"

这时侯麻子推门而入："瞎叫唤什么，等一会儿再吃也饿不死你，你们可别扫了厅里老爷们的兴。"说着就将一张字条塞进吉呆手里。

吉银山就着灯光细看侯麻子说："你不是侯麻子吗？那年你还欠我一丈二尺白布的棉花呢。"

侯麻子脸上微微一红，道："原来是你老人家啊！日后一定还，一定会还。"

吉杲却说："还什么，就算送给兄弟了。谢谢你送饭来。"

侯麻子感激地说："你们吃吧，若不够我再送来。"随即出门而去。看守把门上了锁。

吉杲一边大口吃着饭，一边就着门缝射进的灯光看了看字条，随即把字条撕碎，和着饭食吞进肚里。吉杲小声地对吉银山说："我收到一张字条，你猜是谁写的？"

"我怎能知道。"

"是武光宗武秃子写的。"

"是那个过去杀狗的武秃子吗？"

"正是他，你忘了，乡试那年，咱家没有路费给我，是你把家里那条大花狗卖给他了，他还多给了五个铜钱呢。"

吉银山不以为然地说："这是什么世道，杀狗的也当官了！要紧的是，他写的是什么？"

吉杲笑道："这小子分明也是为了抢功。他想把我二人换个地方，又怕惊动客厅里的人。意思是不能让姓朱的把我们带到京师去。"

"这办法倒是很难想！耳房只有一个门从客厅出入，出门必从那些官老爷面前经过，咱是人不是根针，又不会隐身术，他们必然会看见，怎么逃出去？"

吉杲皱了皱眉头，突然茅塞顿开，面露笑容："我有办法了。"

"保险不保险？别把事弄砸锅了。"

"先试试，走一步看一步吧。不过这个办法也确实很危险。爹，我问你，你把我在京师说的话记住了吗？"

"儿的话，老子还能记不得？况且还是有道理的呢。"

吉杲站直身子，一挥手道："那我就开始试。"

他又高声吟起诗来：

虽食饭菜心难安，

身羁耳房暗无天。

小婿若要出牢笼，

只能指望老泰山。

吟罢，他又扑向门边，连连捶打门扇，喊着："岳父大人，快放小婿出去！"

吉银山傻傻地望着吉呆，一脸茫然。

6

吉呆这一喊不要紧，西花厅的酒宴上顿时乱起来。朱驷驹先是大惊，随即又语带讥讽地看向金盖天："金世伯你可曾听见，是什么人居然称你作老泰山？"

金盖天也听见了，气得脸发青，重重拍了下桌子："大胆罪犯，休要胡言乱语！我家小女尚未许字，哪里来的你这个小婿？再要喊叫，小心你的皮肉吃苦！"

吉呆偏偏在耳房内高声回敬："在下乃堂堂举人，又在京师见过世面，若无一点缘由，怎敢冒认这门亲事？老泰山若不相信，请你当堂问问你家小女，是否心已许我？"

金盖天气得蹦起来："简直乱套了！侯麻子！"

侯麻子忙跑上前来："老太爷，小的在。"

"宅院里空房多的是，为何把罪犯关在此处？太伤风化，成何体统！"

侯麻子马上道："回老太爷的话，我和武哨官当时就商定，把罪犯绑在马棚里或关在另一空房，可京师来的朱管带说就关在西花厅耳房里，便于看管。"

"为何不早对我说？"金盖天沉着脸，很是不满。

"朱管带说这是小事，就不打扰老太爷了。"

金盖天狠狠地瞪了朱驷驹一眼："小事？一个未字小女受此大辱，损我金家门风，外传出去，谁不笑话？这能算小事吗？况且，知州老爷又是小女哥哥，这不弄得全海州的人都知道了。"

武光宗假惺惺地笑着解劝："请老太爷消消气，可别气坏了身子。有些话我也不便多讲，不知朱管带老爷为何要这般行事？"

朱驷驹无奈地辩解："在下那也是为了安全起见，不想这吉呆实在可恶，竟敢如此辱吓小姐、戏弄金世伯，明日我就将他带回京城，定加严惩。"

武光宗立刻反对："用不着再让吉呆这厮多舒坦几天了，我明日就把他带到海州衙门，不治个半死都算便宜了他。"

朱驷驹不同意："在下奉皇上之命和老佛爷懿旨，定要缉拿吉呆到京治罪，怎敢违命？还是我将他带回京师去好。"

武光宗拉着脸仍然坚持："知州老爷同样是奉旨缉拿吉呆，且火速在州境贴了缉拿告示。如今吉呆已被我部下兵丁擒拿，理当解往海州州衙，就不必多此一举再往京师里带了。"

"吉呆本是在下破疑拿住，怎是你们的兵丁所擒……"

金盖天见他们又相互争功，谁也不让谁，就说："你们是公说公有理，婆说婆有理，都别争了，把吉呆带上一审就知。"

金连珠一听要提审吉呆，心中暗笑，脸上火辣辣的。

武光宗立即赞成："对对对，把吉呆提上来，问是谁亲手擒的他。"

朱驷驹却不允："万万不可！据说吉呆在京师学了武艺，放他出来，若是有了不测，在下定会吃罪不起。"

武光宗仍然紧逼："这有何不可？吉呆系在海州落案，又是在知州老家，且寨沟宽深，水已注满，门外我手下兵丁步步设卡，就算他有天大武艺，谅也插翅难逃。"

朱驷驹道:"你若敢具保签押,就可把吉杲提出一问。"

金盖天摆摆手插话道:"慢!此本官场之事,恕老朽多言一句。二位争来说去,无非在记功保举一事上。国朝时下有律,凡有功者,皆可向上保举,官晋一级。如此看来,即便是将吉犯解往海州州衙羁押,老朽仍可让大公子出书保举朱世侄,这样一来云彩不就散了吗?"

"照此说来,金世伯真愿出面作保?"

金盖天点头道:"老朽作保也未尝不可。如二位无异议,即可提那吉杲一问,以决疑难。"

武光宗表示同意。朱驷驹则凑近金盖天说:"那就请金世伯立下具保文书,然后再提问吉杲。"

金盖天便命侯麻子:"取文房四宝。"

侯麻子飞快地取来了文房四宝,金盖天二话不说,提笔在手,一挥而就:

具保文书

现在本宅提问吉杲,若出差池,均由金盖天负责。

具保人:金盖天

金盖天还一本正经地按下了手印。

朱驷驹拿过具保文书看了一遍,露出了笑容:"提吉杲。"

不一会儿,吉杲便被从耳房带了过来,但是他立而不跪:"举人吉杲见过各位。"两眼则向坐在桌旁低首的金连珠看去,恰好碰上满面飞霞的金连珠那关切而喜悦的目光。

朱驷驹怒吼起来:"人犯见了本官,为何不给我跪下?"

吉杲反而更直地挺起了胸膛:"本人乃是有功名的人,按我朝律条行事,为何要跪?若硬要本举人下跪,你朱管带先就该依律治罪!"

朱驷驹顿时怔住，一时不知回什么好。

武光宗趁机还添了把火："这话也是呢，按例连秀才到了知县大堂都不下跪，何况他是个举人，朱管带应该清楚这个呀。"

金盖天不耐烦地挥挥手说："好了，好了，听老朽一句，尽管是在家宅，但有京师来的官，按规不跪，施礼便了。"

吉杲呵呵乐了拱手："谢谢岳父大人。"

金盖天顿时板起脸来："小小吉杲，不要不知天高地厚，胆敢在这里胡说八道！"

吉杲并不退缩，反而指着金连珠说："老泰山休要发怒，你家女儿就在一旁坐着，何妨问一问她心里有没有我？"

金连珠含情脉脉地望着吉杲，没有吭声，但心里很满足。

金老夫人气恼地站起来道："你们都别难为女儿了，我带她回房去。"拉起金连珠胳膊就走。

吉杲望向她俩的背影，仍不罢休道："岳母且慢，待小姐说句话再走不迟。不然，老岳丈又要迁怒于我，说我胡言乱语。"

这如何让女儿说得出口？之前金老夫人听说过吉杲的名声，又是神童又是举人，此时再看眼前吉杲，仪表堂堂，聪明机智的样子，心下倒并不反感他，只是吃不准吉杲讲的话是真是假，便问金连珠说："以前你认识他？"

金连珠早已双颊绯红，春水盈眸，此刻却既不点头也不摇头，扯起金老夫人的衣袖款款退入后堂去了。

一路走着，金老夫人忍不住观察着金连珠的神情，心里也很是不安。女儿要真是爱上了那个罪犯，对于他们这种人家来说，简直可以说是天塌地陷的祸事啊！于是金老夫人忍不住对金连珠说："儿啊，婚姻大事可不是儿戏，你千万不能乱作主张，否则，真嫁给那种人，你这一生就毁了，还会祸及家人的。"

金老夫人说着，仿佛已经看到了那种她不愿意看到的前景，不禁眼泪汪汪，抽抽搭搭起来，忽又赶紧掏出手帕，小心翼翼地抹着

眼泪，生怕让脸上的浓妆晕开。

金连珠并不出声，却在心里暗暗说："我的事，娘你着什么急啊？我们俩都是一见钟情，谈不上什么儿戏！我也里里外外都思量过了。我不觉得婚姻跟什么家庭、门第有多大关系。我不是个难以相处的人，我也相信吉举人是个很好相处的人。真要能嫁给他，他不会让我过得不好，我也会让他过得既快乐又舒心。虽然相识时间不长，我可是经过深思熟虑才决定要嫁他的。而且，但凡我决定了的事情，父母大人也好，随便什么人也好，就别想挡住我……"

想到这里，金连珠微微一笑，淡定地看向金老夫人："娘，我的婚事我不会当儿戏的。只是我觉得，吉举人他不是你们想象的那种人。我觉得他很喜欢我，如果真能嫁给他的话，我会过得很好的。"

"天哪，你真要发痴啦？你不知道这有多丢人吗？"金老夫人焦急地尖叫道，"我一向以为你是个聪明、有头脑的女儿，真是做梦也想不到你能看上吉杲那样的男人！那个男人还不知道能不能保住性命呢？"

金老夫人喘着粗气，血直冲脑门，她觉得呼吸困难，可是她手里没扇子，只好不顾形象，掀起自己的裙裾，冲着自己一个劲地扇风……

西花厅内，金盖天看着金连珠离去时的神情，心里充满狐疑，但碍于颜面，不好发作，只得把不安和怒气撒到旁人身上，指着吉杲骂道："你这不知天高地厚的小子，竟敢在我府上胡闹！罢，罢，家事为小，国事为大，我们且不要管他。就请朱世伯好好审问吉杲。"

朱驷驹看了半天，已经察觉出金连珠与吉杲之间有不同寻常的关系，本来就十分失落，闻听此言便恨恨地问吉杲："你给我老实招来，在坟场时，到底是谁把你拿住的？"

吉杲淡淡地说:"管带大人,我实话实说,当时你可不像现在这样神气。听我在坟场说话,你吓得趴在地上不敢抬头,是我父子二人跟随拿火把的兵丁一块进金府的。"

武光宗得意地拍了下巴掌:"这不就对了,拿火把的兵丁可都是我的手下,你朱管带等三人手里有火把吗?"

"武哨官,是你的兵丁在池塘边放走了牵驴的吉银山,我发现有疑,旋即追赶,方将他父子擒住。你竟想贪此之功?"

"那何不把吉银山也提出来,再叫我手下的兵丁问话?"

朱骊驹立即让人提出吉银山,又叫来两个兵丁,说:"吉银山,是武哨官的兵丁放你走的吗?"

吉银山正要开口,发现吉杲向他使了个眼色,便说:"我已是戴罪之人,谁敢放我?况且,我儿子还是你们眼里的宝贝呢,谁见谁抢。"

朱骊驹怒吼一声:"不许绕弯子,照直说来,是武哨官的兵丁放你走的吗?"

吉杲抢过话头说:"家父已经说得很明白了,没人放他走。"

"就是。"武光宗接口道,"此事已清清楚楚,不信你再问兵丁。"

朱骊驹气得跺了下脚,问兵丁:"到底是谁先将吉家父子逮住的?"

一个兵丁说:"大家一起把二人围住的。"

另一个兵丁也说:"围住以后我们就和你一道把两人带进了寨子。"

朱骊驹恨得牙都痒了,心里暗想:"这帮人分明是串通一气了。我堂堂一个管带,难道还能被他们糊弄?"于是他猛拍一下桌子道:"你们不要欺人太甚,不信咱们走着瞧!"

金盖天见状,无奈地又打起圆场:"朱世侄休要动气,刚才四人的证言老朽已录下了。咱们都是自己人,有事好商量嘛。"说着他扬扬手中的录纸,"我看该让他们四人按个手印。"

"按，按，按！"朱驷驹赞同着，待各人按好手印后，他又命两个随从把人犯送回耳房。

武光宗又有异议："朱管带，刚才我已查看了耳房，因为四壁皆木板雕花为墙，易凿易穿，把罪犯放在此处羁押，实不安全。我的意思，换个坚固的房子关押。"

吉呆嘿嘿一笑道："这不是多此一举嘛。二位官爷都在争我这个宝贝，好去邀功请赏，混个保举，官升一级，这些我可以理解，既如此，何不连夜把我押解到海州衙门去，那里有的是坚固的牢房，二位也就免得操心了。"

朱驷驹喝道："不行，这样我不又多跑路程了，何不连夜押往京师呢？"

"这可使不得。"武光宗一个劲摇头，"他们是在海州地界上被抓住的，无论如何总得先到海州城再说。若知州老爷让你把人犯带走，我也无话可说。知州老爷不发话，断不可现在就押返京师。"

金盖天眨巴着眼睛说："这样吧，我看两位官人也都累了，不如先歇息歇息，明天起早一同去海州吧。"说着他摇摇晃晃地退到内堂去。

朱驷驹连忙追上去说："金世伯留步，军情紧急，实在不能今夜去京城，我也不歇息了，就依武哨官说的，连夜去海州。"

"好，就这么办。"武光宗兴奋地快步出门，命令兵丁备马。

7

"月儿弯弯照九州，几家欢乐几家愁。"

今晚的月亮仿佛也有了心事，它伫立在金家大院的老杨树梢头，透过枝叶间隙向着金连珠的绣楼张望。是想窥测金小姐的心思吗？殊不知，金连珠的心思最是不用猜，早就明明白白的了。此刻她端坐在红罗纱帐前，心神不定地垂首沉思，面前的琴筝、诗书，这些她平时喜欢的物什，今夜里再也无心摆弄。

门响了，是金老夫人带着丫鬟端来了一炉安神的香熏，希望那袅袅香气能够让女儿的心情冷静一些。

放下香炉，丫鬟退了出去，屋子里只留下母女二人。沉默了一会儿，金老夫人终于忍不住先开了口："我的乖儿哟，你究竟是怎么啦？想想你，金枝玉叶的千金小姐，怎么能看中了那个姓吉的罪犯呢？弄不好，他可是个要被杀头的人呀！"

金连珠将手中绞着的罗帕使劲一甩说："娘，你别这么说好不好？我也不是不知好歹的黄口小儿。世事文章，芸芸众生，我也看过许多。那吉公子堂堂正正，举止文雅，一点也不像犯人。而且，他有举子的功名，可以见官不跪，也没被捆绑，再说了，之前爹不也说皇上是赞同维新派的吗？你们怎能说他是罪犯？"

"你呀，的确也算得上熟读诗书了，按理更应该比一般人知情达理，怎么就一时糊涂了？此一时彼一时，现在朝廷变天了，只要拿他到大堂一审，革去功名，还不是想杀就杀了吗？"

"凭什么就可以想杀就杀？有罪该杀才能杀！娘啊！不管你怎么说，反正那吉杲说出的就是我的心里话。我一看见他就铁了心，他就是我心里想找的人，我也不清楚自己是怎么了。"

金老夫人抹起了眼泪："你可别再犯傻了，别的不说，自古儿女婚事由父母做主，老爷和我可都不会允许你走这条路！"

金连珠倔强地站起来，大声说："那我明天也要去海州，找我哥去，请他别判吉杲的罪。"

"这可不行，一个女孩家怎能说去哪里就去哪里？再说，路上盗贼出没，我与老爷怎能放心？"

"我随兵丁一块儿走不就安全了？"

"那可不成！"金老夫人更着急了，"你是什么人，怎能同押解罪犯的人走同一道？快别使性子了。若真想去海州，等几天给你哥捎个信，叫他专程来接你。"

"那吉杲呢？要是这几天里他被判了罪，你叫我还怎么活？"

金老夫人生气了："我看，你不是着了什么魔吧？知书达理的小姐竟然说得出这种话来？你们才见几面，难道就真被那个吉杲鬼迷心窍了？"

"我就要迷！就怕这辈子没人迷得住我！"金连珠斩钉截铁地说，"娘，你也是过来人，难道会不明白，这相人识人，最重要的是第一眼，我第一眼就看他好，谁也改变不了。"

"你想过没有，就算到了海州能不判罪放了他，吉杲那一个穷举人要钱没钱要财没财，你就情愿跟着他受一辈子苦？"

"谈不上苦不苦的，自己的东西，是苦是甜都舒心。况且我本来就喜欢山水田野，不想成天闷在家里，庸庸碌碌。吉举人绝对是一个敢作敢当、出色有为之人，我非他不嫁——不，不管你怎么想，我明天一定要去海州。"

金老夫人失望地向外走："你，你……你怎么还这么犟啊！真是女大不中留，好，我的话你不听，我去找你爹去。"

恰在这时，金盖天在外面敲门："珠儿，歇息了吗？"

"歇什么歇！"金老夫人怒冲冲地开门把金盖天放进来，"你来得正好，快把我气死了！连珠竟要死要活地要去海州找她哥为这个罪犯说情，她真被那个姓吉的罪犯迷住了！"

金盖天大吃一惊："我的天呀，还真有这回事？我还以为那个吉杲胡说八道呢。那可不成，吉杲此次定是死罪，女人家，真是不懂事理，哪有朝廷缉拿的钦犯不斩首的？连珠我儿呀，你快死了这条心。"

金连珠顿时呜咽开来："爹，你别吓我，我相信他不是坏人。你们要真的疼女儿，无论如何要想法救救他，不然我就死给你们看。"

金盖天望着金连珠痛不欲生的样子，无奈道："唉，为父还能哄你吗？吉呆确是死罪无疑，我就是想救也无能为力。"

"真就……一点办法也没有了吗？"

金盖天肯定地说："京师总督衙门来的人和武光宗已经商量妥了，刚刚已经连夜押解吉呆父子去海州了。"

"不是说明天去吗？"

"他们怕夜长梦多。再说，京师的人想争功，海州的人也想争功，需要到海州找你哥定夺，怕在寨子里有闪失，所以决定连夜启程。"

"那我要和他们一道去海州。"

金盖天猛拍大腿："这你可任性不得。快别被这个罪犯迷住心窍了，相信爹妈日后一定能给你择个佳婿，一定不让你受苦受穷，显显贵贵的，听话啊。"

"不，这辈子我什么人也看不上。吉呆到哪里，我也到哪里。"说着，金连珠疯一般推开拦阻的金盖天和金老夫人，开门奔下楼去，直向寨门飞奔……

金家寨寨门的吊桥刚好悬起，一群人打着灯笼火把，在黑夜里渐渐远去。

侯麻子见一黑影飞跑而来，喝问来者何人。

金连珠头发散乱，气喘吁吁跑过来："是我，快放吊桥，我要去海州。"

"这，老太爷知道吗？……"

金连珠身后，追上来的金盖天声嘶力竭地喝令侯麻子："不要放吊桥，把她拦住！"

侯麻子摊摊手说："小姐，快请回吧，老爷来了。"

"你真不放吊桥？那我就泅水过去。"话音未落，金连珠已快步向前，扑通一声跃入寨沟。

侯麻子吓得大喊："快来人呀，小姐跳沟了！"

金盖天赶到近前，狠狠地推了侯麻子一把："鬼喊什么？快下去救人！"

"老爷，我不会游水啊……"

"那我下去，你快去寨里喊人。"

"老太爷，你不是也不会游水吗？"

金盖天猛地刹住脚，哀号开来："来人哪！快来人哪！我的个老天爷呀，这可怎么办啊……"

第三章 计赚人质

1

夜色越发黑了，时轮却依然不紧不慢，按着它的规律运转不歇。人呢，则因为种种缘由，或高枕无忧、养精蓄锐，或夜不成眠，奔忙不已。比如此时那通往海州的官道上，那一行兵丁尽管不少人在怨天尤人，却不得不押解着吉银山和吉呆父子，星夜趱行。

眼前终于出现一个小乡镇模糊的轮廓。朱驷驹长出一口气，忙问武光宗："前面是什么地方？"

武光宗晃晃脑袋道："黑林镇。"

朱驷驹希望能进镇歇歇脚再走，武光宗却直摇头："管带老爷，你听听这地名，还敢在此歇脚吗？这黑林镇向来是土匪出没的地方。"

"那过了这里该平安些吧？"

"过了黑林镇就是兴宁镇，兴宁镇南边是子赣山。"

朱驷驹已疲惫不堪，人都在马背上摇晃起来："照你说来，前面又有山，路途不平安，到何处可以歇息呢？"

"再走十里到兴宁镇歇一下，天亮以后再过子赣山，就不会有事了。"武光宗说着，突然想起什么，"喂，管带老爷，你不是说要连夜赶到海州吗？"

朱驷驹呻吟道:"实在太累了,明天到海州吧。"

武光宗欣然赞同:"既然如此,我们就到兴宁镇住下吧。"

他俩的话被裹在队伍中的吉呆听见,心里便动了几动,眉头皱起来。他悄悄靠近吉银山耳语道:"爹,我看要出事。"

"出什么事?"

"朱管带忽然要在半道上歇息,保不准想耍鬼把戏。"

吉银山不解:"歇歇脚能有什么鬼把戏?我也累了,难道你是铁打的?"

"你先别说这些,我问你,你识数吗?"

"小孩子净说傻话!你爹我活了几十岁,又做过生意,不识数怎么算账?"

"那你数数兵丁共有几匹马?"

"四匹呀,这还用数?"

"武哨官有几匹?"

"一匹。"

"朱管带他们呢?"

"三匹呀。"

"那你还想不明白,下面将会发生什么?"

吉银山愣愣地盯着吉呆,摇了摇头。

吉呆成竹在胸地告诉吉银山:"你想呀,他们原先在金家寨说是连夜赶往海州城,结果这行程说变就变,不是朱管带的阴谋诡计又是什么?"

"这也不一定吧?或许……"

"没有或许。只是朱管带的小把戏瞒不过我的眼睛,我判断他定是想趁在兴宁镇休息,人困马乏之时,悄悄将我们快马带回京城。因为武哨官只有一匹马,兵丁虽多,却没马跑得快,一骑追三骑,注定是追不上的。"

吉银山恍然大悟:"这个黑心儿,他还没忘记争功请赏。"

"光骂人有什么用，得想想办法！我们不能让这小子得逞。再说，如果不能连夜赶到海州城，我们又怎么来得及救韦老师？"

吉银山说："是啊，人命关天，得赶紧想办法把这小子的计谋打乱。"

"对。"吉呆又附在吉银山耳边悄声问，"我们关在金家寨的时候，你不是拔掉过几根钉子吗？带在身上了吗？"

"没有。那几根钉子原打算半夜用作撬木板逃跑用的，后来带我们出门，就被我扔了，心想用不着了。"

吉呆叹息起来："爹呀，你真把钉子给扔了？"

吉银山瞪大眼睛说："我还能哄你吗？"

"那就太可惜了！"吉呆摩挲着脸颊，半晌才道，"这一来我也没有办法了，先跟上兵丁走着瞧吧。天无绝人之路，我们见机行事，应该会有办法的。"

不多时分，这一队人马就来到了兴宁镇骡马行的客栈里歇息下来。

马被安顿在马厩内吃夜草。那些腰酸背疼的兵丁，很快也横七竖八地躺下，鼾声四起，呓语的呓语，磨牙的磨牙，什么都不顾了。

依然不眠的，是客房里关着的吉呆父子。他们旁边另一间客房里则住着朱管带和他带的两个随从，还有武光宗。

过了一会儿，京城来的两个随从都已睡熟，朱驷驹还是有点不放心地问武光宗："站哨的派了吗？"

"派好了。"

"那个吉呆可是个会武艺的人，我们可千万要小心。"

武光宗很自信地说："误不了事的。他父子二人也不是铁打的，早累瘫了，你放心睡吧。"

朱驷驹却眨眨眼站起身来："你先睡会儿吧，我还是再去巡视一下的好。"

武光宗却也站起来："这种事咋能劳累管带老爷，还是我去吧。"

"既然如此，我们一道前去看看吧。"

俩人一起来到屋外四面巡察，特地来到关押吉呆父子的房门前看了一遍，又留心察看了周围一番。朱驷驹一眼发现岗哨坐在门边，头歪着似乎在打瞌睡，立即发了怒："喂喂！你小子快打起精神来！里面关着的可是朝廷要犯，马虎不得！"

看守马上蹦起来，揉着眼睛连声道："是！是！"

朱驷驹和武光宗又巡视一遍后，再次叮嘱兵丁看好要犯后，才放心地回房去了。

2

关押吉呆父子的客房里，表面看仍是一片漆黑，两个看守也靠在门旁睡熟了。殊不知随着客房后窗一阵轻微的响动，那窗子连同木框被撬开了。吉银山和吉呆先后从窗子跃出，又小心翼翼地把窗框再次复合。

吉银山和吉呆从客房后绕至马厩。吉呆手持半截砖，从怀中掏出几根长钉，将其中两匹马的蹄窝处各钉进一根钉子，两匹马的惨嘶声随即响起。

随后，吉银山和吉呆迅速将另外两匹马牵出马厩，飞身上马，抖缰磕镫，很快消失在黑夜中……

马嘶声在晚间显得特别响。

朱驷驹骤然一惊："马怎么回事，无缘无故地会叫起来？"

武光宗也应道："是呀，我也听到了。"

"快看看人犯在不在。"朱驷驹突然意识到事情不妙，把手一挥，飞奔向关押吉呆父子的客房，两个随从紧跟在后面。

武光宗也紧随而去，大喊着："看守，看守！"

两个看守早已惊醒，没等他们回应，朱驷驹已冲到跟前："快开门。"

　　一个看守抖抖索索地赶紧打开门锁，点亮灯烛，失声惊叫："天哪，人不见了！"

　　另一个看守直呼奇怪："门窗都好好的，难道他们变成蝱虫子飞走了？"

　　朱驷驹扭头就跑："快，快随我到马厩去。"

　　众人一进马厩，武光宗就叫起来："少了两匹马。"

　　"快快，武哨官，我二人各骑一匹，火速追寻。"朱驷驹一边喝令，一边心急如焚地想："太糟糕了！我原打算三更过后再偷偷将两犯带往京师，想不到竟给他们先逃跑了。这如何是好！"

　　"武光宗！"朱驷驹冲着武光宗喝道，"你是哨官，熟悉这一带地形，应该能估计到他们逃跑的方向。"

　　"我估计他们可能会往他们的家乡孔望山逃跑。"

　　朱驷驹却不同意："鬼才会这样想呢！难道吉杲估计不到我们会追到他的老家？"

　　"那就可能朝子赣山逃去了。那里山高林密，容易躲藏。"

　　"这还差不多。"朱驷驹命令武光宗快去集合兵丁，然后上马追赶。

　　武光宗是个聪明人，一见出事了，也不和朱驷驹顶撞，应声而去，将兵丁召集起，返回马厩。

　　两个兵丁将余下的两匹马牵给朱驷驹、武光宗两人。俩人迅速翻身上马，正要走，胯下那马却咴咴一阵惨叫，四蹄乱抖，顿时将朱驷驹掀下马来，摔得头破血流："我的妈哟，这马是怎么啦？"

　　武光宗也同样被掀下了马，摔个嘴啃泥："妈的，这马脚咋乱抖呀！"

　　"莫非马蹄子有问题？"

　　一个兵丁蹲下察看马蹄："呀，这马的蹄子鲜血直淌。"

另一个兵丁也抬起武光宗那匹马的马蹄看了看："哟，我找出毛病了，每个马蹄上都有颗钉子。"

朱驷驹怒吼起来："还愣着干什么？快拔掉钉子！"

可是拔掉钉子的两匹马仍然胡乱踢踏着往后退。

朱驷驹失望至极："这马是不能骑了。"

武光宗想了想，哭丧着脸说："先牵着走再说吧。"

只好这样了。俩人无奈地牵着一瘸一拐的马，率着兵丁，向子赣山方向追去……

3

官道上，吉银山和吉杲催马奔跑了很长时间。吉银山觉得平安无事了，就松开马缰，踟蹰起来。

吉杲好奇地问吉银山："爹，你怎么不催马前行了？是不是过去经常骑驴，如今骑马不习惯？"

吉银山嘀咕道："骑驴也是骑，骑马也是骑，有啥不习惯的？只是我弄不明白，刚才你还说我们骑马飞奔海州去救韦先生，为啥又往回拐？"

吉杲哈哈一笑："爹，你想，就凭我俩连夜去海州城，能救得了老师吗？"

"那你又不是带兵的挂印将军，往回走就能搬到救兵吗？"

"这话叫你说对了，我就是拐回去搬救兵的。"

"又在空嘴说白话，你拐回去到哪里能搬到救兵？"

"金家寨。"

吉杲说的话并非戏言。本来他也是心急如焚想尽快赶到海州去救韦良清老师，走着走着他就意识到了问题所在。自己势单力薄，即使现在就到了海州，凭什么就能救出老师？弄不好刚出虎口，又入狼嘴。既如此，就得想个万全的法子，才可能达到根本目的。所以他埋头沉思后，毅然决定拨转马头，重入虎口以施奇谋。

见吉银山不理解，吉呆便耐心地解释道："爹，你先莫急。是的，我想拐到金家寨去，那里似乎也没有什么能用的朋友，更谈不上救兵。可我没有朋友有亲戚呀，亲戚有时比朋友顶用得多，你没听人讲，亲戚亲，打断骨头连着筋呢。"

"什么亲戚？难不成你在金家寨胡扯八编的那个假老丈人金盖天吗？"

吉呆得意地拍了下手："嘿嘿，正是此人。"

"鬼扯！"

"怎么是鬼扯？你在西花厅时，没见金小姐看到我时那种掩饰不住的情和意吗？我对金小姐也有好感！她和我想象的千金小姐可是大不一样啊。知书达理，还有头脑，对时势和现实都有不俗的认识。若我真能把这样的人娶过门，应该算是我的福分啦。难不成老爹你还会不满意？"

"什么话呀！这是我们满意不满意的事吗，就是那小姐情愿，她老子金盖天就会答应吗？"

"爹你不信，就走着瞧好啦。我现在能说的就是，金小姐一定会帮我们的，是铁定的。"

吉银山仍然连连摇头嘲笑："你是野地里烤火半边热，收家伙吧。"

"这可是你说的，如果就此收了，救不了韦老师，你可别骂我无情无义忘了恩师栽培之恩。"

"反正我已看透了。"吉银山沮丧地说，"不管收与不收，想救韦先生是比登天还难！"

吉呆充满自信："越是困难咱就越要想办法，人一辈子哪有都使顺风船的？反正这个顶风船我是开定了。只不过要开顶风船就不能误时间，稍一停顿就顺流而下了，快走吧。"

"不行，我不能就这样糊里糊涂地跟着你走到黑。"

"看你老人家说的，怎能是糊里糊涂？咱回金家寨是搬救兵救老师，应该是明明白白的。"

"真给你搬来一个金盖天，能成为救兵？"

"不，弄不好能搬两个人。"

"另一个是谁？"

"金小姐——"

吉银山更觉得不可思议了："那金小姐暂且不说，金盖天就会老老实实跟你走？他会帮着你找他儿子给你这个钦犯说情？"

吉呆不听吉银山猜疑，抖开缰绳，策马飞奔了。"爹，你就别疑这疑那的了，这条路必须走，要想救韦老师这是个唯一的办法，咱硬着头皮都得干。"吉呆果断地说。

吉银山只好也大声催动坐骑，追上儿子："华山一条路，就跟你走到底吧。"

走着走着，吉银山忽然想起一件事来，催马追到吉呆身边："呆儿，我想起来了，在金家寨的房间里时，我把那钉子扔了，是你悄悄拾起来，结果用它钉了马蹄子，派上了大用场。怪不得大家总夸你这孩子的脑子好使，足智多谋。那你倒是明白告诉我吧，你回金家寨有什么妙法，真能搬回金盖天去海州？"

吉呆却坦白道："其实结果能如何，我现在心中也没底，走一步看一步吧。"

"那如果朱管带和武哨官他们带着兵丁也追回来了怎么办？"

"这个应该不会，他们肯定朝子赣山追去了，我们就放心走吧。"

4

吉呆果然料事如神。此刻，朱骊驹一伙人已经到了子赣山下。

这里的地势相当可观。山势圆洁，周边有二水回环，群峰连绵拱揖，夜色笼罩峰顶。山上一座古祠前，还有一个古人遗留下来的名胜：晒书台。

朱驷驹大汗淋漓地牵着马，环视着四周问武光宗："你说那吉呆父子会不会藏到山上的那座古祠里去？"

"那祠是孔子的弟子子贡的读书处，里面现在住着道士，估计他二人不会去。"

"那他们能藏在什么地方？"

"我猜他们说不定会跨过山脚下的这条浅水河，藏进树林里。"

"那我们快涉河吧，进树林找找看。"

武光宗点头赞同。俩人牵马前行，来到小河边，朱驷驹叫人将火把拿上前来，他擎着火把来回在河边走，仔细观察河边的淤泥和河水。

武光宗不解道："你这是干什么？"

朱驷驹突然发现事情有些不妙，"嘿"的一声道："我们上当了！你看这河水清清亮亮的，岸边淤泥平平整整，如果吉呆父子骑马或牵马过河，前往山上树林中躲藏，肯定有几处浑水，岸边也会留有马蹄或人脚陷的坑印。"

武光宗忙向一个兵丁要过火把，低头又查看了一次，觉得朱驷驹的分析有道理，连连点头，朝着他竖起大拇指："朱管带高明，说得确实有理。那你说，他们会逃到何处去呢？"

朱驷驹恨得直咬牙："这个狡猾的吉呆！他不知从何处弄到的钉子，先是用这撬开客房的窗框逃出去，然后又用钉子钉在马蹄上，还留两匹好马骑上逃走，让我们无法追赶。等我追上他们，必将他父子碎尸万段！"

武光宗眼珠子滴溜溜地乱转了一气，还是摊了摊手说："我也弄不明白。他们会不会逃到海州城里去了？"

"肯定不会！到处都在捉拿他，他敢朝老虎嘴里送？"

"这个……我看也不是没有可能。"

"为什么？"

"据我所知，吉杲同他的老师韦良清情同父子。明日午时三刻韦良清就要被开刀问斩，他肯定会想连夜赶回海州城，设法去救韦良清。"

朱驷驹犹豫不决地抬头望天，心里盘算了好一会儿，终于也点点头说："也不是没有这个可能。只是，世上哪有这样的学生，连自己的命都顾不了，还能有心思去救老师？天下之大，可也没有这样的人呀？"

"不管怎么样，我们还是应该向海州城里追寻为好。"

朱驷驹点点头，又问武光宗："既然你了解吉杲的情况，那你想想，他在海州有没有亲戚好友，或者是江湖上的朋友？"

武光宗点头道："我听知州老爷讲到过，这个吉杲不是一般人，他自幼好读书，能过目成诵，被称为神童，所以他十二岁就考取了秀才。练习过武艺，只不过，我倒没听说他和江湖上的人有什么往来。"

"那他若去海州城，就凭他父子二人，能救得了韦良清吗？"

"我看不能，除非他们能串通城里的有势有识的人或者那些不要命的穷光蛋铤而走险。"

朱驷驹又呆呆地望着天说："这可不符合吉杲的办事风格。我猜他肯定是另谋别计——对了，恐怕要坏事！"

"坏什么事？"

"我怎么早没想到啊？"朱驷驹叹悔一声，慌乱掉转马头就跑，"我们快回金家寨，去救金老太爷。"

武光宗更惊疑了："救金老太爷？他会有什么危险？"

"搞不好他可能被吉杲挟持了。"

"这……怎么会呢？"

"这就是吉杲的诡计多端之处。你想啊，他不是傻子，肯定知道自己势单力薄，到海州救韦良清等于自寻死路，所以他虽然逃了出来，最合适的办法就是先把我们调虎离山，然后趁我们不备杀个回马枪，返回金家寨挟持金老太爷当人质，再前往海州城，用金老太爷来换取韦良清的性命。而我们呢，瞎追一趟，正中了他的圈套。快，马歇到现在，伤口也许不会太疼了，你我二人骑马赶回金家寨，余下兵丁分作两队，一队往海州，四门设岗，一路随我们回金家寨捉拿吉杲，救金老太爷。"

"哦，听你这么一说，我想那吉杲也只能玩这个诡计。"武光宗翻身上马，一挥手道，"朱管带高明！我们催马疾进，否则真要误事了。"

5

金家寨一片混乱。

只见寨门内，吊桥后十几盏金府的灯笼围成一圈。一张芦席铺地，上面躺着浑身湿衣的金连珠。金盖天、金老夫人、丫鬟、侯麻子都围在金连珠身旁大哭小叫，外围还有不少闻讯赶来看热闹的村民。

金盖天哭得很伤心，连哭连骂着吉杲："你个天杀的灾星啊！我金某人跟你有什么过不去的啊，你真是不动刀就杀了我女儿啊！"

金老夫人的悲恸则更多地集中在金连珠身上："我的傻女儿啊，我的肉啊！你咋就鬼迷心窍，魂都被那个天杀的吉杲勾了去，竟然要连夜去海州！去就去吧，你怎么还投了壕沟呀！"

侯麻子急得束手无策，只好反复劝金盖天："老太爷，老夫人，光哭有什么用呢，快想办法救救小姐呀。"

"什么办法都用尽了，小姐还是一口气不上来，还能有什么办法？"

"不是，咱们赶紧用车把小姐拉到海州城去，请个名医治一治？"

金盖天摇摇头沮丧至极："屁话！离海州还有六七十里，什么时候才能拉到？天黑路难走，弄不好只会误大事。"

这时一个村民出主意说："听说把受淹的人驮在马背上飞跑，能把喝进肚里的水控出来，人就救活了。"

旁人也附和："快让人把受淹的人头朝下背起来，顺着庄子跑几圈，也能控水救人。"

金老夫人却不依："那怎么行？俺家女儿金枝玉叶，叫女的背劲头小，让男的背，男女授受不亲，成什么体统！"

"那就用马驮吧。"

金盖天跺着脚道："哪里还有马？我们家的马都被驿站借去跑差了！"

侯麻子忙道："现在都什么时候了，还讲什么体统，救人要紧！找一个有劲的男人背吧。"

金老夫人却还是执迷不悟："不行，不行，我家女儿就是死了，也不能让男人随便背。"

金盖天忽然跳起来东张西望："咦？我怎么听到有马的叫声？"

"我也听见了。"

"快看看，是不是吊桥外有骑马的路过？"

侯麻子拨开人群朝寨门那边跑去，很快又跑回来报告："老太爷，我看见了，吊桥外的路上站着两个骑马的人。"

金盖天大叫："快放吊桥请他们进寨！"

守桥的家丁们迅速放下吊桥，让两位骑马的人进寨。

吉杲看了一眼吉银山，惊喜道："正愁进不了寨呢，倒有人来请了。"

吉银山有点畏缩："恐怕不是好事，你看，灯笼照明，围了一圈子人，是不是出了什么事？"

"也许是，但会是什么事呢？"

"别是出了人命，拿过路的人来顶案。"

"我看不像，我好像看见地上躺着一个人。"

"对的，我也看见了。"

"可是，如果那是个陷阱，我们可不能轻易过去呀。"

吉杲说："你咋忘了我们是前来搬兵的？别说是个陷阱，就是刀山火海我们都得上！"说着他一抖马缰，率先策马过了吊桥。

眼尖的侯麻子马上认出了吉杲父子："咦？怎么是你俩？你们不是被朱管带和武哨官抓走了吗？"

吉杲随机应变道："他们抓错人了，放了我们，还给我们马骑呢。"

"既然如此，为何还不快骑马回家，又拐回来干什么？"

"说得不错。"吉杲镇定地回答，"只不过我们进寨时牵的驴还没带走呢，是回来牵驴的，现在骑的马也要还给人家。"

侯麻子马上客气起来："既然二位前来了，正好我家老太爷还有一事相求。"

"什么事？"

"我家小姐不慎掉到寨沟里，捞上来还没救活，听说驮在马背上跑几圈能控出肚里的水，才能活命，想借你的马一用。"

吉杲大惊失色："你为何不早说？快带我去看看！"

吉杲父子刚到金连珠身边，金盖天已认出了他们，正要说话，吉杲已赶到金连珠身旁，弯下腰来，仔细摸金连珠的脸、眼，并用手探了探金连珠的鼻孔："金小姐怎会掉到沟里去呢？"

金老夫人却挤上来制止吉杲："你一个男人家，怎么敢乱摸我家的闺女？"

金盖天也大怒道："你这个丧门星，要不是你来到我府上，惑乱小姐，小姐怎会投沟？我今天跟你没完！侯麻子，派人把这小子给我捆起来！"

金老夫人指着吉杲气愤道："对，给我狠狠地打！"

吉银山暗暗拉了拉侯麻子的衣角，小声求道："我们父子二人可没有害你们的小姐啊,你也不说个公道话?"

侯麻子望着吉银山苦苦哀求的样子,他心里明白,是小姐看上吉呆了,他解释说:"自从小姐得知要连夜押吉呆去海州时,就像掉了魂似的,闹着要去海州找她哥为吉呆求情,小姐一人跑了出来,要我放吊桥让她出寨去海州,我不敢依她,她就跳下沟去……"

见侯麻子还在犹豫,金盖天猛扑上来,推了一把侯麻子说:"你乱扯什么?怎么还不动手?"

侯麻子赶紧抓住吉呆的双手:"他跑不了的,可是老太爷,怎么处置这两个人?"

"给我捆起来,狠狠地打!"

吉呆却使劲挣开侯麻子和扑上来的金老夫人的手,一弯腰把金连珠抱起来。金老夫人顿时呼天抢地地又撕又扯:"快把我女儿放下,她是该你抱的吗?你怎么能抱她?"

吉呆一脸严肃:"我要是不把她抱起来,小姐很可能救不活了。这么长时间不控水,也不想办法医治,放在地上能活过来吗?"

金盖天也上前推他:"吉呆,你小子不要乘人之危不安好心,这么多人都没办法,你有妙手回春的本事?"

吉银山抢上前来说:"老太爷你是不知道,我家儿子学过武,懂得穴位的,他也许真有办法!"

吉呆说:"都不要再说了,刚才有人说,放在马背上边跑边颠边控水,这是好办法,控过了水,我再设法施救。"他又试了试金连珠身上的温度,一丝喜悦展现眉梢,但他马上又板起脸来:"但有一条,你们要想人活,就都得听我的,若这样撕撕扯扯,我就不管了,咱骑马回家。"

金老夫人听他这么说,爱女之心顿时占了上风,她不由得停止了撕扯,转头期待地看着金盖天,希望他拿主意。金盖天的神态也软了下来,迟疑片刻道:"若能救活我女儿,怎么都行。"

吉杲愈加严肃地说:"金老太爷,我吉杲堂堂五尺汉子,一心为了救人,刚才试体温观察,全是施治所需,绝非有什么邪念。今晚在你家西花厅时的所为,也不过是想激怒你赶我们离去。所以,现在就凭你一句话吧,治还是不治?"

"治治!治治!"金老夫人使劲推着金盖天说。

金盖天也低下头,喃喃地说:"治治,快治吧!"

吉杲抱起金连珠,面朝下放在马背上。

侯麻子问:"吉举人,朝哪边走?"

吉杲眼光一闪,指指吊桥说:"如果沿寨子周围跑几圈,树木太多,马也跑不快。所以你们还是放下吊桥,到寨外的路上往返多跑几趟,那样就方便得多。"

侯麻子忙去放吊桥,吉银山和吉杲则牵着马紧紧相随着,迅速出了吊桥。

可是金盖天听吉杲这么说,忽然又犹豫起来,心中暗想:"不对呀,我就这么相信这个天杀的吗?万一他就顺势骑马把连珠带走了怎么办?不行,我得跟着他。"

吉杲已猜出了金盖天的心思:"老太爷,你是否怕我救活了小姐,骑马把她带走了?"

金盖天支吾道:"这个嘛……我只是觉得,如果我不在跟前,小姐若有了好歹,就说不清了。不过,如果跟你一道呢,我又没马跑得快。"

其实吉杲这时早有了主意。刚才他就测得金连珠已渐渐热乎了,心想:估计她很快就会苏醒过来,我何不顺势而为?于是他微微一笑,对金盖天道:"这样吧,老太爷,你和我爹同骑一匹马,我用马驮着小姐在前边走,你在后边跟,你意下如何?"

金盖天这才放心了:"如此最好!我们赶快过吊桥、上马。"

大家一齐过了吊桥,分别上了马。

吉杲语意双关地对吉银山说:"爹,你可把老太爷驮稳当了,他可是个特别之人，千万不能有半点差错。"

吉银山心领神会，拍拍胸脯说："出不了事。为防万一，我会用腰带把老太爷和我拴一起，这样跑得再快，他也摔不下马的。"

吉杲听了吉银山的话，得意地一松马缰，策马跑了起来。吉银山紧跟着，两匹马飞一样向着海州方向驰去。

6

这时候，在子赣山通往金家寨的路上，朱驷驹和武光宗狼狈不堪地拼命赶路。朱驷驹一路走，一路都在喘息着抱怨："娘的，越是急这马越是跑不快！"

武光宗应道："这也是没办法的事，两匹马都是四蹄受伤，虽歇了一会儿，伤势却未好，还怎能走得快？"

"走不快也得走。若是金老太爷受了吉杲的挟持，我倒没什么，我看你怎向知州老爷交差？！"

武光宗情不自禁地摸了摸自己的脑袋："这倒是实情。嘿！可恨那个鸟吉杲，小小年纪，咋满肚子都是歪点子？"

朱驷驹哼哼道："你现在才知他的厉害？在京城我早就领教过了！"

"你既然知道这小子难缠，为何还领这趟苦差？"

朱驷驹懊恼地说："你以为是我自己哭着喊着想来抓吉杲吗？那天在京城杀谭嗣同等人时，这个吉杲竟敢在法场旁高歌为他们送行，当时是我亲自追赶他，可惜人太多，他逃走了。后来总督怪罪于我，限期让我把吉杲捉拿归案。你想想，我不领这趟苦差能行吗？"

"如此看来，你我同病相怜呀！这吉杲逃跑了，无论是何原因，你也脱不了干系，总督知道了能饶过你？"

朱驷驹不由得又用马鞭狠抽起马来。

武光宗忙劝他："好啦好啦，你再打马，马就趴下了！好在出了山路，前面的路要平整多了，马也许会走快些。"

"但愿如此！"朱驷驹挥手向身后的兵丁喊，"你们还不给我快点跟上！"

兵丁们唉声叹气地加快了脚步，马好像比刚才走得快了些。

吉呆骑着马在通往海州的路上奔跑，吉银山紧跟着，两匹马飞一样向着海州方向驰去。金盖天骑坐在吉银山身前，越走越觉得不对劲："喂喂，我说你这吉举人，不是说骑上马在寨外的路上跑吗，现在我怎么光觉得向前走却不见回头呀？"

吉呆哄他："金老太爷，你是趴在马上的，马一跑起来就可能把你颠晕了，分不清东西南北。其实，我们来回跑了有二十趟了。"

"这么说来，我女儿肚里的水该控得差不多了，现在是不是活过来了？"

吉呆暗笑着想："真有你这蠢老子啊。我把她抱在马背上时就试出她鼻孔里有气息了，现在她已在呻吟了，肯定活了无疑。"于是他说："老太爷，你放心，她浑身都开始发热了，再跑几个来回，肯定就活了。"

金盖天大喜："那我真得好好谢你了。等女儿活了，我给你一百两银子。"

吉呆得意地哼了一声："老太爷哪，银子对我可没什么意思呢，请容我说句正经话吧，等你女儿活过来之后，若她还是喜欢我，你怎么办？"

金盖天听吉呆的话，气得差点又要发火，但想了想又忍住了，金盖天怕万一他脾气发作，激怒吉呆，让吉银山把他从马上摔下来，不摔死也去层皮，所以金盖天温和地说道："要说这个，你本来是好端端的年轻举人，如果不是成了被官府通缉的要犯，我未必会舍不得把女儿给你，可现在——对了，先前你们明明逃走了，怎么又跑回来了？"

"他们抓错人了，又借了两匹马让我们回来牵我们的驴子。"

"就是那头东倒西歪的驴子？"金盖天不屑地说，"那还能要吗？我再加你一百两银子，以后买匹马。"

金盖天又心生疑虑，觉得吉杲说得不对："你明明就是吉杲，他们怎么会抓错人？那朱管带和武哨官他们现在哪里呢？"

"他们去海州了。"

"那你借他们的马怎么还？"

"等牵过驴，也送到海州去。"

金盖天仍然满心怀疑，他瞪大双眼朝路两边一看，突然惊叫起来："上当了！你俩快给我勒马停步！"

吉杲故作不解："为什么？不救你家小姐了？"

金盖天完全明白过来了："不对，不对，这哪是金家寨寨外的路，那路我熟悉得很！一定是你们从兵丁手里逃脱了，又来骗我！"

吉银山忍不住笑出了声："老太爷的脑子还挺灵哩。"

吉杲也说了实话："照实说吧，我和父亲是特地来请你的。"

金盖天气咻咻地想要下马："快放我们回去。不然的话，你就不怕罪加一等？"

"谁敢加我的罪？"吉杲不服。

"我儿子可是知州老爷。"

吉杲哼了一声道："你还想加我的罪，难道不怕丢掉两条命吗？"

"敢！不信你敢杀我和女儿。"

"那可难说，现在就看你知趣不知趣了。"

金盖天差点要哭出声来："你不是口口声声说喜欢我女儿吗？你真就忍心把她也杀了？"

"你怎么知道我会杀她？你女儿现在就在我马背上，她可比你明白得多，也听话得多。"

"我女儿本来就说不出话呀。"金盖天说。不料，耳边突然传来女儿的话音："我早就清醒了，只是不想说话而已。爹，你就听吉公子的吧。"

金盖天伤心地哭喊起来："天哪，这就是我亲女儿说的话吗？你你你，你就让吉杲杀了我吧。"

吉银山忽然道："你们都不要再说了，前面有一条河，我要策马过去，小心别掉到水里！"

可是吉杲却勒马停了下来："爹，不要过河。"

"为何？"

吉杲在马背上站直身子，四周察看着地形，然后果断地勒回马头："我们要绕道而行，以免中计。"

吉银山吃惊道："中谁的计？朱管带和武哨官他们此时快翻过子赣山了！"

"过了这条河前面就是兴宁镇，我们必须沿河往东走，从朱汪镇取道南行，才能避开追兵。"

"你是说朱管带他们又返回金家寨了？"

"我想是的。他们也不是傻子，我们能想到的，他们也会想到。而且，我好像听到了马叫声，再晚点走很可能要和他们碰面。"

吉银山侧耳细听一会儿，点头道："果真如此，我也听到了马叫声！呀，河对岸的不远处好像已传来人语声和马蹄声！我们快走！"

金盖天顿时来了精神，得意地想："这才叫天助我也，我何不趁着夜深人静，话语声能传得远，赶紧呼救呢？"于是他立刻扯开嗓子狂呼起来："救命呀！我是金盖天！朱管带老爷，我就在河对面……"

果然不错，此刻正值夜深人静，金盖天的呼救声清晰地传进了坐在马背上的朱驷驹耳中："武哨官，我听见前面有呼救声。"

"我也听到了，好像是金老太爷的声音。"

"哈哈！"朱驷驹顿时得意起来，"你瞧，不说我料事如神吧，至少也是神机妙算，怎么样？吉杲那小子的鬼点子被我识破了吧？都说他脑子特别灵，如此看来，他比我还差得远哪！哈哈！不是我小看他，乡下野民，就见过井底那么片地方，哪知晓什么大世面？跟我比，他给我提鞋都不要他，你们海州人还称他为神童……"

武光宗提醒他："我已看见河对岸的黑影了。"

"快过河去，逮住吉杲这小子，救出金老太爷。"

朱驷驹、武光宗二人骑马率先扑向河中。

第四章　受困城门

1

仍然晦暗不明的天幕下，群山脚畔的小汐河，泛着暗蓝色的水光。河水不疾不徐地流淌着，却让急于前行的人们心生焦急。吉呆和吉银山骑的两匹马上，还分别带着金连珠和金盖天，累得那马儿喷着鼻息，沿小汐河北岸向东缓缓地跟着。而在他们身后，朱管带和武光宗骑着马蹄受过伤的两匹马，也走得不快。但他们仍不断挥鞭打马，并催促着兵丁紧追不舍。双方距离越来越近。而金盖天在吉银山的马背上又乱拱乱蹬，不住地拼命喊叫。

金连珠听着父亲呼救声心如刀绞，此时她对"情孝不能两全"这句话有了深刻的认识。

吉呆理解金连珠的心情，一边安抚着自己马背上不安的金连珠，一边还要制止金盖天的捣乱。一时间，河边那马蹄声、呼喝声和金盖天的呼救声，渐渐连成了一片。

金盖天不顾吉银山的喝阻，不停挣扎着向后方呼喊："朱管带老爷世侄，武哨官，你们快快前来救我——"

"瞎喊什么？兵丁离我们还有一箭之地。你再叫，我就掐死你，等他们赶到，你就没命了。"吉银山一只手抖缰，另一只手朝金盖天的脖子上掐去。金盖天终于知道害怕了："使不得，使不得！你真的要掐死我？别，别，别掐，我不叫了。只要你能留我一条命，我定在管带老爷和我儿子面前替你父子说说情，免你们的罪。"

"不要给我说好听话！到你儿子那儿你可就不会这么说了。"

金盖天赌咒发誓："我金盖天要说半句假话，生个孩子没屁眼子！还要死父母双亲、爷爷奶奶！"

金连珠对父亲彻底失望了，他为了自己一切都可以放弃，想到此，泪水不禁从她的眼里流淌出来。

古银山冷笑道："你父母双亲爷爷奶奶早就钻土了，你还来哄骗我……"

吉杲策马上前来说："爹，休要与他啰唆，留点劲逃脱官兵追赶用吧。"

吉银山赞同道："对对对，咱不能和这种人讲什么条件。只是儿啊，老是这么跑也不是事啊，得想个办法才是。"

吉杲回道："我的脑子可没闲着啊。追兵渐近，想逃脱可真不容易啊。"

他返身向后面张望了一阵，心里恰如那小汐河水一样翻滚不已。这个局面确实严峻，敌众我寡，被他们赶上的可能越来越大。那以后该怎么应对，自己并无经验。尤其是金盖天绝不会配合，此时，他胸中郁闷，仿佛那深重的天宇都在旋转着压将下来……

"儿啊，你还不快拿主意！"吉银山也越发焦急了，"若照这样跑下去，往东很快就到大海了，那可真要被逼上绝路了。"

吉杲忽然眼睛一亮，他轻拍脑门，皱眉想了想说："既然如此，咱们就干脆停下，不再往前赶了。"

"那不正好被他们逮住吗？被他们逮住了，咱们的命都不保了，还怎么去救韦先生？"

金盖天一听此言，顿时又看到了希望。他在马背上拱了几拱，将头伸了伸道："依我说，你们就不要再自找绝路了。听我的，还是降了吧，我也保证……"

已经有了主意的吉杲毫不客气地打断了他的话："你金老太爷的胆子，怎么又壮起来了？"

金盖天得意忘形了："不是我的胆子壮起来了，而是你的命快活到头了。"

"金老太爷，不要高兴得太早。"说着，吉杲放声对父亲说，"爹，把老太爷捆紧些，我们就是跑不掉，先顺手把他抛到河里去，等后面的追兵到了，他就可以朝西天极乐世界飞去了。"

吉银山立刻动手束紧捆着金盖天的带子："老太爷，我在京城听洋人常讲'拜拜'，不知是啥意思，可能是……"

吉杲哈哈大笑："那意思是再见……"

"对对对，是再见。"吉银山使劲揪了下金盖天，"金老太爷，那咱们也说句洋话，和你'拜拜'吧……"

金盖天杀猪般狂叫起来："不行不行！我再不胡说八道了，你父子俩千万行行善，饶了我的老命吧。"

金连珠看见金盖天为了求生那副苟且的样子，心里是又疼又恨，倍感心酸。

吉杲笑呵呵地对吉银山说："爹，金老太爷既然求饶了，就看在他女儿的面上，暂时放一放吧，我们赶路。直接涉水过河，速奔海州。"

吉杲父子立刻勒马转向，朝河里蹚去。不料河水太深，几乎没过了马背，速度减缓下来，后面的追兵已逼至岸边。

2

朱驷驹骑在马上，眼看吉杲父子的两匹马陷在河里，进退两难，兴奋地举鞭狂呼："弟兄们，立功的时候到啦！都给我下水，把他们逮住。"

朱驷驹拼命打马，但马的伤腿吃痛，在水里也行动不快。他只好叫武光宗快追，可是武光宗也叫苦道："我的马也走不快。"朱驷驹又回头喊刚跟到岸边的兵丁："有会游泳的，都给我下河去，逮住吉呆爷俩、救出金老太爷的重重有赏。"

兵丁中果然有不少会游泳的人，纷纷跳了下去，很快将金盖天、吉银山、吉呆他们围在河中。

朱驷驹大喜："武哨官，姓吉的他们跑不了啦，我们快过去。"

武光宗却仍在叹苦："可我这马就是不听话呀。"

"打！使劲打马！"朱驷驹奋力打马。武光宗也学他的样，不料那两匹马仿佛商量过的，同时一拧身子，将朱驷驹、武光宗二人都掀下河去。两人只好各自松了缰绳，和下河的兵丁一道向河心游去。

"抓住他们呀！"朱驷驹一边游着一边向兵丁们发怒，"你看你们那个熊样，光你们身子在水里游动，都不敢接近吉呆。"

武光宗说："可能河心的水太深，又被衣服裹着身子，行动不太自由。"

"屁话，吉呆父子也没光着身子，咋游得那样快？你看，都已离了河心，快到南岸了。"

"他们的马没受伤，当然游得快了。"

朱驷驹看在眼里，急在心里，气得破口大骂："真是一帮子窝囊废！都这样了还要是跑了罪犯，你们都别想活着回去！"

武光宗又使出刺激法宝："弟兄们，都给我把力气使足了，等逮住了钦犯，救出老太爷，到海州我请你们喝狗肉汤。"

有几个兵丁开始使出实力，很快接近了落在后面的吉银山，一个兵丁伸手抓住了马尾巴。不料那马的后蹄在水中一弹，正踢在那兵丁的肚子上："我的妈哟！"他本能地松开了抓马尾巴的手。好在另一个兵丁也游上前来，又抓住马尾巴："我抓住了，你跑不掉了！"

毕竟是终年累月在山里劳累惯了的人，面对险情，浑身是劲的吉银山仍然很是镇静，他弯下腰，压住马背上的金盖天，并用双手猛拉缰绳，逼迫马儿也使出蛮力，头高高抬了起来。可是忙乱中，吉银山抓着绑住金盖天带子的手却不小心松开了。只听得扑通一声，金盖天掉进了河里，吉银山急得大喊起来："坏事啦，金老太爷掉到河里了。"

吉杲扭头看见，却又灵机一动，便叫父亲不要再管他，快上岸。

吉银山也索性大喊："金老太爷跳河了！金老太爷跳河了！"

吉银山身后抓住马尾的兵丁也看见金盖天真从马背上摔下来，不由得松了马尾巴，惊呼："马上真掉下来一个人。"

武光宗已游近了："那是金老太爷，快救。"

朱驷驹的头脑还是比较理智，说："别只顾救金老太爷，还要多去几个人抓吉杲。"

朱驷驹看见吉杲父子骑的马先后登上了岸，忙吩咐道："武哨官，我们分头行动。你先领人在河里搜救老太爷，我上岸骑马带几个人去追吉杲，你完事后马上赶上我。"

朱驷驹环视一下四周，却不见他骑的马，忙问："我的马呢？"

"还你的马呢，我的马也早不见了。"武光宗沮丧地回答他，"这可怎么办好？我们的人腿可赶不上马腿，怎么能追上吉杲？"

朱驷驹忽然又想起了金盖天，心知抓不住人犯还罢，救不起金老太爷的话，知州老爷可不会给自己好果子吃，于是拼命催促兵丁赶快摸寻金老太爷。

正好一个兵丁叫起来："我摸到老太爷的辫子梢了，顺着辫子梢又摸到老太爷的头了！"

另一个兵丁同时喊起来："我摸到金老太爷的脚了，顺着脚又摸到金老太爷的大腿了。"

"是我先摸到的。"

"是我先摸到的。"

两人在河中争来扯去，让倒霉的金老太爷在河里咕嘟咕嘟地直喝水。

武光宗气得脸发青："你们两个再这样争下去，就把老太爷送给阎王爷了。赶快把金老太爷从水里抬上来呀。"

武光宗迅速游过去，朝着两个兵丁的脸上就扇了几记耳光："娘的，置老太爷的命于不顾，还在这里争功？要是淹死了老太爷，我砍了你俩的头。"

兵丁这才醒悟，不再争论，合力使劲，把金盖天抬出水，运送到南岸的一块草地上，直挺挺地放好。

河里的兵丁也都先后上岸，围成一圈观看。

武光宗拨开人群上前来，唯恐金盖天被淹死了吃罪不起，哆嗦着手探金盖天的鼻息，又按了按他的肚子，说道："这肚子可不小，一准是吃饱了水。妈呀，鼻孔好像没气了！"

一个老兵丁凑上前自告奋勇说："哨官老爷，俺家老丈人过去是卖狗皮膏药大力丸的，我自小跟着也学了点医道。你让我瞧瞧吧。"

武光宗喜出望外地闪开身子，老兵丁上前来弯下腰，翻弄几下金盖天说："哨官老爷，我看老太爷不碍事的。"

"真的？"

"他的肚子虽大，但那是油厚，并不是灌水撑大的，我翻他的身子时肚里还咕噜噜响了几声，又放了一个响屁，估计从上到下都是通气的，身上也不太凉，鼻孔里已开始有气了。"

武光宗跳起来："那就谢天谢地了！快找干衣服给老太爷捂一捂，我们马上去追吉杲。"

老兵问："不快把老太爷送回金家寨？"

"不再来回折腾了，把他也带到海州去。快找干衣裳给老太爷换上。"

"哨官老爷你怎么忘了，我们这些兵都是从河里游过来的，哪个身上的衣服干过？"

武光宗猛醒："对对，我倒忘了，我也穿着湿衣裳呢。可无论如何，不能让老太爷冻着了。"

"哨官老爷，我有个办法。把老太爷身上的湿衣服都脱掉，再找两个弟兄也把湿衣脱了，轮换着背老太爷走路，身体贴身体，热气就串通了，金老太爷也不会因此而受凉生病！"

这办法高明！武光宗立刻喊来那两个兵丁："你两个不是想立功吗？现在立功的机会到了，快把身上的湿衣服都给脱了，然后轮换着背金老太爷，金老太爷是知州老爷的爹，背到海州少不了重赏。"

这时，那个帮看金盖天死活的老兵已经脱掉金老太爷的衣服，只留一条裤衩。

另两个兵丁面面相觑一下，也只得脱去衣服，各留裤衩。两人轮流背起金盖天，随武光宗奔去。

恰好此时响起了马叫声，武光宗大喜，也许是朱管带把马找到了，高声问："是管带老爷吗？"

朱驷驹应道："是我，刚把马找到，我们赶快上路。"武光宗马上带着自己的队伍向朱驷驹答话的方向走去。

3

吉杲、吉银山虽然渡过河了，但金盖天掉进河里，这一意外改变了他们的原有行程，本可纵马疾驰，速往海州，却不料又出新情况。

金连珠见金盖天落水，在马背上嘤嘤地哭泣开来，拼命要下水救金盖天，吉杲、吉银山只得你一句他一句地劝阻。实际上，现在的金连珠经历了从前无法想象的挫磨后，心里已蒙上了浓重的阴影，甚至现在，面对着她曾倾心的吉杲也激发不起谈情说爱的兴致。更何况，一连串事件让她对自己的家人，尤其是对父亲产生了巨大的失望。

可是金盖天毕竟是她的父亲，是她的至亲，金连珠又消解不了发自本能的情感，于是反复询问他们："不知我家爹爹现在会如何？"

吉杲看着金连珠明显憔悴的面容，心里很是不忍。吉杲很清楚，当时但凡金盖天稍稍有些配合，吉杲也不想甩下他。现在他虽然无法确定金盖天的状况，但他们身后就有兵丁，想来金盖天也不至于有危险，便好言相劝金连珠，让她宽心。可是金连珠还是哭哭啼啼地不放心。吉杲有些无奈："你是知道，先前我们说了句威吓他的话，他居然想以你之死来求他的活命，对这样的父亲还有什么值得敬重的？"

"话是这么说，可他到底是我的亲爹呀。他再不义，我做女儿的也不能不孝。再说，他毕竟抚养了我一场……"

吉银山很能体会金连珠的心情："小姐说的是，人心都是肉长的，父母子女筋连筋，这也是人之常情。"

可是这个情应该怎样看才合理。吉杲仍然有点不以为然："从古至今，大义灭亲者有之，断绝父子关系者有之。特别是那些当朝的显贵，有的为了争权夺位，父子兄弟之间相互残杀的也为数不少，难道他们都不知天下有个'情'字？"

金连珠抹了把眼泪："其实我也明白你的意思。何况事已至此，我也顾不得多想什么了。只是你既然已知晓我的心意，我也不妨对你直说，我现在还不能不为你的命运担忧呀。你现在的身份是朝廷的要犯，那好不容易有了脱身的机会，何不趁机快逃，还要往海州城去送死？"

吉杲颇为感动地说："多谢小姐的关心。但是不瞒你小姐说，我是不得不去海州呀，毕竟救人要紧。"

"你自身难保，还要救什么人啊？"

"那可不是一般的人，而是我的恩师韦良清。"

金连珠惊讶地望着吉呆问:"韦良清啊?我听说过,他是海州有名的学者,办新学很得百姓拥护。他又算犯的哪门子罪?"

"欲加之罪,何患无辞?我能明确告诉小姐的就是,明天午时三刻他就要被杀头。而且,监斩官就是你的哥哥知州老爷。"

"竟有这种事?我去找我哥为韦老师说情。"金连珠又问吉呆,"就凭你父子二人救得了韦老师吗?"

"救不了也要一试,我必须尽我弟子的本分。"

金连珠点了点头,动情地说:"海州有不少你的传说,说你是个了不起的神童,如今又中了举。既然都这样说,你肯定有什么特别的办法救你的老师了,要我做什么尽管讲。"

吉呆淡淡地回答:"那些传说都是民众抬爱我,其实,我哪里有什么大本事。所以,如何救老师我现在心中也没底。"

"这可怎么行?难道你就凭一时之勇一腔之义硬闯吗?"

吉呆停顿了一会儿,同样也深情地望着金连珠,想说什么,终于怕让金连珠多虑,便又咽回话头说:"你别担心。一切到时候再说吧!现在我们要抓紧赶路,说不定朱管带他们马上要追上来了。"

身后的吉银山接过话头道:"儿啊,可不是马上啊,我已经能听到后面的人语声了,快跑吧!"

吉银山说得没错,就在他们身后不远处,朱驷驹他们又逼近了。只是,他骑的马还是不争气,一瘸一拐,左摇右晃,无论怎样打,就是难以走快,所以他的心情异常焦躁:"武哨官,你倒是想想办法呀?像这样走,何时才能追上吉呆他们?"

武光宗也无能为力:"我的马也不比你的马强多少,弄不好它就趴倒了。"

"附近有没有驿站或递铺?能换匹马就好了。"

"据我所知,海州现在的递铺只有大伊镇铺、新安镇铺、安东县铺、淮安总铺,离这里都很远,到哪里换马去?"

朱驷驹无奈地转回头,瞅了瞅散随在后面的疲惫不堪的兵丁,发现有一兵丁背着个人："喂，那兵丁咋光着脊梁背着个光着身子的人？"

武光宗忙说："刚才我忘了告诉你了，从河里救上来的金老太爷，浑身衣裳都湿透了，我怕他冻病了，就让兵丁脱了衣服背着除去湿衣的老太爷，相互串串热气。"

这也不是个办法，朱驷驹跳下马来："还是把他弄到我们的马背上吧，马也有热气串一串，不然，有个三长两短的，到了海州，知州老爷会怪罪我们的。"

武光宗叹息道："我早已试过啦，可马背上有马的鬃毛，老太爷又是光着脊梁，他怕鬃毛扎皮肉，所以只好如此了。"

"老太爷他醒过来了没有？"

"人是清醒了些，可是还不能说话。"

朱驷驹忽然想起什么："刚才在河岸，我见吉杲的马背上好像也驮着个人，快去看看老太爷醒了没有，能不能说话，好问一下情况。"

武光宗便下马走到背着金盖天的兵丁跟前："停下，我看看老太爷怎么样了。"他伸手摸摸金盖天的头脸，"老太爷，你醒了没有？感觉怎么样？"

金盖天微弱地哼哼了几声："我，我，我现在是在哪里呀？头晕乎乎的，像驾云一样。"

武光宗立刻朝朱驷驹喊："老太爷能说话了。"

朱驷驹赶紧走近金盖天，装着一副关切的样子，也在金盖天身上摸了两把："不发烧吧？"

"还发什么烧？都快冻跷蹄了！"

朱驷驹问金盖天："老太爷，你可知吉杲那匹马的马背上驮人没有？"

金盖天这才完全清醒过来："你看我这脑子，被河水淹晕了，吉杲那小子，把我女儿金连珠也驮跑了，你们快追呀，快救救我女儿！"

"什么？什么？把你家千金小姐驮跑了？"

"是呀。"

武光宗也焦虑起来："这可怎么办？"

朱驷驹的气不打一处来："这个该死的吉杲！我原以为他会挟持老太爷当人质去救韦良清，没想到他一次挟持两个人，救下一个也等于没用！"

"什么？你说我没用？"金盖天恼怒地反驳道，"说我没用，可你们又有什么用？居然把吉杲捉住了，又让他逃走了？"

"哎呀，我的老太爷，现在不是扯这些的时候。你……"

"我现在只有胸口感到有点热气，腿脚手都冰凉，你们也不弄件干衣裳给我换一换。对了，你们这是把我带到哪里去？是不是回金家寨？"

武光宗说："现在是去海州城。如果再返回金家寨，就来不及追赶吉杲了。"

"离海州还有多远？要是远狠了，不把我冻死了？"

"还有三四十里路吧。我们正在想办法给你暖暖身子。"

金盖天喘着粗气道："我算是看清楚了，你们让个光身子的兵来背我，把我的湿衣也脱了，幸亏是夜里，要是在大白天，路人见了还不把我笑话死？不能这样背我，我也不能光着身子！"

朱驷驹无奈地说："我们也实在没有好法子呀。"

这时一个兵丁上前来，把武光宗拉到一边小声说："哨官老爷，只有两个办法……"

"快说！"

"一个办法是把老太爷和另一个光身子的弟兄捆在一起，胸口对胸口——也就是脸对着脸喘热气，驮在马上，上面用树叶子盖起来。"

"第二个办法呢？"

"到附近村里去，找件衣服给老太爷换上。"

武光宗想了想说："这两个办法都能试试。不过，第二个办法太费时间，黑夜进村骚扰百姓也不合适，只能等天亮了再说。先用第一个办法吧。只不知老太爷可愿意？"

朱驷驹忙说："他不愿意又能怎么样？我去跟他说说。"他俯身和金盖天咕叽了一会儿："老太爷，这实在是没法子的事。"

金盖天无奈地点头："也只好这样了，但是天亮之前一定要替我找件衣裳穿，不能让我当众出丑。"

武光宗松了一口气："就依老太爷。"

于是由老兵出手，很快把背他的兵丁和金盖天脸面对脸面、胸口对胸口捆好，架在马背上。由武光宗牵马，召集兵丁，重新向海州赶去。

4

在吉杲、吉银山再三劝慰下，金连珠心情稍稍放松了些，身体也感到恢复了不少，于是不顾吉杲反对，挺身起来，坐在了马背上，转回头问吉杲离海州还有多远。

吉杲正想回答，一低头注意到金连珠那憔悴的面容，心里不由得悸动了一下，感到很是内疚。毕竟他和金连珠相识以后，几乎没有什么情感交流，既没有对她说过什么甜言蜜语，也没有对她的处境和心理给予过一丝关怀和支持。吉杲不是个无情无义的人，他从心里喜欢上了金连珠，只是迫于当前这特殊的形势，他顾不上考虑这些，所以忽略了处境两难的金连珠的感受。

想到这些，吉杲换了副柔声细语的腔调，竭力劝慰金连珠，让她相信自己对她的情感，让她不要为现实过于忧虑。见她的神情渐渐平静，眼睛中也闪烁起希望的光泽后，吉杲才正面回答她的问题说："到海州多远，我也说不准，这条路我很少走。但是你尽管放心，哪怕有千难万险，我们也一定能如期到达海州。"

吉银山忙告诉他们："到海州不远了，顶多还有三十里。我看东方好像发白了，天亮之前无论如何应该到得了海州。"

而此时，吉杲被前方的一堆火吸引了注意力。一直在密切关注着路上情况的他叫了起来："咦，前面好像有一堆火在燃烧？"

金连珠也指着前面说："对呀，好像还有几匹马的影子。"

"会不会是海州又派了兵丁前来堵截？"

吉银山说："他们已经派过了兵到金家寨，还会再派兵？"

"很可能是朱管带他们在返回金家寨时兵分两路，另一路去海州城报信。"

吉银山不安了："如果是这样，前有堵截，后有兵丁追，我们就走上绝路了。"

金连珠回头望着吉杲说："他们人不算多，要不我们趁他们正在烤火之机，快速冲过去？"

"也只有如此了！"吉杲说着，让金连珠抓紧马身，又招呼一下吉银山，随即扬鞭一挥，两匹马箭一般刺破黑暗，呼啸而去。

距他们不远处，确有五匹马拴在路旁的树上。五个彪形大汉围着火堆烤肉吃。每人身后放着一个驮子。

其中一人说："吃饱喝足，天亮到海州交了镖银，好好地睡上一觉。"

另一人呵呵乐道："可惜时间不凑巧，要是上半夜能赶到海州，还可到春光院放松放松。"

"你就知道那些，什么也比不上大睡一觉舒坦。"

又一人插话说："萝卜白菜各有所爱，他就喜欢去那种地方。不过，我也有半个月没放松了，还真有些乏了。"

"扯淡！"为首的汉子呵斥他们，"不把镖银交掉，什么事都不能干。出门还是顾正事要紧。"

"对对对，我们都听徐老大的！老大，你以前有一个学生武功很不错的，不就是海州人？"

"是的，前些天在菜市口杀谭嗣同那帮人时，他还去为他们高歌送行呢。官兵要抓他，他竟然还能跑掉，可惜因此也就失联了。"

"听说朝廷正在捕拿他。"

"我也听说了，这次送镖到海州，我抽空要去打听一下他的情况。"说着徐老大又吩咐道，"赵钢、钱三、孙兵、李武，你们几人把镖银驮子再扎一扎，防备小股土匪偷袭。"

"徐老大，你又多心了。我们源顺镖局虽是跑散镖的，但也是软镖，海州这一带江湖头儿们不是都打点过了吗？"

徐老大仍然板着脸说："正因为如此，我们才需小心。近来那些跑硬镖的，如京城狗尾胡同的正兴镖局、天兴镖局，布巷子的白成镖局，西珠市口的福源镖局，打磨厂的东源成、北源成镖局，西河沿的东光裕、西光裕镖局，等等，都已配备了洋枪，镖车都换成马了。我们虽然把镖车换成了马，但没有洋枪啊！"

钱三说："据我所知，那几家镖局也走软镖。"

孙兵说："不走点软镖行吗？现在官匪、兵匪往往一家，世风日下了。"

李武说："走软镖各路都得打点，花费多获利少，这碗饭越来越难吃了。"

徐老大说："是啊！就说我们运的这趟镖银吧，是太原的一个盐贩子汇兑到京城，我们再由京城将现银运到海州福祥当铺，一路风风雨雨提心吊胆，切不可将到海州出了差错。"

赵钢说："这趟镖银总共有两万两银子呢，福祥当铺是哪家的铺号？生意做得不错啊！"

徐老大哼了一声："这可是个有来头的人。他就是海州的现任知州金耀祖。据说他和盐法道台和海州分司运判交往甚密，常暗中贩运私盐。他那个当铺，不过是个幌子，主要生意并不在那里。"

李武说："既然如此，我们倒不如把这批镖吞了，远走高飞！"

"吞了？你可着肚子长个胆，你可知道金知州的根底？他在兵部、吏部、刑部、军机处都有朋友，要不然怎能补海州这个拥有三大盐场的肥缺？你能逃出他的手心？"

李武愤愤啐了一口痰："他娘的，眼下这些当官的统统拉去杀头，十成有九成都不会有冤！"

徐老大挥挥手："少发牢骚吧。我们都是凭本事吃饭的人，管那些闲事弄鸟！快把东西吃了赶路！"

钱三忽然竖起了耳朵："咦？我听到北边有马蹄声！"

徐老大侧耳一听确信是有人："快呼镖号，给江湖上的人先打招呼！"

赵钢带头呼起了镖号："喝唔——"

"你咋呼小号？要喊大趟子号！"

赵钢呼起大趟子号："唔喝喝喝唔——"

徐老大跳起来："上马驮子！"

五个人立即把镖银驮子上到各自马上。

5

镖师们看见的人马，正是吉杲、吉银山。

听见呼声，吉银山有些奇怪："前面的人喊的是什么意思？"

吉杲反而放下心来："那是镖师喊的号子，也叫镖号。"

"为什么要喊？"

"这是走软镖的特点。"

"什么叫软镖？"

"就是预先给运镖所经沿途的土匪头子送银子，若从此路过，喊声镖号，土匪听到便可放行，相安无事了。"

平时很少有机会出门的金连珠听着感到很是有趣："这倒挺有意思。你怎么会知道的？"

"我在京城时，跟着源顺镖局的徐镖师学功夫，是他告诉我的。"

吉银山放心地抹了把汗说："这样看来，前面的那些马不是追我们的兵丁了。"

"肯定不是，放心走吧。"吉杲带头走近上完驮子的马匹旁。

落在后面的钱三不认识吉杲，伸手挡住他："喂，哪路的？"

吉杲说："过路的行人，各走其道。"

钱三上下打量着吉杲，从其气质上就觉得他不是坏人，便点头施礼："对不起，打扰了。"

"不用客气，你们前行吧。"

钱三道了声谢，五个人跃上马背，飞奔而去。

吉银山哈哈一笑："果然相安无事了，我们也快走吧，东方天边都发白了。"

吉杲飞身上马："我们不要和运镖的靠得太近。估计天亮前可到海州城。"

朱驷驹对吉杲紧追不放，但始终没能追上，心里越来越焦急不安了："看看，天都快亮了，我们离海州还有多远？"

武光宗答道："还有二十多里路。"

"那我们过了河才走了十来里路？"

武光宗听朱驷驹发牢骚，内心腾起一股怨气，暗想：你小子骑在马上，我倒要牵马驮老太爷，你嫌慢，我还嫌累哩！于是武光宗埋头不睬，只当没听见朱驷驹说的话。

朱驷驹毫不知趣，却又问他："在兴宁镇分一半去海州城的兵丁，此时该到了吧？"

武光宗觉得再不回他的话不好，只好答道："估计该到了。我们几乎跑了个来回，捣弄到现在，他们直来直去，天都快亮了，还能不到？"

金盖天垂头搭脑地迷糊了一会儿，现在被吵醒了，便接上话道："什么？天都快亮了？你们快去给我找衣服呀，难道让我光着屁股在海州城街上游行示众吗？"

朱驷驹正憋着一肚子火，心里暗骂：这老东西，净在关键时候添乱！但他刚想发作，一想到了海州，是他儿子的天下了，便换了一副腔调："老太爷，你不要着急，现在东方刚刚发白，天没全亮，我就马上给你找衣服。"

武光宗手指右前方道："老太爷，你看，前面有个村庄，很快就到了……"

金盖天怒吼起来："我能看到个屁？和一个熊当兵的汉子脸对脸捆着，满嘴的大蒜臭气，快把我熏死了。"

兵丁讪笑道："老太爷，你不要嫌这蒜味难闻，要没有这种气味冲一冲，你早就受风寒了。"

"哼，这么说我还要感谢你了。"

"小的不敢，我是专给老太爷焐心口窝的。"

一个老兵丁凑近武光宗说："武老爷，前面影影绰绰有几个人。"

武光宗定睛一看，忙命那老兵跑上前去看看那些人是干什么的。

老兵丁跑向前去，见是几个讨饭花子在一堆炭灰上扒来抢去："喂，你们都是干什么的？"

一个花子道："兵老爷，我们是要饭的。"

"要饭的在这炭灰里扒什么？"

"这里面有扔下的烤鸡烤鸭，还有羊腿狗腿，是哪个没吃完扔下的。"

老兵早已肚饥难忍，一听这话，顿时两眼放光："快拿一块给我看看！"

花子道："兵老爷要是饿了就拿半条狗腿啃啃，我们已经吃饱，准备去海州了。"说着递给老兵一条狗腿。

老兵接过就猛啃了几口，边嚼边问："去海州干什么？"

"看杀人的呀。"

老兵丁细看几个人的衣服，想要件给金盖天穿上，但没一件完整的，看样子，破衣缝里也会虱子成堆，便说："你们有没有好一点的衣服？"

"我们三人的所有衣服都穿在身上了。"

另一个花子却说："老大你咋忘了？你不是在桃花寨拾了件水红色的褂子吗？"

花子老大本想隐瞒，现在只好假装刚想起来："噢，对了，我把它揣在怀里了。"他伸手掏出来，问老兵丁："你想买？"

"多少钱？"

花子说："一两银子。"

"你也太狠了，一件上衣要一两银子？"

"你不买算了，这是上等的杭纺丝绸，光买布就得一两银子，还加上做工呢，不也得给个一吊两吊的？"

这时，后续的兵丁也来到近前。老兵丁便说："这样吧，我拿给老爷看看，他要愿意就买下了。"

他拿过上衣抖了几抖，来到武光宗面前："他们要卖这件上衣，要一两银子，你看可值？"

武光宗接过上衣，借着微亮的曙光细看："好像颜色鲜艳了些？"

"就这一件，他们身上的衣服也太破旧了，老太爷穿着不合适。"

"一两银子？贵了些。"

朱驷驹却不耐烦地插话说："啰唆个啥？有件衣服给老太爷穿就行了，管它贵贱，别误了我们追吉呆。"说着从腰间掏出一两银子扔给花子："拿去吧！"

那老兵丁把捆兵丁和金盖天的带子解开，帮着金盖天把上衣穿上。由于衣服小，金盖天身子胖，也无法把扣子扣上，但比无衣穿好多了。金盖天细看衣服的颜色，昏花的双眼又看不准，心中怀疑道："我看这褂子的颜色鲜亮了些，好像是红色的？"

武光宗糊弄他："哪里是红色的，和你在家穿的马褂差不多，深酱色带团花的，虽小了些，也比没有强。"

"那就将就吧，到了海州，叫我儿子给弄一身新的。"

朱驷驹立刻发令："武哨官，不能再误时间了，你和老太爷同骑一匹马，我二人前面带路，叫兵丁跑步跟上。"

武光宗一边喝令后面的兵丁跟紧跑，一边感到鼻子里有一股他熟悉的肉香味："哪来的狗肉香？"

老兵丁知趣地把没啃完的半条狗腿递给武光宗："老爷请，是花子给的。"

武光宗接过刚咬一口，身前的金盖天转过头来："什么肉？这么香呀，我弄两口。"

武光宗只好递给金盖天："别人给的狗肉，你吃吧。"

"我真饿得撑不住了。"金盖天接过狗肉就啃。因那狗肉是在火上烧的，外面净是炭灰，金盖天啃得满脸都是灰，像个花狗脸。

朱驷驹不耐烦地催促他们："别扯了，天都亮了，我们还没到海州，弄不好要出大事！咦？前面跑着好几匹马，不知其中有无吉呆，快追！"

6

凌晨时分的海州城郭已隐隐可见。海州城有四门：南门"朐阳"，北门"临洪"，东门"镇海"，西门"通淮"。此时四门紧闭，城墙上火光闪烁，兵丁林立，戒备森严。城门楼有兵丁细察过往行人。因未到开城门时间，城门外聚集了众多小商小贩及乡民。临洪门外，五匹镖马上坐着的正是先前那五位彪形大汉。

徐老大向城门楼上喊话道："守卫的官爷听着，我们是知州老爷特请的客人，请打开城门放我们进去。"

"不行。"城门官俯身摆手，"知州老爷有令，今日午时三刻斩杀维新党要犯，不到开门时间，任何人不得进城。"

"你若不信，这里有封书信，快呈给知州老爷一阅，他便知晓了。"

"什么书信，你如何递得上来？"

"这有何难。"徐老大不知用了何法，只见他把书信拿在手上，轻轻一扬，那封书信箭一般直射而上，然后略一打斜，正好落入城门官手上。

城门官惊讶万状，连腰杆都弯了："那、那位客官请稍候，我这就向知州老爷回禀去。"

恰在此时，吉呆、吉银山骑着两匹马飞奔而至，就停在五匹镖马的略远处。

吉银山望望城门，焦急地问吉呆："还没到开城门的时间，我们进不得呀。"

吉呆安慰道："略等一下，看看再说。你没见前面那几匹驮东西的马也没进城吗？"

"临洪门外已聚集了这么多人，若待开门进城，逐个盘查，何时能进得去？又如何救得韦先生？"

吉呆也面露难色，但只是一瞬间，他便镇定地说："若前面那五人能进去，我们也不难。"

"咦？你看，城门打开了一条缝了。"

吉呆点头道："看来那几个人很有来头，可能是里面特地开门放他们进去的。"

"不错，门打开了，你看，有个守门兵在向他们招手。"

"那就行。"吉呆低头看看金连珠说，"小姐不要害怕，你好好坐着，没有我的眼色不要说话。"

金连珠点头应诺。但吉银山却有所不解："何不让金小姐说出身份，我们不就能顺顺当当进去了吗？"

吉杲摇头说："爹你只知其一，不知其二呀。倘若遇上了知州的仇人，露了身份，他们想加害小姐怎么办？越是人多的地方越是要倍加小心。"

"知道了。你看，那五匹马进城了。"

"走在前边的像我师父徐镖师。快，我们紧跟上去。"

可紧赶慢赶，还是晚了一步，等吉银山和吉杲赶到城门口时，城门又关闭了。

吉杲勒住马缰，向吉银山挥手："快退，离城门越远越好。"

"为何？"

"你看看身后，那不是朱管带他们快到了吗？"

吉银山顿时惊惧起来："那我们怎么办？"

"再等一下。"

"还等什么？等死呀！你看，朱管带和武哨官的马已快到护城河了……"

话音未落，就听不远处朱驷驹在喊叫："我看见吉杲了，武哨官，我们率先冲上去。娘的，我不信这回逮不住这小子。"

武光宗也大为得意："对呀，来到海州城，还有你吉杲的活路吗？"

两匹马一齐飞奔，城门外的乡民们被吓得四下闪避，大批兵丁则随后而至。

到了城下，朱驷驹立定马头，向城门楼兵丁大喊："上面的给我听真切了，朝廷要犯吉杲，就在临洪城门外，速速派兵前来捉拿。"

城门应声而开，许多兵丁一拥而出，将吉杲、吉银山二人团团围住……

第五章 虎穴探路

1

海州不是等闲之地，历史悠久，人文荟萃，是今天连云港城市之根、文化之源，建置历史距今已有两千余年。自秦汉以来，一直是海、赣、沭、灌地区的政治、经济、文化中心，素有"淮口巨镇""东海名郡""淮海东来第一城"的美称。当年，秦始皇曾到此立石作为秦帝国的东方大门，孔子曾到此登山望海留下孔望山名胜，孔望山还给后世留下了摩崖造像等诸多国家级文化遗产。名著《西游记》《镜花缘》均诞生于此。糜竺、苏轼、石曼卿、李汝珍、沈云沛等历史名人都与海州有着不解之缘。

当吉呆维新故事发生之际，海州府依然以其山清水秀、宜居宜业闻名于世，故而府城每天都繁华热闹。主城门日日都像今天一样，一到开城之际便拥挤不堪，急于进出的百姓推推搡搡，人语嘈杂，总是令维持秩序的兵丁疲于应付，难以成伍，指挥失灵。而这也在无意中成全了吉银山和吉呆，虽然兵丁里应外合包围了他们，但人太多了，一时无从下手。

吉银山见此情形，疾呼吉呆："趁这乱势，我们赶快逃吧。"

吉呆却沉着冷静，不慌不忙地勒马观察："再看看，不急。"

"城门里出来这么多兵丁，后面的兵丁又抵住屁股，前面就是城墙，再不设法，我们就是绝路一条！"

吉呆低头和金连珠耳语道："小姐，你是否看见后面武哨官的马背上坐着一个穿水红鲜艳上衣的人？你看那是个男人还是女人？"

金连珠正在察看，吉银山从旁道："那家伙身材粗大，满面黑乎乎的，不像女人。"

"是男人，"吉呆很有把握地说，"那穿水红裤子的是你爹！"

金连珠也认出来了："我看那人还真像是我爹。"

吉银山却又怀疑起来："怎么会是他？他原来穿的是酱色马褂，掉到河里之前脸是白净的，现在像是花狗脸，不男不女的，你们咋看得出来？"

吉呆再次断定："就是他。无论怎样改变装束，他的身架仍是如前。"

"就算是他，我们逃命都来不及了，还去说他干什么？"

吉呆朗声笑道："如果不认清是他，我们如何进城？"

"金盖天被武哨官的马驮着，旁边又有朱骊驹及很多兵丁，认清他又有何用？"

"爹，别怪我没大没小的。"吉呆特别嘱咐吉银山说，"从现在起，你不要再说话，看我的眼色行事，我走你走，我停你停。听到没有？"

吉银山心中疑惑，又不得不听吉呆的意见："好吧，听你的，可你千万别把我的这条老命玩丢了。"

吉呆对金连珠喊了声："坐稳了。"随即从马背上站直身子，突然高声大喊："众位，众位都听真了，有个兵丁想强抢民女，你们说该当何罪？"

众人纷纷围过来，哄闹开来："那还用说？把他逮住，扭送官府！这浑蛋在哪里？"

"就是后面那个骑马的。"吉呆转身指向朱骊驹他们一伙说，"他们那伙人中，靠前的马背上坐的，就是被抢来的良家妇女，听说是刚过门三天的新媳妇呢，快去把他扭住，人赃俱获！"

"抓住他！抓住他！"不明真相的众人，本就有不少好事之徒，又抱着看热闹之心，便在边上瞎喊，一齐向前拥去。而那伙从城门拥出的兵丁，竟也稀里糊涂地随着人流拐向武光宗他们："闪开，快闪开，让我们前去捉拿。"

毫无预料的朱驷驹顿时被这突如其来的情形弄呆了，怔了片刻才焦急万状地向众人大呼："错啦！错啦！你们都不要相信前面那人的话，那人正是朝廷缉拿的要犯吉杲！应该赶快上去把他逮住——"

吉杲清朗的嗓门更锐利了："诸位不要看花眼了，更不要听信刚才那人的话，那人是总督衙门的大官，正是他怂恿手下强抢民女，快连他一起抓住扭送官府——"

武光宗看着蜂拥而上的众人吓得嗓音都哑了："别乱来，别乱来！我这马背上坐的不是什么小媳妇……"

可是事情到了这一步，众人早就听不进任何解释了，还是一个劲地朝前拥："不是小媳妇怎会穿得这么鲜亮？就是的，看，水红褂子那个……"

武光宗急得要脱掉金盖天的褂子，金盖天却拼命护住不让他脱："你要脱就脱你的衣服，干吗让我丢人现眼？我金盖天……"

"可这本是捉拿吉杲的好时机呀，大家被他糊弄了，不挑明真相，吉杲会借机逃跑的。"

"管你捉拿什么人，我总不能不要脸面吧？"金盖天愤怒了。

"老太爷哎，我这也是为你儿子知州老爷办差，为他的前程着想……"

"他要前程，做老子的不应该更要有脸面吗！"

金盖天这么说，也是有他的缘故。作为富甲一方的豪主，他平时吃香喝辣，豪横惯了，也享受惯了。因此，脸面对他是比什么都重要的东西，他几时想过会有今天这般落魄的遭遇？更何况，自己从来就是个被人敬着、捧着、围着转的人，脸面对他就更紧要了。平日就是偶尔吃点苦，受点罪，他倒也并不怎么在乎，反正自己有的是钱，也有的是势力，甭管圈子里的人都是什么动机，身边围些人转转总是一件多少能满足虚荣心、也很热闹的事情。虽然他明白自己不过是混混客，钱虽然不少，日子看上去也够热闹，心里却总觉得空落落的，好像少了点什么。到底少了点什么，他搞不清楚，也无心去搞清楚，只知道脸面最重要，钱财最重要，权势最重要，所以他坚决不听劝，死活也不肯脱去那维护自己脸面的最后一张皮……

要说还是朱驷驹明白些，他见金盖天固执着，便上前一步使劲推着武光宗说："他不愿脱就算了，我们不能误了大事，快往后退，摆脱人群，从侧面向吉杲迫近。"

武光宗急得都要哭了："这还退得了吗？那么多百姓和城门里出来的兵丁，把我们围死了，谁还动弹得了。"

吉杲见此情形，知道妙计已成，哈哈一笑向众人道："众位乡亲、乡邻和海州城内的兵丁们，千万要把这两个败类给拿住了，我现在就进城告官去。"

话音未落，吉杲已与吉银山策马开跑，火速绕开人群，眨眼就冲向南门而去。

2

这时的海州城南门胸阳门一带，远山如画，轻纱似的乳白色薄雾缠绕在胸山半腰，曙光将胸山顶染得绯红，霞光点点四射。

城门官正在检查部署："各站哨位，都给我多留个心眼。今天要斩杀维新党，各位务必给我尽心尽力。"

守城兵回应着，却见一个兵丁从城下匆匆奔上城门楼："禀告老爷。"

城门官一惊："有什么事吗？你是从哪里来的？为何这般匆忙？"

"北门发现了朝廷要犯吉杲，据说他已经冲进城了，可能是要进城劫法场，知州老爷紧急下来口谕，要各城门务必严加警戒。"

"知道了，去吧。"

城门官见城门口聚集了越来越多等待进城的百姓，赶紧安抚他们，以防引起混乱："众位乡亲不要着急，现在还没到开城门的时间。"

城下早就一片喧哗，现在更不满了："以往这时不是早开了吗？"

"今日情况特殊，知州老爷有令，在下不敢违命。请稍候吧！"

这时，吉杲已与吉银山骑马来到了城门楼下，仰面向上高喊："城门官在吗？"

城门官道："在下就是，你是何人？"

"在下是知州老爷的堂表弟，特带知州老爷的妹妹金连珠来州衙。"

城门官俯身仔细察看："那另一位骑马者是何人？"

"他是知州老爷的叔叔金盖福太爷，一并随我们前往。"

城门官再次审视着吉杲的面容，似像非像，有点吃不准，但为免得罪知州老爷，他终于点头应允："既然如此，我令手下开门先请你们进来。"

不一会儿，城门开启。吉杲轻轻打马，率先过了城门，回头招呼吉银山："请吧，金老太爷。"

两匹马刚进了城，城门复又关上。

一个兵丁殷勤地上来引路："请几位下马，城门官请你们一同到城门楼用茶。"

吉杲摆摆手道："请你转告门官老爷，谢谢留茶，不打扰了，我们这就去州衙。"

不料城门官也走下了城门楼，看看吉呆越发觉得和知州老爷没什么相像之处，心里不免升起了疑云，忙伸手拦住他们："喝不喝茶也要到城门楼坐坐呀。"

"我们事情太急，骑马又很快就到州衙了，免了吧。"

城门官认定他们就是要捉拿的要犯吉呆父子，于是阴阴地一笑："这哪成啊？礼数是无论如何免不了的。"他突然大喊一声，"来人，把这几个人给我拿下。"

兵丁呼啦啦围上来："快下马受缚。"

吉呆早有思想准备，于是坦然笑笑道："且慢，请问门官老爷，你是说我们有诈？难道这位金小姐也是假的吗？"

城门官冷笑道："抱歉！我从未见过金小姐，断定不了真假，但你是吉呆，另一人是你的父亲吉银山，这可是千真万确的！"

"你凭什么这么说？"

"刚才在城楼上，彼此看不清，现在你还没看清楚我是谁？"

吉呆仔细一看，不禁心头一跳："哟，原来你是州里的捕快马大啊。多年没见，你可是比过去富态多了，怪不得我一下子没认出来。恭喜你啦，啥时升任城门官了？"

马大板起脸来："少套近乎，你是朝廷通缉的要犯，城里早贴满告示了。别啰唆了，快下马吧。"

吉呆却不轻易下马："是不是能请你看在过去我父亲顶着我在海州应乡试那年，你给我买烧饼吃的分上，答应我个小小的请求？"

"别玩花样。"

"请你不要让我们受太多罪，把我们关在一间屋内，且不要上绑。你看我们赤手空拳的，无论如何也逃脱不了的。"

马大犹豫了一会儿点头答应："好吧。一个乡下人，一个文人举子，一个小姐，谅你们也插翅难飞。"于是命令兵丁把他们带到城门楼里关起来。

3

因为时日特殊，天还未亮，海州府衙大堂东侧的官厅客堂，便已掌灯。身为江淮重镇海州知州的金耀祖，顶戴花翎、一身官服，穿戴得整整齐齐，志得意满地坐在紫檀案几旁。一向以自己的官威为荣的金耀祖，任何时候上得堂来，都会板起那张油光光的大脸盘，装模作样地翻阅案上摞摞卷宗，时而望一眼长着两撇小黑胡的精瘦师爷，发几声问询。

正说话间，门卫来报告："禀告大老爷，老太爷来了，在仪门外候着呢。"

金耀祖吃了一惊，自言自语道："爹怎么来了？快请到内宅去，就说我这里正忙公务。"

"不成呢，老太爷说一定要见你。"

"随行的还有何人？"

"还有个京城总督衙门的朱管带和咱海州的武哨官。他们也急着要见老爷，说是有要事相告。"

"武哨官也来了？"金耀祖这才认真起来，"他有没有把要犯吉杲抓到？"

"他没有说，小的不知道。"

"那就叫他们都进来吧。"

须臾，朱驷驹、武光宗搀扶着一瘸一拐的金盖天走了进来。

金耀祖愣了一下，心里暗自琢磨：老太爷呢？眼前这个人穿着水红褂，满脸是炭灰，男不男女不女的，为何带了这个人进来？他迟疑道："不说是老太爷来了吗？他在哪里？"

武光宗指了指金盖天："他就在这里站着呀。老太爷，你咋不说话？"

朱驷驹也赶紧摇晃一下金盖天的胳膊："是呀，你怎么不言一声呀？"

金盖天刚才在临洪门外被人围闹，到现在还没缓过神来，疑惑地问："这是什么地方呀？那个戴红顶帽子穿花袍的人是谁呀？"

金耀祖顿时指着朱驷驹、武光宗发怒："你二位干的好事！我爹怎会摆弄成这样？"

武光宗扑通跪倒说："知州大老爷，在下一言难尽呀。"

"一言难尽！两言该能说清了吧？你抓的人犯呢？你不但人犯没抓到，还把我爹弄成这样，你可知罪？"

武光宗连连叩头："卑职该死！卑职该死！可我也有苦难言呀！京城总督衙门的朱管带知道我的详情。"

朱驷驹推摩着金盖天的前胸后背，又掐了掐老太爷的人中，对他说："老太爷不用害怕了，已经到海州衙门了，这是你的大公子呀，你老人家快明白过来呀。"

金盖天肚子一阵猛响，吐了几口黏痰，放了几个响屁，这才头脑清醒，扑向了金耀祖："我的儿呀，你老爹的命差点没有了！"

金耀祖拉住金盖天安慰他："爹爹不要哭了，快坐下说话。"

武光宗趁机爬起来，搀扶金盖天坐到椅子上："老太爷，快坐下喘口气，歇一歇再说不迟。"

金盖天坐下喘了几口气，边哭边诉："我这都是被那个吉杲害的，多亏了朱管带和武哨官相救，才留了条活命。"

"这都是我们应该效劳的。"

金耀祖的气略微消了些："说到底，你们抓住吉杲没有？"

朱驷驹赶紧回答："在下向知州大人禀告详情……"

武光宗也不相让："卑职向知州大人禀告详情……"

"别抢呀，你们一个一个说吧。"

于是朱驷驹和武光宗你说几句，我争辩几句，好一阵才把先前所经过的事情汇报清楚。

金耀祖听得脸色铁青，最后拍案而起："好个大胆的吉杲，他害了我家爹爹还不算，竟然把我的妹妹也劫持跑了，这还了得！简直目无朝廷，藐视国法！武哨官——"

"卑职在。"

"快去集合官军，清查海州全城。"

朱驷驹不甘落后，也要求前去。

金耀祖却摇了摇手说："朱管带从京城追缉要犯，一路辛劳，你先到驿馆歇息一下。"

"不，我离京城总督衙门时，已领军令，不抓住吉杲定要回京问罪。圣命不可违！"

金耀祖略一沉思说："那这样办吧，今日午时三刻要将维新党韦良清斩首，为防吉杲可能潜在人群中扰乱法场，朱管带和武哨官各带一支兵丁，加强警戒。等此事办完，再设法追缉搜寻吉杲！"

武光宗献殷勤道："老爷，是不是赶快给老太爷换身衣服？"

"这我倒忘了，你快搀扶老太爷到后宅去……"

门卫又进来道："禀告老爷，胸阳门官马大求见。"

金耀祖又生起气来："他这时求什么见？竟然擅离城门，不知道今日情况特殊吗？"

"听说他抓住了吉杲。"

金耀祖欢喜得一蹦老高："什么？这马大居然抓住了吉杲？叫他快快进来！"

4

吉杲、吉银山、金连珠三人被关押在胸阳门城楼内一间房里。此时大门紧锁，外面有兵丁持械守卫着。

屋里光线昏暗，只有从木槅窗射进的一小缕阳光，照在吉杲、吉银山、金连珠的脸上。吉杲就像没事人一样，眯着双眼靠墙睡觉。毕竟奔忙劳累了一个晚上，他睡得很沉，醒来时还使劲伸着双臂说："这一觉补得好啊。看来，人还是睡觉舒服啊。"

吉银山却越发心焦："我的老天爷哟，你这孩子真是不知死活，这个时候你咋还有心思睡觉？"

金连珠却心疼地摘去吉杲头发上的一根稻草："他实在是太累了，不如让他再睡一会儿吧。"

吉银山也露出了怜爱之色："别人还都夸他是神童举人呢。到底也是吃五谷杂粮的人啊。只不过，这个时候是睡不得的呀。在金家寨就急着往海州赶，说是进城救老师，现在进了城，他倒睡起觉来了！"

金连珠说："现在他就是有心去救老师，也寸步难行呀，自己都被关在屋里，还怎么去救别人？"

"这倒也是。怎么办呢？能眼看韦先生被杀头我们却见死不救吗？"

金连珠叹息道："别说是被关在屋里，就算放你们出去，凭你父子二人，无兵无枪，怎么救得了人？"

吉银山心里很气愤，但又很无奈："不行咱就以死相拼，尽到心意，也就罢了。可也是的，现在连拼一拼的机会都没有啊。这实在让我咽不下这口气！"

金连珠仗义道："我能为你们俩做些什么呢？需要的地方尽管说吧。"

吉银山摇头叹息道："你一个弱不禁风的女孩家，你哥恐怕也不会听你的话。再说，这事怎能让你抛头露面？"

金连珠心直口快："不管怎样，我现在先叫你声叔叔吧，然后……"

吉银山连忙摆手道："那可不敢当，咱是穷苦人，比你差几个阶梯呢……"

金连珠的脸红起来："叔叔，话可不能这么说。在金家寨，若

101

不是有你们相救，我还真的一口气上不来呢。不管前因如何，现在你和吉杲就是我的救命恩人。"

吉银山偏头看看又熟睡的吉杲，回过头来再瞅瞅金小姐，情不自禁地说了句真情话："要我说，我看那浑小子吉杲，还真的很喜欢你呢……"

"他，但愿他……"金连珠不知说什么好，羞涩地低下了头。

"可惜呀，咱的命很不好。穷得叮当响不说，我估摸着，这次都可能没法活着走出海州城了。"吉银山说着老泪纵横，低头哽咽起来。

金连珠也掩面而泣："叔叔你放心，虽然我和你们父子只是因为一场意外偶然相遇，后来的遭遇也让我始料不及，但我绝不是那种随性之人，我相信也许这一切都是缘分，不管最后是什么结局，我情愿把自己的命和你们绑在一起。虽然我不敢打包票，但若是我哥哥听兵丁禀告，知道我也被关在这里，他至少会接我出去的。那时我一定设法救出你父子二人……"

"不可能！你哥不会拿你如何，对我们就不一样了，天下当官的都是……"

"那我就对哥哥说，说……"

"你能说什么呢？"

金连珠欲言又止，终于还是把牙一咬："就说我已是你吉家的人了。"

吉银山直摇头："闺女呀，我感谢你的好心，可你不能这样说。"

"为什么？"

"我们吉家尽管祖辈种地，但也是诚实明礼的人家，不坑不骗，本本分分，不能做无中生有的事。再说，你这么说了你哥也不会相信的。"

金连珠还是坚持："如果只有这一个办法……我是一个大活人，我说有不就有了吗？"

"不见得呀。因为这不是明摆着的事吗？自从认识你到现在，总共才一夜多一点时间。在这么短的时间里就定下姻缘大事，别说你当知州的哥哥不会相信，就连普通乡民也不会相信。"

"从古到今就有一见钟情的姻缘，那'一见'是多长时间？况且我们是一道'过'了夜呢。"说着，金连珠害羞地捂紧了面孔。

"按照礼数，婚姻大事，总是父母做主，媒妁之言，立有婚约的。就算你如此说，以何为凭呢？况且你爹对呆儿那是恨之入骨。"

"那，难道就没一点办法了吗？"

"没有，确实没有。"

金连珠沉默了一会儿，两眼忽又闪出光芒来："在我家西花厅的时候，吉呆不是当众喊过我爹为'岳父大人'吗？"

"那不过是呆儿为激怒你爹，让他把我们放出来另谋地方，寻找机会逃走，并不能算真正的亲戚。"

"如果我铁了心认定是真正的亲戚，并以此说通了哥哥和爹呢？"

"除非太阳打西边出来，眼下是绝不可能的。"

金连珠急得掉下泪来："不管怎么样，我要试试。而现在只有定下这层关系才能救你二人，只有救了你二人才有可能救韦先生。你说不行，难道就这样坐着等死吗？再说，现在离午时三刻还有多少时间，你算过了吗？"

吉银山失望道："我心里是一清二楚的。但已至绝境，又能如何？"回头见吉呆仍然熟睡着，急得伸出巴掌打了一下吉呆，"你还能睡得着？快起来，看看我们该怎么办！"

吉呆被吉银山打了一巴掌，睁眼看看吉银山，又伸伸懒腰揉揉眼："好像从来没有这一觉睡得香啊。不过，虽然睡着，依稀还是听见你们刚才说了些什么？"

金连珠笑了："睡着了你还能听见说话？"

吉呆轻轻拉起金连珠的手得意地说："你不信？我学几句给你

听听，比如，'我是你吉家的人'什么的……"

"快不要说了，原来你是假睡呀。"金连珠害羞地侧过脸去。

吉呆无奈地说："你们讲的办法没一条能用得上的。"

吉银山听吉呆这么一说又急了，责问道："那你有办法你想呀，只顾睡你的觉！"

"我虽然睡觉，但脑子没闲着。这叫睡觉、想事两不误。"

吉呆说的是实话。刚才他看似睡得很熟，其实顶多只能说是闭目养神。危机重重的生死关头，即使是神人也难做到波澜不惊，只不过吉呆身边有父亲与挚爱的金小姐，深知自己的一言一行都会牵动他们的神经，更可能会影响他们的生死存亡。所以，他始终对自己说，必须做到喜怒不形于色，必须冷静应对任何可能的危局，必须想方设法渡过难关，挽救老师、亲人和自己的性命。

因此，刚才吉呆心里已设想了种种方案。现在，他又在室内来回踱了几圈，终于重重一拳击在大腿上，毅然决然地向吉银山和金连珠说："你们都别急，我看准了，马上就会有人放我们出去了。"

金连珠像听神话一样瞪大双眼，兴奋地说："这时候了，你可别骗人玩啊？"

吉银山根本不相信吉呆说的话，毫不激动："你别信他的鬼话。也许是把我们绑着出去送进法场。"

"就算那样，总算也是被放出去了吧。"

"自己逃出去是做人，兵丁把我们放出去，只能是做鬼了。"

金连珠急得不知所措，又伤心地抹起了眼泪："天哪，这可怎么办呀！"

吉呆连忙劝慰她："小姐切莫哭泣，你这一哭，把我的心哭乱了，啥办法也想不出来了，想不出办法，只有等死。但是我要郑重告诉你，你我虽然只是萍水相逢，原本谁也不了解谁，可是经历一场特殊的磨难，我的心更加坚定了。请你放心，我在任何情况下都不会不为你着想的。"

金连珠感动地看着吉呆直点头，使劲抹着眼泪说："我不哭了，我一定不再哭了。"

"对了，那还是多笑笑吧，你笑起来可是很好看的。"

"别瞎扯了。"金连珠用袍袖擦干了眼泪说，"我保证不再哭了。可你还是快想个办法吧。"

吉呆正色道："我想写几个字。"

"这里既无笔墨又无纸，用什么写字？"

吉呆认真地问金连珠："你应该有手帕吧？最好是黄色的。"

"有块绣花手帕，但是白绫的。"

"可惜了。"

金连珠想了想说："对了，我褂子的衬里布是黄的。"

"那就撕一块下来。"

金连珠有些为难，面色又涨红了："在你们眼前怎好脱下来撕呢？再说，又无剪刀，就是能撕下，也豁边斜角的。"

"这不难。"吉呆用商量的语气说，"你肯定还穿有内衣的，我和父亲背过脸去，你脱下以后交给我，眨眼工夫，我就能把衬里黄布撕下方方正正的一块来，可好？"

吉银山也附和道："孩子呀，只有如此了，这也是不得已呀！"

"好，你们背过脸去。"金连珠下定决心。

吉银山、吉呆把脸背过去，金连珠迅速脱下褂子递给吉呆。

吉呆从衣袋里摸出一根钉子，在褂子的衬里布上轻轻用钉子划了四下，裁出一块长方形的黄布来，又把褂子递给金连珠。

"好了，把衣服穿好吧。"

金连珠迅速穿好衣服："好了，都把脸转过来吧。"

吉银山不解地对吉呆说："转过来又有什么用，你拿什么写字？"

"这就不用你操心了。但有一条，你和金小姐必须背对着我。如果不按我说的去做，这字就写不成了。"

"好吧，依你。"吉银山和金连珠转过身去。吉呆用什么东西在右手中指上狠心扎了一下，然后将黄布铺平在地，唰唰唰地写满了字，然后迅速收了起来："好，大功告成。"

金连珠转过身子："能给我看看你写的什么吗？"

吉呆一脸神秘地笑道："现在还不行，该看的时候自然会让你们知道。"

吉银山还是一脸疑惑："你不要神神道道的了，这里是海州城，可不比金家寨，满城的兵丁，你朝哪里跑？"

吉呆却稳稳地坐着："既然来到了海州城，就是为了救人，为什么还要跑呢？我再说一次，咱们坐在这里不动，很快就有人来请了。"

"请？不给你上枷锁押着走就算万幸了，你又不是高官显贵，知州老爷还会来请你？"

"不说请吧，至少马上会有人来带我们走出这间屋子……"

正在这时，金连珠害怕地说："你们别说话了，好像真有人来了。"

吉呆兴奋地说："我说的吧。该来人了，再不来人放我们出去，救老师可能会来不及了……"

果然，门外传来门卫的开锁声，来人一边开锁，一边对屋里人道："都不要吵闹了，城门官马老爷来了。"

门开处，正是马大带着十多个兵丁拥进屋来："把屋里人都给我带到府衙去。"

5

海州府衙里，看上去神气活现的知州金耀祖，身穿官服，端坐在大堂上。他右首坐着清瘦的师爷，左边坐着朱驷驹，右边下首坐着武光宗，大堂拐角靠里坐着已换好衣服的金盖天。堂口雁翅排列兵丁，各执水火棍。这种场面，总会让金耀祖或多或少生出一丝得意来。他觉得自己官运亨通，只要办好海州的差事，之后伴随而来的升大官发大财的前景，总是让他兴奋不已。所以他更是把希望放在出色地完成当前任务的努力上。

现在就是这样，金耀祖振作精神，猛拍一下惊堂木，中气十足地大喊："把案犯吉杲、吉银山带上堂来。"

衙役们顿时齐呼堂威："威——武——"

马大凶神恶煞地押着吉杲、吉银山连同金连珠走上大堂："禀老爷，案犯带到。"

"哪来的案犯？"吉杲面不改色地直立着，"是举人吉杲来了……"

吉银山从来没见过这种世面，不禁胆怯地小声问吉杲："要不要跪下？"

吉杲高声道："跪什么，这不都是亲戚吗？"

金耀祖大怒，霍地站起来，重重地又拍了一下惊堂木："大胆罪犯，为何立而不跪？"

金耀祖突然发现了金连珠，顿时瞪起双眼，吃惊地问她："连珠，你为何会跟他们在一起？"

金盖天也发现了金连珠，不顾一切地跑到大堂上去拉金连珠："我的心肝宝贝啊，原来你还活着呀！太好了，太好了，快快跟我过来，再不要跟犯上作乱的恶人在一块呀。"

金连珠却扭着身子，左右躲闪着不让金盖天拉她，同时语气铮铮地回答："我既然跟案犯一道进来，当然就和他们一样在大堂受审了。你别拉我！我不会听你话的。"

金盖天苦苦相劝："你这丫头多不知好歹呀，你都上了贼船了，为何还不听老爹一劝呢？"

金耀祖隐隐地有一种不祥的预感，金连珠跟吉杲他们好在一起，很难保证今后不惹出什么他不想看见的麻烦来。于是他赶紧来到堂下，到金连珠跟前劝她："我的亲妹啊，我知道你平常有主见，也有点小性子，可是今天非比寻常啊，你再固执，非吃大苦头

海州吉景

孫晓云題

不可。"

金耀祖万万没有想到金连珠毫不理会他这一套。自从与吉杲相识以来，尤其是这一路辛苦相伴，她对吉杲的爱慕之情与时俱增，意志也越发坚定，所以斩钉截铁地对金耀祖道："事各有理，人各有志。我的心意早已坚定，你休想败坏我的姻缘。"

金耀祖大为震惊，却又深知金连珠的性格，明白一时间绝难劝动，只好换了副嘴脸，打算先把她支开，于是柔声劝她："小妹你先别冲动，还是快随爹爹到后宅去，这里没你的事。"金耀祖又扭头责怪地对金盖天说："让你在后宅歇息，为何又来到这里？快把连珠带走。"

吉杲笑着上前来道："既然岳父大人不愿去后宅，让他在大堂也好，连珠，快扶老太爷到一旁坐下。"

"大胆！"金耀祖愤怒地冲到吉杲面前，手指他鼻尖怒斥，"大胆无礼、痴心妄想的吉杲！你来到府衙大堂还敢立而不跪，而且满口胡言，居然敢呼老太爷为岳父？我堂堂知州、显贵之家，怎会有你这种罪犯的亲戚？快给我跪下！"

吉杲依然慢悠悠地说："且慢，且慢。容我先回内兄，也是未来孩子大舅、现任的知州老爷的话。"

一听这话，金耀祖暴跳如雷："来人，先把吉杲和吉银山拖下堂去各打四十大板。"

几个衙役如狼似虎地扑上前来，却被吉杲用手轻轻一推，便有两个衙役跌倒在地："何不让我先回知州老爷的话呢？"

金耀祖气不打一处来："你胡言乱语，搅乱大堂，还有何话可说？"

金连珠却接话道："哥哥，哪有当官的不让百姓说话的道理呢？况且，吉杲还是个有功名的人，自然是见官不跪嘛。"

金耀祖愤怒地瞪着金连珠说："大堂之上，没有你说话的份！"

"这又是你的不是了！难道知州老爷就是这么对待自己的至亲

吗？"吉杲冷冷地对金耀祖道，"至于本人和父亲来到大堂，不跪原因有三——其一，本人有功名在身，到堂不跪，为遵皇律；其二，若本人负案到堂，应有原告呈交状纸，知州方可问案，那么，原告是谁？状纸何在？"

金耀祖喝道："你明明是朝廷明令缉拿的要犯，还有何说？"

"既然如此，也要言明本人犯了何律何条？你拿出让我一看。"

"缉拿文告上写得明明白白，还要我赘述吗？"

"那不过是一般的例行公文，你既然坐堂问案，理应明白：一款一条，都要在大堂上拿出证据的。"

"你伙同维新党反对朝廷，这还不够定罪的吗？"

"证人呢？维新党不只是一人吧？我和哪个维新党反对朝廷？"

"康有为、梁启超、谭嗣同、杨光弟、杨锐……"

吉杲哈哈乐了："你若让他们来当堂做证，我就认罪。"

金耀祖愣了："你明知他们有的逃了，有的被朝廷杀了……"

"你看你看，连一个证人都没有，你怎么说我犯了反对朝廷之罪呢？"

"休得诡辩！不然，朝廷为何要缉拿你？"

吉杲寸步不让："那你应问明朝廷再说。"

金耀祖气得面目都扭歪了："本官就是要定你的罪！没有证人也要定你的罪，你不下跪我也要定你的罪……"

"这样说来，你是有法不依，有律不遵，有规不循，是无法无天了，怎能让海州的黎民百姓心服口服？"

这时，早已按捺不住的朱驷驹蹿上前来说："我就是证人。"

金耀祖暗自松了口气，忙用衣袖擦了一把汗："快快讲来。"

"吉杲在京师曾参与'公车上书'和康有为办的强学会，在斩杀谭嗣同等人时，吉杲还高歌为他们送行，是我奉总督之命一直在追拿他……"

吉杲冷笑着向朱驷驹招招手："朱管带，你能来到我跟前和我

110

一块站着做证吗？"

"我朱驷驹堂堂正正，有何不能！"

"朱管带，至于我如何参与公车上书和参加强学会，谅你也说不清道不明，暂且不论；你说我在京师菜市口为谭嗣同他们高歌送行，我歌的是什么内容，请你当堂陈说。"

朱驷驹挠挠头："因为人声嘈杂，我当时没有听清是什么词，只听到了你的声音。"

吉杲高声道："堂上堂下各位想必都听清了。朱管带说我高歌，又没有记得是什么词；他说当时人声嘈杂，又怎能听清楚是我的声音呢？不明不白一盆糊涂浆，能作为证词吗？"

金耀祖也不禁微微摇头，沮丧至极："朱管带，你想想再说。"

"那我……再想想吧……"

吉杲转向金耀祖道："知州大人，我不跪的三条理由已说过两条了。"

金耀祖无奈地说："那第三条呢？"

"那还得知州大人不发怒的话，我才能说。"

金耀祖声音明显弱了："我怎么知道你会说什么？"

"很平常的事，从黎民百姓到达官显贵都会遇到的。"

"那你就说。"

"男大当婚，女大当嫁。"

"这与本案无关。"

"怎能说无关呢？关系大着呢。"

"你……"

"你莫要怪我吉举人穷家想攀富亲，其实，吉、金两家的亲事已是铁定的了。"

金耀祖勃然大怒："不准再谈此事！"

"就是不谈，事实已经存在。"

"毫无可能。"

吉杲指指金连珠说："你何妨问一问你妹妹，我们已经过夜了，生米已做成了熟饭，你否认得了吗？"

金耀祖气得打了个转转，手抖抖地指着金连珠："小妹，你说说，竟有此事？"

金连珠满面绯红，语气却很肯定："是的。"

"你！你竟然如此不知廉耻！你还是我们金家的人吗？你、你给我滚出大堂去。"

吉杲笑道："她现在已成了吉家的人，所以就算你不认她，也改变不了事实的。由于有了这门亲戚关系，我不但在大堂上不能跪，连我爹也不能跪，他比你长一辈，哪有长辈给晚辈下跪的道理？他和金老太爷的身份是一样的，平起平坐，你待他二人也该一碗水端平吧……"

金耀祖气得浑身乱颤，只好把一腔怒气发向衙役们："你们还愣着干什么？还不快把吉杲父子二人入枷，连同韦良清一道，午时三刻开刀问斩。"

第六章　黄纸救命

1

听得知州金耀祖命令，衙役们再次逼向吉呆和吉银山。可吉呆依然稳稳地站在那里，凛然的目光如箭似刀逼视着众人，衙役们心生惧怕，不敢动手。

金连珠气得怒目圆睁，飞身挡在吉银山面前："谁敢动粗，看我不跟他拼命！"

武光宗见状也胆怯起来，不敢催迫衙役。

朱驷驹眼看着这个场面，心里已有了自己的想法，如果金耀祖真的把吉呆、吉银山和韦良清一道问斩了，我回京师怎么交差？他暗暗瞟了金耀祖一眼，又看看吉呆、吉银山，双眼眨了几眨，凝神急速思索，这时吉呆暗中轻拉了朱驷驹一把，小声地说："朱管带，你若想立个大功，或者发个大财，从现在起，你得看我的眼色行事，不然，在这里结了案，只怕你回不了京师交差。"

"我为什么要听你的？"

"因为本人原就是个清白、真诚之人。再者，从金家寨我二人相遇到现在，你觉得能胜得了我吗？"

朱驷驹望着吉呆不知如何是好，但内心已觉崩溃，脑门上沁出了汗珠，回想起金家寨西花厅、往海州的路上直至府衙大堂上的一幕幕情景，更觉发慌："我乃是奉命行事之人……"

"你不要再拉不下面子了，依我的话做，绝对没你的亏吃。"

朱驷驹虽然很不情愿，怔了片刻，从座位上站起，悄悄走向堂口，附耳向金耀祖低语道："知州大人，你真就打算将吉杲、吉银山和韦良清一道问斩？"

"当然！吉杲系本州奉皇上之命捉拿的要犯，若不及时斩首，出了差池，谁能担当得了罪责？"

"可你若将吉杲斩首，让在下如何回京复命？"

"你提吉杲的人头回京岂不更好？"

"在下奉命是要活捉吉杲，押解回京细审，让其供出维新同党。"

"本官是比照朝廷斩杀谭嗣同等人之新规，不审可斩；再者，吉杲系狡猾顽固之徒，又谙江湖义气，审问也是多余的。"

朱驷驹连连摇头："如此说来，知州大人是要固执己见了？"

金耀祖的语气不由得软了几分："这可并非本官固执己见，实是按律条办事。"

"你按律条办事，那在下是按何办事？我是奉京师总督衙门之命活捉吉杲，你却要就地问斩，如此说来，总督衙门不在你知州之上了？"

"本官有朝廷密谕为凭。"

"在下所奉之命，亦是当朝明令。"

金耀祖又愠怒起来："请问你要怎么办？"

朱驷驹态度更加坚决："很简单，将吉杲、吉银山交给我带回京师。"

"你将二人带走，本官如何交差呢？"

"在下可具文为凭，并附一保举升任之荐书，总该可以了吧？"

"我若同样办理，你不也可回京交差了吗？"

"但我要的是活人。"

"既然是罪犯，死人活人皆可交差。"

"如此看来，你是一意想要斩杀吉呆了？"

金耀祖心中直骂娘，哼哼了几声后，他掉过头去，再也不理会朱驷驹。

朱驷驹狠狠地跺了跺脚："不信你且看着，我可是要到京师总督衙门告你，到吏部告你的。"

金耀祖冷笑："告我？你能告我什么？"

"告你违命之罪。"

"你可知我那密谕是谁下的？实话告诉你吧，那密谕就是当今老佛爷下的。你到京师总督衙门、吏部告我，我就到老佛爷那里告你。"

朱驷驹不禁有些嗫嚅："那我们就走着瞧。"

金耀祖见他声气已弱，气焰顿时又壮了，转向衙役喝道："你们还不快快动手。"

金连珠却冲到他的身前，厉声指斥他："金耀祖你听着，你若要将吉家父子绑赴刑场，就不能落下我，连我一同斩首好了。"

"你，你呀，"金耀祖无奈却恼怒地拉下脸来，"你知道这是什么地方？这是堂堂州府大堂，岂容你个小女子来啸乱公堂？本官刚才明令你走出大堂，为何还站在这里？你若再不下去，本官可成全你，一同问死！"

金盖天听了这话，慌得手足无措，急忙走到金耀祖身旁，拉住他的手连连劝说："儿呀，这本是连珠一时糊涂，误听吉呆花言巧语，才跟你顶起嘴来。你再怎么，也不能忘了咱们是自家人啊，一家人自当别论，切莫一时动气，伤了兄妹之情……"

金耀祖牛劲上来，把金盖天也不放在眼里了："住嘴吧你，眼下是在官堂之上，一切听官断案。我公事公办，你也休得再言！至于连珠，她若是听劝还则罢了，她若是自愿找死，那也怪不得我了！"

金盖天急得满头是汗，重又扑上去拉住金耀祖的衣袖："你真的就如此绝情？"

"住口！"

金连珠又抢到金盖天面前："金盖天，我不需要你来求情。"

"你你，你个小丫头，怎敢直呼老父之名？"

"因为你和金耀祖一样，都是绝情之人！"

金耀祖听了此话，更恼怒了，他使劲推开金连珠："大胆丫头，老父的名讳是你直呼的吗？"

"你知道你的老爹在来海州的路上如何对待我的吗？"

金耀祖迷惑地问："他会对你怎样？"

"那就听好了——"

金连珠声泪俱下地把自己一路来的种种怪状说了出来，特别强调了父亲为了自己活命，居然还提出过以女儿之命换自己之命的荒唐要求，听得金耀祖瞪着金盖天，半晌说不出话来。

金盖天面红耳赤，只好矢口否认："儿呀，你妹妹是受了太多刺激啦，你休听她胡言乱语，绝无此事。"

金耀祖怀疑地望着金盖天："那你能详陈原委吗？"

金盖天吞吞吐吐地说："这这这，说来话长，况且此系家事，还是不要在大堂上言明的好。"

金连珠冷笑道："你还知道不能丢丑呀？所以，我再说一遍吧，我宁愿陪吉呆一死，也不要你们两人的宽容。"

金耀祖气得火冒三丈，几乎要跳上天去，嘶声大吼："来人，速速把吉呆、吉银山打入死因牢，不得再拖延！"

吉呆也逼近金耀祖说："我刚刚说出来到大堂三个不跪的原因，你就要把我打入死因牢。知州老爷，这是大堂之上，你可别忘记了，你还没有指出我犯了何罪呢。"

"你参与维新党反对老佛爷，仅此一条，即可杀头。"

"还是那句话，你的证据呢？"

"对付重罪之人，不用证据。"

"没有证据，你何以服天下？我父亲又何罪之有？"

"他教子无方，又系连坐，理当问斩。"

"那金盖天对女儿绝情，世人不齿，该不该治罪？你既然强说我反对朝廷，金连珠又成了吉家之人，你知州老爷和金盖天该不该犯连坐之罪，一同问斩呢？"

金耀祖张口结舌，气得七窍生烟："快快快，把他们押到死囚牢去！"

"知州老爷，不要多此一举了，午时三刻很快就要到了，何必再往死囚牢里送呢，我们就在大堂门外等候，省得押来解去的。"

"这个……这个不妨就依你。"

金连珠挺胸道："还有我呢？"

金耀祖白了金连珠一眼："你就……你就随他们一起走吧，也算我当哥哥的成全你的心意。"

"你真的要把连珠也杀了？"金盖天几乎不相信自己的耳朵。

"这是她自找的！"

"我在路上也就那么一说，你倒要真下杀手，真不敢相信，你的心比我还狠？"

金耀祖拂袖而退："你就回后宅吧，我马上要前往刑场监斩。"

2

海州城内的福源客栈，一间上等客房里，先前出现过的那五个镖师正围桌喝茶。那五匹马驮的镖银，稳稳地靠着桌角，原封未动。

徐老大望着那些镖银，叹了口气说："银子算是平安运来了，可是这趟镖走得真不凑巧。"

"是啊。"赵钢点头赞同，"这知州老爷要当监斩官，连银子都来不及收了。"

钱三说："也许那州官把人一杀，再官升一级，收的银子比我们这次送来的还多。"

"怎么不是？"孙兵说，"当官的银子多了，老百姓身上的肉就少，这世道呀！你们看那京城，闹了多时维新，也没'维'出个名堂来。"

几个人坐在一起不言其他。

"坐在这里真有点急人！我们不如把门锁了，也去看看热闹。"

"这有什么好看的？杀人的事我们见得多了。"

孙兵说："听说将被斩首的是州学正，他声名远播，清廉一生，何况一个教书糊口之人，又能犯何罪？"

这时，李武从外面进来说："我刚才出去小解，听店老板说，一同问斩的还有个叫吉杲的和他的父亲吉银山。"

徐老大大吃一惊："什么？有个叫吉杲的父子二人？"

李武也惊道："是呀，我想起来了，在京城时，你不是有个强学会的徒弟举人吉杲，常去找你学武艺吗？会不会是那个吉杲？"

"肯定是他。"徐老大站起身来，"京城杀六君子时，我们正在湖南跑散镖。会不会事发后逃回家乡海州之后被逮住了？"

"很有可能。既然如此，我这个当师父的，不能不管呀！"徐老大一挥手，带头向外走去，"这样，留一人在客栈看守镖银，我们一同前去看看。"

3

海州城大街上，今日分外热闹。大街小巷的民众相互传递着要处决罪犯的消息。人们都兴奋起来，纷纷向州府衙门拥去。徐老大几个人一上街便被人群裹挟着，身不由己地来到了刑场附近。

刑场上更是人山人海，人声鼎沸，中间仅留一条通道，两边厢站着挎刀兵丁。人们急不可耐地相互打听，伸头朝大门里观望。四个镖师凭着身强力壮，很快便从人缝里挤到通道前边站定，同时也伸头朝大门里面看。

不一会儿，但见人群猛烈地骚动起来。观众纷纷传说着：

"出来了，出来了，三辆囚车！"

"最前边的真是韦先生哎，我认识他，他教过我的儿子。天哪，这可怎么是好呀？"

也有人奇怪地喊："这第二辆车上的是个乡下人，没见过。"

"他就是吉呆的父亲呀，那第三辆车上押着的，不正是吉呆举人？他可是个正人君子，神童啊！咋也犯了杀头之罪？"

徐老大却注意到另一个情况，不解地问旁人："怪了，吉呆那辆囚车旁边咋站着个漂亮女子？既未戴枷，也未背插亡命牌？"

这时，那三辆囚车已驶近刑场，每辆囚车旁都森严肃杀地跟着两名持刀刽子手，袒胸露背，斜披衣衫。这些人两眼滴血，面色紫红，顶腾杀气。三辆囚车后面，监斩官金耀祖紧张却故作威严地坐在轿子里，两边也有兵丁守护，后面还跟着一长队兵丁。囚车前方，则有两个兵丁手提铜锣，不时地鸣锣开道。三辆囚车驶到城隍庙旁停下来，有一个兵丁便站住向围观的人喊话。大街两边的看客中，却也有着摆香案祭品的。

兵丁大叫："有那死囚的亲朋好友、乡亲乡邻，愿送吃食酒菜的，可以送来。"

只见朱驷驹手提着一壶酒，走近了吉呆的囚车："吉举人，我二人打交道的时间虽不长，但我看出你是条汉子，请喝下这壶酒，也算我给你送行了。"

吉呆脸上并无惧色，他接壶在手，笑了笑说："谢谢管带大人！"转而又小声道："我在大堂上对你讲的话还记得吗？"

朱驷驹沮丧地说："记是记得，可到了此时，又有何用呢？"

"不一定，你能记住就好。"

这时徐老大挤出人群，手端托盘，上有酒壶、酒杯，对吉呆道："徒弟举人，你回乡咋不给我打声招呼，竟落到如此地步？"

吉呆一见徐老大，欣喜不已，他接杯在手，却并不饮："师父，没想到能见到你，看来我的运气真是不坏呢。你啥时来的？"

徐老大转脸看见朱驷驹，也是一惊："咦，师兄啊，你怎么也来了？"

朱驷驹紧紧握住他的手："徐师弟啊，怎会这么巧呀！"

吉呆奇怪道："你二人相识？"

"我俩是师兄弟呀。"

"哈！"吉呆更高兴了，"朱管带，不对，是师叔，既然如此，你就把我的主意转告我师父吧。"

"好吧，也可能起不了任何作用。"

"你只管说就是了。"

朱驷驹便低声和徐老大说了起来。

他们回过头来时，吉呆说："烦请二位给我父亲送杯酒去。"

徐老大更不解了："你父亲一介农夫，何罪之有？真是！"说着便端了酒送至吉银山的囚车旁。

吉银山不知赴刑还有这一套规矩，惊异道："都要杀头了，还给酒喝？"

徐老大点头道："在下是吉呆的师父，请喝下这杯酒吧。"

吉银山用感激的目光望望徐老大，接过酒，哆哆嗦嗦只倒进嘴里一半，又顺着嘴角流出，他一气之下便扔了酒杯："我，我算喝了！"

吉呆又说："烦请朱管带，也给我贤妻送杯酒吧。"

徐老大问："哪位是你贤妻？"

朱驷驹说："就是囚车旁站着的那位小姐。"

徐老大长叹一声："此时怪你已经晚了，你何时大喜？也不告诉为师一声！"便端酒杯送至金连珠面前，"也请娘子喝一杯吧。"

金连珠一改往日的羞涩，端杯在手，一饮而尽。

徐老大问她："你的父母呢？"

金连珠用手指了指人群："他就蹲在那里呢。"

徐老大细看，见金盖天怀抱一个芦席卷，蹲在那里哭泣，上前问："这位老太爷，你为何不置酒送送你女儿？"

"小女从未饮过酒，我心乱如麻，也未想到。"

徐老大同情道："那你这个父亲做得不够格。"

"他早就想以我的命换他的命，现在已如愿，咋还会想到我呢？"金连珠气愤道。

"如若你所说，也就罢了。还有其他亲人没有？"

金连珠说："有，你看见那监斩官金耀祖了吗，就是我家哥哥。"

徐老大又吃一惊："那怎会是连坐？"

"也可叫大义灭亲，因我是吉杲之妻，又沾得上连坐！"

"真是岂有此理！"

吉杲面向韦良清笑道："老师呀，你看我，临死前还做错了一件大事！师父，快给我的恩师敬酒！请徐师父代徒弟向老师叩头谢罪！"

徐老大忙端一杯酒，奔向韦良清的囚车。

韦良清情绪相当镇定，此时还哈哈一笑："我知你为何到现在才给我敬酒，为师心里明如镜，知道你的苦心，我心领了。"但韦良清却推杯不饮。

突然，吉杲放声吟诵起来：

> 离京急奔一千八，
> 心系海州把师挂。
> 谁料风云裹双足，
> 城隍庙前泪抛洒。

韦良清顺口便接道：

世风虽下人心古，
为师心知学生苦。
但求日月拨云雾，
照亮乾坤踏坦途！

此时，兵丁上前喝道："路祭已毕，启程。"

4

海州府衙后宅里。

金耀祖的太太坐在客厅，泪流满面。丫鬟在一旁劝解她："太太，别哭了，老爷既然如此做，定有他的道理。"

金太太猛挥一下手帕："能有什么道理？连自己的亲妹妹都能杀，有朝一日还不连我也砍了？"

"听说连珠自个做主下嫁给那个什么举人吉杲了。"

"竟有这事，我怎么从未听说过？而且这事发生得这么突然，我猜里面定有蹊跷。"

"是呀，我家小姐知书达理，向来是个有主见的人，我也不相信她会自己朝火坑里跳。"

"可她还是在自己找死，这和跳火坑有什么两样？"

丫鬟迟疑一下，说："不过我听说呀，那个吉举人并不是平凡的乡下人。他自小就被海州人称为神童，而且这举人也是个不一般的身份，难道他也会自己找死？"

"世道上的事我一介女子也弄不清楚，可更搞不明白的是，为什么现在有那么些人要拿自己的命不当命呢？"

丫鬟说："刚才我看见老太爷匆匆忙忙地挟着一个芦席出去了，

还不知道老夫人在金家寨会怎样呢。"

金太太又流下泪来："她要是知道了这一切，还不得哭死！"

"不知有无人往金家寨送信？"

"哪有人顾得这事呢？"

"难道只能把尸首运回去了？"

金太太顿时大放悲声："老天哪！要是老夫人见了尸首，该哭成什么样啊，说不定还会出条人命呢！我家老爷这官当得有什么意思啊，一家人弄得死的死，哭的哭，还不如当平头百姓的好。"

丫鬟赶紧劝道："夫人身子要紧。"

一个门丁匆匆进门来："禀告太太，老夫人从乡下来了！"

金太太霍地站起来："这个时候她老人家怎么来了？快把她搀进来。"

话没落音，金老夫人已满面是泪地闯进屋来："我那宝贝女儿哟，你咋就这样走了呀！"

"妈，你知道啦？"

"你说我能知道什么？"

"就是连珠的事呀。"

"她从昨天晚上出事后，就被人用马驮走了，连她爹也是一块驮走的，至今没个信，我这才让人送我来海州的。"

金太太忙问她："家里还好吧？不会又出什么事吧？"

"怎么会没事啊！"金老夫人哭哭啼啼地把寨子里发生的事情断断续续地叙述了一下，"……就这样，他们出了寨门再没有回家，无影无踪了。"

"哎呀，妈，你还有不知道的，连珠她和老太爷是被人带来海州了，结果却又出了大事啦！"

"啊！又出了什么事？"

"老太爷倒是没有事，可那连珠……她也要在午时三刻被杀头了！"

123

"杀头，杀她的头？杀我宝贝女儿的头？"金老夫人狂叫起来，"她一个千金小姐，能犯什么罪？就是犯了罪，她哥哥能见死不救？"

"这，这，现在是谁也救不了她啦！"

"为什么，我那儿子不是当知州的吗？"

"我真不知道该怎么和你说啊。"金太太也抹开了眼泪，"还就是他，老太太你的宝贝儿子，他判的连珠杀头之罪呀！"

"什么？"金老夫人跳起脚来，"世上哪有这样的事，当哥哥的判妹妹杀头！连珠在家四门不出，能犯什么大罪？"

"她自作主张嫁了人，你知道不知道？"

"没有的事。别说她没嫁人，就算嫁人，也不是犯法呀？朝廷也没有把嫁人的女子都定罪呀，何况是杀头！"

"听说她私下里自作主张嫁给了吉杲吉举人，而这个吉举人正是朝廷缉拿的要犯，该杀头，所以就定了连珠的连坐罪。不多一会儿，午时三刻一到，他们都要被押到刑场，一块砍头了。"

"吉杲？"金老夫人迷惑地说，"那个吉杲我倒见过一面，长得还是人模人样的，只是他……他这不是害了我家女儿吗？现在是什么时刻？"

金太太看了看西洋钟："都上午十一点了。"

"什么十一点？是牌九吗？我不懂。"

"这是西洋钟的时间，就快到晌午了。"

"那我问你，连珠现在还没被砍头吧？"

"还差一会儿。"

金老夫人一跳老高："快快快，快领我去找我儿子，他要不放过连珠，那我就跟他拼命！"

"你刚从乡下来，还能走动路吗？"

"为了救连珠，走不动爬也得爬去！把我的拐棍拿过来！"金老夫人回头又对金太太说，"你也拿上一根棍子，到时候听我的，叫你打你就打。"

于是，这婆媳二人便在丫鬟、门丁的搀扶下，各举着拐棍，急匆匆地出了内宅，越过二堂、大堂、大门，朝城隍庙方向赶去……

5

今日早起原本艳阳高照，可是这艳阳没有持续多久，便隐入厚厚的云层里不见了。黑云压顶，天时变幻玄奥莫测，人的心情也随之变得十分压抑。敏感的人便暗暗地生出了一肚子的感慨：虽然海州地界四季分明，可是季节和季节之间从来没有明显的界线，春天吧，好好地开着鲜花，突然就热得人喘不上气来了，等感觉到有点凉意了吧，西风又一阵紧似一阵，把个鲜花和树叶吹得七零八落——就跟个人似的，好好地活着，忽然就老了、病了，出什么乱子了，甚至一命呜呼了，想想也真够惨的。

好在，海州城里虽然变得愁云惨淡，但城隍庙旁的大街上，还是人头攒动，拥挤不堪。各色人等，越聚越多，以至囚车难以挪动。兵丁驱赶开道，大声吆喝，终因聚人太多，未能如愿，气得马大挥鞭乱打，人们又抱头躲闪，还不时发出叫骂声，那情形，怎一个乱字了得。

这时，门丁、丫鬟搀扶着金老夫人、金太太，紧紧跟在兵丁身后，居然也吃力地挤了进来，随着人流的涌动，被挤到监斩官金耀祖的轿子旁，还看见了不远处的金连珠。

金耀祖满头满脸滚着汗珠，正掀开轿帘怒斥兵丁。金老夫人和金太太则向着不远处的金连珠连连呼喊。两个提锣兵丁在囚车前拼命地敲锣开道，却效果不佳，围观者仍然我行我素，不听劝告。

四个镖师紧紧跟在囚车后方。

朱骊驹也在人群中幸灾乐祸地指手画脚。只有武光宗，使出吃奶的力气，守护在金耀祖的轿子旁，不停地推搡着围观者。

丫鬟注意到这一幕，忙对身旁的金老夫人喊："老太太，我看见金老爷正坐在轿子里。"

金太太接话道："我也看见了。"

门丁却指着远处的人群喊："我看见老太爷抱着芦席被人挤得东倒西歪。"

金老夫人怒火中烧："那个老不死的！他为何不到轿子跟前找儿子给我连珠求情？"

金太太叹气："恐怕是求过了不顶用，索性站在一旁了。"

"就是当了官，他也是儿子。难道老子就该惧怕吗？他的胆子太小，我老婆子去，看他能把老娘吃了！"说着，她提着拐棍四处乱挥，拼命向前挤，门丁也从她背后朝前推，慢慢向轿子门口移动。

金太太也命令丫鬟："快拉我一把，跟上老太太，防备着她别被人挤倒了。"

四个人费了好大的劲，终于挤到轿门。

金老夫人一见金耀祖，恨得牙板子直咬，朝着他就举起了拐棍："你这个不识好歹、被官迷了心窍的东西，你要不把连珠放了，我就打死你！"扭头又喊金太太："你拿的棍子呢？给我狠狠地打！"

金太太心里并不情愿，却也只好战战兢兢地举起棍子，作势给金老夫人看……

"下手狠些，"金老夫人嘶哑地叫着，"若把他打死了，一切都由老娘包揽着。"

金耀祖此时只顾朝前看兵丁开道，没防备会有人从他背后用乱棍打来："我的妈哟，哪个大胆的村野乡民，居然敢打本官？"

金老夫人已挤到他跟前："打死你不偿命，你个狗官！"

金耀祖一边躲闪棍子，一边偷眼细看："呀，老娘啊，你这是做什么？"

"做什么？老娘今天前来教训教训你，让你知道怎样做官！"

"我这可是奉旨行事，执行公务啊，你们还是快回后宅去吧……"不料头上、脸上、肩上、背上又挨了数棍。

金老夫人见金耀祖已被打得鼻青脸肿、嘴角流血，额头起了青包，这才停了棍子："为娘的打儿子，天经地义。你现在知道疼了？可是你若不把连珠放了，我们娘俩还不会歇手。"说着又举起了棍子。

这时，金盖天也挤到了轿子跟前，边挤边喊道："你们不要打了，违了皇旨，是要杀头的！"说着，欲伸手夺金太太的拐棍。

谁知金老夫人毫不买账："你也不是个好东西！就巴望着儿子杀人当官，你好在外面风光，你敢不让我打，我就打你！"回手就朝金盖天头上打了一拐棍。

金盖天捂着流血的头说："你，你怎么下手如此重？！"

"我有你儿子下手重吗？他杀人像捏死个蚂蚁一样，他用刀，我只不过用个拐棍！打呀……"

金太太见老夫人累得满头是汗，站立不稳，便劝她道："娘，你歇一歇再打吧。"

金盖天又气又无可奈何，只好捂着流血的头蹲下："哎哟哟！这都是怎么回事呀？一家人打来杀去，究竟是为的什么呀？"

金耀祖只顾着脱身，惶恐地乱喊兵丁来救："护轿的兵丁呢？武哨官呢？"

武光宗应道："卑职在！"

"你为何愣站着不动？"

"卑职不敢动啊，都是你一家的人，拉谁护谁我都会落不是。"

"你个废物！那这囚车动不了，你也不快派人把他们拉走！"

金老夫人用拐棍向着武光宗乱挥："你个杀狗的武秃子，现在又来帮金耀祖杀人，我看你敢不敢动我？"

武光宗弯腰用手揉着被打处，龇牙咧嘴吸溜着："哎哟，老太太，可别累坏了身子，我派人把你老人家送回内宅吧。"

金老夫人嘴里说着"不"，身子一歪，累瘫在了地上……

金耀祖趁机命令武哨官："快派人把老太太抬走……"

武光宗连忙向几个护轿兵丁招手："快来快来，咋像泥胎一样不动？"

兵丁们只好上前来，把在地上挣扎的老太太抬了起来，向轿后挤去。

武光宗看了看蹲着捂头的金耀祖问："老爷，是不是把老太爷也抬走？"

"这还要我吩咐吗？"

"来人，把老太爷送回内宅。"

又有几个兵丁上来拉金盖天。

金盖天挣扎着不允："我不能回去，我要等着给女儿收尸。"

武光宗无奈地看了看金耀祖："老爷，这可怎么是好？"

金耀祖心一横："由他去吧！"

金盖天哭号开来："我那可怜的女儿哟，你爹你娘，谁也救不了你呀！"

金耀祖只当没听见，大声命令手下起轿。

兵丁们再度猛敲锣鼓，重又抬起轿子，奋力挤进刑场。

三辆囚车上的吉杲、韦良清、吉银山、金连珠，个个都不示弱，互相打着手势给彼此鼓劲。而四个镖师更紧地靠近囚车。

金盖天抬起泪眼，看看移动的轿子，摇摇晃晃地站起来："天哪，我算个什么人哟，我这是什么命呀！连珠呀……"

6

刑场上，一切准备停当。场中间，新埋牢三根斩桩。刑场外面，兵丁们挎着刀，严严实实地站了一圈。场北面正中，离双龙井不远处，则设四棚和一桌三椅。

围观者们议论纷纷："囚车出了城门了，快看呀，是三辆！"

"咦？不对呀？只听说斩韦先生一人，怎会有三辆囚车？"

"是不是还另有两个陪斩的？"

有知情者告诉他们："你们没进城当然不知道。听从城里出来的人讲，吉杲和吉银山也一同问斩。"

"什么？你说的是咱孔望山的神童吉杲和他父亲吗？"

"正是。"

"这可坏事了，咱孔望山的父老乡亲还都不知道哩。"

于是他向围观者高喊："这里有孔望山来的人吗？"

四下里一片回应声："有啊，我们都是从孔望山来的。"

前头那个人道："大事不好了，今天被斩首的还有吉杲和他的父亲吉银山。"

另一个人补充道："听说还有吉杲刚过门的新媳妇！"

"为什么要杀他一家三口？我们找州官说理去！"

"现在还来得及吗？囚车已出了城南闸，这可怎么办呢？"

"好办。"一个汉子说，"我看谁敢欺我们孔望山人，乡亲们都来啊，我们合力把这鸟法场砸了吧！"

人群顿时骚动起来，犹如点燃了火药桶："对！把这鸟法场砸了！"

愤怒的人群越聚越多，从四面八方往刑场方向拥去。

警戒的兵丁抽刀拦阻。但人多势众，兵丁们无能为力，惊惶中不由自主地向后退缩。

马大骑着马率先冲到刑场，见状大惊，沿着法场内圈边转边呼喊威吓："谁要再敢向场内挤一步，就先砍谁的头！"

人群嘈杂，根本听不进他的弹压，前呼后拥着继续向里边挤："乡亲们哪，当官的太不讲理，我们家乡好不容易出一个好举人！凭什么要杀了他？"

"对！韦先生也是大好人，凭什么也要杀，你们给我们说出道理来！"

愤怒已极的群众已无法克制，有那手快的已冲到斩桩跟前，去推拔木桩。

马大只得继续拼命呼喊，并挥动手中马鞭去打率先冲进的人群。可群众前躲后进，马大和兵丁终于无力制止，只得步步后退。

突然，马大瞥见了一个熟悉的身影，是徐镖师，他也紧跟在囚车旁。此时的徐老大也看见了马大，俩人四目相对。徐老大是马大的恩人，那年他出公差，途中遇上劫匪，生死攸关之时，恰巧徐老大押镖路过，救了他的性命。所以每次徐老大押镖来海州，他都会邀徐老大豪饮几杯，并发下誓言，从今往后，只要是徐老大的事，就是他马大的事。

此时，群情义愤，呼喊声震天，又有不少新到的人加入了其中……

四个镖师始终不离囚车左右，出城之后，不时向胸山及远处的西边白虎山、东边石榴山眺望，并暗暗商议着接下来的办法。

此时的胸阳门边，远山苍茫，林木萧瑟，秋空高洁，白云轻移，与城里阴森的刑场形成了鲜明的对照。那山、林，那云、水，以自然的运动规律而存在，从来不谙人间事。

朱驷驹心情复杂，在离轿子不远的地方，时而愤懑、时而冷漠、时而讥讽、时而果决地跟着。他不时偷看监斩官金耀祖坐的轿子，他还要关注着四个镖师，暗中揣测着他们的反应，各种表情在他的脸上变换着……

大批民众继续不离不弃地簇拥着三辆囚车。韦良清在囚车里，不停地向两边送行的人点头致意，这些人他或熟悉或陌生，有他的学生，有城中百姓，有乡亲故友……他们向他捧上手中的祭品：酒、肉、馒头、糕点、香、蜡、纸……

吉银山心中阴沉无光，三魂早走了两魄，但想着不能给儿子丢脸，强撑着站直身体，立在囚车里，极力辨认着人群中前来探望的乡里乡亲。突然，他发现了吉呆的娘也挎着竹篮，站在人群中观望囚车。他不忍心让她看到自己，赶紧把头转了过去。他想向后转身，想将此情况告诉吉呆，却被囚车卡住身体，难以转动，只得闭上眼睛，泪湿双颊……

吉呆仍坦然站立。看着离刑场越来越近，他的心潮也剧烈地起伏。从京师回来这短短几天里，发生了多少意想不到又难以应付的事情啊。一路上危险重重、麻烦不断，更要命的还是实在太累了。表面上别人都看不出来，以为他永远是一副铮铮铁骨，永远乐天自信，实际上真是甘苦自知。那种从骨头缝里往外钻的疲劳感纠缠得他几乎就要放弃，顺天应命算了。可他毕竟非同凡人，意志坚强，每次面临绝境之时，便会想起谭嗣同临刑前吟出的"我自横刀向天笑，去留肝胆两昆仑"，这给了他莫大的豪情和勇气。然而，毕竟自己还很年轻，前程、理想、抱负还未实现，所以当死亡真真切切地逼近眼前时，谁又能真的风雨不动安如山？此时在吉呆心中翻腾的，更多的是决不放弃的意志和对即将与自己一同赴死的亲友们的担忧。

他反复斟酌着自己下一步行动的可行性，觉得还是很有把握的。他内心稍稍平静，暗暗抓紧站在囚车边缘的金连珠的手，给她以无言的安慰和鼓励。令他欣慰的是，金连珠比他想象的更坚强、勇敢，虽然她脸色愈加苍白，身子不住地哆嗦，但始终不露一丝怯色，也绝不向金耀祖告一声饶。原本，金连珠不相信自己的哥哥真的会把她也杀了，但眼前的事实迫使她改变了原来的想法，因为她正一步步接近刑场，面临血雨腥风，走向生命的终结。

金连珠依旧不肯服软，这一路下来她信赖吉呆，相信吉呆能够护她周全。可她毕竟只是一个未经风雨的女子，当鬼门关离自己越来越近的时候，内心的疑惑也渐渐占了上风。为何到现在还不见吉呆有任何举措呢？莫说救老师，连自己和亲人都将命丧黄泉了，他到底是怎么想的呢？

金连珠将期待的目光投向吉杲，发现他依然是那样坦荡、凛然，难道他真的会有奇招而心里不慌吗？——可这不可能啊，他已被关入囚车，插翅难飞，只有任人宰割了！

金连珠忍不住开口问吉杲："难道我们真的就这样走向法场吗？"

吉杲沉默片刻，说道："现在的情状比我原来预料的要严重得多。"

"你没有预料到的是什么？"

"金耀祖是不是真有老佛爷的密谕。"

"你又没有亲眼看到，或许他是唬人的呢？"

"问题在于，如果那是假的，金耀祖应该不敢在朱骊驹面前说，因为他是从京师来的。朱骊驹也很是奇怪，既然他是从京师来的，总该有后台吧，为何不敢硬抗呢？他手下只带两个人，来到海州势单力薄，他恐怕只有吃这个眼前亏。"

"金耀祖不怕得罪朱骊驹？"

"据我所知，你哥够上了老佛爷手下的人，台柱子肯定硬得很，不然，他也是不敢轻易得罪朱骊驹的。"

金连珠不禁掉下了眼泪："难道我们就该如此送命吗？可是我一直听人说你智力非凡……"

吉杲又紧紧地握了下金连珠的手说："你也休听别人那样传言，其实我也只是个平常人，只不过在读书、做事上肯用脑子、细察原委、随机应变罢了，哪里有人们传得那样神？"

金连珠也反过来紧紧握住吉杲的手说："可现在，你我都年纪轻轻，就这么早早地奔赴了阴曹路，真是太不甘心了。"

"这都怪我，不该在金家寨的西花厅说那些不该说的话，不然，你怎会落个与我同赴刑场的境遇呢？"

"你说都说了，还后悔什么！何况，人生一世，草木一秋，无论男女，只要遇到一个真情相待的人，哪怕是眨眼的瞬间，也就很难得了。任何时候，我们都应该倍加珍惜才是。"

吉杲的眼中也闪出了泪花："理是这个理，可是我终觉对你不住。"

金连珠伸手拭去他眼角的泪花，努力安慰他："不要胡思乱想了，你我二人应在这有限的时间内，相互多看几眼，铭记在心。"

"那我们就笑笑吧。我早说过，你笑起来特别好看。"

"你不但笑起来好看，而且低头沉思、昂首吟诗时的那种表情，我真是越看心越喜，越品越有味。"

吉杲果然爽朗地笑开了："看来我俩真是天生的一对啊，这时候还有心思相互吹捧。"

"本来就是如此。"

"好，我们就使劲笑吧！笑起来！"

朱驷驹说："吉杲，你在京师菜市口为谭嗣同高歌送行，我听了却又记不清词句，你能把高歌的内容再唱一遍，让我听听吗？"

"好，我也正想再唱一遍呢——"

京师法场杀气浓，
难盖冤魂贯长虹。
钢刀难浸英雄血，
浩然正气化飞龙！

金连珠赞叹地笑起来。四面围观的人群也齐呼好样的！

前面囚车里的韦良清，闻歌也高声回应道："好一句'浩然正气化飞龙'！不愧是为师的好学生！再歌一曲！"

吉杲向前车拱手致谢："恩师谬奖了，不过学生倒是愿意再次献一下丑。"

离群孤雁思奋飞，

何惧猎枪将羽摧。

他日开得新天地，

欢聚放歌驱神鬼。

韦良清拊掌道："好——壮志不泯哪！"

这歌吟当然也传入金耀祖的耳中，他又气又怕地拼命喝止："囚犯休得再唱！兵丁们，还不上前制止！"

说话间，车辆都来到了朐阳门前。金耀祖四下搜寻马大："马大呢，为何不见他的踪影？"

武光宗回答："他到刑场看情况去了。"

"速派人前去叫他带些兵来，像这般行进，何时到得了刑场？"

武光宗正要走，忽然叫道："来了，来了，马大骑马来了。"

马大的马在轿前挤了好一会儿，方才到达："禀老爷，刑场那边情况不妙，很可能会出事。"

金耀祖一愣："会出什么事？"

"乡民聚集得越来越多，而且很多是孔望山一带的乡民——就是吉呆家乡的百姓，起码数百人要冲进法场……"

"你派的兵丁呢？"

"远远不够！现在是顾前不顾后，顾左不顾右。"

金耀祖哆嗦起来："这么看，可能真要出事。"

"大人，我们如何是好呢？"

金耀祖双眼直翻，愣怔好一刻，把牙一咬道："我们就不到法场去了，就地行刑！现在就行刑，速速了断！"

"这怕不合适吧？本应按律办事，况且还要祭桩呢。"

"不管那么多了，今日情况有异，再迟疑要出大事的。"

"可时间也还不到午时三刻。"

"差点时间有什么关系，反正他们死罪已定，迟早都得挨一刀。"

马大仍有些畏怯："这可与上命不合呀。"

"这里是我说了算，还是你当家？就地圈一个场子，越快越好。"

马大便转过身来呼唤兵丁们："快给我驱赶人群，圈出场子，就地将罪犯斩首！"

兵丁们纷纷赶上圈场，费了九牛二虎之力，才在囚车周围圈出一小块空场，然后强行将囚车上的三人架了下来，并命令他们跪好。

武光宗赶紧来到金耀祖轿前禀报："小姐呢？小姐也一块……"

金耀祖一愣，捻着山羊胡子艰难地说："这都是她……既然她已言明是吉家之人，理应连坐，若放了她，朝廷知道定会怪罪于我，说不定也有杀头之罪呢……算了算了，我为了老佛爷，只有大义灭亲了！"这么想着，他将手一挥，"就把她一并行刑吧。"

武光宗缩了缩脖子道："这个……老爷，你可要三思啊，这么做是不是太、太那个了些？"

"住嘴！什么那个这个的，你想扰乱本官心志吗？我是知州，为官者不执法严明行吗？"

武光宗又张了张嘴，终究不敢再多嘴，低头后退一步，站于轿后，两眼却不时偷看金连珠。

金连珠正和吉杲靠得紧紧地并排站着。只听马大走近金耀祖轿前请示："老爷，都准备好了。"

金耀祖战栗地说了句："开始吧！"随即将轿帘拉上，双手抱头不看外面。

"刀手们，各就各位！四个人犯一并开斩！"

四名刽子手分别站到四人身旁，握刀在手。

"斩——"

马大刚吐出个斩字，忽听耳边传来一阵惊雷般的大喝："谁也不准胡来——我有黄纸在此！"

刀手们都呆愣地望向马大，马大也惊异地望向吉杲："皇旨？你竟有皇旨？"

"有，就在我身上。"

"为何不早说？"

"现在说也不晚，还未到午时三刻。"

就在这时，四个镖师均已飞奔前来，推开刽子手，迅速靠上来，团团围住吉杲几人。

马大刚好从吉杲身上摸出一块黄布："这——这算什么……"

朱驷驹已飞步上前，从马大手中夺下了黄布，向着金耀祖的轿子高喊："金知州，快快听纸（旨）！"

金耀祖惊愕地从轿中滚下地来，和马大、武光宗等人一齐跪在轿前，尽管他心中万般狐疑，嘴里却不得不依律应道："臣海州知州金耀祖领旨，吾皇万岁万万岁！"

朱驷驹朗声念道："查金耀祖滥杀无辜，按律该斩；又，据查，金耀祖早有谋权篡位之心，其父之名，竟取'盖天'二字。天者，至高天上皇者也，金氏居然图谋不轨，欲盖当今天子，实属罪大恶极，不杀金氏父子，何以固国福民……"

金耀祖浑身乱抖，顿时瘫软在地，好不容易才敢睁眼朝朱驷驹手拿的"皇旨"看去，不禁大惊，立即爬起，嘶声大呼：哪有什么皇旨？那是假的！"

朱驷驹冷冷反驳："怎会是假的？我们拿的就是'黄纸'。"

"胡说！那不过是一块黄布！"

"你看，黄布、黄纸都能写字，我说是'黄纸'，你以为是'皇旨'，就趴下了，怪我吗？"

金耀祖一蹦三尺高："马大、武光宗，你们这些没用的浑蛋！不必理睬他们，快快监斩犯人！"

武光宗差点要哭出来："刚才趁我们分神的时候，犯人早就被

几个不明来历的人劫跑了。"

"那马大呢，他去追捕了吗？"

"马大恐怕也是他们一伙的，现也跟他们一块逃走了。"

金耀祖气得原地打了个转转，猛醒过来后，扑上前就抓住朱驷驹："好个朱管带，竟敢戏弄本官！我要带你一块去京师面见老佛爷！"

朱驷驹重重地推开金耀祖的手："在下奉陪。"说完扬长而去。

金耀祖气愤地望着朱驷驹远去的身影。

第七章　良谋歪计

1

金耀祖万万没有想到，他还没回到海州衙门，吉杲、吉银山和金连珠、韦良清、马大及四个镖师都已站在衙门大堂外等着他了，他们的马匹则由京师来的两位兵丁牵着。

吉杲的这一着，让徐镖师也深觉难以理解："吉杲，我们齐心协力把你和恩师、金小姐救了下来，理应赶紧远走高飞，为何你竟再次回头送入虎口？"

朱驷驹也很费解："要不是徐老大安排，我可不愿冒着杀头之罪，救你等脱离虎口，谁知竟瞎忙了一场。"

吉银山更是气不打一处来，气愤地指着吉杲说："你个毛蛋孩子识了几个瞎字，就不知台柱子有多粗多大了！这么多人舍命救我们，你却硬朝火坑里跳！"

金连珠虽然始终信赖吉杲，却也不无忧虑："吉杲啊，我这么说你不生气吧？我们俩可谓是患难见真情。而且我……这么说吧，无论你今后会对我怎么样，我心里真是一点也离不开你啦。哪怕你有一天突然不要我了，我也不会……可是，可是我又多么希望你平安啊——你这一步走得凶多吉少啊，我太了解我那哥哥的，他怎会放过我们？他肯定会把我们二次绑赴法场。"

韦良清深知吉杲的为人，丝毫不怀疑吉杲的所作所为，他劝大家道："诸位好汉一片赤诚救人之心，天地可鉴。然学生吉杲既然改变远走他乡的主意，必然有他自己的想法……"

　　徐老大仍觉愤愤："想啥想？我看弄不好大家的脑袋都保不住。"

　　面对众人的质疑，吉杲一直冷静地听着。大家的担忧他很理解，心里也一个劲地思量着，自己的这一步走得到底合不合适。不合适的话，影响的可不仅是自己的生死，这一众人都要跟着遭殃。可是，要他放弃既定的信念，一味寻求安逸，自己也做不到。性格决定命运，某种程度上说，这也是一种宿命吧。这么想着，又听到恩师的话后，他心里涌起一股暖流，于是抬起头来，双手在疲惫的面孔上使劲搓了好一阵，这才长出一口气，不慌不忙地嘿嘿一笑，说："各位的话都有道理，我要不是在囚车上就有过种种设想，现在也早就和大家一起逃之夭夭啦，可现实却不容我们这么做啊。"

　　吉银山忍不住打断吉杲的话："你为什么要这么做，你就快向诸位恩人说说吧。"

　　吉杲表情很严肃地说："各位细想，我们逃避的目的是什么？是想求得安全对不对？可是我们纵然逃出了海州，但朝廷毕竟势力强大，最终我们仍免不了被逮回来。到那时，定要将我们罪加一等，而且又会牵连更多的人，杀头的可能就不是三五个人了。反过来想，有句话叫'不入虎穴，焉得虎子'。如果我们出其不意，大胆一搏，说不定生存的希望反而更大。"

　　朱驷驹不信："你说逃不掉也不一定吧？你不是刚从京城逃回海州了吗？"

　　"但我回到海州不照样被逮住了？"

　　韦良清也摇起头来："你若不是为了救我主动往虎口里跳，又怎会遇此险情？"

　　"这只是一方面。刚才我就听孔望山家乡来的人讲，金耀祖早已派兵等在那里，防备我们万一逃回家乡。再者，我和父亲刚进海州界，金耀祖派的拦截之兵不是已到了金家寨吗？所以说，我们不能跑。"

"不管怎样，能跑不跑不是傻吗？常言不也说嘛，跑了跑了，一跑就了。无论如何，跑总比不跑好呀。"

吉呆仍然坚持自己的立场："无论如何，我们要是留在海州，最终还是死路一条。"

"那海州大街小巷多的是，为何我们偏要跑到衙门里来？"

"金耀祖马上就回来，你用什么和他斗？兵呢？枪呢？刀呢？剑呢？嘴上没毛办事不牢，弄不好要被这个小孩子把我们的命送了！"

韦良清认真观察吉呆的表情后，又一次劝说大家道："我们先别着忙，仔细听听吉呆怎么说吧。"

"要我说也很简单，不把金耀祖这个老根挖掉，就没咱们的活路。"

金连珠不以为然："你恐怕还是不明白，我哥他可不是好挖的。"

"诸位就少说一句吧，听吉呆把话讲完再议不迟。"

吉呆坚定地说："我也明白，凭我们这些人，根本不是金耀祖的对手，咱得另想妙策。"

朱驷驹又烦躁起来："还能有什么办法好想？好不容易齐心协力救你出来，你又自投罗网。"

徐老大认真地问吉呆道："你就明说吧，凭咱们这些人，官没官，权没权，你有什么本钱和他对干？"

大家又吵嚷起来："那金耀祖并不是一个人，他靠的是官府，上下都有得力的人，我们能和他比？"

"我看这回非砸锅不可。"

吉呆紧紧握起了拳头说："他有他的本事，咱有咱的能耐。"

徐老大叹息了一声："我们落到这个地步，还有何能耐可言？"

"师父，只有你才能救大家。"

"我有什么能耐救大家？除了会个三拳两脚的，动员镖局的人全都上去，也无法和兵丁对阵。"

"不需要你动拳脚死拼硬干。"

"那靠什么？"

"靠你这次走镖的银子呀。"

大家都愣了："银子？"

"对，现在官府上下对贩运私盐惩治极严，你们就没细想走镖银子的来路吗？"

徐老大恍然大悟："噢，对了！这次走镖的银子是金耀祖暗中贩运私盐得来的，咱凭这一条就可以到京师告他。"

吉杲笑起来："对啦，师父你虽是走散镖的，但这几年你来海州也不是一趟两趟，共给金耀祖送了多少银子，你心里该有个数吧？"

"不错，至少不下十万两，每一笔我都有账的。"

"这不就是了？先前我就反复想好了，劳驾你速速和另外几位师父回客栈，立即把镖银重新带上驮回京师去，这里我自有安排。"

"就怕金耀祖抓住我们假传圣旨的错，到时候恐怕还是不好办。"

"现在不要想那么多，走一步看一步。徐师父，你们快走吧。"

徐老大应诺着，立刻带着三个镖师离衙门而去。

"那我怎么办？"朱驷驹摊着双手说，"你叫我如何回京交差？"

吉杲道："你暂且不可回京，容我们再议良策。"

"那我呢？"韦良清也问。

"海州近几年的事你知道得不会少，我们可找一找、查一查与金耀祖有关的事情，再商量个合适的办法。"

金连珠扭了扭身子说："我可得马上走，回孔望山或金家寨都行，我不愿再见金耀祖。"

吉呆拉住了金连珠，神情严峻地说："只有你，恐怕走不掉。"

"为什么？"

"以后你自会知道。现在就先依我吧。"

吉呆催促吉银山说："爹，你赶快回家，不然老娘要急疯了。你快回吧！"

吉银山答应道："好，现在就走。"可是吉银山刚抬腿却又停下了脚步："我实在没法放心你……"

吉呆推了吉银山一把："这里有韦老师和我，你还有何放心不下的？爹，你快走吧。"

吉银山便向着韦良清深深一揖："韦先生，犬子就拜托你了。"这才转身拭泪而去。

此时，大家都平静下来，只有马大仍感绝望："他们都走了，我的日子怎么熬？"

"马大哥，"吉呆说，"你也不能走，我和韦老师还靠你帮一把呢。"

"金耀祖肯定会派人逮我的。"

"你放心，我料他暂时不敢。因为你的好朋友遍布海州，他不能不有所顾忌。"

马大沉吟片刻，点了点头："那我就先留下来看看情况再说吧。"

韦良清说："我们找个地方吃点东西吧？"

吉呆四下看了看，有点歉疚地拉起恩师的手说："恐怕是走不了啦，知州大人带兵已进大门了……"

2

午时三刻已过，刚刚经历过一场混乱，通往海州衙门的大街上店铺打烊，家家关门闭户，金耀祖垂头丧气地坐在轿子里，一路上都在气急败坏地大骂个不停，吓得护卫在轿旁的武光宗胆战心惊，大气都不敢喘。再看轿子后边，那挟着芦席跟着跑的金盖天，歪歪倒倒的样子，武光宗不禁在心里暗暗骂金耀祖太无孝心，竟不让父亲上轿坐一会儿。但他可不敢劝说，只好示意两个兵丁过去扶着金盖天。

街旁有个别好奇胆大的百姓还在打探情况，但他们也不敢靠近轿子，只是不断地四处张望，像是寻找着人……

这时，有个兵丁飞跑至金耀祖轿前禀告："老爷，我发现吉呆了。"

"停轿！"金耀祖兴奋地问，"真的发现吉呆了？他在什么地方？"

"就在州衙门的大堂门前。"

"嗯？这怎么可能，他明明逃走了，竟敢又往我衙门去？就他一人？"

"还有朱管带、韦良清、马大、金小姐，一伙人都在那里。"

金耀祖更为惊异了："这么说他们真的没逃出海州城？他们身边有没有江湖上的人？"

"这倒没看见。"

"难道这几个死囚吃了熊心豹子胆？若没有帮手，他们敢到衙门去？"

"小的真的没见有其他人。"

金耀祖掀开轿帘命令武光宗："你速带人到衙门，逮住那些人，再把里里外外好好搜一遍……"

武光宗怀疑道："不可能有自投罗网的人吧？别是吉呆使的调虎离山之计，我们一走，他带人来报复老爷……"

金耀祖摸了摸脑袋："这……这样吧！你派一些兵士前去搜查，这里留下二十人就行了。"说着他喘了一口气，命令起轿。

武光宗却拦住轿子："老爷，是不是再等一会儿，看看他们搜查的情况再回衙为好……"

"好吧。"金耀祖依然满腹疑虑,"这事还真叫人费解。从来没听说劫了法场之后,死囚并不逃走,这个吉杲实在诡计多端,让人难以捉摸……"

"卑职估计这里面肯定有大名堂。"

"嗯,现在看来,这吉杲确实不是个好对付之人。你估量他为什么不逃出去呢?难道他指望我们会就此饶了他们?"

"这个……说不定他手里有什么王牌,谅老爷你奈何他不得!"

"胡说!他一个朝廷缉拿的要犯,况且在法场上又假传圣旨,罪该当斩,手中会有何王牌?"

"话虽如此说,但事实就在眼前,他不逃出海州,竟敢到了州衙大堂,说明他不怕呢。"

"那我们绑他上法场时,他为何那样服服帖帖?"

武光宗想了一会儿才说:"或许这本就是他的一计,想着利用法场人众之机,来揭老爷你的短?"

金耀祖余怒又起,吼道:"揭什么短?那不过是假传的圣旨,倒为他自己多加一条罪状!"

话是这么说,金耀祖揉揉脑门,忽然又有点醒悟:"哦!怕要坏事!"

"坏事?"

"那几个镖师不是和他们熟识吗?"

"对的。可他们不是给你送镖银的吗?"

金耀祖遮掩道:"那是当铺的利银。"

"他们还没向你交货吧?"

"他们参与劫法场,还敢见我的面吗?"

武光宗不解道:"没见面又会有什么事呢?为何老爷会感到惊异?"

"啊呀!"金耀祖情不自禁地举起袍袖擦头上渗出的汗水,"我明白了,这事肯定与吉杲有关。你速带人到东升客栈,看看他们在不在，若在，赶快给我控制起来，没有我的话，不准放走一人。"

"老爷多虑了吧，"武光宗安慰他说，"据我所知，镖局的人都非常守规矩，不把镖银送到主人手里，他们是不会擅自离开的。"

"今日情况非同一般，我叫你去就马上去，休得多言。"

"是，老爷！"武光宗带人欲走，忽又问道，"老爷，你留在这里？"

"我料无大碍，这就起轿回衙门。"

"不等兵丁搜索衙门的消息了？"

"不等了，一刻都不能等！你快去吧，有什么情况速派人向我禀告！"

3

金耀祖一回到海州衙门，立刻登上大堂，神气活现地喝令将人犯带上来审讯。不一会儿，在衙役们虎狼之声中，吉杲、韦良清、金连珠、马大、朱驷驹及京师来的两个兵丁，都在佩刀执剑的海州兵丁的严密监视下，被带上堂来。

吉杲毫无惧色地向金耀祖打招呼："知州老爷啊，你辛苦啦。"

金耀祖气得鼻子都歪了："你个死囚犯，居然还敢来见我！"

吉杲坦然地笑了笑说："官衙乃清正廉明之所，百姓有何不敢来的？况且，我们不来，你如何向皇上交代？"

"既然如此，你要帮帮我了？来人——把这几个人用链子给我锁了。"

吉杲上前一步道："慢着，我看你还是收回成命为妥。"

"本官按律办事，执法如山，捉拿钦犯，职责所在，为何要收回成命？"

"你若要固执己见，恐怕有人不会答应。"

"谁敢与我为敌？"

没想到朱驷驹已向金耀祖逼近一步道："我！"

"你不过是从京师来的一个公差，非但不助本官捉拿朝廷要犯，反而与罪犯同流合污，劫了法场，在此有你说话的地方？我正要去京师告你呢。"

"我正是为此而奉陪。"

"那咱就走着瞧……"

吉杲说："我说知州大人，在大堂不是说话之处，我看还是到官厅小叙，以免让下人见了不雅——你看，你的鼻子歪了，眼也斜了，手脚也抖了……"

"也是啊，"韦良清也向金耀祖道，"知州大人，我看还是到厅内一叙为便。"

"住口！"金耀祖恶狠狠地喊叫，"韦良清，这里是你说话的地方吗？老爷我告诉你，你这一刀终究是躲不掉的！"金耀祖虽然嘴硬但心虚，又向吉杲道："既然你们不敢见人，那就都到厅里说话吧。"

于是，吉杲和众人都一起来到官厅。

金耀祖先开口问朱驷驹："朱管带，你不是有话要说吗？"

"当然。"

"你太糊涂了吧？身为朝廷公差，本应勤勉追拿吉杲，你又擒又纵，现在还有何话可说？我不进京告你还能告谁？"

"你只管告去。"

金耀祖狞笑起来："还用告吗？等会儿一条链子锁上送到大牢不就完事了？"

吉杲上前插话道："恐怕不是这么简单吧？"

"为何？"

"因为我也要告你。"

"笑话！真是天地颠倒了，天下还有犯人告官的吗？"

"如果这个官胡作非为，又有何不可告的？"

"本官素来清正廉洁，为朝廷效命不遗余力，铲除维新乱党，保一方黎民平安，怎容你信口胡说？"

吉杲故意朝金耀祖神秘地笑了笑，将椅子挪前一截，压低声音道："我从两淮盐运使那里听到了点消息，知州大人愿不愿意听我讲讲？"

金耀祖不禁大吃一惊："我从不听谣言。"

"如果我有证据，证明不是谣言呢？"

"胡说！你能有什么证据？"

"比如物证啦，人证啦……"

金耀祖嘴上仍不肯服软："捕风捉影，造谣生事，何来的证据？"但他内心实在已是忐忑不安了，暗暗担心吉杲所言和那几个镖局的人有关，也不知他们走了没有，为何武光宗还不来回禀……

吉杲大大咧咧地仰靠在椅子背上说："既然金大人如此说了，本人也用不着再点拨，两淮盐运使最近正查一个案子，听说牵连到海州……"

金耀祖顿时冒出一头冷汗来。

4

此时的东升客栈里，徐老大和四个镖师正匆忙将驮子重新捆好。徐老大随即叫赵钢去把客栈的账付了，并叫钱、孙二位把马牵来，他则和李武抬驮子去装运。

李武有些疑惑说："这么把镖银带回去，不违规吗？"

"现在不是给你解释的时候，快帮我把驮子抬出去。"

五个人忙乱了一阵，很快上齐驮子，牵马朝客栈的院门外走去。正在这时，武光宗带着兵丁已赶到，将五人团团围了起来。

徐老大道："武哨官，这是为何？"

"在下对不住了，我这是奉命行事，请诸位还回客栈去。"

徐老大客气地笑笑："武哨官是否怕我们把镖货带走了？"

武光宗仍然冷着脸说："看兄弟说哪里去了。你我虽说行当不同，但规矩我还是懂得的，我可没那个意思。"

"哈哈！看样子兄弟既是厚道人，也是明白人。我们已结了账了，客栈是不能回的。"

"那诸位意欲何往？"

"到当铺交货去。"

"知州大人有令，今天事忙，请你们先回客栈歇息，明日再交货。"

"这么说，武哨官是不给面子了？"

武光宗为难地说："若给了你们面子，我的脑袋就长不稳当了。"

徐老大暗暗向四人使了个眼色："对不住，武哨官，那我们就得罪了！上马！"

"不行！"武光宗急忙命令兵丁，"把街前街后，小巷胡同，出入道口，都给我守住，余下的跟我来。"

一看这个阵势，徐老大眨眨眼，突然从怀中掏出一样东西，劈面朝武光宗砸去："武哨官，按照江湖的规矩，这叫出于无奈——着！"

武光宗急忙侧身躲闪，但为时已晚，不偏不倚，正中面门。他惨叫一声，伸手把一个黑乎乎的东西抓在手里，人却已仰面跌倒。但他仍在命令兵丁：都给我上啊！

兵丁们呼喊着，一齐向已冲出重围的五匹马追去……

徐老大在马上转回头来，向从地上爬起来的武光宗又打去一物。赵、钱、孙、李四镖师也各自从怀中掏出一包东西，抖手一撒，红雾弥漫，落入追兵群中。追兵突然妈呀娘呀齐声乱叫，眼睛难睁，只好蹲下来揉眼。武光宗把飞抛来的第二件东西接了过来，揣入怀中，然后再次倒地，头碰了一个青包，足有鸡蛋那么大，他

心下大急："你们为何都蹲在那里不动了？快去禀告知州老爷，镖师们都跑了！"

兵丁们乱叫起来："我们的眼睛中了暗器，疼得睁不开，咋还能走路？"

"就算禀告，派兵追也来不及了，他们这时都该出城门了。"

武光宗怀疑地自言自语："什么暗器这般厉害？但见红雾弥漫，大家的眼睛都疼得睁不开了？"

武光宗挪到一个兵丁跟前说："让我看看。"

兵丁说："眼睛疼得像刀割一般，还热辣辣的，跟火烧的一样。"

周围是一片此起彼伏的呻吟声。武光宗仔细察看兵丁的眼睛，又用指头蘸了几下附在脸颊上的"红雾粉"，凑到鼻子边嗅了嗅，再用舌头舔了一下，恍然大悟道："他娘的，我说是什么鸟暗器呢，原来是辣椒面子！这几个鸟人也真够能的！"

"你说什么？哨官老爷，是辣椒面子？"

"就是！"武光宗嘴上这样说，随即又按了按怀中的东西，突然想起了什么，马上改口，"我何时说辣椒面子了？"

"那你说的是什么？"

武光宗假装思索："我是说'西洋片子'，可能是外国人使用的毒药。"

兵丁们顿时吓得大哭："妈呀，不知有没有解药？要是双眼被毒瞎了，我家的老娘谁养活呀……"

"天哪，我可才娶的老婆啊，要知道我的眼被毒瞎了，一定会跟别的男人跑了……"

"亲娘哟，这可怎么办呀……"

"都号什么？像死了老子娘似的！幸亏我见红雾一散，翻身趴下，虽说身上受了伤，但眼还能看见，大家快起来，相互扯着衣后襟，我在前面慢慢带路，大家随我一块向知州大人禀告去。"

众兵丁只好相互摸索着，依次扯着衣后襟，三十多人，拉起长长的一串。武光宗在前头领路，一瘸一拐地向海州衙门慢慢地走去。大街小巷的人见状，都尾随着看稀奇。

一个兵丁焦急地问武光宗："哨官老爷，你既然知道是外国的毒药，能不能弄到解药？"

解什么药？武光宗在心里暗想：一会儿用清水多洗几遍就鸟事没有了。但他却想趁机制约兵士们，让他们更服从，便进一下恐吓兵士们说："听说这种解药一是难以弄到，二是很贵，估计要把大家的毒解开，一人至少要花一两银子！"

"妈呀！就是花十两银子，砸锅卖铁再加卖老坟地，咱也得把毒解掉！哨官老爷，你行行好，一定把解药弄到手！"

"你要是把解药弄到手救了我们，弟兄们不会亏待你，每人都给你一两银子！"

"都不要说了，我尽力而为就是了，弟兄们出来当兵混口吃的不容易，我咋会还收你们的好处？只是见了知州大人，你们要把实情禀告他——你看我伤的。"

"那是自然，"兵丁们纷纷说，"为人做事得凭良心，我们亲眼看见你和他们打了一阵，还伤成这样，谁心里没数？"

"对，若老爷要给你记功的话，我们都当证人保举。"

5

海州衙门官厅里，吉杲和金耀祖的谈判仍在进行："知州大人，我看别的就不多说了，只不知知州大人打算将我等如何处置？"

金耀祖内心也没了主意，只把希望寄托在武光宗那里，此时见武光宗到客栈好久也不来回禀消息，心里更是没底。但他嘴上依然装硬："说什么如何处置？难道我会二次放你们走不成？"

"这我清楚，你若放我们出去，定会吃罪不轻；但若不放我们走，你就能安稳地做你的官吗？"

"你一个朝廷重犯，有何理由与本官讨价还价？况且，是你们逃出刑场后自动来到本衙的，除非傻子会再次放你等走。"

吉杲不慌不忙地说："可是知州大人，你也不仔细想想，我等真会自投罗网吗？除非傻子才这么认为。"

听吉杲这么一说，金耀祖越发不安了："等把你们再次关入大牢，谅你也别想再跑掉。"

"那是当然。不过，就算我们翻不了天，我们也要把你这顶乌纱帽弄掉。你不要忘了，刚才我已说过，我是没有和你较量的本钱，但两淮盐运使所办的案子牵扯的人，你不能没有数吧？"

"如若牵扯到本州辖境内的事，本官自会协助两淮盐运使秉公办理。而你和韦良清的罪是无论如何也已铁定的。"

"这么说来，我和韦老师会傻到前来送死的地步？况且，韦老师心中还装着海州衙门内的一本账呢。"

"住嘴！"金耀祖气得脸又扭曲了，"他就更别想再活着走出海州城！"

"我看你的阳寿可不比韦老师长多少——明白告诉你吧，本人之所以出了法场再入虎口，就是欲和你同到京师讨个说法。"

金耀祖怪笑起来："你好不容易从京师逃了出来，如今还有回京师的胆量？"

"只要知州大人有胆量同我到京师走一程，我有何不敢的？"

"我有什么不……"

金耀祖的话被一个冲进来的衙役打断了："禀老爷，武哨官求见。"

金耀祖兴奋得大喊起来："叫他速来见我。"

此时，金耀祖心中暗喜，认为客栈那边的事已办好了，便又壮起声威向吉杲道："你还当我会怕你个小小死囚犯？本官一身正气，就随你到京师一行又何妨？我倒要看你有何能耐……"

不料，金耀祖回头一看，武光宗一瘸一拐进了官厅，后面的衣襟还被一个兵丁扯着，兵丁的后襟同样被另外的一大串兵丁依次扯着。他们排着一个怪异的长队，都是用左手捂眼，右手扯衣后襟，动作自然，整齐得很。兵丁们的嘴里还不断发出哼哼声。

武光宗跪地叩头。

金耀祖惊得张大了嘴巴，久久难以合上，面容显得哭笑掺杂："你们……这是为何？"

在海州衙门官厅里的其他人都忍不住笑出声来。

武光宗狼狈地说："卑职、卑职奉老爷之命带兵前往客栈，谁知……"

武光宗添油加醋地把自己在客栈前与五个镖师交手的情况说了一遍，听得金耀祖浑身打战："你们这帮没用的东西，就这样让他们跑了？"

"卑职虽率众勇奋力争杀，无奈那几个镖师还打出了外国的洋暗器，众兵丁都中毒倒地，你看，很多人的眼睛可能要瞎了……"

众兵丁一齐附和起来："大老爷行行好，快快弄些解药来，不然，我们都没救了。"

"本老爷我不识什么暗器，到何处去弄解药？还是让武哨官去想办法吧。"

众兵丁又转向武光宗哀求："哨官老爷，你心疼心疼我们吧，谁个家里没有父母高堂妻子儿女呢……"

武光宗想借机溜走，便道："禀老爷，卑职一定把解药找来，这就去，这就去……"

金耀祖像被人抽了脊梁骨，一下子跌坐在椅子上。

"我说，你这些兵士可真是令人同情啊。"吉杲讽刺地一笑，寸步不让地逼近金耀祖，"只不过知州大人，我们一同去京师的事情，你不会食言吧？"

"谁说我会食言？"金耀祖艰难地抬起右手，指着吉杲恨恨地说，"我不光要去，还要让你在京师得到你该有的下场！"

6

金耀祖嘴上虽然硬气，可是回到衙门大堂后宅客厅，他的心又一阵阵发虚了："其实我不该答应他去什么京师的，这个吉杲，越看越是个狡诈顽固之徒啊，去了京师，万一不好对付……"

金老夫人却不管此时金耀祖在想什么，横眉竖眼地数落："你真没良心，为了讨好皇上，连你亲妹都要杀？老娘告诉你，我可不问你十（实）难九难的，必须得把连珠给我找回来！"

"你懂什么？"金耀祖厌烦地回道。

金老夫人把眼睛一瞪："你敢训斥我？"

"不是，不是，"金耀祖马上解释道，"娘，现在的头等大事是……不是找回连珠，是要对付吉杲，弄不好我的官就没了。"

"难道就不找连珠吗？"金老夫人惊讶地问。

"找、找，等把吉杲扼住了，妹妹自然就回来了。"

金老夫人又疑惑地望着金耀祖问："你说这么短短的时间内，连珠她怎会被吉杲迷住，还死心塌地地陪他上刑场？"

金耀祖斜眼瞅了一下坐在右首的金盖天说："你们一个个都在责怪我，为何不问一问爹？"

金盖天无奈也无心多说，只好默不作声。

"也是呀，"金老夫人立刻转向金盖天，"你倒是该给我说说，在金家寨是你陪连珠一块上马，又是一块连夜行路的，这乱七八糟的，到底都是怎么回事？"

"这、这些事……当时我自己差点命都丢了，叫我咋弄得清楚？"

"都不要为此事再吵了！"金耀祖烦躁地喝止道，"祸事就在眼前了，还是商量一下如何渡过眼下这个难关吧。"

金老夫人困惑地说："这倒让为娘的不明白了，你都当了知州老爷啦，有权杀人关人，还怕有什么祸事？"

金盖天倒是明白了些，于是白了金老夫人一眼道："你妇人家能懂得什么？休要乱插嘴！"

金老夫人气得站了起来："好呀，我什么都不懂，但我就懂得必须把女儿连珠找回来，否则我跟你们没完！"说着就扭着小脚到内室去了。

金耀祖对身边的金太太说："你快去伺候一下老娘，劝劝她莫生气，我这就和爹商量办法。"

金太太哼了一声，也起身跟去了内室。

金盖天到底还是知道些官场情状的，他愣愣地盯着金耀祖看了好一会儿，担心地问他："事情弄不好要闹大吧？"

"怎么不是！"

"这……你有何打算？"

"事情明摆着，我若不把吉杲、韦良清绳之以法，就要被朝廷定罪，非同小可。若将吉杲、韦良清重拿归案严惩，他们手里又有张王牌，还有朱管带等人护着，所以我也不好在海州下手。况且，爹，你的名字也取得太过格了……"

"倒霉呀！"金盖天望着金耀祖一脸无辜的样子，"当初先生给我取名，是含富贵永驻之意，谁能料到今天会惹祸？这也是没办法的事。"

"可是，你想想，这几条若被吉杲上告当朝，我如何脱得了干系？"

"还有那镖银的事？"

金耀祖沮丧地抱住了脑袋："这本是我从两淮盐运使那里讨得的方便，不想也在今天露馅，贩卖私盐，历来是严惩不贷的。"

"那我们也不能坐着等死呀！你不是答应和吉杲、朱管带去京师告状吗？难道你没有把握？"

"把握当然有。"金耀祖强打精神说，"那吉杲本是朝廷缉拿的维新党要犯，他的罪是铁定的；朱管带本是为追捕要犯而来，眼下却放了吉杲、韦良清，也是罪在不赦；这三人的案子，无论如何，到京师是翻不了的。"

"那你还担心什么？"

"我刚才不是说过了吗，就是两淮盐运使所办的案子牵扯到海州，还有你的名字，对当今皇上来说是个大忌。吉杲等人如果也反手告我父子蓄意反对当朝，搞不好就要和他们同归于尽啊。"

金盖天被吓得打起哆嗦来："如此说来，你此次进京若不想个万全之策，说不定还是凶多吉少。依我说，为了自己安全，还是不去的好。"

"不去？那只有死得快些。去了，还能在京城托些关系，通通路子。"

"这倒也是，"金盖天突然兴奋起来，"我倒差点忘了这个！只是，你想托哪些人？"

"当然是托能在军机处和老佛爷面前说得上话的人。"

"依我看，非得托哪位王爷才好。"

"我已想过了，十六王爷在老佛爷面前是个红人……只是，难啊！"

"这有什么难的？无非多带些银子去。"

"如今上上下下都是非常时期，要办大事，光靠钱是不行的。"

金盖天不信金耀祖的话，直摇头道："我就不信会有人不喜欢钱？那他还喜欢什么？"

"喜欢的东西多着呢！比如，有的喜欢名人字画，有的喜欢珍宝古玩，有的喜欢树桩盆景，有的喜欢名贵花草，还有的喜欢出土文物，还有……"

"这些贵人也真是，什么天下的宝贝差不多都被他们占完了。"

"还有一样你不是不知道……"

"什么？"

"美女呀。"

"你是说，那位十六王爷最喜欢美女？"

"怎么不是，我上面所说的那些值钱的东西，他都不稀罕。当然，这十六王爷也不会不喜欢金银财宝。"

金盖天拍着手说："这不就好办了！你所说的那些字画呀，古玩呀，我还真难弄到，就是女人不缺。这海州城大小妓院多少家？从中挑她十个八个，是手到擒来的事，再给她们好好梳洗打扮一下，个个弄得鲜鲜亮亮的，带着不就成了，有何难的？"

金耀祖顿时嗤之以鼻："照你这样说，我又何须在海州妓院里找，再往京城里带，京师里妓女还少吗？"

"也真是的，我是有点老糊涂了。那样办还省得你一路带十来个女人招人惹眼的，还要多花一笔银子。"

"爹，你还是老糊涂呀！真能那么办倒省事了。可是，十六王爷是个玩女人的老手，他不单看重女人的外表，而且更看重女人的内里。"

"这也好办呀，你就选几个文文静静，知书达理，精通诗词歌赋、擅长琴棋书画的女子。"

"光有这些也还不行。"

"那还要什么样的？又不是娶进门当老婆。"

"我就明说了吧，他要的美女是未曾婚嫁没接触过男人的……"

"那不就是……"

"对，我就是为此作难。"

"可你到底是知州，还能让这难住？派人到乡下或在城里挑选良家女子就是了。"

金耀祖仍是摇头，在厅里打着转转，半晌不再开言。

金盖天想了想，也明白了几分："这个鸟十六王爷也太难伺候了，他还想要什么样的女子？"

"名门闺秀嘛。"

"名门闺秀？咱海州虽说是个州，但城并不大，能有多少名门？就算有名门，又有多少合适的闺秀？既然是名门，都是有头有脸的人家，谁肯把闺秀送去给他玩？"

金耀祖狠狠地啐了金盖天一口："照你说来，我进京这场官司是打不成了，咱就坐在家里等着朝廷定罪吧。"

金盖天眨巴了一阵眼皮，终于彻底明白了，于是嗫嗫嚅嚅地说："你的意思，难道是说我们金家就算是个名门？"

"按目前的家势看，也可以算得上。"

"既然如此，"金盖天拍了下脑门说，"我觉得，为了救你，帮你，只有一个办法了。"

金耀祖已想到那个最合适的人选是妹妹金连珠，但他仍明知故问："是什么办法？"

"还要我点破吗？我当爹的有脸说出来吗？"

"可是你当爹的不先说出来，我做儿子的怎好开口？"

金盖天憋了好大一会儿，终于狠了狠心说："就不知连珠还是不是未经人事的？"

"你这是说的什么话，难道她……"

"难道你还不知道她和吉呆的事吗？她现在还跟吉呆一块住在和顺客栈呢。"

金耀祖直晃脑袋："那不怕，连珠她虽然说了这话，但也未必会去做这事。我断定她不过是为了救吉呆，故意说出来的。妹妹的为人，我是知道的，她不会在这么短的时间和吉呆……"

"难说呀，现在的青年人，况且吉呆又不是一个好东西，而且，其他暂且不说，眼下首先得把连珠从吉呆身边弄过来，免得海州城的百姓笑话我们。"

"我也是这么想。"金耀祖点头赞同，"就算她和吉呆有点什么，也就那么一次，总的说来还不能算大破身，也算可以了。"

"那还不快派人去抢回来！"

金耀祖又犯难了："你我都清楚妹妹的脾性，你就是把她抢回来又能怎样？我猜她宁死也不会去京师的。"

金盖天却冷笑一下，站起身来到金耀祖身边，在他耳边小声咕叽了一阵："怎么样？只要能按此计施行，保准会把连珠抢回来，她会高高兴兴地随你去京师……"

嗯，到底姜还是老的辣呀。金耀祖从心里佩服金盖天，顿时又精神抖擞："好，就这么办，我马上派人去把连珠抢回来。"

太阳悄悄地下了山。夜色一波一波地涌来，转眼之间，就将金耀祖、金盖天父子二人淹没于黑暗之中。

第八章　假意假情

1

暗夜里仍有光明在涌动。和顺客栈的一间客房里，光明和希望，就如烛火般不屈地升腾着。

晚饭后的吉杲、韦良清、朱驷驹、金连珠，聚在一起商量着进京与金氏权贵们斗法的事宜。

老成持重的韦良清，神情略显忧虑，他再次询问吉杲："你此次进京，可以说危机四伏，非要走此一步不可？"

吉杲毫不迟疑地回答："韦老师，我必须走。现在不仅仅是为我们自身安危的问题，而是如果不把金耀祖的气焰从老根上用水泼灭，海州的百姓也将不得安宁。"

"可是你一个人，能有回天之力？"

"难关肯定很大，甚至可能比预想的大得多，但至少我们不能坐以待毙吧。"

朱驷驹点头赞同："既然吉杲已把生死置之度外，我是他师叔，之前不知道也就罢了，现在我可以和他同往，也好有个照应。"

"这倒不必了。因为你只要一在京师露面，总督衙门肯定要拿你问罪。那时我既要忙着与金耀祖周旋，又放心不下你，弄不好有碍办事。"

金连珠举起手来："我去吧，一个女子，谁也不会注意我。"

"那更不行。"吉杲态度坚决地说，"女子出头多有不便，说不定还要遭来飞祸，那就更危险了。"

韦良清还是担心道："无论如何，你一人前往，我们总是放心不下。"

"韦老师，你相信学生，我这样安排是有道理的，一则，朱管带留在海州，可照应你：二则，也可通过武光宗摸清衙门内的情况。至于连珠，我考虑，金家可能不会放过你，必要时，朱管带也可做些护卫之事。"

"这个怕什么？"金连珠不以为然道，"他金耀祖再怎么凶恶，又敢把我这个妹妹怎么样？况且我已离开金家了。"

"关键的是，"朱驷驹面色严峻起来，"据说金耀祖在京师有着不一般的人脉关系，特别是那个十六王爷，和金耀祖早有往来。十六王爷在军机处和老佛爷面前是个红人，若没有这个台柱子，金耀祖不敢贸然进京。"

"你如此一说，我倒想起来了，"韦良清也说，"每年春节前、秋收后，金耀祖都要采购很多当地土产并将大批银子带往京师走门子送礼。我曾为他写过礼单，其中就有十六王爷，他的礼最重。"

"不错。在京师时我常听强学会的知情人讲，这个十六王爷贪得无厌，不仅聚敛了天下珍奇异宝，还特别好色，每隔三天就要下面给他弄个名门闺秀供他享乐，被人叫做'骚猪王爷'。"

韦良清下意识地看了看金连珠说："如此说来，我倒有另一层担心了。此次金耀祖进京，光带金银是满足不了十六王爷的，说不定哪家名门闺秀又要遭殃了。"

金连珠说："他金耀祖当了知州，海州城拍他马屁的士绅商贾多的是，还愁没人给他送美貌女子？"

朱驷驹点头："此话有理。况且是进京孝敬十六王爷，有的人还巴不得以此来到京师拉关系呢。"

吉杲听大家说得正起劲时，突然变了脸色，他也扭头细看了金连珠一会儿，说："连珠，我看这事可能会祸及你了。"

韦良清立即附和："我心里也有这个直觉。"

"虎毒不食子呀，"朱驷驹不太同意他们的说法，"金耀祖再那个……"

"这个不一定。"吉杲肯定地说，"金耀祖可不是一般的坏种，完全有可能打连珠的主意。"

金连珠不信："无论如何，我总是他同胞亲妹妹，他还能为了自己的官运把我朝火坑里填？况且，这可是有伤人伦的大事啊！"

"他什么事做不出来？"韦良清肯定地说，"就拿我来说吧，当初在维新时，他金耀祖也四处奔走，倡导维新。我从京师会试回来，他又口口声声称我为师，还三番五次劝我出任海州学正，说是创办新学。可是上面的风头一转，他不照样要拿我开刀吗？"

朱驷驹不禁也担心起来："是呀。他既然能把连珠送到刑场，且真有斩杀之意，又有何不可把她作为晋见十六王爷的厚礼呢。"

金连珠半信半疑，迟疑起来："只不过，我估计此事不能由金耀祖说了算吧？我娘、嫂嫂还算是正派人，她们就能由着金耀祖胡来而不加劝阻？"

吉杲不同意："这难说啊，人都有被迷的时候，又有谁知道金耀祖使了什么手段？还有金盖天。"

金连珠辩解道："在去刑场的路上，我见他挟一条芦席，跌跌撞撞，边走边哭，还有点骨肉情分，他也能忍心听任儿子胡作非为？况且我是他的亲生女儿。"

"哼！"吉杲直摇头，"你也别忘了，在前往海州的路上，他还想以你之死来换取他的活命呢！世上最难把握的是人心，谁知金盖天此时此刻又有何想法呢？"

朱驷驹上前应和道："我细察金盖天，极重名位，满脑袋权力，有了个当知州的儿子，就以为是财源的象征、耀祖的神灯。那为了保儿子的官位，他也可以不顾你这个骨肉女儿——因为你金连珠是个女儿家，对他来说，并非支撑族门的台柱子。"

金连珠怔了一会儿，不禁泪水涟涟："听你们这么说，的确都有道理，好在我已离开了他们，还望各位恩公无论如何不要放弃我……"

"看你说到哪里去了，"吉杲把手放上金连珠的肩膀，安慰她说，"大家都会护卫你，这个你完全不必担心。"吉杲忽然想起了什么，忙问道："咦，马大呢？"

朱驷驹马上说："我让他在客栈外面转转，以防不测。"

"确实需要多防备着点。我们住的这家客栈，衙门里有谁知道吗？"

"武哨官。"

"还有呢？"

"我在门口似乎看到衙门里的那个瘦猴子师爷，贼头贼脑地在张望什么。"

吉杲迅速站起身来："朱管带，你快去喊马大回来，我们这就换客栈。"

正在这时，马大匆匆进门说："坏事了，金耀祖的爹妈、金太太带着十几个兵丁把门口封住了。"

2

海州衙门后宅客厅里，金盖天正在说："那吉杲诡计多端，应速速派兵将客栈围起来，不然，他又把连珠的魂给灌迷住了。"

侯师爷慌里慌张地闯进厅来："我看见马大了，他在和顺客栈门口乱转，吉杲他们肯定又在密谋什么。"

金耀祖问："我不是让你设法进去打听他们的消息吗，你怎么连门都没进去？"

侯师爷缩了下脖子说："马大那人精明得很，表面看似闲逛一般，可我往店门一靠近，他就神不知鬼不觉地立在门中央了，我实在没法进去呀。"

"既然如此，你快去把武哨官喊来。"

侯师爷道了声是，便老态步艰，晃晃悠悠地走了出去。

金盖天对金耀祖说："儿啊，你看看，我们接下来非得十分谨慎行事才行。必要时应该快刀斩乱麻，以防夜长梦多，等把连珠抢回来，就连夜进京吧。"

这时，武光宗进门叩头："见过老爷。"

金耀祖急忙问："解眼毒的解药弄到没有？那些兵丁现在怎样了？"

武光宗内心暗自得意："什么鸟解药，不就是用井水让他们洗洗眼。"嘴上却说："我好不容易到洋教堂洋人那里弄到了解药，现在兵丁的眼都治好了。"

"这么说来，兵丁可以继续当差了？"

"那是当然，出兵打仗都没问题。"

"好！"金耀祖便吩咐他马上召集人手，"为了不使连珠走向邪路，我们要把她从吉杲那里夺回来。"

侯师爷插嘴道："恕老朽多嘴，老爷此法欠妥。"

"为何？"

"我们身边人都知道呀，金小姐非一般女子，强拉硬夺反而会把事情弄坏，还须另谋良策。"

"依你说该如何办？"

"以情化心，胜似强抢。"

"怎么个化心法？"

"老爷不会不知道'母子连心'这句话吧？依老朽之意，可让你母亲大人、父亲大人还有你家太太共同出面，前往客栈劝说连珠，用亲情感化，小姐又是个孝女，她不会不听劝的。"

"如果她真的不听劝呢？亲情又感化不了呢？"

"那这也是先礼后兵吧，前者如果奏效，那就谢天谢地；若不见效，再用兵丁强抢不迟。"

金耀祖思量片刻，觉得侯师爷的话有道理，点了点头："有道理，就依你的办法行之——武哨官，你带兵丁在客栈门外严守，将门封死，然后让老太爷他们一行进客栈。"

武光宗应了声，便转身出门去带兵。

3

很快，大批兵丁蜂拥而来，严严实实地包围了和顺客栈。

三乘小轿，忽闪闪抬至和顺客栈门外，慢慢落轿。前乘轿里钻出了金盖天，后乘轿里走出金耀祖太太，她慢慢挪步至中间那乘小轿的轿门，掀开轿帘，搀扶出金老夫人。武光宗则疾步奔至店门口，大呼："掌柜的出来！"

店掌柜是一个弯着腰、留一把山羊胡的胖老头，惶急上前问安："不知武老爷驾到，有失远迎，得罪，得罪——老爷有何吩咐？"

"吉杲他们住在哪间客房？"

"老朽带你前往——"

"不用了，告诉在哪间即可。"

"就在一号，一号，武老爷请吧。"

武光宗回身招呼金盖天道："老太爷，我们去吧。"说着，武光宗便引着金盖天、金老夫人、金太太向一号客房走去，片刻后就神气活现地大声敲门。

吉杲在里面应道："哪一位？"

"是我，武哨官，老太爷、老夫人和金太太前来瞧看金小姐。"

吉杲闻言打开房门，镇定地做了个手势："请吧。"

金老夫人一进门，瞧见坐在椅子上低头不语的金连珠，挪动小脚，几乎是扑了过去："我的儿哟，我的肉哟，你可受了苦了啊——"说着把金连珠抱在怀里。

金盖天进门后，瞅了一眼吉呆，并不理睬他，转身在韦良清让座的椅子上坐定，气咻咻地瞪着大眼看着吉呆，心里恨不得一口将他吞了。

金太太则上前扶住金老夫人的肩膀安抚道："娘呀，有话就说吧，可别哭坏了身子。"

金连珠不理金老夫人，把脸扭向一边，面如冰霜，不发一言。

金太太说："妹子呀，娘把你都想疯了，快跟我们一块回去吧。"

金盖天也转过脸，正好和金连珠的目光相对，他做出一脸心疼相，柔声对金连珠说："儿啊，以前的事都不说了，你娘这么大的年纪亲自来接你，你快随她一道回家去吧。"

"不回去。"金连珠坚定地说，"白天里我随吉呆去刑场的那一刻，我就恨透了这个丧尽天良的哥哥！任谁说劝，我都不会回金家的门了。"

"那就不说你那个哥哥了，看在你娘和我的面子上，也该回去呀。"

金连珠气冲冲地指着金盖天说道："你和娘讲，为了你？你还有面子？你不想以我的命来换取你的命活着？你还是我亲爹吗？"

金盖天低下头，假装后悔："那岂是我的真心话呀？都是情急惶迫中，我一时害怕才犯了糊涂，你千万不要记恨，我毕竟是你的亲爹，天下哪有父母亲不疼自己的娇女啊？"

说着金盖天双手捂脸呜呜哭了起来，但呜呜半天，却不见有泪水淌出来。

金老夫人倒是眼泪鼻涕糊满了手帕："女儿啊，不管怎么说，你爹他也是一把年纪的人了，现在也向你赔了不是。再说我这为娘的，可是要了命地疼你啊，你在去刑场的路上，也该看见了，我当时就把你哥哥打了一顿，你难道还不相信为娘对你的一片心吗？"

金太太在一边附和道："是啊是啊，我也跟娘一块打你哥哥呢，你说，嫂子哪一点没把你当亲妹妹待呢？！"

"这个我相信。但是娘，你也应该明白，天下可曾有过当哥哥的要杀了亲妹妹的理吗？既然他金耀祖不把我金连珠当妹妹，我也就不可能再和那个狼子野心的金耀祖同住一个屋檐。从此我再不能认他做哥哥！"

金盖天细察金连珠面部表情的变化，假装同意她的话："也好，你不认他做哥哥，从此就一刀两断。"

金老夫人连声附和："对对对！从此他在海州城做他的官，我带你回金家寨去，从此不再跟这个畜生来往。"

金太太也假惺惺地认同："这样也好。如果你在老家寂寞的话，嫂嫂我也过去陪陪你。"

金盖天又说："只要女儿你愿意，从今往后我也不在海州城待了，咱们父女俩还是常住金家寨，和和美美一家人，这总该行了吧？"

吉杲一直双手合抱在胸前，冷静地细察着他们各人表情的变化，暗暗思忖："看他们这样子，这种低声下气的表演，金盖天父子想法没出我所料，真在打什么坏主意了。我必须认真对付，决不能让金连珠被他们用亲情软化，陷入泥淖……"

可喜的是，金连珠的决心比吉杲期望的更坚决："我早就想过了，我的心，我的身子，都已是吉家的了。你们再怎么装糊涂也没用。你们回你们的金家寨，我回吉杲的老家孔望山，大路朝天各走半边，岂不是各有归宿了吗？何必苦苦逼我回老家呢？"

金老夫人假惺惺地顺口答应："儿啊，你要是真的喜欢那个吉杲，为娘的也不拦你。只是，我们到底是有声望的人家，就是嫁人，也要三书六礼、隆重堂皇地嫁出去呀，不然，外人岂不要笑话我们连个像样的陪嫁、仪式都没有吗？"

金太太夸耀："对呀，妹妹你就按娘说的做吧，我的针线活还算可以，一切陪嫁的新衣呀、新鞋呀，都由我一手置办。"

"对对，"金盖天点头如捣蒜，"连珠你要相信我们都是真心为你好，为我们这个家族的体面好，所以，只要你答应随我们一同回金家寨，我们就立即请先生来择吉期，还会立时三刻请人做嫁妆，一定体体面面、风风光光地把你嫁到吉家去。"

难得爹娘如此贴心，金连珠心思有些松动，却还是疑虑重重，冷眼将他们每个人都细细审视了一番，总觉得有些不对，冷笑一声："只不过我还想弄清一个问题：今天你们如此殷勤地到这里来，又如此一心，到底是谁的主张？"

金太太急着想表态，一下子说漏了嘴："是你哥哥呀，他回心转意，特地让我们来请你回去的。"

金连珠顿时气愤地把牙一咬："果然给我猜中了。实话告诉你们，如果是你们让我回金家寨，我还可以考虑；若是金耀祖的主意，你就是把天下的劝人话说完，我是断然不走回头路的。"

金老夫人又急又气，狠狠瞪了一眼金太太说："连珠你知道什么呀，完全就是为娘的骂了你哥哥，他才回心转意，念兄妹之情，求我们亲自前来劝你回去。"

"是的，是的。"金盖天也强调道，"我也把你哥哥臭骂了一顿，他都流了泪啦，趴地上直磕头，向我认了错，然后求我们一道来请你的。"

"那他自己为何不来？为何不当面向我认错？"

金盖天支吾起来："他的公务繁忙，抽不开身呀。再者，他也一时觉得没脸见你呀。现在我们为父母的亲自来接女儿，还不是一样的？回去后他肯定会当面向你赔不是的。"

金太太也为自己的露馅话打圆场："都怪我一时心急，没把话说清楚，其实，好妹妹啊，千真万确是咱娘催着前来劝你回去的。"

"你们去哄三岁的孩子吧。"金连珠将身子一扭，把背向着他们，冷冷地吐出最后一句话，"你们都请回吧！"

一时间，金盖天、金老夫人和金太太都不知所措地愣在当场，一句话也说不出来了。

吉杲见火候差不多了，便走向呆立在门旁的武光宗，压低声音说："武哨官，你带了多少兵来？"

武光宗遮掩地说："我，我只是带领他们来寻金小姐的。"

"你还用瞒我吗？店门早就封死了。"

"这个……你肯定明白，我也是奉命行事的。"

"既然如此，何必遮遮掩掩呢？把内情告诉我。"

"这不方便啊，我是知州的部属，这种情形下，也只好对不住你了。"

"好吧，"吉杲转了个话题，"你有你的难处，我不为难你了。只是我再问你，金耀祖何时启程去京师？"

"这个我确实不知，他不会告诉我的。"

"那你知道以往金耀祖去京师住在何处吗？"

"我想想……多是住在离十六王爷府不远处的五福楼。"

"好吧，无论他住何处，你如果也随他进京，须在进京后三日内的午时，在五福楼门外转悠一个时辰，若做不到，以后可没你的好处。"

武光宗四下望望，终于点了下头："我记下了，照办。"

"既然如此，你出去把兵丁带进来，把金小姐接走吧。"

武光宗吃了一惊："你不阻拦吗？金小姐她……她会愿意？"

"你不是奉命行事吗？你不行好事，又如何向知州老爷交差？"

"那我……我确实对不住你和金小姐了。"

吉杲深深地看了他一眼，不禁咬住嘴唇，沉默了片刻，终于又恢复冷静的表情，向武光宗挥挥手道："去吧。"

"是，吉举人。"武光宗钦佩地向吉杲行了个礼，开门出去了。

这边，吉杲稳步走到金盖天面前，微微一揖道："岳父大人，刚才你们的一席话，小子我听着很是感动，但愿那都是你们的真心话，但愿你们不会食言。为了配合你们的善意，我也认真向你承诺，我们吉家也会尽快做好迎娶新人的准备。"

金盖天一时间难堪得满面通红，但毕竟是老狐狸，他摸了一会儿鼻子，立即换上一副欣喜的表情，一个劲点头道："那好，那好，我们就一言为定。"

"不过，你若食言，今后可就别怪我不客气了。"吉杲转身又走到金老夫人面前作了一揖，"刚才的话我都听在心里了，所以我要真诚地称你一声岳母大人，但愿你不要委屈了你的女儿。"

金老夫人后退半步，仔细打量了一番吉杲，见他气宇轩昂、眉清目秀且正气凛然的样子，心里不禁有所悸动。实际上，她最初看到吉杲的时候，也不是全无好感的，只是考虑到两家名望、地位的巨大差异，和吉杲的罪犯身份，又觉得无法想象要把女儿许给吉杲。毕竟，连珠是她唯一的心尖子肉，宁愿委屈自己，也不能委屈她呀，天下做娘的，谁不疼自己的女儿？可如今从女儿的表现和言语来看，女儿分明是真的被这个小举人折服了。连珠自小聪慧，看人做事自有自己的道理，嫁过去不一定就是掉进火坑呀……

吉杲敏锐地看出了金老夫人神情的变换，心里更有底了，便爽快地又向金老夫人作了一揖道："金老夫人果然通情达理，这真是太好了，真难得你有这副心肠。"说着，他又转至金太太面前微微一弯腰："嫂嫂，我也要谢谢你方才的美言，听上去可比你那夫君可信得多啦，但愿你的一片善心能有善果。"

金太太脸红了红，连连点头说："吉举人放心，我不会亏待小妹的。"

吉杲最后来到金连珠面前站定，深情地看着她，心里百感交集，许久才说："连珠啊，我都听清了。而且你的亲人都说不会食言，那我也就没什么可以担忧的了。你呢，我知道你还不会马上想通这一切，但你要相信我，先随他们去吧，我保证很快会从京师回来，热热闹闹迎娶你。尽管我们吉家一贫如洗，我也会尽一切能力隆重迎娶你，决不会使外人笑话。"说着他转身向韦良清、朱驷驹、马大招呼道，"诸位，随我一起送客……"

金连珠尽管点着头，脸上却落下两行清泪来："吉杲你、你就是这样惧怕官威，竟要把我再次推向火海吗？我就是死，也不回去。"

吉杲重又上前，深深弯腰，向金连珠作了个大揖道："连珠啊，从我们相识开始到现在，我都相信你是真心信赖我的。而我，也绝对会当得起你的这片心意。刚才你也听清了，你家人都说得那样信誓旦旦，我都放心了，你还有何不放心的？去吧，放心去吧。"

金连珠望着吉杲，哭得更伤心了："都说你是奇人，可你却是个愚人，难道你看不出金耀祖此举包藏祸心吗？"

"福祸相伴，自古有之，就看你我的造化了——"说着，吉杲一狠心，转身向门外的武哨官道，"进来吧！"

武光宗推门而入，后面随着几个兵丁，他走至金连珠面前，轻声道："小姐，你就依了吉杲吧。请，轿子就在客栈门外。"

金连珠狠狠地瞪了吉杲一眼，站起身来，怒视着兵丁道："都给我离远些，别挡了小姐我的道！"说着，她头也不回地向门外走去。

金盖天得意地向金老夫人他们一挥手，金老夫人在金太太的搀扶下，满脸堆笑地挪动小脚，咯噔咯噔地出了门。

只有吉杲，面色重归冷峻，怔怔地站着，目送众人离去，又陷入沉思……

4

回到了海州衙门内宅，金连珠依然哭泣不止。金老夫人只得好言劝慰，金太太则亲自端来香茗，丫鬟忙给她们递热巾。

只有金耀祖踱步不语，时而偷偷瞟一眼金连珠。

金老夫人挥手让丫鬟们退下去后，把座椅靠近金连珠说："乖闺女，现在已到家了，就别哭啦。"

金盖天说："是啊，世上常遗憾的，是家人难得一聚，应该欢喜才是，切莫再哭了。你这么一哭，大家心里都不好受。"

"女儿听话，喝杯茶吧。"金老夫人把茶递到金连珠面前又说，"你心里还有什么不如意的？是不是你哥哥没向你赔不是？耀祖，来向你妹妹赔个礼！"

金耀祖没有反应，他正有些难堪地发着愁："像她这般哭哭啼啼的，叫我如何带往京师？况且，看这样子，她肯定宁死也不会上路啊？这倒如何是好啊。"

金老夫人不禁愠怒："耀祖你听到没有？快来向你小妹赔个礼。"

金耀祖这才醒悟："好好！都是我做事冲动，当时真是太无道理了，所以，但有对不住小妹的地方，还请多多包涵，我这里向你赔罪了。"

金连珠的脑海中还是转悠着与吉杲分手时的情景，内心十分矛盾："按说他对我原是有情有义，百般呵护的，为何今日竟肯让我离开他呢？是他不敢与金耀祖抗衡，还是他真的胸有成竹，另有计谋？唉，这人啊，真是难测啊——况且，我现在究竟应该怎么办？"

金老夫人催金连珠："连珠，你哥毕竟是个做官的，现在肯向你赔礼了，你也该说句话呀。"

金连珠这才注意到站在面前的金耀祖，狠狠瞪他一眼，不发一言，把脸转向一边不理金耀祖。

金老夫人便为金连珠找台阶："好了，连珠心里乱得很，等一会儿再说吧。"

金耀祖只好尴尬地踱向另一边，暗想："这可如何是好啊，若不能把她带到京师献给十六王爷，我这前程，所有的事情……"

金盖天见状，眼珠转了几转，瞅瞅金连珠，又瞟瞟金耀祖，本也想上前说几句安慰金连珠的话，但想到自己之前的表现也好不到哪去，于是干咳了一声，把话咽了下去。

不料金老夫人却向金盖天翻白眼："你怎么也不说点什么？你也知她心中有气吧？不管你怎么想，以后连珠要有个三长两短，我跟你没完。"

金盖天不知所措，半天才挤出一句："惹女儿不快，又不是我一人所为，为何老是怨怪于我？"

金老夫人气得站了起来，指着金盖天骂道："不怪你，怪谁？也不好好想想自己昨晚一路上，是怎样照看连珠的？"

金盖天感到很委屈："天地良心，我都尽心尽力了呀。"

金耀祖看着眼前乱糟糟的场面，烦躁地大喊："都别吵了，我马上还要动身去京师呢！"

"你走了也好，你前脚离开海州，我后脚就带女儿回金家寨。"

金盖天一惊，两个眼珠又开始转起来："女儿这样哭哭啼啼郁闷不乐，如何回去？"

"那你说怎么办？"

金盖天阴阴地转动着眼珠，忽又现出满脸慈祥的笑来："我倒是有个办法，能让女儿开开心，就不知你们可会同意？"

金耀祖看了金盖天一眼，心里悟到几分，立刻问他："爹，你何妨说出来，让大家听听。"

"好！女儿自长这么大，远的地方只到过淮安、扬州，连南京都没去过，更不用说去京师了。"

金老夫人觉得这话没错，随口而答："也是，你们经常南跑北奔，何时想到带连珠也去外边看看景致？"

金耀祖更是心领神会，赶紧接上话头："要说这个，的确也要怪我这个当哥哥的考虑欠周，日后若去外地公干，一定把小妹带上，好让她散散心，冲冲这几天的晦气。"

金盖天有些迫不及待地站起身来："你这话就不妥了，还说什么日后？你马上要到京师去，何不就顺便带小妹一起前往……"

"你看，我只想着公务，没领会爹的心意。那就依你们说的，此次进京就带上小妹。"

金盖天大喜："这还像个当哥哥的。"

金老夫人也面露笑容："你呀，要是早对小妹这样，也不会像今日这样委屈连珠了。"

金耀祖喜出望外，马上向金老夫人道："娘，那你就给小妹准备准备吧。"

金老夫人责怪道："怎么说走就走？我还没顾上和连珠说说话呢。"

金盖天忙说："机会难得呀，正巧耀祖连夜就要进京办理要务，错了这个时机，又不知到哪一天呢。"

金老夫人便看向金连珠："连珠，那我带你到你嫂子房里梳洗一下吧。"说着，也不管连珠愿意不愿意，拉起她就走。

金太太忙跟上去："我来帮忙。"紧随金连珠、金老夫人而去。

金耀祖顿时松了一口气，满脸是笑地向金盖天拱拱手："真没想到，老爹你能想出这么个妙法，要不，我还真没办法把连珠带上京师呢。"

金盖天虽然很得意，但还是有所顾虑："这也是没办法的办法。还不知你娘会不会变卦呢。"

"她刚才不是赞同的吗？"

"我看她进内间的时候，脸上似乎又出现了疑惑的表情。"

"不会吧，也许她是担心连珠不愿意去……"

"也可能，因为刚才连珠一直未发一言。"

"那要是连珠还是不愿意怎么办？"

金盖天脸上忽然现出恶相，斩钉截铁："这就由不得她了！总不能为了迁就她而误了你的前程，女子就是女子嘛。"说着金盖天附耳与金耀祖咕叽了一气。

金耀祖频频点头："爹说得对，就这么办。"

这时，侯师爷敲门进屋来："老爷，进京的礼品都打点齐了。"

"好，你马上让他们打好驮子，到时候我再喊你。"

5

外面在忙活，房里金老夫人问金连珠说："珠儿，刚才你都听到了，你愿不愿意跟你哥一道去京师看看景致？"

金连珠没有搭理金老夫人。

此刻，金连珠耳旁正回响着在和顺客栈时，吉杲、韦良清等人说过的话："十六王爷不仅贪得无厌，而且还极好女色，专挑名门闺秀……"

这么一想，金连珠浑身都不自在，几乎想要夺门逃出去，逃得远远的，逃到家里人永远找不到她的地方去。然而，金连珠明白这种想法在现实面前是太幼稚了，于是只得长长地叹了口气，应付了一下金老夫人："娘，你让我想想再说。"

金老夫人不以为然："这还想什么？你这是跟自己的亲哥一道去京师，又不是外人，难道哥哥还会害自己的亲妹妹吗？"

金连珠顿时杏眼圆睁，尖声反驳道："怎么不会？他不是照样把我往刑场送吗？"

金老夫人一听这话，倒也有所醒悟："是呀。"

"娘，难道你忘了你和嫂子赶到城隍庙旁，把金耀祖这个混账一顿好打，让他放人，他都不同意……"

"这个……"金太太不禁闭上了嘴巴。

"你就是那种菩萨心肠的糊涂人，总以为你善待别人，别人也会善待你，而你却忘了，就是有人利用别人的善良来坑害人！这么多年了，娘你还不了解你儿金耀祖吗？"

金老夫人淌起泪来："也是，我这个宝贝儿子，这些年是越来越让我这个当娘的看不懂了．他的心太难摸准。难道他这次说带连珠去京师，又有其他图谋吗？"

金太太不禁点头道："这个混账自从当了官，家也回得少了，我对他什么都不了解。但有一条，我觉得他的心变狠了，像送连珠妹妹去刑场的事，太让人心寒了……这样说来，他答应带连珠去京师可能真的没安好心。"

"所以，京师是万万去不得的。"

"对，京城不能去。"

金太太却又担心地说："要是老爷和老太爷强行让连珠上路呢？"

金老夫人怒吼道："那我就跟他们拼了，看谁能把连珠从我手里夺走。"

"早知如此，还不如不去客栈把连珠接回来。"金太太说，"我看那吉杲倒像个正派人。"

说得不错，金老夫人脑中闪出吉杲的形象，不由得直点头："现在想来，那孩子看起来还挺顺眼的，就是家里穷些，有时候话也多些。"

金太太说："但我觉得他说的话很有道理。"

金老夫人看看金太太，又看了一眼金连珠，沉默了好一会儿终于点了点头说："这么说来，我们的眼光，不，是连珠还是很有眼光的。"

金连珠却一言不发地低头抹起泪来，回想起和吉杲的相处片段，忍不住一声长叹。

正在这时，门帘轻挑，一个小丫鬟端着茶盘走了进来："老爷问小姐梳洗好了没有，马上启程了。"

金老夫人问丫鬟："你端的是茶吗？"

"是的，老太爷让送的茶。"

金老夫人点头道："送进来吧，正好我也渴了，大家都喝点吧。"

丫鬟送茶进屋，倒了三盏，屋内三人端盏饮了下去。

片刻工夫，三个人头晕眼花，昏昏欲睡，倒在了屋里。

一直在屋外观察的金盖天和金耀祖会意地一笑，一起进了屋。

金盖天催促金耀祖："快，快把连珠弄走上路。"

金耀祖有些举棋不定："要是半路上连珠醒了，她和我拼命如何是好？"

"这个，"金盖天拍了拍脑袋，"把她妈也带上，连珠最听她妈的话。"

"好、好、好！"金耀祖连声称赞，又立刻向门外喊，"来人——"

侯麻子进来后，金耀祖命令他："你再叫个人，把小姐和老夫人背出去，安放在马背上，老爷要带二人进京。"

侯麻子又向外喊进一个人来，两人将金连珠母女背了出去。

金耀祖匆匆和金盖天道了别，也跟了出去。

和顺客栈内，吉呆、韦良清、朱驷驹、马大在整理吉呆进京的行装。

突然，吉呆像被什么触动一般，停住手中活计，侧耳倾听道："我好像听到客房门外有脚步声。"

朱驷驹和马大也同时都听到了动静。

马大匆匆开门出去，但见一个黑影迅速向客栈大门走，便喝道："谁？"

但那黑影并不回头，眨眼就不见了。

马大急忙回房报告了这一情况。

"人走远了吧？"吉呆吩咐他，"你再看看门外地上或门缝里有没有什么东西？"

朱驷驹眼尖说："这儿有张纸条。"他伸手从门槛上取了下来，递给吉呆。吉呆接纸条展开，就着灯光看了一下说："是一封信。"

吉呆念出声来："金耀祖用蒙汗药将金小姐迷倒，挟其连夜骑马飞奔京师，请速往搭救。"

韦良清略略思索："糟了，他们一定是带金小姐去孝敬十六王爷了。"

吉杲愤怒地跳起来，当机立断："马大，我们立即启程。"

"你们也骑马去吧，"朱驷驹说，"我们那两匹就放在客栈。"

吉杲应了一声，便由马大提着行囊，两人出门而去。

第九章　京师诱狐

1

京师到底是繁华之所，虽然夜色已深，市井上人影稀零，可十六王爷府周边的街巷却红灯高悬，光影幢幢。

王府客厅里灯烛灿烂，恍如白昼。紫檀长条几上，摆满了各色古玩，有珐琅彩三友橄榄瓶、黄地青花龙纹六方瓶、生瓷开光人物雕瓷笔筒、青花雉鸡牡丹纹凤尾尊，还有釉里红白龙纹梅瓶、粉彩各色釉大瓶……几前的红木八仙桌上，也陈列着明正德青花龙纹尊、青花釉里红开光镂花罐、粉彩石榴纹戟身瓶、乾隆米色料烟壶，桌的正中还置有一青花八吉祥宝月瓶。

八仙桌靠左边的红木宽背雕花椅上，坐着一位六十开外的男子，正是十六王爷。只见他八字胡须，长辫盘颈，辫梢搭在左胸前，长衫马褂，头小脖子粗，两耳尖如兔耳，左手托着玛瑙天然图画鼻烟壶，右手正端着宋代兔毫盏慢慢品茗。

十六王爷左下首坐着的，则是穿戴整齐、神情毕恭毕敬的金耀祖。他两手捧着十六王爷赐的粉彩花卉草虫纹天鸡盖碗茶，尚未揭开盖子，显得人更卑躬屈膝。

十六王爷眼皮也不抬一下，品了一口茶后，悠然看了金耀祖一眼，缓缓地说："自上次我写了个札子给吏部，让你补了海州知州

181

的缺，你怎么就没影了呢？今个儿又怎么想起来看我？"

金耀祖深深地躬下身子，声音抖抖地小声道："王爷啊，你老人家的大恩大德，卑职何曾敢一刻忘怀？只是海州地处偏僻，又久欠治理，因此我公务繁忙之至。想着我若不励精图治，做点样子出来，倒显得对不住王爷了。好在眼下已万业兴旺，黎民安居乐业，我这不就慌着来瞧拜你老人家了嘛。"

十六王爷仍不抬眼皮，但面部的颜色已略放出点光来："好啊，亏你有这份心哪。"

"只是我匆忙启程，没带像样的东西孝敬王爷……"

十六王爷摆摆手说："你那礼单我都看了，难为你了。不过，我也不缺那十万八万银子，只是想让你多来走动走动，说说话。京城里平日价儿也单调得很啊。"

"卑职知道王爷什么都不缺，既然来一趟，总不能空着手见恩人吧。"

十六王爷点点头，把茶盏放下，嗅了一下鼻烟，打了几个响喷嚏说："我说，我在京城也单调得很，你该是知道的。"

金耀祖连连赔笑："卑职知道，知道，所以，所以，也天天想着王爷呢。"

"真想到了？"

"是的是的，真想到了。"

"既然你想到了，恐怕不只是来看看我吧？怕不是有什么麻烦事了？"

"十六王爷真是料事如神。"金耀祖一副感激涕零的样子，轻轻拍了下手说，"卑职还真有点小事想顺便请教王爷。"

"是吗？我可忙得很。你就快说吧。"

"是这样……"于是金耀祖把吉杲到海州所发生的种种事情一一道出，末了期待地望着十六王爷恳求道，"所以，小的只得来求王爷指个路子。"

王爷突然板起脸来："你这可不算小事吧？据我所知，维新党乱朝，是老佛爷的一块心病，她是怎么处置的，你也知晓。"

"知晓，知晓。"

"菜市口斩了六个人，又撤了康有为、梁启超，连翁同龢都被老佛爷赶回江南老家去了，你知他是几朝元老吗？"

"知道，小的知道。"

"朱驷驹居然也在你海州背叛了朝廷，吉杲这个要犯又是在你海州逃走的，居然还让人劫了法场，你能说这都是小事吗？你长十个脑袋都不够杀的。"

金耀祖恐惧地用袍袖擦拭着额头上滚下的汗珠："这都是卑职办事欠周，所以特来请王爷指教。"

"你刚才不是说特来看我的吗，怎么又特请指教了？"

"这这——"

"别这那的了。告诉你吧，海州的事已有人在京师传了，老佛爷还把我召去训了一顿，说：'你举荐的那个海州知州金什么祖，怎么老戳窟窿？'我无言以答……"

金耀祖吓得身上发抖，几乎要哭出来了："那那那，老佛爷还说什么没？"

"怎么没说？老佛爷说的是：查查，真若如此，就地革职问斩。"

金耀祖一下子滚翻在地，浑身颤抖，一个劲地给王爷叩头："望王爷救我！"

王爷这才抬眼，看了一下跪在地上的金耀祖冷笑道："起来吧，有话且慢慢说。"

金耀祖站了起来："恳请王爷指条活路啊！"

"难啊，不知又要在军机处和老佛爷面前费多少口舌——你有点准备没有？"

"有，有！"金耀祖慌忙从袖里掏出一个折子，双手递给王爷。

十六王爷戴上花镜，打开折子细看了一下："这个吉杲也真是胆大包天哪，他居然还敢在这个节骨眼上，来京师告你。不过，你告的这几条也在理，谅他也不敢和你对质。"

"我想也是。吉杲和朱驷驹无视国法，反对朝廷，同情支持维新党，按律该斩。"金耀祖理直气壮道。

十六王爷揉揉鼻尖，拿下花镜，用手指轻击桌面，眯眼想了一会儿："你可知吉杲欲告你哪条哪款？"

金耀祖不敢讲关键的，哼哧着拣轻的说："不外乎说治州不力，有几个毛贼未捉拿归案，对盐场的走私贩运虽拦截了，但处置过轻，河塘失修，不重农商，等等。"

"嗯，这些都是历任共存的问题，不足为怪。如若你说的都是实话，这事也没什么大不了的。不过，吉杲在你辖地逃跑，朱驷驹在你海州擅放维新党，这两条倒难办了。"

"如果请王爷相助，在京师把吉杲拿住治罪，或许能减轻卑职罪责。"

"也只得这么办了。可是你知道吉杲来京后住在何处吗？"

"我也是刚刚到京，在五福楼住下后就来见王爷了，尚未来得及打听吉杲的住处。"

"那你就先回去歇息一下，明日火速打探吉杲的住处。至于其他事，等明个儿我先在军机处和老佛爷面前吹吹风，料无大碍，再议。"

金耀祖起身作出欲辞的样子，迟疑一下又向十六王爷靠近一步，谄媚着说道："刚才，王爷不是说京师生活单调吗？"

"怎的不是？生活是过得单调了些。"

"卑职想为王爷冲冲单调味儿，不知……"

王爷顿时眯起了眼睛："你可不要弄些烂巴货来糊弄我。"

"卑职岂敢啊！这回，绝对的一朵名花含蕾。"

"你带来的？现就在五福楼，是不是？……明晚吧，今个儿我有事，接我的轿子马上就到了。"

"那卑职就先告退了。"

"去吧，明儿听我的信。"说着，王爷端起茶盏送客。

正好门官进来叩头道："禀王爷，军机处胡大人派的轿子到了。"

"回我的话，马上就到。"

门官叩头而去，金耀祖也如逢大赦般，擦着汗辞别十六王爷。

2

正阳门外正街北边的"真葫芦宝瑞兴"酒楼里，此时正是生意兴旺的时候。一个雅座包间门外立着六条汉子，包间内仅坐着吉杲、胡大人和十六王爷。

胡大人起身来向王爷介绍道："王爷，让我来引荐一下。"他指指吉杲说："这位是在下的门生，姓吉名杲，江苏海州人。"

吉杲礼仪性地站起来，向王爷行了个礼："见过王爷。"

"什么？"十六王爷倏地瞪圆了眼睛，"你就是吉杲？就是朝廷正缉拿的维新党要犯吉杲？"

吉杲不卑不亢地点头："正是，难得王爷也知道我。"

十六王爷的手都抖动起来，起身愤怒地指着吉杲骂道："你好大的胆子！竟敢……来人——"突然又想起未带兵丁，不禁愣怔在当场。

胡大人却笑呵呵拉十六王爷重新坐下："王爷哪，我们也是难得一聚，何必动气？来，且听我吟首诗吧，以助雅兴。

　　闲来肉市醉琼酥，
　　新到薄鲈胜碧厨。
　　买得鸭雏须现炙，
　　酒家还让碎葫芦。

十六王爷整日公务缠身，今日一聚理应开心才是。"

十六王爷余怒未消，瞪了胡大人一眼："胡大人，你也好大的胆子哪，今日此举可是要杀头的。"

"这头长在身上也难存百年，如此看来在下的头和王爷的头也无甚区别。只是有头的先使另一人无头，而有头的也未必长得了——王爷，你说是不是这个理？"

"你说什么糊里糊涂的？本王爷可不明白，也不想明白。但有一条，胡大人，我看你的头有些长不稳了，你难道忘了菜市口不久前落地的那六颗人头？"

"哈哈哈！"胡大人朗声大笑，"这么说来，王爷的头就长得铁铸一般？且莫忘了，往日肃顺的头长得是何等的好啊，从避暑山庄刚进京不久，不也落地了吗？"

"本王爷岂是肃顺，更非菜市口的六个维新党。"

"人生相聚，多有关联，谁能说与谁的界限划得那么清楚？"

十六王爷又瞪圆了眼睛："胡大人此话怎讲？"

胡大人说："比如说，老佛爷拿你当顶门杠子用，而王爷你却与老佛爷不久前下诏令回原籍的翁同龢，关系非同一般……"

十六王爷惊得跳了起来："我与他绝无交往。"

"这暂且不论。再比如，我与王爷你关系不错吧？"

"这倒不错。"

"好，可这吉杲是我的得意门生，那关系也是非同一般……"

"怎么个非同一般？"

"前一年我去强学会办事，半路上突遇杀手，正是吉杲出面相救，这救命大事可称得上非同一般吧？"

十六王爷怔怔地重新打量起吉杲来。

"而这吉杲呢，又是朝廷缉拿的要犯，与你有敌对之势，所以说，这人与人、官与官的关系能够理得一清二楚吗？"

十六王爷眨着眼睛，声气明显低了几分："胡大人绕了这么多弯子，到底有何想法？"

胡大人端起杯子敬十六王爷："先喝酒吧，咱们慢慢说话。"

十六王爷却拒不端杯："如若胡大人不说清缘由，这酒我是一滴不沾的。"

吉杲接上话说："王爷，你久居京师怎么忘了，如今官员交往，是无席不聚，无酒不言。你不喝酒，我们怎好开口说话呢？"

王爷狠狠瞅了吉杲一眼："这里没你说话的份，你还是好好想办法保你那条小命要紧。"

"对呀，我这条小命就捏在王爷你的手里，你一声令下，不费吹灰之力，随时就把我拿下了。"

"你知道这些就好。"

"可我的命虽小，也是爹妈给的，总不能轻易就把它丢掉吧？"

"本王爷管不了这些，是你咎由自取。"

"可是也未必呢。我倒觉得，现在我的命和王爷的命是一样的，一旦人头落地，可都完了……"

"本王爷的命怎能跟你的命相比？"

"为何不能？"

胡大人赶紧插话打断他们："吉杲，休得对王爷无礼，还不快敬王爷的酒。"

吉杲便笑了笑，端杯道："容我敬王爷一杯。"

十六王爷挥挥手对胡大人说："我有言在先，还是先说说有什么事吧。"

胡大人笑道："其实也没什么事，只是托王爷向老佛爷递个折子。"

"你在军机处，递折子不比我方便吗？"

"王爷你也知道呀，在下是翁同龢的学生，老师都被革职回原籍了，老佛爷还会看重我吗？我在军机处只不过是个打杂的而已，哪有你在老佛爷面前吃得开？"

"不能说我在老佛爷面前吃得开，但你有些话也确系实情——

是什么折子？"

"就是我学生的。"

"哪个学生？"

"远在天边，近在眼前——就是吉杲呀。"

"什么？他是要犯，怎还敢递什么折子？"

"他现在尚未被拿住，就是无罪之人，当然可递折子；况且，所言之事又是非同小可的呢。"

"就算他所言再重要，我敢在老佛爷面前递吉杲的折子吗？胡大人，你这不是给本王爷出难题吗？"

"十六王爷是否先把折子看一下再说？"

十六王爷沉吟片刻，无奈地说："就看一下，料也无妨，拿来吧。"

吉杲立刻掏出折子，递给王爷："请王爷过目。"

十六王爷打开折子，一摸，忘了带花镜："没带镜子，看不清楚，你就念念吧。"

"好，我念给王爷听——

海州知州金耀祖蓄意谋反与贩运私盐事

……金耀祖虽食俸禄，却不思报答皇恩，反欲让其父日后登基，早已取名'金盖天'。天者，当今吾皇也。'盖天'之心岂不昭然若揭吗？另查，金耀祖置大清律条于不顾，伙同山西、河北、河南等不法之徒，贩运私盐，牟利达五十万两白银之巨，现列证如左……"

十六王爷猛地拍了下桌子："不要往下念了。"

胡大人沉着地问："王爷不想听完？"

吉杲却将折子合起："既然王爷不想听，就不念了吧。"

十六王爷的脸色青一块白一块，暗自焦虑："这个混账的金耀祖，他居然对我说吉杲所弹劾他的折子都是些鸡毛蒜皮的小事，若把这个折子递上去，你的头还长得住吗？"他不禁说出了声："这小子真乃混账！"

胡大人趁机逼问："王爷这说的是哪个混账？"

"还能说谁？当然是金耀祖。"

"不管如何，仅此区区小事，劳王爷递上去，应该不费什么事的吧——来来来，我们该喝酒了。"胡大人端起了酒杯。

十六王爷只好强端酒杯，却依然不饮："常言说无功不受禄，胡大人，这个酒我不能喝。"

"王爷为何一失往日爽快之风？"

"今日身子有些不适。"

"这件事王爷办不了也没关系，我再托人递吧，那咱们就吃饭，然后到广和戏园看戏去——这王爷该喜欢了吧？"

"今儿这戏也不想看。"

胡大人又朗笑起来："那我还是借诗给王爷提提神吧——"

> 春明门外市声稠，
> 十丈轻尘犹未休。
> 雅有闲情征鞠部，
> 好偕胜侣上茶楼。
> 红裙翠袖江南艳，
> 急管哀丝塞北愁。
> 消遣韶华如短梦，
> 夕阳帘影任勾留。

十六王爷愁满眉梢，一脸无可奈何的样子。

胡大人向吉杲使个眼色说："有样东西给王爷看看，或许兴致就来了。"

"又是什么鬼东西？"

"一封信，平平常常的。"

"没有花镜，还是不看了吧！"

"不看你恐怕会后悔的。"

"那还是让吉杲念吧。"

吉杲便掏出一信封，抽出八行书信笺展开："我念了？"

胡大人说："我先说一句再念，这封信是皇上擢杨锐、林旭、刘光第、谭嗣同四人为从四品顶戴、参与新政时，王爷私下里写给谭嗣同的信，其中似有不满老佛爷的两句话，像是'表面撤帘归政，实仍操纵大权'——王爷还记得吧？"

顿时，十六王爷额上渗出汗珠，面色煞白，声音也颤抖起来："这这这，这封信你是从何处拿到的？"

"不是我，而是吉杲。他当年到军机处找谭嗣同议事，谭嗣同让他把这封信退给你，你却到颐和园出不来了，他无法退信。不久事发，这封信一直被吉杲收着——王爷，没什么大不了的，也就平平常常的一封信。"

吉杲笑道："就是，不过是一封私人交往的信，对吧，王爷？"

十六王爷沉默良久才说："当时谭嗣同让你带信时，说过什么话没有？"

"他只说'这个十六王爷，脚踏在两只船上，终究会掉到水里去'，其他没说什么。"

十六王爷急不可待地伸手要信："今日碰巧了，就把信给我吧。"

胡大人笑道："王爷不急，一封私人交往的信还要它干什么。吉杲，你还是把折子和信收起来吧，我还想劝王爷喝杯酒，相聚难得。"

十六王爷心乱如麻，暗思着，这个胡大人真乃诡计多端，看来他真可能把折子和信交给老佛爷啊，倘若如此，我不就完了吗？

十六王爷不禁站起身来，现出一副哀求的神情向胡大人拱手道："看来今天胡大人确是醉翁之意不在酒了，有什么话就直说吧。"

胡大人仍是很随意的样子:"我倒没什么话,只是学生吉呆有几件小事请王爷帮个忙——也是你的举手之劳。"

胡大人朝吉呆望了望。

吉呆心领神会道:"王爷,我虽是举人,实也系平民。只不过想在家乡海州过个平安日子而已。可那金耀祖,残害无辜,差点把我的恩师韦良清杀头,又将我绑赴刑场,是我的朋友们设法相救,连着总督衙门管带朱骊驹也看不惯他的所作所为,也援手助我……"

十六王爷打断他:"我怎么听说你在刑场假传圣旨?"

"绝无此事。当时,我只不过把写有金耀祖罪状的一张黄纸说成是'黄纸到',而有人却将其意领会成'皇旨到',那是音同字不同。难道在京师也把'黄纸'理解为'皇旨'吗?那可就乱套了。"

"原来是这样!你的意思我明白了,至于如何回复你,待我想想再说吧——可那封信?"

"十六王爷若能还我吉呆自由,还韦良清清白,我不是个不识趣的人,总不能自己有条路走,就把王爷你的路堵死了吧。"

"那……我们还是喝酒吧。"胡大人又端起了酒杯。

十六王爷无奈摇头,端杯饮下:"这酒好像有点苦哇……"

"苦后回甜,苦后回甜!哈哈……"

3

京师五福楼大酒店,一间宽敞的豪华客房里,坐着神情焦虑的金家人。

金连珠这两天一直没有休息,精神困顿、悲愤不安,显得面色泛青,两眼红肿。

金老夫人也闷闷不乐,又在训斥武光宗这个出气篓子:"你个武秃子，不过是个杀狗的出身，在我面前不要人五人六的，为何派兵守门不让我和连珠出去？"

武光宗满面委屈地申诉着："老夫人，我就是可着肚子长个胆也不敢阻拦你呀，都是知州老爷的安排，我岂敢有违！"

"他金耀祖当的官再大，他还是我的儿子，你让我和连珠出门走走散散心，金耀祖要怪罪你，我找他算账。"

"可是老爷上王爷府有些时辰了，也该回来了，等他回来再说吧，我实在是不敢私自做主。"

金老夫人命令金连珠："珠儿，把椅子跟前的拐棍递给我，我倒看看今天谁做主！"

金连珠倒是清醒的，她反过来劝母亲："娘，别难为武哨官了，他也是不得已。"

金老夫人便自己站起，拿过拐棍就向着武光宗打去："我就打这个两眼朝上的！你和金耀祖把我娘俩拐到京师，到底安的什么心？"

武光宗左躲右闪，不敢还手："老夫人息怒！老夫人息怒！等老爷回来，我向他求情，不再拦你……"

正在这时，金耀祖推门进了屋："你们这是为何？娘，你住手，有话好说。"

"还好说个屁！"金老夫人回手一拐棍，打在金耀祖肚子上。这一棍的力量也不小，疼得金耀祖满头是汗，双手捂肚子蹲了下来。

武光宗急忙上前关照金耀祖："老爷，你怎么样？伤着了没有？"

金老夫人将拐棍狠狠点在地上，吼道："伤了更好，省得干坏事！"说着又举起拐杖，朝武光宗的背上着实夯了一下。

"妈呀！"武光宗身子一倒，正好将金耀祖扑倒在身下。

"娘，住手吧，打几下又有什么意思。当心累坏了自己身子。"金连珠上前夺下拐杖，搀金老夫人坐下，又递上茶水，"娘，你喝杯茶，消消气吧。"

武光宗也一骨碌爬起来，赶紧拉起金耀祖："老爷坐吧，休要怪我鲁莽。"

金耀祖站着不动，大口喘气："你怎么得罪老夫人了？"

"冤枉啊，我是奉你的命，看住房门不让老夫人她们出去，才挨了这顿打的。"

金耀祖偷眼看了下金老夫人和金连珠，叫武光宗到门外警戒，自己把门关上。

金老夫人又向金耀祖发作："好你个混账儿子，快给我老实交代，为什么要用蒙汗药把我和连珠迷倒？"

"娘，你是不知道儿的好心，这骑马出远门，会颠得受不了，所以才让你和妹妹……"

金连珠顿时杏眼圆睁："我还算你的妹妹吗？我是被你当成物件带到京师卖的吧？"

"妹妹说哪里去了，为兄我真是一片好心，诚心带你来京师和母亲一道看景致的。"

"把你那骗人的话收起来吧！你的真心是把我送给别人，对不对？"

金耀祖狡辩："怎能这样说？"

"还跟我狡辩！我问你，是不是想把我送给十六王爷？"

"你——"

"十六王爷把你的官司摆平了吧？路铺好了吧？几时把我献过去呀？"

金耀祖涨红了脸说："你这话也是……你一个女孩家，为何问这些？"

金连珠逼上一步道："十六王爷今年多大了？七十几岁还是六十几岁？喜欢什么样的女人？你把我的相貌向他说了吗？他喜欢不喜欢？"

金耀祖不敢正眼看金连珠，连连后退道："行啦，我的亲妹妹！这种话是你女孩家说得出口的吗？"

"你都能丧尽天良做得出来，我为何说不出口？"

金耀祖情急之下说漏了嘴："那你……你能告诉我，是谁告诉你的？"

"哼，这下露馅了吧？"金连珠气得满面通红，"你终于说出实情了！告诉你，根本不需要任何人告诉我，我对你的每个鬼心思都了如指掌，根本瞒不过我的双眼。"

"错啦！我怎么会将自己妹妹……"

金老夫人听金耀祖这么一说，尖叫起来："噢——这回我算弄明白了，你是用连珠为你升官铺路，怕她和你闹，把我也带上劝说她。我还没老糊涂，劝自己的女儿做这事——你说，这是谁的点子？"

金耀祖辩无可辩，只好无力地瘫坐在椅子上："你都知道了还问？"

"我只知道了一半。"金老夫人的手指直直地点上金耀祖的鼻尖，"我要知道的是，是不是你那个老不死的爹，和你一道出的这伤天害理的鬼点子？"

金耀祖无法回答，捂起脸闷头装傻……

"娘，不要再问了，在路上我醒来时就猜到了。我倒要看看金耀祖怎样把他亲妹妹往十六王爷的床上送。"

"我的个天哪，世上竟有这种人，我怎会生出这样的儿子啊！"金老夫人放声大哭起来，金耀祖急得两眼乱转，实在想不出好主意了，只好扑通一声朝金老夫人面前一跪："娘啊，连珠是你的亲女儿，我也是你的亲儿子呀。我这当儿子的不到山穷水尽的地步，岂能做为害亲妹妹的事情？可现在的情形逼得我——就算官不做，脑袋也要保住啊！你难道能眼看儿子将要砍头而撒手不管吗？"

金老夫人怔了一怔，默默地抹着眼泪："天哪，这都怎么回事，好端端的一家人，突然就闹成这副样子，是我哪辈子没做好事，老天爷专门惩罚我的吗？珠儿哟，你看娘活得多累多苦啊！"

"不怪神不怪鬼，你问问金耀祖就知道了，一切都是他自作自受，与我们无关！"

金耀祖跪地叩头："娘，你也想法子救救儿子吧！"

"滚远些，我讨厌闻你一身畜生味。"

金连珠嘲讽地对金耀祖说："快起来吧，不要再演戏了。"

金耀祖便又求金连珠："连珠，生死关头，难道你也不肯为哥哥着想吗？"

"我为你着想，谁为我着想？"金连珠反问道。

金耀祖狠狠瞪了金连珠一眼，绝望地站起来说："既然你们都对我无情，那也休怪我无义了。"

"你威胁谁？"金连珠狠狠地推了金耀祖一把，"难道你还敢杀了我们不成？"

"那可不必，无论如何我也是金家的人。只不过我要问你，小妹，你知道这客栈多少钱一晚上吗？"

"顶多一百两银子。"

"不，五百两。"

"管它多少两，你对我说这话是什么意思？"

"既然你们都不为我着想，那就请你们另寻住处吧。"

"好得很！"金连珠挽起母亲就往外走，"我正求之不得，我和娘就是露宿街头，也比住在这里心里安稳。"

金老夫人却不依："什么？你还把我当娘吗？竟想把我们母女赶出去？也好，珠儿，听说吉杲也来京师了，我们这就找吉杲去……"

金老夫人的话提醒了金耀祖，他突然醒悟：看我这脑子，怎么把在京师抓吉杲的事给忘了，抓不到吉杲，怎么向王爷交差？我的事也不好办了！看来我还不能和她娘俩闹僵。于是赶紧换了一张笑脸问金老夫人："娘，你真想去找吉呆？"

"儿子变成了畜生，我只有靠未来的女婿了。"

"我刚才不过在气头上，说了不该说的话，怎会把娘赶出店去呢？如果真要找吉呆，也不是你们的事。"

"我们不找让你找到他的话，还会有他的活命吗？走，珠儿，不睬他，我们走。"

"娘，慢着，我把随身衣裳也带上。"

"我还忘了，带上，都带上！"

金连珠开始收拾行囊中的衣物，金耀祖急得在厅内乱走，终于咬牙下了狠，向门外大喊："来人！"

武光宗急忙进门："老爷有何吩咐？"

"都是我的脾气不好，刚才和妹妹吵嘴了，现在她娘俩气得要走，你快劝劝她们，我还有事要出门。"说着闪身出门，拉住一个守门的兵丁说，"你进屋把武哨官喊出来。"

武光宗正在劝说娘俩："二位消消气，千万不能出去。京师这么大地方，到哪里去找一个人？还不跟大海捞针一样？真要找，我来想办法。"

"你不要跟着你主子来蒙骗我们母女，但你如果真能帮我们找到吉呆的话，我回海州好好谢你。"

这时兵丁进来了："哨官老爷，门外有人找。"

"好，知道了，我就去。"

回身时，武光宗却小声对金连珠耳语："我去去就来，你们在屋里等着。"

屋外的金耀祖看见武光宗出来，便道："武哨官，我到王爷那里把该送的该递的该说的——都办了，只有一件，不抓住吉呆，王爷在老佛爷面前不好说话。"

武光宗摸着脑袋说："这可有点难度，我们只知吉呆进京了，却不知他住在何处；再说，我们只带着两个兵丁，人手也不够，京城这么大地方，到哪里去找？"

"这些我都知道。问题是到哪里找帮手呢？"

"对呀，你看这看守房门至少要留一人，你自己又不便出面，我只好带一个兵丁去，累死了也跑不遍京城。"

金耀祖急得抓耳挠腮："可王爷限期，至多到明天中午，一定要把吉杲捉拿归案。"

"老爷，你何不请求从京师总督衙门借几个兵丁来？再说，他们路径也熟些。"

"你不要再提总督衙门了，我被朱驷驹那狗东西害苦了！总督衙门的兵不能借，说不定要价也很高。"

"你和十六王爷那么熟，干脆从王府借几个兵算了。"

金耀祖用手拍着脑袋瓜："这深更半夜的，我怎好意思去打扰王爷。"

"那我是真想不出好办法。"

"有了！"金耀祖突然眼睛放光，"那天在海州劫法场的，不是有源顺镖局的人吗？我好像还听说那几个人中有吉杲的师父，对！就去源顺镖局先看看，悄悄打探一下。"

"这倒是个好办法，可我不知镖局在什么地方啊？"

"我知道，源顺镖局就在正阳门附近，也就是前外半壁街，离这里顶多十几里路，你这就去。"

"好，我带人马上就走。"

"慢着！你要加倍小心，发现线索之后，切莫打草惊蛇，留一人盯住，另一个速来禀告。我马上到总督衙门去，请他们派员相助，然后将住处包围起来，一举拿获。"

"是。"武光宗立刻带一兵丁出门而去。

4

京师之夜,大街上并不完全沉静。两匹快马在通往正阳门的街上飞奔。

金耀祖也骑马赶向京师总督衙门。到了总督衙门口,金耀祖跳下马,急切地和门官说了自己的请求。那门官便匆匆进门,向里面的官员请示。

不多一会儿,竟真有一队兵丁立即集合,飞奔出总督衙门,由金耀祖骑马带路,向着正阳门赶去。到了源顺镖局附近,一行人勒住马缰,放慢速度,悄然隐在正阳门外的一条小巷内。

身着便装的金耀祖像常人一样行走,前往半壁街,然后隐入一处屋角窥视,他的视线里,正可以看见源顺镖局的大门……

第十章　捕羊献虎

1

源顺镖局大厅里，灯火通明。

总镖师达顺安正襟危坐于红木靠椅上，吸着长杆旱烟，一副若有所思的样子。老爷子精瘦有神、两眼如炬，让人肃然起敬。此刻，他正冷峻地觑巡着面前那十几位镖师。

镖师们也都有些焦躁不安，不时将目光向门外瞄去。

徐老大匆匆进屋，他先扫了众人一眼，又将目光停留在总镖师达顺安脸上，严肃地报告："外面情况好像不妙。"

达顺安又喷出一口烟来，问道："你那个徒弟吉杲为何现在还不回来？外面发现什么情况？"

"我发现半壁街的一个巷子里隐有二十几匹马，有个人穿着便装，看身量，像是海州知州金耀祖，他躲在墙角，直盯着我们镖局的大门张望。"

"你不是和吉杲说好秘密行动吗，消息怎么会传出去的？"

"我相信我们镖局是不会有人走漏消息的，估计还是出在金耀祖那些人身上。"

"我早说过，我们走镖的办事认钱不认人，不能参与官场之事。你这次海州之行，说不定要把大家的饭碗给砸了。"

徐老大拱手道歉："实在对不住诸位，我也是咽不下这口气，救徒心切才走这一步的……"

达顺安摆摆手制止他："其他的话就甭说了。这也不能全怪你。其实，即使没有此事，我看咱们终究还是要散伙的。"

"散伙？"徐老大吃一惊，"为何？"

"这也是时局所致。你没见洋人在中国办的银行日益增多，都用兑汇交割银两了。还有些个邮局、钱庄，大都这么办，又保险又快，往后还有谁用到镖局？"

"这倒也是。只是眼下大家还是要靠此吃饭，日子还得过呀。"

"不说这些了，现在得想个办法把兵丁引走才行，不然，吉呆一回来，不是被逮个正着吗？"

赵钢忽地站起来道："还想什么办法？凭我们这些人，收拾二三十人还不是小菜一碟？我们出去把他们弄走就是了。"

镖师们应和："对，别费那些事了，权当我们出去找个对手练练拳脚。"

"胡说，"达顺安正色制止，"各位休再多嘴。咱这是什么地方？天子脚下，舞枪弄棒的，是好玩的吗？想练拳脚也不是此时此地！"

"头，你看如何办？"

"吉呆住的那间房里有他多余的衣服没有？"

"我去找找。"徐老大随即出门去，一会儿返回回报，"找到一件蓝色长衫。"

"好！"达顺安在人群里看了一圈后问，"那个叫小兔子的新来的徒弟没在？"

钱三说："你忘了？他到济南走镖去了。"

"噢，我倒忘了，我看他长得像吉呆。"

"就叫李武扮吧，他虽年纪大些，但身段像吉呆，再说，夜里也看不清面容。"

"那就有劳李武了，你穿上长衫，随弟兄们一道出去走几圈子。"

李武有些犹豫："我这粗手笨脚的，哪像个举人呢——算了，将就着吧。"

"出去碰到那些兵丁该说什么，就不用我交代了吧？"

"这倒不用，常走江湖，反说正说都是理。"

达顺安难得一笑："哈哈哈！"

2

与此同时，半壁街不远的小胡同口阴影处，两个黑影在小声说着话。旁边立着两匹马。其中一个黑影问另一个道："你刚才突然骑马到哪里去了，也不和我说一声？"

"我回五福楼向老爷禀告去了。"

"禀告什么？"

"我见哨官老爷你两眼向前看，又见那大门上有'源顺镖局'四个字，心想你把握准了吉呆就住在这里，所以回去禀告了。"

武光宗闻言勃然大怒："你安的什么心，竟敢如此多事！我还没问准确，你怎敢不说一声就去向老爷禀报？"

兵丁害怕了，畏缩着说："不说是源顺镖局吗？"

"那只是估计可能是吉呆投宿之处，并未探准，你戳了纰漏了！老爷怎么说？"

兵丁说："他听我禀告后令我回来，他自己骑马到京师总督衙门去了。走在路上，我见到总督衙门出来的马队，隐在街的另一条巷子里。"

"好呀，如果吉呆不在此处住，我看你怎样向老爷交代！"

兵丁吓得浑身乱抖："这可怎么办呀？"

武光宗恨恨地说："走一步看一步吧。你给我记住了，往后，没有我的话，你不得乱行一步！"

"是是，可是，我们现在怎么办？"

"再等一会儿看看，你随我一道去镖局走一趟，问问情况。"

兵丁说："好，我听哨官老爷的。"

3

京师胡大人府内。书房中一派书香气息，各类书籍，经、史、子、集，堆满书橱。

吉杲正和胡大人相对而坐，品茗叙话。

胡大人神秘地笑了笑说："吉杲，你倒说说看，十六王爷给谭嗣同的那封信，你是怎么弄到手的？"

吉杲朗声大笑："我只是听说过这件事。"

"你没见过啊？"

"不，见过了。"

"那是在什么地方，真的是在谭嗣同那里？"

"我见过十六王爷给别人写的信，在谭大人那里没见过。"

胡大人惊讶道："没见过你怎么捣鼓出一封信来？"

"我是听韦老师说过，十六王爷曾给谭大人写过一封对老佛爷不敬的信，谭大人讨厌这种暗中见风使舵的人，就把这封信当垃圾给扔了。"

"哦，那是你看见留意拾起来了？"

"没有，学生根本没见到。"

"那今天你对我说有这封信，并出示给十六王爷看，这封信到底是从哪里来的？"

"我自己写的。"吉杲开心地笑了。

"你的胆子也够大的！"胡大人仍然很是惊讶，"当时我以为是真的，因此吓一吓王爷，有个把柄在手里攥着，他不敢对你下手，也不敢偏袒金耀祖，事后我才觉得不对头。"

吉杲正色道："我这也是没办法的办法呀。像十六王爷这样的人，没个狠东西制住他，他会吃人的。好在他曾有过这种事，我就灵机一动借用了。"

"你这一说我真有些后怕了，幸亏他当时没带花镜，若是识破了就坏了！"

"不是我自夸，"吉杲很有信心地说，"你现在拿一张十六王爷的字来，我仿写一份，连他自己都辨不出真假！"

"诸事还是小心为妙。十六王爷毕竟在朝中混了多年，算是老狐狸了，况且宫中能人又特别多，所以你还是小心为妙，此事过后，速速离京。"

"好，大人放心，学生心中有数。眼下京师诸官谈维新色变，十六王爷必定不敢往深里想，也不敢全力支持金耀祖。我正是利用这种情形才能布下此局。"

"这倒也是，从现在看来，十六王爷已是骑虎难下了，接下来你打算怎么办？"

"趁热打铁，摆平了金耀祖，我就回海州。不过，还有件急事需办。"

"何事？"

"救一个女子。"

胡大人扬起眉毛，关切地问："那女子是谁？"

吉杲的眼前浮现出金连珠的身影，顿了顿说："金耀祖的亲妹妹金连珠。"

"嗯？"胡大人颇感意外，"她既然有个当知州的哥哥，还须你救？这里有何内情？"

吉杲悲切地说："我把原因说出来，你就知为何非救她不可了。"

于是他把自己和金连珠相识、相知及金耀祖欲将金连珠献给王爷的内情一一说来，胡大人听罢，愤怒地拍着桌子说："下贱东西，金耀祖竟要拿自己妹妹去换前程，简直连畜生都不如！”

“所以我必须救她。”

“可是，你随时面临被抓的危险，还如何去救人？”

“无论如何，我不能为了自己平安，就眼看着金连珠去下火坑。”

“那你打算如何救？”

吉杲沉吟片刻后，起身走近胡大人，附耳小声说了几句后问他：“你以为如何？”

胡大人面色陡变：“这可万万不行！”

“舍此能有什么办法？”

“不要太着急，你我再好好思量一下吧。”

“也好。”

“你住在源顺镖局安全不安全？”

“暂时还可以。”

胡大人却摇起了头：“为防万一，你还是住在我这里吧。”

“我不能连累大人。”

胡大人挥挥手，坚定地说：“都什么时候了，你还考虑这么多？”

“可是你一生为官也不容易。”

胡大人有些动情了，他深深地望着吉杲说：“不这样做，我难以放心。”

吉杲故作不以为然地站起来道别：“没什么的，大人，我会处处小心、珍惜我自己这条命的。”

“但愿你当真多加小心。”

“好的。”吉杲向胡大人深深地作了一揖，“大人，我这就先告退了。”

“我送送你……”

“不用了，天时不早，大人早点歇息吧。”

胡大人望着吉杲远去的背影，自语道：“人才难得。”

4

半壁街源顺镖局外，武光宗和兵丁大气不敢出地紧盯着大门。

金耀祖身着便装在另一处墙角藏住身形，也紧张地注视着源顺镖局。

不远处的胡同内，隐身此处的一众总督衙门兵丁有些不耐烦地小声嘀咕着，边上的马匹不时打着响鼻、踏着地面。领头的官爷呵斥众人噤声，然后自己走到巷口朝金耀祖避身的墙角张望。

寂静的夜，大街上很少再见到别的行人。

源顺镖局的大门依然紧闭着。

兵丁失望地对武光宗说："武哨官，老是这么干等怕不行吧，何不进镖局里看一看？"

"不可打草惊蛇。"武光宗说，"如果吉呆在镖局，我们是不便进的。若他从外边回来，不正好可上前捉拿吗——不要出声，我看见从街拐上走过来一个人，很像是吉呆。"

"对，我也看见了。"

"不对，镖局开门了，出来七八个人，走在前面穿长衫的，也像是吉呆啊？"

"哎呀，哨官老爷眼睛真精！我也看见了，走在前面的那人就像吉呆。"

"这倒怪了，怎么会有两个吉呆呢？"

"是啊，咋会有两个吉呆呢？那我们先捉哪一个呢？"

"太远了，看不清楚，既然如此，我们把两人都抓回去。你我分头行动，一人抓一个，都带回五福楼。"

"听说吉呆有武功的，"兵丁战栗地说，"我若是碰上那个真的，怕是打不过他。"

"那也要抓。我也不会武功，要碰到真吉呆不是同样挨打吗？"

"那我们还要抓吗？"

"当然要抓——你看，两个吉呆快碰面了，上！打不过也得上！"话虽这么说，武光宗一瞬间又改变了主意，"算了，咱们都别去了。"

"为什么？"

"你看，有个人冲到两个吉呆之间了，从胡同里又走出来一列马队，那个穿便衣的不正是金老爷？太好了，这就用不着我们冒险啦。"

"那我们先回去吧？"

"不，骑上马，夹在那边的马队中。"

"你就不怕碰上吉呆？"

"笑话！"武光宗又变得神气活现，"这么多的人，这么巧就会碰上？再说人多势众，碰上也不用害怕。"说着他翻身上马，直朝镖局门口跑去……

源顺镖局门口已经乱作一团。

总督衙门的兵马将从镖局出来的人和刚到镖局门口的吉呆团团围住。

金耀祖狐假虎威地大叫着："快，把吉呆抓住！"

不料一个兵丁却冲金耀祖大叫："你瞎喊叫什么？哪个是吉呆？我们不认识他，你到跟前指给我们看看。"

金耀祖一愣，再细看那两人，都像吉呆，却因天黑只能看出身架，分不清面容，一时为难起来，只好含糊地说："就那两个身材有点高、看样子年龄不太大的就是，抓呀！"

"吉呆只有一个，你说两个都像，叫我们抓哪一个好呢？"

其他兵丁也纷纷乱嚷："是呀，抓错了人咋办？"

"你还是上前指认吧，弄不清楚我们不好下手。"

金耀祖只好硬着头皮、胆战心惊地向先出门的那个"吉呆"走去："吉呆，我看你往哪里跑！"

李武也不说话，绕着马匹和乱窜的兵丁胡跑一气，意欲接近吉呆，让他趁乱快逃。金耀祖刚接近李武，被李武一个扫堂腿，一下子扑通倒地："娘哟！疼死我了！"

他翻身强撑着爬起，看见了欲和李武接近的吉呆："快抓，快抓呀，是这一个！"

吉呆就势当头给了金耀祖一拳，金耀祖呼着痛再次倒地。吉呆则闪身跳到一边。

李武急忙靠近吉呆："你快趁乱逃走，这里由我们来收拾。"

吉呆却伸手一把拉住李武，飞快地扯脱他的长衫："我不能走。"

李武急了："我们的总镖头是让我扮你出门引走兵丁的，你咋把我的长衫给弄掉了，他们不正好抓你吗？"

吉呆却拉住李武假装乱打的样子，同时对他说："我不能为了自己祸及镖局，砸了大家的饭碗。"

"这是总镖头的命令，不能更改！唉，你咋不早不晚在这个节骨眼上回来呀。"

"我又不是神仙会算。"

"休得啰唆！"李武伸手将吉呆托起，猛力朝街拐的黑暗处抛去，"去吧——"

吉呆在半空里翻了一个跟斗，正好落在一个兵丁牵的马背上。吉呆敏捷地伸手抓住缰绳一抖，牵马的兵丁扑通倒地，他高喊："喂，你们，还有金耀祖，都给我听清了，本人就是你们要抓的吉呆。我是路过此处，与源顺镖局的人并不认识，更与他们无关，要抓，就抓我好了。"

众兵丁呼啦一声围了上去："抓住吉呆！"

有会拳脚的，在马背上挥拳向吉呆击去；有的抽出刀来，向着吉呆乱挥乱砍。

武光宗骑在马上，却溜边站着不敢上前。兵丁着急地问他："哨官老爷，你咋不上去抓？"

"我插不上手。"

"那我也插不上手。"

可这时，金耀祖发现了武光宗和兵丁，他一瘸一拐，手捂着头，向二人靠近："你们俩愣着干啥？快上呀，别让吉呆跑了。"

"老爷，这么多兵丁把吉呆围上了，他插翅难逃，还用得着我们？"

金耀祖大怒："放屁，我是请他们帮忙抓吉呆的，若让他们抓住送总督衙门，功劳算谁的？"

武光宗迟疑了一下说："好，听老爷的。"说着他拍马向前，越过兵丁，冲到了吉呆马前："吉举人，接招！"

吉呆和武光宗在马背上侧身交手，打得难分难解，连兵丁都看得眼花缭乱，显然武光宗的武艺还算不错。

武光宗喘息着问道："吉举人见笑了，你还想跑吗？"

"当然要跑，只是在京师无安身之地。"

"我今日夜里定要把你抓到五福楼，让金小姐看你到底是什么样的人。"

"奉陪！"俩人又出拳交手，愈打愈烈。

众兵丁又从四面围了上去："抓住吉呆，朝廷有赏！"

一时间，喊杀声震耳欲聋。

不料，达顺安率着众镖师趁乱从后面偷袭兵丁，兵丁们见势不妙，纷纷后退，围攻势头顿时大减。

听到喧哗，吉呆分了下神，武光宗趁他拨马之机，伸手将他拉到自己的马背上，狂呼："我抓住了吉呆！我抓住了吉呆！"说着飞马冲出圈外，沿街奔向五福楼去。

众镖师见势不好，也呐喊着加紧追赶上去。

那一众兵丁也尾随他们而去，一面鼓噪着："该死的金知州呢？我们忙了半夜，倒是他的功劳了。"

"快找到他，把吉呆夺回来，好向上边请功。"

"就是夺不回来吉呆，金知州也得给我们银子。"

在他们后边，兵丁搀着金耀祖骑上自己的马："老爷，我扶你上马，回五福楼吧。"

金耀祖强撑着上马，却又跌了下来。兵丁使劲又把他扶上了马，他却怪叫开来："哎哟，我的屁股疼，不能坐。"

"那你就趴在马背上，我牵着马慢慢走，颠不着你的。"

"好好好，我就趴在马背上——哎哟，走慢些……"

5

金耀祖一路哎哟着，来到了五福楼的豪华客房内。一见到武哨官，他便急忙问总督衙门的人和源顺镖局的人走了没有。

武光宗答道："他们在楼下围了一会儿，都走了。"

金耀祖放心地吁了一口气："走了就好。"

兵丁说："我看见马大了，他夹在镖局的那伙人中。"

"休要提他！快给我端盏茶来！"

兵丁赶紧端茶奉上。金耀祖接过茶盏，喝了一口，又小声问："金老太太和连珠没闹吧？"

武光宗说："听看守房门的兵丁讲，她俩在屋里说话，没闹着要出来。——老爷，把吉呆关在哪里？"说着他指了指用绳捆着的吉呆。

金耀祖向吉呆看了一眼，得意起来："姓吉的，来到京师也没逃出我的手心吧？"

吉呆毫无惧色地笑了笑："能不能把我的手松开，也给杯茶喝？"

"你也配喝茶？给他弄瓢马尿来！哈哈哈！"

武光宗劝道："老爷，别怪我多嘴，杀人不过头点地，上刑场的人还给酒饭吃饱，你就大人大量，给他点茶喝吧。"

"也好，就依你，谅他也反不了天。"

武光宗便令兵丁给吉呆端杯茶来，并且还松开了吉呆的手。

吉呆接过茶品了一口说："不错啊，是上等猴魁吧，这可是贡茶呀。"

金耀祖狠狠地白了吉呆一眼说："此时此地，你还有雅兴品茶？"

"品茶不分地点时刻，自古不都这样嘛。只不过知州大人想把我怎么样？"

"你这么聪明的人，该不会猜不到吧？我这里离皇城和十六王爷府都不远，我喘喘气就打发了你。"

武光宗凑到金耀祖面前说："老爷，是不是先把他关起来？"

"马上把他送走。"

"老爷，现在都快三更天了，哪个衙门的人不睡觉？还是关起来明天再送走吧。"

金耀祖沉思一会儿后点点头同意了："好吧，我也累了。你看关在哪里好？"

"关在后院的马厩里行不行？"

"他要是跑了呢？"

"我们把他捆在拴马的柱子上。"

"不行，这家伙有功夫，弄不好连夜就跑了。"

"那该关在哪里保险？"

"就关在我住的这间客房里，几个人轮流看守，谅他插翅也难飞。"

武光宗便令兵丁把吉呆结结实实地捆在椅子上，然后又亲自用手将了将绳子，仔细检查了一遍。

金耀祖得意地看了看吉呆："吉举人，这回舒坦了吧。"

"能在这样的客房里过夜，确实很舒坦。不过，我要睡觉了，大家也该睡了吧？好在我并不觉得疼。"

"看来，不揍你一顿你不会老实？"金耀祖站起身来，挥拳要打吉呆，突然感到自己的胳膊一举起来就疼痛难忍，"我的手咋这么疼？武哨官，你给我打！"

武光宗说："老爷，不是我不愿打，一则，这客店里，住的都是达官显贵，惊动了人不太雅；二则，离老夫人和小姐住的房间又那么近，她二人还要出门找吉呆，要是知道了，准会和你闹，弄得都不清静了。"

"既然如此，就让她俩来看看吉呆的下场，断了她俩找吉呆的后路。"

"这恐怕不妥吧？"

"怎么不妥，把她娘俩叫来。"

武光宗便答应着出去了。不一会儿，他就把金老夫人和金连珠领来了。

金耀祖此时异常恭顺地迎上前问安："娘，小妹，快请坐，坐下后看一个人。"

金老夫人早已看到被绑在椅子上的吉呆："呀，你怎么把他捆在这里？"

金连珠心痛地走上前去，端详一下吉呆，然后回过头来怒斥金耀祖道："此处并非公堂，你怎能随意关押人？"

金耀祖狞笑着道："你俩不是哭着喊着闹着要去找吉呆吗？现在我给你们带来了，省得累了你俩的腿脚。今晚可要好好地看一看，明早我就把他送走了。"

金老夫人问金耀祖："你要把他往哪里送？"

"这还要问吗？他是朝廷缉拿的要犯，我们现在就在天子脚下，你还不知送往何处吗？"

金连珠抚摸着吉呆被捆绑的手脚问："金耀祖，是你把他逮住的？"

"何劳我出手？是武哨官亲手捉的——虽然不是我逮住的，但

213

是按我想的办法前去寻找，也等于是我把他抓住的。"

"这么说来，等吉杲的人头一落地，你又可以换个红顶子、升个道台了。"

金耀祖扬扬得意："被你说对了，很可能要换个五品四品的顶戴了。

金连珠瞪了一眼武光宗说："武哨官也可以弄个千总把总？"

武光宗谦恭地低头弯腰道："在下只是奉命行事，不为升官……"

金老夫人突然举起拐棍，对准武光宗的脑袋就打："你个为虎狼抓羊羔的人！真是跟着好人学好人，跟着巫婆会下神，打死你这个坏了良心的东西！"

金连珠也一头撞向金耀祖："你让大家死，我也不让你安生地活着——"

金耀祖扑通摔倒，仍然挣扎着大喊："快快快，把她俩弄走关起来！"

两个兵丁强拉硬扯，把披头散发的金老夫人和金连珠带出门去。

武光宗左手捂头地走到金耀祖面前，将他拉起："老爷，快坐下歇歇。"

金耀祖摇摇晃晃地站起，满眼凶光："我一定要让她俩亲眼看看吉杲被杀头的场面……"

6

转眼天已放亮，金耀祖和武光宗仍坐在椅子上熟睡着。突然，金耀祖看见吉杲的人头不知从何处飞来，砸向他的脑袋，弄得他满脸都血淋淋的，吓得他大叫一声，顿时惊醒。

武光宗也被惊醒了："老爷，你怎么了？"

金耀祖心有余悸地揉着眼睛道："我做了一个噩梦！"

"听说做梦和现实都是相反的，噩梦就是喜事。"

金耀祖恢复了理智，自圆其说道："怎么不是？费了这么大的劲，吃了这么多的苦，受了这么多的罪，我也该有喜事了。"说着朝绑吉呆的椅子上望去，倏然一惊："吉呆呢？"

武光宗也揉了揉眼睛："他绑在椅子上，跑不掉的。"

"还跑不掉呢，"金耀祖狂呼开来，"你好好给我看看，椅子上除了一条绳子，哪还有吉呆的影子？"

武光宗顿时大惊失色："天哪，捆得这么紧，他怎么会跑掉呢？"

金耀祖气得直跺脚："你是怎么看守的？"

"老爷你不是也和我一同看守的吗？"

"你还敢和我顶嘴？逮不回吉呆我要你的命！"

"老爷，你发火也枉然啊，不过我估计吉呆不会跑远，我们马上去找他。"

"快去，留一人守住我娘和连珠，你带一人去找，我立马到十六王爷那里借兵，非把这个狗东西找到碎尸万段不可。"

可是，直到傍晚，武光宗连吉呆的影子也没找到。

金耀祖望着坐在椅子上疲惫不堪的武光宗，懊丧至极："这可叫我怎么向王爷交代啊！"

"只有多向王爷解释解释了。"

"浑蛋！王爷会听你解释吗？"

"那怎么办呢？"

金耀祖心里其实早就起了歹念。现在他咬牙切齿地吼道："事已至此，我也只有来狠的了，因这都是那两人闹腾的。我挖空心思把她弄到京师，也该派上用场了。"说着便命令武光宗，"你快去雇一顶轿子来，我们把金连珠抬到十六王爷王府去。"

武光宗却迟疑道："非要这样做吗？"

"不这样做我就完了。"

"你不怕背骂名？总得讲个名声吧？"

"我的命都保不住了，要名声有何用？难道名声比命还金贵吗？休得再多言，快去！"

武光宗只好答应着出门去了。不一会儿，他又匆匆返回禀报："老爷，轿子雇好了！"

"找个兵丁一起动手吧！把小姐的嘴用手帕塞上，手脚用绳捆上，外披披风，你把她背着，塞进轿子去！"

"那老太太不闹吗？"

"她闹她的，我们办我们的。让兵丁把她拦住！"

武光宗点点头又跑出去，不多时便又背着捆绑起来的金连珠返回来。在他身后，金老夫人则被两个兵丁牵扯着，大哭大闹地挣扎而来。

金耀祖恶狠狠地在一旁看着金老夫人和金连珠，不发一言地向武光宗挥挥手，催促他快去。武光宗便背着金连珠下楼，硬塞进停在五福楼前的一顶轿子里。

而在楼上，金老夫人则只能被关在客房内，大哭大骂。

一乘小轿忽悠悠地朝着十六王爷府抬去。金耀祖、武光宗跟在轿子的左右，匆匆而行。

轿子内，五内俱焚的金连珠，身子被捆住动弹不得，口脸被手帕捂住呼喊不出，唯有徒劳地挣扎着，美丽而凄楚的脸腮上，滚下颗颗泪珠……

第十一章　福祸相伴

1

十六王爷府内，王爷的十五个妻妾正吵吵闹闹，乱作一团。十六王爷身着新装，却气急败坏又无可奈何地在厅内走来踱去。

十六王爷那长着一身肥肉的大老婆扭动着臃肿的身躯，边哭边指点着十六王爷说："你娶第十五个的时候，指天画地说什么以后不再娶了，可这话刚说还没过六个月，今天又要娶一个。"

二老婆抢上来说："他说话什么时候算过数？原说娶了第十四个就不再娶了，后来不又娶了第十五吗？"

其他老婆纷纷附和道："这下可好了，等这第十六个一进门，还不把我们都扔得远远的？"

也有人像是认命了，却还是话里含讥："算啦算啦，像我们这把年纪的人，扔远放近都是一样，给口吃的算了。"

但立刻就有人反驳她："你怎这么任人摆布，给吃的就行了？我要穿戴要银子花，要逛街听戏，少一样都不行。"

"对，他不能丢大的，疼小的，新娶进门就是好吗？都得一样待。"

"就是，人跟花一样，哪有不褪色的时候？况且他照这样下去，还不知要娶几个呢？"

"叫他立个字据，往后随他娶几个，但每月给我们的银子不能少，到我们房里去的时间不能少……"

九老婆环顾着四周说："小十、十一、十二、十三、十四、十五，你们都给我听着，从今天起，大家要抱作一团，不要你踢我我踢你的去讨老爷的喜欢，我们都睁大眼睛看准了，王爷要是不像对待十六那样对待我们，大家都一齐跟着闹……"

"够了够了！"十六王爷终于忍耐不住，一步跳进人丛中，怒目大呼，"都说够了吧？如果说完了，都给我回房去，客人马上要到了。"

"哟，发什么火？客人来了你急什么？等十六进门了，再赶我们走也不迟。"大老婆瞪了王爷一眼，扭着屁股走了，后面呼啦啦跟着一大群女人……

十六王爷把满头的汗擦去："来人。"

门官应声来到王爷跟前。

"传我的话，本王爷今晚不见客。所有客人，一律挡驾。"

"小的该怎么向他们说明原因呢？"

"就说我身体不适。"

门官为难地说："可是有的客人是知道王爷今晚大喜的，若他们送礼，收不收呢？"

十六王爷一个劲地挥手："为何这般啰唆？客人不见，礼也不收！去吧！"

门官知趣地离去。

十六王爷却益发烦躁不安了，他一会儿坐，一会儿站，一会儿踱步，一会儿端茶盏，一会儿又放下茶盏摸鼻烟壶："太他娘的煞风景了，这叫我如何是好！真没料到会闹成这样！"

门官又匆匆进来禀告："王爷，有个客人无论如何说要见你。"

"不见。"

"那个人说，他是接了你的帖子来的。"

"胡说！我何曾撒过帖子，哪个衙门的？姓啥名谁？"

"说是军机处的胡大人。"

"胡大人？"十六王爷一怔，"你为何不早来禀报？"

"你不是说不见客吗？"

"胡大人特殊，其他人一概挡驾，要是再放进一个人，我拿你是问！"

"小的知道了。"可是门官还是小心地又问了一句，"轿子来了——就是抬新人的轿子来了是否放进来？"

"这还用问嘛，不放新人进来我办什么喜事？"

正说着，一个门官又匆匆进来："禀王爷，抬新人的轿子已到街角了，是不是放炮迎新人摆喜宴？"

"传我的话，本王爷是纳妾，不大操大办，一切都免了，轿子抬到门口，让两个老妈子把新人搀进来就完事，打发轿子回去。"

"随轿子来的送亲的人不请他们喝杯酒吗？也让他们回去？"

"让他们进来吃顿便饭算了。"

话音刚落，胡大人轻快地进门来，双手抱拳道："王爷大喜，在下特来祝贺。"

"你是怎么知道的？我何时给过你帖子？"

胡大人笑了："我是听一个朋友说的，刚才我不说你给我帖子，把门的不让进。"

十六王爷头上又冒出汗来："实在是烦死人了！没承想家里闹得炸了锅，怕外人笑话，所以干脆一个客都不待。"

"那又何必？"胡大人心里暗笑着，嘴上却满是体贴，"我看王爷的身子还不错，等两年再续个十七、十八的也不成问题。"

"让胡大人见笑了，我哪里还有那个本事。"

"新人是哪里的，肯定貌比天仙吧？"

"我还没见着人哪。"十六王爷想强装着笑，但还是笑不起来，"只知道不是京城的，听说人长得还不错，等一会儿你看看吧。"

"王爷，大喜的日子你该高兴才是，咋面无喜色？"

"说起来不雅，刚才惹了一肚子气，还没平下呢。唉！早知如此，我也不走这一步了。"

"此言差矣，"胡大人说，"天大的风波，说了就了了。何必让它败坏心情呢？赶快平平心绪，切勿再烦恼了，陪我吃盏茶吧。"

事到如今也只好顺其自然了，十六王爷一屁股坐在椅子上："胡大人，来，喝茶。"

2

黄昏时分的街头，店铺还在经营，小二大声招呼着客人，客人却明显稀少了，多数人步履匆匆地往家赶。一乘小轿忽悠忽悠地快速抬来，随即拐进十六王爷府的胡同内。

忽听一声断喝："停轿！"那是武光宗的声音，轿夫不明就里，停了下来。一直跟在轿后的金耀祖也很不明白："你为何叫停轿？"

武光宗小声地凑近他说："老爷，金小姐在轿里被绳捆索绑的，要是到了王爷门口，怎么搀下轿，总不能还让我背吧？"

金耀祖猛醒："嗯，这倒也是。可是，若松开绳子，去掉塞嘴的手帕，她又哭又叫从轿里跑出去咋办？"

"这倒也是。"

"你可能想出什么好办法？"

"我去劝劝怎么样？"

金耀祖大喜："好吧，你要是劝好了，回海州我赏你一百两银子。"

武光宗却狡黠地说："最好你现在就给。"

"咦？又不是做买卖现钱现货，还怕我少了你的？"

"你不给，我就不劝金小姐，反正出了事与我无关。"

金耀祖怒了："那就不用你劝了，起轿！"

武光宗后退一步，命令轿夫们："都给我抬稳些，出了胡同口抹过街拐就到王府了。"

小轿忽悠忽悠继续前行。金耀祖心里忐忑不安，遥见王府门前灯不明人不喧，心中又涌起一阵说不出的滋味："这快到王府了，怎么门口……"

武光宗也觉得异样，说："这就怪了。既然是明娶进门，怎么王府也没个喜庆的样子，黑咕隆咚的，阴森森像个地府。"

金耀祖伸头张望一会儿，自我安慰道："也许院子里张灯结彩呢。"

"那最好不过了，至少咱们送亲的脸上也有点面子。"

这时轿子已抬到王府门前，落下来，却仍然没有鼓乐没有鞭炮没有贺喜声。只见王府大门打开了，走出两个手提红灯笼的丫鬟和两个又丑又老、走一步一摇晃两腿打战的老妈子，上前掀开轿帘："出来吧。"

轿里人并不下来。老妪不高兴了："怎么不动弹呀？莫非要我们去拉你下轿吗？"

轿内仍无动静。

"送亲的呢？轿里咋没人应声？"

金耀祖忙叫武哨官去帮一把。

"我可做不来这个，"武光宗说，"还是你去吧，你是她亲哥。"

金耀祖硬着头皮走到轿门前，把捆着的金连珠拖了出来。

两个老妈子见人捆着，齐声惊叫起来，却又不敢多问，便上前一边扶住一只胳膊。金连珠只能两脚挪着小步，她嘴里塞着手帕，两眼流泪，无法言语，慢慢随着老妈子的搀扶，进了王府大门。

金耀祖、武光宗吁了口气，紧随其后也进了门。

武光宗看着黑灯瞎火的院子，又问金耀祖："老爷啊，院子里怎么也没点灯火的意思呀？"

金耀祖强自镇定说："也许大厅里喜烛高照呢。"

"我看是难说了。"

两个老妈子搀扶金连珠，穿过几层院子，来到客厅门口，嘶哑着嗓门喊了声："新人到！"

十六王爷从八仙桌旁站了起来，一边伸头张望新人，一边吩咐："快搀进来吧。"

胡大人也站起来说："我要不要回避一下？"

"不用了，都不是外人。"

两个老妈子把金连珠搀扶到客厅中央站定。金耀祖、武光宗紧张地跟在后面。胡大人人吃一惊，朝王爷看了看。十六王爷觉得此事办得有失风雅，尤其是在胡大人面前失面子，他对老妪吩咐道："你们都下去吧。"

金连珠猛地抬起头来，怒视十六王爷，挣扎起来。

金耀祖领会十六王爷的意思，向武光宗道："武哨官，你们也回五福楼去吧。"

武光宗迟疑一下，便退出了客厅。

这时，十六王爷亲手关上客厅大门，指着对金耀祖说："还不快把你妹妹身上的绳子解开，这都成何体统了！"

金耀祖赶紧赔着笑脸道："王爷息怒，小妹脾气不好，不如此就无法将她送给王爷。"说着便解开金连珠身上的绳子。不料金连珠一获自由，抬手就扇了金耀祖一记耳光，随即扯掉嘴里的手帕："今晚你们要把我怎么样？"

胡大人上前怒斥道："怎么可以这样搞？你金耀祖这么做，还算个人吗？"

十六王爷也觉得很窘，便也斥责金耀祖："本王爷在朝中走动多年，好事也做过，坏事也沾边，不能全算好人，也不是个全坏的人。据我所知，金小姐此次进京，全系你金耀祖所迫……"

金耀祖大吃一惊，委屈地回道："王爷，这可是，可是你……"

"我什么？本王爷让你把亲妹妹送来吗？还绳捆索绑？"

"这……"

胡大人也添了把火："金知州，你怎敢和王爷顶嘴？"

"卑职不敢！"金耀祖扑通跪在地上，叩头如捣蒜。

十六王爷瞥了金耀祖一眼，语气略微缓了缓："起来吧，一边站着去。"

"谢王爷！"金耀祖赶紧爬起来站在一边。

十六王爷打量了金连珠一会儿，显出一脸体贴相，道："小姐，本王爷今日想做个主，让你与你年龄相仿的人定亲，你愿意不愿意？"

金连珠不卑不亢地说："那我要看一看这人是否合适，如不入本小姐的眼，天王老子都不能为我做主！"

十六王爷哈哈一笑："那就依你，先看看再说吧。"回头向屏风后面喊："你出来吧。"

吉杲从屏风后从容地走了出来："见过王爷，见过胡大人。"

金耀祖顿时吓得魂飞魄散，扑通软倒在地，抬起头来惊慌地看着吉杲直呼："你你你，你怎么会在这里？你不是从五福楼逃跑了吗？"

"这就是我吉杲的能耐，再说，我可是有友人相助呢。你呢？看样子可不太行啊？"

金连珠喜出望外，一下子顾不上礼仪，情不自禁地扑向了吉杲："你呀……"随即大放悲声。

胡大人见状看向十六王爷，笑着赞道："王爷大度，这下子我算放心了！"

十六王爷不无得意地问金连珠："你不要只顾得哭呀，这门亲事能不能定？你得说句话呀。"

金耀祖呼天抢地地插嘴道："不，不能定，死活也不能定。"

"住口，"十六王爷道，"我又没问你，多什么嘴！"

金耀祖哭出声来："老天啊，怎么我又被吉杲耍了呀……"

十六王爷不理他，继续催问金连珠：“说呀，金小姐意下如何？”

金连珠松开吉杲，大大方方地回答：“王爷你明明都看见了，还用我说吗？”

胡大人立刻上前拉住吉杲的手：“吉杲，你二人还不快谢王爷。”

吉杲和金连珠顺从地上前施礼：“谢王爷成全！”

十六王爷拈着山羊胡子，朗声道：“你们两个，要好好谢谢胡大人。”

吉杲、金连珠又分别谢过胡大人。

十六王爷又说道：“今天真是个好日子，来人，快摆上酒菜，我们喝一杯。”

3

酒席很快摆好。十六王爷招呼胡大人、金连珠、吉杲和金耀祖一起步入小客厅后，便叫侍者都退下了。

几个人颇为尴尬，胡大人用眼睛瞟了一下吉杲、金耀祖，又看了一下十六王爷，主动打破僵局，说：“王爷似有话要说？”

十六王爷也看看吉杲，又瞅瞅金耀祖：“我说几句吧。我现在像一只鸭被赶到架子上，不说也得叫唤两声。”

“王爷言重了。”

十六王爷皱起眉头：“这言还算重？吉杲昨夜五更天把我搅醒了，向我递了告金耀祖的折子并讲了金小姐的事；而金耀祖呢，也在早一天向我递了告吉杲的折子，并说了要把他妹妹送给我的事。两人都要我在老佛爷面前为他们说话。还有金小姐的事，刚才胡大人你对我讲的一番话，本官觉得确实有道理，我也按照你的意思做了。对他们的事，你说我该怎么处置？”

胡大人故意肃整面孔说:"那就要看二人的折子里各自写了什么,王爷自己掂量下,是否据实向老佛爷说就是了。至于金小姐的事,是你自己成人之美,我这里佩服不已呢!"

听闻此言,十六王爷颇有几分得意,偏又故意做出公事公办的样子:"现在金小姐的事,我自己已做了主,你都看到了;他俩的折子,就照你胡大人说的,呈给老佛爷就是了。"

"就依王爷所说,明日早朝送上去。"胡大人也假作同意,"等把吉呆、金耀祖都押到菜市口砍头,王爷你的事也就完了——咱们喝酒吧。"

"如此说来,我也没甚难处了,"王爷看了一眼面色发青的金耀祖说,"金知州,本王爷这样办理你以为如何?"

金耀祖浑身颤抖,离席跪倒说:"还请王爷无论如何救学生一命!"

十六王爷像没看见似的转向吉呆说:"吉举人,你呢,本王爷这样做行不行?"

吉呆端着酒杯站起来道:"吉呆自然要感谢王爷秉公办事,只不过我未必会被砍头。"

"莫非你参与维新,反对朝廷,又假传皇旨,唆使朱驷驹与官府作对,还不够死罪吗?"

"说我参与维新,那证据呢?我写了什么文章?做了什么事?"

"你参加了强学会,可是真的吧?"

"连中堂李鸿章大人都要求参加强学会,还要给学会捐银子,朝廷也未定他的罪呀。"

十六王爷怔了一下说:"这一条且不说,那假传皇旨呢?"

"那是我在黄纸上写的告金耀祖的折子,我说'黄纸'到,并非'皇旨'到。"

"不论你怎样说,你现在已列入朝廷缉拿要犯的名单,难逃此劫!"

"我难逃此劫，金耀祖就更跑不掉。"

金耀祖仍然跪在地上，却恶狠狠地瞪着吉杲说："吉杲他是一派胡言，我在海州的政绩有目共睹。"

"得了吧你，"王爷怒气冲冲地反驳道，"你自夸有目共睹且不论，可是你蓄意谋反，从你爹金盖天就开始了，'盖天'，想盖住当今的天子？你贩运私盐，知法犯法，理应严惩！你还居然贿赂朝廷命官，不顾人伦，竟将亲妹妹送来——仅此又罪加一等！……"

胡大人忙打圆场道："王爷请息怒。我看还是再商量个办法为宜。"

十六王爷拍了下桌子道："还能有何办法？只有如此办理。"

"如此办理倒也可以。这金知州自作自受，罪有应得，只可惜金小姐冰清玉洁，刚刚定亲，又要诀别吉杲，我着实于心不忍呀。"

"你不忍我就忍了？"

"既然如此，且容再商议呀。"

"这两人都把官司打到京师了，还有商量的余地吗？"

"在下就老个脸皮，权作调停吧。我看两人的折子，王爷都不要呈给老佛爷了，扣在你手里，让他们都回去算了，日后若二人再发生争执，递上去不就完了？"

"这怎么使得？两人在京师闹得风风雨雨，连总督衙门都知道了，若老佛爷追究起来，谁能担得起这个责任？"

胡大人坚持道："维新党康有为、梁启超不是一跑了事吗？王爷就说吉杲已逃，一了百了；至于金耀祖，倒要看看他能否痛改前非，若一意孤行，到时王爷你也可对他严惩。"

十六王爷有些举棋不定了："那你们二人愿意吗？"

金耀祖赶紧趴地磕头："卑职愿意。"

吉杲微微一笑："我也好说，就听王爷的。只是，假若金耀祖仍行不轨，到时我还要冒死告他。"

胡大人忙示意他："这话留以后再说吧。"

"若如此，今夜你二人必须马上离京，"说着十六王爷端起杯酒，"我这就权作饯行了。"

"连夜就走，可能出不了城门。"胡大人表示担心。十六王爷摆摆手："只好我去走一趟吧。"说完他又把胡大人拉到一旁，小声咕叽，"那封信还在吉呆手里吗？"

"在，我这就让他处理掉。"胡大人便把吉呆拉至一旁小声说话。

吉呆立即转身，从怀里掏出一封信，在王爷面前晃了晃，凑近烛火烧了："王爷，我们两清了。"

十六王爷大大舒了一口气："那好，上路吧。"

4

十六王爷领着一队人马，趁着夜色来到了城门口。

城门官大声吆喝："干什么的？城门已关了，明日出城吧。"

十六王爷上前一步道："我有几个亲戚需连夜赶路，请让他们出城。"

城门官定睛一看："哟，原来是王爷。你请吧！"城门官打开了城门。

十六王爷闪过身，看着走在前面的金耀祖一家过了城门，并不吭声，可是当吉呆最后一个离开城门时，他突然大喊："城门官，快给我把最后那个人抓住，他是混进去的。"

城门官一听，立即带兵追了上去，拦住了吉呆。

吉呆却不慌不忙稳坐在马背上，并无逃跑的意向。只是他从怀里掏出一物，举在手上向王爷扬了扬道："王爷啊，你也太小看人了吧？我吉呆会有那样傻，真信在这里呢。"

十六王爷顿时目瞪口呆，气得两眼通红，又无可奈何，只好有气无力地向城门官说："怪我，怪我忘记了，他是我派去送信的，放他走吧。"

城门官喳了一声，抬手示意手下放人。

十六王爷心有不甘地看着吉杲扬长而去，装模作样地向城门官说了声："小心守城！"便垂头丧气地骑马回去了。

5

一个阳光明媚的上午，风送来海洋的气息。海州城中心钟鼓楼旁的江南茶馆座无虚席。城内名绅显贵、富商巨贾，品茗叙话，谈论世风，互传新奇。你说他笑，闹闹腾腾。跑堂的手提水壶，挨桌续水，生意红火。

在一张靠窗的茶桌旁，金盖天和一瘦两胖，共四个人围坐喝茶。

金盖天的心思似乎在别的地方，他愁眉不展，端盏慢饮，并无兴味，还不时朝窗外的大街上瞟一眼，像是怕见什么人从街上走过。

大街上依然拥挤着各业人等，小贩肩挑手提，匆匆而过；乡人挎篮讨价，采买东西；摊主推销争价，巧舌如簧。

突然，人群中挤出一个女子，披头散发，满面污垢，衣衫烂湿，油污遍布，这女子一看就像是疯子，但她却扬手扭腰，边走边唱。身后竟还随着一个丫鬟，左右相护着她。

疯女尖声唱起来：

世人都说当官好，
戴上乌纱又嫌小。
敛财多了心不安，
为保前程往上跑。
光送钱财还不够，
同胞妹子供人嫖……

她傻笑了一会儿，接着唱：

> 海州有个大奸官，
> 历任知州没他贪。
> 不为百姓谋福利，
> 挖空心思朝上钻。
> 他有一个恶父亲，
> 名字就叫金盖天。
> 父子共谋害骨肉，
> 黄花闺女遭作践……

"伤心呀！我那可怜的妹子——"疯女子大哭不止。

丫鬟使劲拉住疯女子说："太太，咱们还是回家吧。"

疯女子挣开她："回家？我还有家吗？男人不是人，公公不如狗，夜里还吓人！"

"我们回去喝点水再出来。"

疯女子一眼瞥见茶馆，手指着说："回去干什么，你看那不是有提壶送水的吗？我们进去喝茶……"

丫鬟忙劝她："那不能进的，小心有人打你。"

"都是个人，不叫谁进？我就得去，看谁能把老娘吃了。"

丫鬟抱住疯女子不让进。疯女子劲大，甩开丫鬟，手舞足蹈进了茶馆："老娘渴了，快送茶来。"

店小二挡住门，把疯女子往外推："出去出去，别把我们的生意给搅了。"

"你叫我出去？你没长眼睛吗？我可是金知州的太太，你敢不让我进？你敢不给我茶喝？"

茶馆女老板是个腰围三尺三、腿长二尺二的短胖子，闻言慌忙走来，对小二说："给她一碗茶，叫她端走算了。"

"茶钱呢？"

茶馆女老板回头瞅见坐在靠窗低头的金盖天："记在她公公金盖天的账上。"

于是她喊金盖天："老太爷，这碗茶钱你付吧。"

众茶客瞅着金盖天和疯女子，都议论纷纷："这女子竟是知州老爷的太太？怎么疯了？"

"她刚才在街上唱的你没听到？说是知州老爷为了升官和他父亲金盖天合谋，把亲妹妹送到京城大官那里。后来她得知真情，就……"

"也是啊，这事在海州都传开了，海州有这样的官，真是老天爷没睁眼！"

"茶馆女老板在喊那个老头子给疯女子付茶钱，那人就是金盖天了？"

"就是他。"

"看样儿斯斯文文，道貌岸然，怎会一肚子坏水呢！"

"不过，看这情形，这知州太太倒像是个好人。"

"是的。听说知州太太和小姑子一向相处得很好。"

"那她为何不出面阻拦，使她的小姑子免遭作践？"

"听知情人讲，知州老爷和金盖天在茶里放了迷药，才把她妹子用马驮走的。"

"莫非知州老爷的太太也喝了？"

"喝了，等她醒过来，发现小姑子没有了，后来又得知是给她公公和丈夫强送孝敬王爷了，她就气疯了，满街乱跑乱唱。"

"哎呀，这个金盖天和知州老爷都太缺德了，真该天打五雷轰！"

这时，那疯女子端着一碗热茶，边吹气边喝。一眼瞅见低头遮脸想溜出门的金盖天，顿时两眼血红，扑上去大骂："老畜生，你往哪里走！"顺手把一碗热茶朝金盖天脸上泼去。

"哎哟！我的娘呀！"金盖天被烫得用双手捂脸，弯腰就跑。

疯女子，又将手中的碗扬起，朝金盖天的后脑勺砸去，嘭的一声，鲜血直流："你个老不死的，砸你算轻的！"

金盖天抱头鼠窜，头也不敢回，很快钻进了街上的人群中。

茶馆里的人齐声呼喊："打得好，砸得妙！砸死这个老浑蛋……"

疯女子傻笑着跑了，丫鬟拉扯不住她，只好拼命追在她身后……

6

留在海州城里的朱驷驹和韦良清，此时正在和顺客栈里对坐饮茶。

朱驷驹有些不安地问韦良清："吉杲进京该有十天了吧？"

"是十一天了。"韦良清说，"不知事情办得如何了？无论有何结果，也该回来了。"

"吉杲在京师会找什么人呢？"

"临走时他并没有细说，我估计可能去找军机处的胡大人，也可能会去找十六王爷。"

朱驷驹摇摇头："找胡大人有可能，但他断然不会去找十六王爷。那老家伙阴得很，恐怕吉杲不好对付他。"

"据说胡大人和十六王爷有些交往，也许吉杲会想出其他办法。"

"算了，不瞎猜了，老是坐在这儿怪闷的，我们出去走走吧。"

"也好。"

朱驷驹、韦良清出门，沿街漫步，很快到了钟鼓楼前。

朱驷驹有些奇怪："咦？街拐上怎么围了一圈人？"

"是呀，还有些孩子朝圈子里扔东西。"

"看看去，正好出去透透气，"朱驷驹邀韦良清。

"好。"

两人来到围观的人群外面。朱驷驹定睛一看，不好，有个疯女子在场中央，头都被什么东西砸破了，鲜血直滴。

韦良清也惊叫起来："呀，那不是知州老爷的太太吗，咋疯成这样了？"

"前几天就听人说她疯了，时好时坏的，没想到这么厉害了。"

"她其实可是个贤淑人呀，为何突然会疯了呢？怪可怜的，把围观的人轰走，找地方给她包包伤口。"

朱驷驹便上前驱散人群，欲伸手拉疯女子，又觉不妥，自己一个男子怎好在大街上拉一个女子走？

疯女子身后的丫鬟认出二人，跑过来告诉他们："二位老爷，我家夫人病得厉害，我上一趟厕所她就跑走了，头也被人砸破了。"

韦良清吩咐她："快拦着她，我们一块到回春堂找郎中给她上点止血药，包扎一下伤口。"

"谢谢学正老爷。"

韦良清凄然一笑："我已不是学正老爷了。走，快给你家太太治伤吧，看她这样也真够伤心的！你可知她为什么气疯的吗？"

丫鬟小声道："你别朝外说，她是心疼金小姐，因为金小姐被知州老爷带到京师送给王爷了……"

韦良清勃然大怒："竟有这事？"

"我们事先不是估计到了吗？"朱驷驹说。

"那只是估计，谁愿看到这个事实呢。"

"太太是好人呀！"丫鬟小声道。

韦良清以袖拭泪："我知道。到了回春堂，除包扎伤口外，再请郎中诊治一下，看能否医好。"

朱驷驹也说："若医不好，日后我到京师请名医再给她治治，不能让好人活得这么窝囊。"

于是，丫鬟搀扶着金太太，随着朱驷驹、韦良清一道前往回春堂。

金盖天从茶馆溜出来后，左手捂脸，右手捂住流血的后脑勺，无地自容地钻进大街上拥挤的人群，背后传来茶馆里飘过来的叫骂声。

人群中有认得金盖天的，指指戳戳地讥笑谩骂着，有的火性大的年轻人甚至故意靠近他，把他撞倒，趁他未爬起来之机，又朝他屁股上端几脚……

金盖天躲过了人们的踢踏撞击，艰难地爬了起来，歪歪斜斜地走进小巷。不料几个洗涮流苏的妇人见到他，故意将脏水朝金盖天泼去，淋得他像落汤鸡一般狼狈而去。

金盖天赶紧逃开，又在小街上晃荡。今天的遭遇让他狼狈不堪，像被人扒光了衣服一样无地自容。再也没想到，自己一时鬼迷心窍，为儿子出卖女儿的事，被传得如此沸沸扬扬，一向看重自己身份和脸面的金盖天，头一次感到了人言的可怕，也后悔自己的可鄙……

这么一想，他连回家的心思也没了，漫无目的地顺着城河边慢走，还不时停下来，看着水中大鹅带着小鹅亲昵漂游的样子发呆。

到了城隍庙时，看着城隍老爷的像，金盖天又发了好一会儿愣，继续往前走去。等到金盖天进了学正衙门，一抬头看见孔子的画像，不禁又垂下头叽咕着，自己也不知道说了些什么。之后，又往前走去……

这一圈绕下来，等他走回州衙大门时，天色已晚了。

金盖天呆望着黑苍苍的天幕，好一会儿后，终于下了什么决心似的摇摇头，也没进衙门，拐到一个小酒店门口，买了一碗酒，一口气灌下肚。

随即他东倒西歪地走到州衙大门旁的那棵弯槐树下，靠着树干坐下，愣愣地朝大堂门口看着。此时的海州城已经全黑了，州衙门口的灯笼被夜风吹得晃来晃去，发出惨白的光。

周围越来越静了，金盖天呆呆地坐在那里，抬头望着默默无言的老槐树和树叶间闪闪烁烁窥望着他的零落的星星，脑子里乱糟糟的。

真静啊，世界总这么安静空寂倒也好了。看起来，天上那些星星和这棵孤零零的老槐树倒是心平气和、悠然自得。那些星星不知活了几千几百万年了吧？这老槐树一定也有些年岁了，至少也该有个百八十岁了吧。那么，它们的生活也永远是那么恒定不变的吧，它们会厌倦这种生活吗？会烦恼会恐惧会忧愁吗？恐怕是不会的，它们没有思想，没有七情六欲，没有白天黑夜的概念，它们凭什么会厌倦烦恼呢？

可是，我又怎么能知道它们到底有没有思想，有没有七情六欲呢？也许它们现在就在嘲笑我的痴愚呢？不过无论如何，做一棵有思想有感情或者没思想没感情的树，看起来总要比做一个人来得舒服、安宁。像这棵树吧，永远站在这里，不需要为吃的喝的或者为功名利禄好坏是非考虑，更重要的是，它们不必为种种诱惑、不幸而心烦苦恼。它们遥遥相望或者摩枝挲叶，叶片将它们相似的感情暗暗传递，风又将它们的花粉送到天涯海角。虽然它们不知道自己的后代会落脚在哪里，却可以肯定它们也将像自己一样快乐地生存，因此根本不必为后代的未来操心。这样活着不也挺有意思的吗？

金盖天一愣神，终于爬起来，活动活动手脚，想要往家走，一抬头又看见身后那棵似乎一直在注视着自己的老槐树。"唉，丢人呀！"金盖天突然一咬牙，解下长腰带，踮着脚将带子的一头系到高处的粗树枝上，另一头挽实。又从附近找来几块半截砖摞好，缓缓地站了上去，然后把眼一闭，将头伸进套子，蹬散脚下的砖堆，悬空挂了起来。金盖天两脚悬空蹬了一阵，两手艰难地向上抬了抬，便直挺挺地不动了……

7

夜晚的海州衙门大堂内空空荡荡，只有一支烛光，照着几案前一张瘦削的脸。

另有一个衙役坐在大门的门槛上，怀里抱个水火棍，不耐烦地朝瘦猴模样的师爷看。

衙役说："师爷，你看到啥时候了，你比老爷坐堂还尽心，我的肚子早就饿得咕咕叫了。"

"我估计老爷进京该回来了，把积案整理好，不然会挨老爷训的。"

"那我就管不了啦，我只想管我的肚子，好了没有？"

"就好，就好！"师爷说着把一摞文案整理好，"走吧。"

"把灯烛吹灭，失了火我可担待不起。"

"我倒忘了。"师爷拐回去吹灭蜡烛，屋内一片漆黑，不小心绊了一跤，"哎哟！"

衙役上前扶师爷："跌伤了没有？"

"我试着还能爬起来。"

"还是我帮你一把吧。"衙役摸索着找到师爷，把他拉起搀扶着，慢慢摸到门口。

衙役向师爷道了别，想回家吃饭，走了两步又回头说："我想起来了，家里还没钱买粮呢，师爷能不能借我几钱银子，我半年没领到俸银了。"

"我还不是跟你一样，一个铜钱也没有。"

衙役玩笑道："师爷，别哄我了，你收人家多少礼我还不知？"

"哪有的事，送礼也都是送知州老爷的，哪有我的份？我这么大年纪还会骗你吗？"

衙役叹息着快步走了。师爷瘸瘸拐拐地朝前走，突然发现一个黑影，大惊："谁？"

原来是衙役又返回来了，他喘息着说："师爷，大事不好！"

"何事？"

"我发现大门旁的弯槐树上吊着一个人。"

师爷顿时惊慌起来："死了没有？"

"我哪敢看呀，赶忙回来告诉你。"

"快去看看！"

两人快速跑了出去。

衙役指着老槐树说："师爷，你看！"

师爷走上近前瞅了瞅，摇头道："我两眼昏花，又是黑夜，看不清是什么人。"

衙役壮着胆子上前细察了一下："天哪，师爷，是金老太爷！"

师爷大惊失色："他，他怎会寻死上吊？"

"他也该死了。"

"你怎么能这样说？"

"你不知道他本不是个好东西吗？现在他家里的一个儿媳妇疯了，丫鬟跟着金太太，疯人到哪里她到哪里。知州老爷进京去，又把他妹子送给王爷了，老夫人也跟去了，你让这孤零零遭人唾弃的金盖天，还有什么心思活下去？"

"这倒也是的。可我们看见了，就不能不管呀。"

"师爷，你年纪大，经历的事多，你说咋办就咋办。"

"我在这里守着，你去找几个弟兄来，把老太爷的尸体解下来抬到后宅去停放，再张罗办丧事。"

"找人可以，谁给工钱？谁管饭吃？"

"就从库房里支点银子，这事我包了。"

衙役便飞奔而去，在街上突然撞着三个骑马的人。

衙役抬头一看是金耀祖，就像见着救星一样，正要说话，只见金耀祖破口大骂："瞎眼的，怎么乱撞？你不知我是谁吗？"

衙役鼓着勇气，十分悲痛道："老爷呀，你可回来了，大事不好了！我正要去找弟兄们帮忙呢。"

金耀祖一愣："怎么啦，到底出了什么事？"

"老爷你还不知道吧？你家太太疯了，在海州城到处乱跑，又哭又笑，又唱又跳，还有个事就更不得了啦，老太爷刚刚上吊死了，尸体还挂在州衙门旁的那棵弯槐树上呢，这不，我正找弟兄帮忙把尸体搬回去呢。"

金耀祖顿时面如土色："那师爷呢？"

"在看着老太爷的尸首呢。"

这时，坐在后面驮轿里的金老夫人和金连珠还不知发生了什么事，命武光宗前来询问。片刻后，武光宗慌慌张张地跑回来说："听说老爷的太太疯了，老太爷上吊死了！"

金连珠伤心地哭喊起来："嫂子呀……"

金老夫人猛听此讯就呛住了似的，一口气没喘上来，昏了过去。

武光宗急得大喊："老爷，快，老夫人昏过去了。"

"还不快往家里抬？"金耀祖失声大喊，"就让老太爷先在树上挂一会儿，反正是死过了，救人要紧。"

金连珠扑上来就撕扯金耀祖："你还知道救人？不杀人就算积德了！爹的尸首在树上挂着会给全家增辉了？娘的事不让你管，我自会救她。"

说着，金连珠回身抱住金老夫人，掐她的人中。

"老爷，那我们去衙门吧。"

"快去，趁黑夜把老太爷的尸体抬到后宅去，莫让人看见了。"

金耀祖带着武光宗，垂头丧气地骑上马，向州衙赶去。一路上，这个心冷如铁的人，禁不住也万分绝望地仰天长叹："老天爷哪，我金耀祖犯了什么罪啊，竟让我落到这个地步……"

第十二章　州衙侠影

1

阴郁的夜。海州城内实行了宵禁，空旷的街道一片死寂。城外的平原像无星的天幕，幽远空旷。没有风，没有光，万籁俱寂。只在城内少数府宅周围，有一些零星的灯火。知州金耀祖的府第外围，则有不少负责警戒的巡逻兵士的马刀，在闪着寒光；还有马蹄在院墙周边，踏出的一圈凌乱的蹄印。

院墙内又是一番景象。灯火通明，金耀祖紧闭双眼，神情漠然地仰坐在太师椅上。此时，他心中翻江倒海，暗潮涌动，焦虑地思索着当下的局势和应对策略，时而紧皱眉宇，时而胸腹剧烈起伏。

他曾满怀希望的京城之行彻底失败，给了他沉重的一击。眼下海州府衙一团乱麻，面对颓势他一筹莫展。他越想越寒心，越想越害怕，仿佛陷在泥沼中一般绝望无助。唯一的安慰是他的顽固本性和自负，他绝不容许自己沦于失败，至少现在并非毫无希望。至于将来，他也相信自己绝不会沦落到身败名裂的地步。

这时的和顺客栈里，朱驷驹、韦良清正相助着丫鬟，将服药后昏睡的金太太放在床上。

"二位老爷，你看我家太太浑身的衣裳脏得看不清原色，我回去拿一身衣服来给她换换？"丫鬟说。

韦良清点头同意，但又叮嘱道："你必须快去快回，不然，我二人房中睡个女子，外人知晓可就不好了。"

丫鬟答应着匆匆回金府去了。

朱驷驹不安地看着韦良清说："我终是放心不下吉杲，为何至今尚无音信呢？"

韦良清点头："是啊，真让人焦心。"

"不会出事吧？"

"难以预料啊。"

朱驷驹垂头深思了好一会儿，毅然说："这样，如果他明日还不回来，我打算动身去京师看看。"

正在这时，门外传来脚步声。韦良清以为是丫鬟取衣服回来了，可是朱驷驹觉得不会这么快，想要出去看一下。但他刚把门打开，急又退回一步，高兴地向韦良清说："可把他盼到了，吉杲和马大回来了。"

"谢天谢地，快接他们进来。"

门口的吉杲抖了抖身上的浮尘，大步进了屋，和马大一起向韦良清行礼："见过老师。"

"不要拘于繁礼了，快坐下，马大，泡茶。"韦良清温和地说。

马大立刻把茶泡上，端给韦良清和吉杲。

吉杲关心韦良清："老师，你快请坐。"

韦良清则急不可耐地说："我都坐几个时辰了，该直直腰了——情况怎么样？"

朱驷驹也关切地盯视着吉杲。

吉杲语气平静地说："还算可以吧。事情是这样的……"接着就把他到京师后的有关情况一一叙述一遍，然后说："于是我们和金耀祖就这样回来了。"

"如此说来，多亏胡大人从中斡旋。至于那十六王爷，明显也是被赶到了架子上，不得不如此呀。"

朱驷驹接话道："不管怎样，平安就好。胡大人说没说总督衙门对我如何处置？"

吉杲兴奋起来："连你的事都一块'按下不表'了。"

朱驷驹松了一口气："看来你和胡大人的交情还真是可以啊。"

"我哪有什么面子？"吉杲指指韦良清说，"胡大人是韦老师的同窗，我还是托的韦老师的福啊。再说，接触下来我觉得胡大人也是个心地善良之人。"

韦良清却摇头了："什么善良，当初这么讲还可以，如今在官场混久了，人也圆滑了。但他到底是海州人，乡情还是有的，比起其他的官员，也算难得了。"

"老师说的是。如今官场上，好比一塘水，全部都浑了，你一个人能清得了吗？能自律一下就不错了。"

"就是，据我所知，京官有几个是清的？"朱驷驹同意道，"就说那个十六王爷吧，若不是吉杲握住了他的把柄，他绝对不会就此放过。"

"我心里一本清账。看来，这塘浑水要彻底换换了。"

"这不可抱太大希望，让天意来决断吧。"韦良清说。

见惯官场的朱驷驹却并不赞同此说："天意？天意不如人意，我看大清王朝再如此下去，是岌岌可危了。"

韦良清刚经过劫难，脸色变白了，加重语气警告朱驷驹："年轻人，身处如此年代，还是不可乱语，静观世变吧。"

突然，身后传来怪异的歌声，原来是醒来的金太太，手脚乱蹬地在床上唱起来：

> 海州有个大奸官，
> 历任知州没他贪……

吉杲惊讶极了："你们这屋里怎么会有女子，还又唱又笑的？"

马大也笑嘻嘻打趣道："是不是朱管带想在海州安家，又娶了一个？"

"休要取笑，韦老师可为我做证。"

韦良清便把金太太如何发疯的前因后果向吉杲叙述了一下，最后长叹一声说："说起来，也是这个金太太还心存善意，看不惯丈夫的胡作非为，再经重大刺激，也就只有发疯了。"

吉杲的脸上顿时浮满了同情："这么说，她也真够可怜的，现在金耀祖既然已经回来，我们就送金太太回家吧。"

朱驷驹点头道："丫鬟回去替她取衣裳了，这会儿也该回来了。"

正巧这时丫鬟回来了。一看见吉杲和马大，赶紧行礼："两位老爷也回来了，奴婢这厢有礼了！"说着就要跪下向二人叩头，被吉杲拉住了："快别跪下，我们可不是什么上等人。"

韦良清叫丫鬟快进屋给金太太换衣服："她已醒了，带她回去吧。"

丫鬟便拿着衣服进内室去了。

朱驷驹却不无担忧地说："我估计呀，'金太太'这顶帽子要易人了，疯成这样，金耀祖还会要她？"

"四个钱撂在水盆里，数我摸得清。"马大赞同道，"就算她这回不疯，金耀祖是什么人，心里早就嫌厌她了，休她是迟早的事。"

"那她就更惨了。"

"真到那一天，咱也不能见死不救。"吉杲坚定地说。

这时，丫鬟把换好衣服的金太太挽了出来，她却站着不走，目不转睛地看看吉杲、马大，眼光里闪烁出清醒的神色，而且也不手舞足蹈地乱唱傻笑了："谢谢各位老爷。"

韦良清说："区区小事，何以言谢？"又向丫鬟说："你快把她挽回家吧。"

可是丫鬟却仍站着不动，两眼垂下泪来。

"这是为何？"

丫鬟小声回答："我刚回去，看到金家出大事了。我见武哨官和几个衙役抬着一具尸体进了内宅，金老夫人哭昏过去了。一个衙役偷偷告诉我，说是金老太爷突然死了。"

"居然有这种事？"吉杲连忙走上前来，"你见他家举丧没有？设没设灵堂？"

"没看见。从武哨官和衙役的神态看，似乎大家的嘴都很紧，好像不敢说出来。"

"你见到知州老爷了吗？"

"没见到，我只见老夫人、金小姐回来了，向二人请了安，想给老爷请安时，听说老爷和师爷在书房里说话，门关得死死的。"

"金老夫人、小姐知道金太太疯了的事吗？知道她在这里吗？"

"我把金太太发疯的事说了，金老夫人和小姐听了都哭得很伤心。但我没敢说金太太在这里，只说在回春堂看病。"

吉杲点头，再三关照丫鬟："你一定不要说金太太是从这里回去的，快带金太太走吧。"

丫鬟点点头答应，搀着金太太出门去。金太太听着他们的对话，似懂非懂，却异乎寻常地没有出声，乖乖地随丫鬟去了。

韦良清一直从旁关注，这时便说："这倒怪了，没听说金盖天得了重病呀，咋忽然就死了呢？"

朱骊驹说："依我看，金盖天的死，一定与金耀祖这次带金小姐进京有关……"

"也可能与金太太得了疯病有联系……"

"倘若如此，怕是对金小姐不利。"吉杲神情严肃地说，"因为事情明摆着的，金耀祖和金盖天狼狈为奸，这次送金小姐进京，说不定就是二人的共谋。或者，此事传了出去，金盖天感到无脸以对从京城回来的女儿，便自杀身亡。"

"这只是猜测，最好弄清原委。如真是与金小姐有关，金耀祖说不定会迁怒于她，她倒真的有凶险了……"

朱驷驹还是感到奇怪："尽管如此，金耀祖也不能不举丧呀？"

吉呆忽然一拍脑袋："看我傻的，我想起来了！"

"想起什么？"

"这次金耀祖进京，花了不少银子，和我的事可以说也是协调摆平了，他回来照做他的知州，大捞一把，以补去京之亏空。如果他现在马上举丧……"

"对了，"韦良清立刻领悟了，"他必须向上报丁忧。"

"对，如果要守制三年，他那知州的缺也会开掉让人，他的实缺倒成了候补，一文钱也捞不回来了……"

"所以他守忌不举丧，也就好不报丁忧了。但实情到底如何，我们还不好下结论。"

吉呆略略思考了一会儿，果断地说："我要前往一探……"

2

丫鬟说得没错，她回府没有见到金耀祖，就因为金耀祖和师爷躲在书房里秘密磋商着。

议到丁忧的事，师爷很是忧虑地劝着金耀祖："老爷恕我直言，若你丁忧不报，上面知道了，可是吃罪不轻呀。"

金耀祖愤恨地摇头："什么丁忧不丁忧的，这种做法本来就不合理。"

"可这是朝廷的律条啊，那还不就是理。"

"你该知道，丁忧守制三年是专对汉官而言的，满族官员遇此事只守制三个月，且俸银不减；而汉官就该倒霉了，守制三年连实缺都丢了，落个候补闲住，朝廷一文钱都不给，那还不落个鸟蛋净光了吗？况且，我这次进京……"

"礼单是我打点的，我自然知道你亏空了很多银子。"

"这十几万银子我能白出吗？总得有个进项才是。"

"可不论你怎样说，不报丁忧，查出来就得治罪。"

金耀祖长叹一声，愣了好一会儿神才问师爷："你就不能为我想个妥善的办法？"

"这种事，老朽确实无能为力。"

"难道我这车到了山前，就没有路了？"金耀祖愤愤然跺着脚骂起娘来，"娘的，这种律条是大清初立不久制定的，至今汉官几乎充满朝廷的各衙门和各省府州县，为何就不能改一改呢？"

"朝廷的事，谁能管得了。"

"抗不了，就来个暗中对策，我就不信我货到地头死了？"

"你若侥幸做什么，万一……那不死也得脱层皮。"

金耀祖突然把火气发泄到师爷头上："反了你！我是老爷，还是你是老爷？怎么我说一句你顶一句？"

师爷赶紧打躬作揖："老朽不敢！我只不过是为老爷着想啊！"

"还着想个屁！若我守制三年，空闲在家，你还能在州衙里混？回家教你的'子曰'去吧。"

"那我倒安全了。"

金耀祖大怒，蛮不讲理地指着门吼："那你现在就走！"

"谢老爷！不过，"师爷并不畏惧，反口道，"老爷你半年没给我银子了。只要你今晚给钱，我明早就走。"

金耀祖顿时软了下来。心中暗忖：我可不能莽撞，这事老东西都知道了，我若不报丁忧，他要参我一本就坏了，切不能让他此时走。于是他勉强挤出一丝笑脸说："好了好了，师爷你看在我急火攻心的分上，就不要与我计较了。坐下说话，坐下说话。"

"你已让我走了，我这话就没法说了。"

"不行，就按我说的办。"

"如何办好？"

"你连夜将老太爷的遗体运回金家寨，深埋在后院的马厩里。

这里一切按正常办事。嘱咐知情者，每人发银一百两堵嘴，谁要是说出来或变相走漏了消息，我叫他死无完尸。"

师爷浑身抖了一下："银子从哪里来？"

"先从库房里支。"

"亏空数怎么办？"

"当然由我以后填上。"

师爷翻了翻白眼，无可奈何地点头道："那我就依老爷。不过……"

"少跟我啰唆了！"金耀祖的脸又板了起来，"这事我不便出面，你火速去安排，事后我不会亏待你的。对了，还要给老太太和小姐说一声，家里任何人不许哭。要和平常一样，该穿大红大绿的，照穿不误。"

"若有人问起老太爷的去向呢？"

"就说去南边游玩去了。"

师爷低下头，默默地退出了书房。

3

金耀祖与师爷在屋里密谋，外面却乱成一片。一方面，金老夫人和金连珠被锁在内房里，另一方面，武光宗正指挥两个衙役抬着金盖天的尸体穿过客厅，不料却与搀着金太太的丫鬟劈面相遇。

衙役见她们便喝道："闪开，闪开！"

金太太一眼看见被衙役抬着的金盖天的尸体，两眼一闪光，立刻又显出了疯态："哈哈哈！我的儿哟，你有胳臂有腿有脚的咋让人抬着走？你真够舒坦的！"

金太太还上前看了看金盖天的脸："咦哟，我的乖儿子哟，你咋不睁眼？哈哈哈，不睁眼就是死了——抬去喂狗吧——哈哈哈，老太爷喂狗了——"

武光宗大惊，忙呵斥丫鬟："快把她拉走，快把她拉走！"

丫鬟拼命拉金太太，可是这疯了的人劲大，又受了刺激，越发高声大叫，又呜呜大哭："这回天下太平了，这老东西总算死了！可是，还有个不是东西的人没有死——金耀祖呢，你出来，随你老爹一块去见阎王爷吧——都死了倒干净！"

丫鬟吓得连忙掏出手帕，塞到金太太嘴里："亲娘哟，你不想活了！"硬拉着金太太到后院去了。

这时，被关着的金连珠听到金太太的哭喊，于是拼命拍门："是不是嫂子回来了？快开门，把门锁住干什么？"

金老夫人接腔道："你们这帮浑蛋，是想把我们娘俩锁在屋里闷死吗？快开门！"

武光宗听了更慌张了，赶紧指挥愣在一边的衙役们快快抬走尸首："别理她们，快把老太爷抬到外面的马车上去，连夜运走……"

就在这时，吉呆神不知鬼不觉地出现了。他提着礼品和抬尸体的衙役擦身而过，瞥见了详情，却假装不知："武哨官，又要把什么值钱的东西连夜运走？"

武光宗大吃一惊："吉举人咋这时来了？"

"你还没回我话呢，运的是什么呀？"

武光宗现编现卖道："这些天老爷不在，衙役们偷懒，内宅里净是垃圾屎尿的，我让衙役打扫了，装车连夜运出去，免得堆在这里臭气冲天。"

吉呆见武光宗没讲实话，就话中有话道："是啊，若不运出去，是要发臭！你忙着吧，我去看望一下岳父岳母。"

"吉举人请吧。"武光宗应付着，又故意向里面大喊，"有客到！"

吉呆已进到客厅，见空无一人，心下有数，却仍高叫："岳父岳母在吗？小婿前来瞧看你们了。"

武光宗溜到书房门口报告："老爷，吉呆来了。"

金耀祖吓了一跳："什么？吉呆？他来做什么？不见！"

"不是说你们在京师都把这门亲事定下了。现在吉呆从京城回来，出于常礼，来瞧看两位老人，不见不好吧。"

"你进来。"

武光宗进来说："我看还得把老夫人的房门打开，让小姐和她一块先见吉呆，不然，这一关还真不好过。"

"你对她娘俩交代过没有？"

"交代了，她俩都说会守口如瓶。"

"再警告她们一下，"金耀祖狠狠地说，"她们不论是谁，只要漏一点口风，别怪我不客气。"

"你放心吧，她们知道其中的利害。"

"那你先去把房门打开，我随后就到。"

武光宗来到内室门口，悄悄打开房门的锁说："老太太，金小姐，吉举人来了，请出来吧。"

武光宗又转到客厅，对吉呆赔着笑说："让你久等了，他们马上就来了。"

"你们忙，我不急。"

金老夫人进了客厅。过去一度也强烈反对女儿和吉呆婚事的金老夫人，自从和金连珠一起经历过这些风风雨雨的事后，又听金连珠说了许多吉呆的好话，再看到吉呆对女儿的真心后，她的态度已悄然发生了转变。对比现实和自家那父子俩的种种行径，她也对吉呆产生了好感，现在看到吉呆，再细细审视他的端庄气度，不禁换了副口吻亲热地说："乖儿哟，你可来了，也不歇一歇就来瞧我。"

金老夫人又打量了一下吉呆的礼品，眯眼笑说："来了就好，还花钱做什么，咱现在可不是外人啦。"

金连珠也过来了，她满心欢喜地和吉呆对了下眼神，靠近金老夫人坐下，随即又是一副心事沉重的样子。

吉呆赶紧离席，要给金老夫人叩头："给你老人家请安！"

金老夫人连忙拉住吉呆："一家子人，都免了，坐吧。"说着，却又情不自禁地抹起泪来。

头脑灵敏的吉杲把这一切暗暗察记在心，表面上却不露声色地问："金知州呢，还有老太爷？"

已在门口暗暗窥探的金耀祖，这时赶紧假装大度地进了客厅："原来是吉举人来了，我刚刚返回，忙些琐事，迟来一步，请勿见怪。"

吉杲故作客气说："我二人已非初次相见了，何怪之有？你也请坐吧。"

"不知吉举人夤夜前来蜗居，有何见教？"

"略备一些居家常礼，前来走走，主要想给两位老人请个安，顺便也向金知州请教了。"

"不敢不敢，"金耀祖忙命上上茶，却没有人应，"丫鬟呢？"

金老夫人不满地说："都刚刚到家，茶也未烧，那丫鬟也不知和你那太太到哪里去了？"

吉杲明显不想让金耀祖太平，又故作关心地问了一句："怎么不见老太爷呢？他一切都好吧？"

金耀祖强作自然，扯谎道："自我们进京后，他独自在家闷得慌，师爷向我禀告，说他一人上南京游玩去了。"

"南京可是个好地方啊，"吉杲应和道，"六朝金粉之地，遍布名胜。还是老太爷知道享福，比闷在家里强。只是，嫂夫人怎么也不在家吗？"

"她……她早已歇息了，"金耀祖故作随意地笑了一下，"真是个懒婆娘。"

金老夫人却说："我刚才明明在房内听见她和丫鬟在客厅说话，咋这么快就睡着了？你还不快叫丫鬟来烧水，来客无茶，像个什么话。"

金耀祖脸色陡变，但很快就恢复了镇定："看来我出去几天，家里的丫鬟也偷懒了。"

吉杲瞥见金耀祖的面色变化，微微一笑道："时间不早了，在下也只是来表个心意，现在就告辞，你们也早点歇息吧。"

金连珠听他这么说，顿时面露凄楚，深深地看了吉杲一眼，像是有事传示："你怎么这么匆忙就要走？"

"我也不想就走，无奈时间迟了，客栈要关门了。"

吉杲深情地望着金连珠，瞬间读懂了她那似羞又爱、似情又怨的表情，不禁感到一阵凄楚：自打与她相识相恋以来，他们几乎都在颠簸起伏的异常状态中，俩人几乎连说句情话的机会都难得，千言万语都只能深埋于心底。现在也是如此，好不容易见了面，却又因情势之束缚，自己不得不收束一切情感，匆匆来去。

吉杲只好故作平静，向金连珠重重地点了点头，毅然离去。然而金老夫人却叫住了他："请慢一步。"

吉杲转身站住道："老太太还有何吩咐？"

"你还住客栈？"

"暂住几天，处理好一些事情，我就要回孔望山老家了……"

金老夫人认真地说："今非昔比，现在我们可以说是一家人了，你就不要急着回家，就搬到这里住，空房子多得很。"

吉杲沉吟片刻，还是拱手施礼道："感谢老夫人，请容我到时候再说吧。改日我也会再来瞧看你老人家的。"

4

转眼已是下半夜，初冬时节，寒风乍冷，百虫停鸣，夜幕下的海州衙门阴森森的，没有一点人气。守夜的巡更，敲着手中报时的梆子走过大街小巷，梆声划破沉沉静夜，却被那僻街春院里的灯红妓笑、狎客放浪之声淹没。

几条黑影似夜行君子，贴壁翻墙，隐入宅院，复又转出小巷，闪电般跃入另一处所，旋即不见。这时街上的寒风已经小了些，地上却白茫茫地积起薄薄的雪来，泛映着稀疏的灯光，将天上地下笼在一片迷蒙的寒气里。

金耀祖的书房内，门窗紧闭，厚帘遮盖，外面不见亮光，里面金耀祖和武光宗相对而坐。金耀祖神情十分沮丧，显得气急败坏，不停地训斥着武光宗："我让你严密监视，不让外人看见，为何又被疯女人和丫鬟撞上了？"

武光宗强自辩白："我也没料到在这个当口太太和丫鬟会进门呀。"

"可是现在疯女人和丫鬟都不在房里，你却不知道她们藏到哪去了？"

武光宗踌躇半晌，嗫嚅道："老爷，依我愚见，也许不会走漏消息。你想，太太是疯了的，她神迷意乱，就是看见了什么也无法说出，更没人会相信她的话；至于丫鬟，她根本就没往抬尸衙役这边看，视线还被太太的身子挡住了。所以，我们不必疑神疑鬼的。"

"可是，直到现在不见疯女人和丫鬟的踪影呀，若她二人不知消息，为何不敢回来歇息呢？再说，疯女先前是又笑又唱又蹦又跳，怎会突然老实得没一点声息？她会不会根本就是装疯卖傻？"

"你的意思是？"

"尽快把这两个人找到。"

"找到以后又怎么办？"

金耀祖喘息起来，伸手烦躁地抓了一阵头皮后，手往桌上猛地一捶道："无毒不丈夫！为了严防事情外泄，这两人都不能留活口。"

武光宗浑身一凛，颤抖地说："可是……倘若二人真的一个是说不出，一个不知道，那不就冤死了吗？"

"为防万一，只得如此。"

"老爷，有的话我不该说的。但老爷此次进京刚把灾祸消了，现在又背上两条人命，万一事发如何得了？"

金耀祖瞪大布满血丝的双眼，恶狠狠地逼视着武光宗说："若不如此，我丁忧三年，实缺就没了；等三年之后再去补缺，哪来的银子打点？我岂不是一辈子就这样完了？"

"说的也是，只不过，如果是我的话……老爷，你金家寨老家还有良田百顷，还怕不够吃的？就是不做官，日子也比咱平头百姓好上十倍八倍呀……当然，我也明白……"

"你能明白什么？"

"老爷，你说句亲身感受的心里话吧，这做官的是不是都像吸大烟一样，越做越有瘾，这个瘾上来后什么都不顾了？"

"放肆！你敢笑话我？你知道我补海州这个缺共花多少银子吗？金家寨的地卖完都不够！我自己流出多少血，一定要从别人那里补多少血！别废话了，快找人去吧。"

武光宗为难地说："天色到了这般时候，黑灯瞎火的，到哪里去找？再说衙役们去送尸体了，连个帮手也没有。"

"这个你别问我，"金耀祖坚持道，"无论如何不能等到天亮，今晚上就得把人找到做掉！"

武光宗迟疑地说："那我们俩一块去找吧。"

"这事还要我动手？你以为我这当老爷的是干啥的？"

"好吧，我去找。如果找到了，她们两个人，我一个怎么能做了？"

"笑话！"金耀祖又恼怒起来，"莫非你是饭桶吗？她俩都是弱女子，况且还有个疯女人，你把杀狗的本事拿出来，两刀戳完，挖深坑一埋，不就完事了。"

"杀狗跟杀人不一样！况且，我杀狗多了也感难过，所以就不干了。太太和丫鬟对我们极好，都是很善良的人……"

"善良有什么用，还不是照样被人欺？这世道，若当官心不狠，你不如回乡下拾大粪去。"

武光宗无奈地摇了摇头，知道再说什么也没用，只好拱拱手：

"谢老爷的教诲,我明白了。"

金耀祖舒了口气说:"明白了就好。做完这事,等以后我升了官,一定给你弄个好差干干,也省得年年受穷。"

"谢老爷!只不过,到那一天老爷可别把我忘了。"武光宗说完,回身悄悄开门,见外面没人,这才闪身而去。

5

金耀祖、武光宗做梦也想不到,此时,就在他们眼皮底下,衙门后宅花园靠院墙的一个假山洞里,他们要找的金太太和丫鬟,正躲藏在里面,偎依着取暖。寒气阵阵侵身,俩人冻得瑟瑟发抖。

丫鬟小声问太太:"太太你跟我说个实话吧,我怎么觉得……你不是真的疯了?"

金太太嘴唇一动,忽然露出一丝笑意,她爱怜地抚摸着丫鬟的头发,轻声说:"我心里有气,由不得自己。"

丫鬟兴奋地拉住太太的手:"那你果然不是真的疯了?"

"我不装疯,怎么能够在大街上数落金家的丑事?这口气出不来,我倒要真被憋疯了!"

"我知道太太心里苦,可这下又闯祸了。"

"我知道,他们把老太爷的死讯封起来,是怕报丁忧守制往后难以得到实缺。"

丫鬟愁眉苦脸地说:"现在这事被我们都知道了,心狠手辣的老爷能放过我们吗?"

金太太咬紧牙关,坚定地说:"金耀祖在外面玩女人,从来不把我当真正的太太看待,这不如意的日子我也过够了。若不是婆婆、小姐待我好,我早就离开他那个家了。"

"那我们现在赶紧偷偷跑了吧,不然,要是被金老爷派人逮住了,不死也得脱层皮。"

"我也这么想。"金太太拉起丫鬟的胳膊,"趁现在夜深人静,赶快走。"

"可是,太太你想好到哪里去了吗?"

"跑到孔望山去。"

"无亲无故的,到那里怎么安身?"

"这个我都想好了。"金太太说,"我发现吉呆的父亲是个厚道人,请他帮忙。"

"若老爷知道了,肯定会派人去抓我们,那不是给他家添麻烦吗?"

"不怕。"金太太坚定地说,"请他帮我们找个离孔望山远些的地方,不就成了?"

丫鬟点头赞成:"好,那我们这就走吧。"

丫鬟探头朝洞外看看没人,反身便拉起金太太。可是刚出洞口,忽然发现面前站着一个人,吓得二人都瘫坐在地上……

"都站起来。"武光宗说。

丫鬟一见武光宗,心里反而宽慰了许多,她知道武光宗一直暗恋自己。可是再看到武光宗右手的尖刀在黑暗中闪着寒光,左手握着一把铁锹,她的心中已经明白了:"武哨官,你,你这是要……"

"看来你还算是明白人……"武光宗一反往日温情。

金太太颤抖着撑起身来,一只手撑着地,严厉地责问武光宗:"你这大胆狗奴!是金耀祖让你来杀我们的吧?"

丫鬟挡到太太身前说:"武哨官,真要杀,那就杀我一人吧,太太命苦,你千万放她一条生路。"

"我是奉命送你俩一道走的。给她留条生路,谁给我留生路?"

"可是你,到底为什么要杀我们啊?"

武光宗不由得叹了口气说:"因为你俩看到了不该看到的东西,知道了不该知道的事。"

"果然是这样。"到了这个地步,金太太反而平静了下来,"可是你想过没有，我们看到的可不是什么东西。"

"我知道你看到的不是东西。但就因你看到了不是东西的东西，才惹来杀身之祸的。"

丫鬟突然扑到武哨官面前，拉紧他握刀的手说："武哨官，我也一直把你当成大哥看，你就不能看在你我二人往日的情分上，给太太，不，给大姐留条生路。然后把我杀死埋上，再多添些土，对金耀祖就说我们俩都埋在里面了，然后……然后求你再给我妈捎个信，就说我得急症死了，带她来埋我的地方看看就行了……"

"你别乱说，"金太太挺身上前把丫鬟拉到身后说，"那怎么行！不管怎么说，女人的日子我也过过了，而我这丫鬟还没和她心中的人一块享受做人的酸辣苦咸，白来世上走一遭了，武哨官你放了她，杀我吧。"

武光宗惊讶地望着两人，眼珠子转来转去好半晌，还是不敢急慢自己的差事，只得强作愤怒地大吼道："你们都不要一厢情愿了，又不是去当高官享富贵，说实在的，我也很同情你们，但我没办法，我必须把你俩都杀了，不然，我怎么交得了差？"

丫鬟又扑到他面前："既然如此，那就动手吧。我是下人，先杀我！"

金太太又拉开丫鬟说："什么下人上人的！武哨官，听我说一句，你把我杀死，带上她逃跑吧，跑得越远越好，往后别说哨官，就是给个府官你也别当了。"

武光宗再度犹豫了，半晌才说："这事我做不了主啊。这样吧，你们都跟我走吧。这里可不是杀人的地方。我必须秘密行事，你们都随我到城外去，谁要敢逃跑，我就先给谁一刀。"说着，武光宗将手中的钢刀朝俩人眼前扬了扬。

金太太、丫鬟只好不再言语，随着武光宗跌跌撞撞地向府衙外走去。

6

武光宗押着金太太、丫鬟走在海州府衙大院的甬道上，只见路两边的花圃内枯枝摇晃，雪松在寒风中微涛阵阵，阴森可怖。更令人胆寒的是武光宗手中的钢刀，划着游弋不定的森冷弧光，杀气随弧光四腾，逼向金太太和丫鬟。俩人不停地颤抖着，越走越慢。武光宗则眼中凶光四射，不时回头低声紧催。

州衙大堂、二堂的翘角构檐，刺向漆黑的夜幕。不知是哪座房的门窗未关牢，不时发出"咣——当——"的声音，令人毛骨悚然。

三人拐拐抹抹，来到了大堂东边的甬道上。在一棵常青树下，武光宗放慢脚步站定。他掉头看向东边院墙，沉思不动了。

金太太不禁问他："武哨官，怎么不走了？这儿离大堂太近，在此杀人，阴气会影响老爷断案的。"

丫鬟也说："你不是说到城外杀我们吗？"

"休得言语！"武光宗忽地将金太太、丫鬟两人拉近站定，悄声说，"你们若要想活命，就得听我的。现在你二人先到院墙跟前站定，快去。"

金太太、丫鬟面面相觑，但还是听命走去。但见武光宗蹲下身子，向四周看了一遍，迅疾猫腰，也来到东院墙跟前。忽然伸手将金太太、丫鬟二人挟住，竟欲纵身向院墙跃去。不料就在此时，金耀祖从常青树下一跃而出，大喝一声："武哨官，你做的好事！"

武光宗心中大惊，急忙放下二人，紧张地问："老爷，你咋到这里来了？"

"想不到你真是个吃里爬外的浑蛋！我在京师时，就从发生的事中对你起了疑心，今夜跟踪到此，原想再考验你一下，不想果然不出我所料！"

武光宗反倒镇静下来："其实，我这样做对你并没有坏处。"

"还没有坏处！你差点毁了我的前程！"金耀祖咬牙切齿地说，"老实告诉我，在京师五福楼，吉杲是不是你放走的？"

"既然你已明白，就不用我多言了。"

"恐怕你想多言也言不了啦！"金耀祖掏出一把洋枪，对准武光宗道，"幸亏我在京师买了这个洋玩意儿，今夜该让它沾点荤腥了！你们三人都别想逃脱！"

金耀祖正欲扣动扳机，只听金太太尖叫一声："武哨官闪开。"

随即，丫鬟也从地上摸起一块砖头，猛地朝金耀祖砸去："咱们一起上啊，打死这个狗官！"

金耀祖大惊，但还是侧身闪过了砖头，可当他再举洋枪欲射时，武光宗的尖刀也飞了过来，他只好掉头再躲。

金太太已扑到金耀祖跟前："丫鬟，我俩快拦住他，让武哨官走。"

"不用你们帮忙。"武光宗坚定地说，"还是你俩快跑。"说着也冲向金耀祖。

金耀祖先朝武光宗开了一枪，可是武光宗仍像饿虎一样扑倒了金耀祖。四个人顿时扭作一团，金耀祖的枪也在扭打时掉落了。

危急中，仿佛从天而降，三道黑影突然掠至，也不搭话，一个挟起金太太，一个托住丫鬟，一个拉住武光宗，同时纵身跃上院墙站定。

金耀祖在地上摸索着找到洋枪，对准院墙上的人影又开了一枪："看你们往哪里跑！"

站于院墙顶的人忽然都飞身齐下，眨眼不见踪影。只有金耀祖愣愣地站在那里，握着洋枪，不知所措……

第十三章　父老乡亲

1

太阳出来了，阴郁的夜和寒冷的风被一扫而空。海州城的大街小巷多出了许多奔忙的人群，小贩轻快地吆喝着，又忙不迭地称货收银。生活好像突然有了生气，人们仿佛突然多了温情。

和顺客栈的客房内，朱驷驹带着同来的两个兵丁，也在忙着打点行装，准备上路。吉杲和韦良清来为他们送行，武光宗虽然只是空空一人，却也笑眯眯地提壶准备着沏茶。马大则进进出出地跑前跑后找东西。

金太太和丫鬟也在客栈里，主仆二人一坐一站，看着周遭人等忙忙碌碌，心里也泛动着久已不见的暖流。

吉杲抬头招呼武光宗："你让他们忙吧，请过来说句话。"

韦良清也说："今日分手，不知何时相聚啊，人生就是这样，也许聚散都是有个缘分的。"

金太太闻言站起身来，向着众人施了一圈礼，衷心地答谢："很感谢各位昨晚救了我和丫鬟。从今天起，你们不要再叫我金太太了。我现在有了自由身，本来也有名有姓，往后众位就叫我韩慧媛吧。我这丫鬟，她本名郁翠莲，跟了我好多年，如亲妹子一般照顾我，从今往后我们也再无主仆之分。"

郁翠莲朝着武光宗会心一笑。武光宗咧咧嘴笑道:"我看这样好,叫起来倒像个人名,不那么别别扭扭的。"

韦良清问她们:"慧媛和翠莲,昨晚吉杲、朱驷驹、马大他们没吓着你俩吧?"

韩慧媛笑道:"开始着实是吓着了,后来明白过来当然就不怕了,你们是怎么知道的?"

"吉杲从你们家回来,就把实情探准了,他的判断真准,估计金耀祖要对你们下毒手,他们几人就悄悄潜伏到州衙大院了。"

"我的魂都被拿刀的武哨官吓掉了,谁知他并无恶意……"郁翠莲笑道。

"傻丫头啊,"韦良清开怀大笑,"他早都打算娶你了,怎还会杀你?再说,他也看透了金耀祖的歹毒,早就不想跟他干了。"

"也许我不该问的,"韩慧媛有些疑惑地问,"可是,你们就这样一走了之,难道就这么放过万恶的金耀祖?"

"这也是吉杲的主意。京师胡大人和他说过,等那边斡旋好了,海州这地方还是要来的。至于金耀祖,有了这几件事之后,我们有他的把柄在手里握着,他不敢把我们怎么样。实在不行,我们也不会放过他。"

"那我和翠莲、吉杲、马大回孔望山,你回老家。朱大哥他们呢,还能回京师吗?"

"吉杲和徐镖师说好了,他们三人暂时到镖局去,以后看情况再做下文。"

吉杲站起来,爽朗地笑道:"咱们话也说了,东西也打点好了,时间也不早了,我们今个中午喝顿团圆酒,然后再分手,怎么样?"

韩慧媛却说:"怎么能算团圆呢,还少一人嘛。"

"还少谁?"

"这还要问,你的心上人金连珠。"

吉杲怔了一下，突然意识到，他和连珠的事，虽然自己是当真的，也被人认了真，但到现在，实际上还是有着相当大的鸿沟的，这鸿沟就是两家的巨大差异和自家的过于拮据。于是他苦笑着说："金小姐我哪敢高攀呀！"

韩慧媛吃惊道："不是说在京师十六王爷府，都当众定了亲吗，你怎么还说这样的话？"

"在京师我是用此计逼王爷不敢做坏事，王爷来个自找台阶，才把连珠救下来。"

"那你昨晚提礼品去瞧看老夫人，也是假的？"

"我是前去打探情况，不然，怎么这么巧就救了你们？"

"如此说来，是你不愿意娶小姐了？"韩慧媛仍然不解，"她可是对你铁了心呀！我都亲口听她说过几次了，你为何早不对她说清楚？"

吉杲沉默起来，知道这里面错综复杂的内涵，不是三言两语说得清的，何况自己的本心也并无变异，只是现在形势又有了变化，以后究竟能如何，只有根据情况再说了。所以吉杲面含凄楚地向大家说："就让我说句心里话吧，我喜欢连珠并非戏言。可是，我家穷得屋里连老鼠都不住，她今天过门，明天就得挨饿，我怎忍心让她受苦！"

"这就是你太不懂女儿心啦。"韩慧媛还在试图劝说吉杲，"她看准的本是你这个不一般的、有智有谋又正直仗义的人，从来就不是什么钱财——比如我，金家是有钱，可我的日子舒心吗？再说，老夫人也难得地喜欢上你了，你还这样做，不伤了两个人的心吗？"

吉杲情不自禁地点了点头，却又正色道："还有一个我也把不准的麻烦。要知道，以我的性情，是很难安安稳稳地守家过日子的，说不定还随时会有危险，若遇不测，不是更害了她吗？"

韦良清一直静听着吉杲和韩慧媛对话，毕竟是知书达理之人，心中细析吉杲的话后，又见慧媛失望的样子，觉得应该说上几句。

于是他缓缓地对吉杲说："人常说师徒如父子，吉杲，你怎么看待我？"

"你待我、教诲我胜过亲生之父。"

"那我就来做个主。我完全明白你的真实心情，但是无论如何，千条万条，你与金小姐这门亲事就这样定了，以后不得再言其他。"

"其实我……"吉杲的脸激动地涨红了，认真地点了点头，对韦良清鞠了一个躬说，"好！学生就依恩师！"

吉杲又看了看韩慧媛："不过，我也有个不情之请。"

大家都有些奇怪地望向吉杲。吉杲恳切地说："我还想当个媒人——大红媒。"

韦良清更觉奇怪了："红媒，你想给谁做媒？"

"给郁翠莲。"

韩慧媛开心地拍了下手："当然行。"

"你觉得武哨官怎么样？"

"太好了。"

韦良清一下子站起来，拍手道："妙哉！而这门亲事，我怎么看是怎么不错啊。"

郁翠莲暗喜，抬眼偷偷地看了一眼武光宗，此时武光宗也在偷偷朝郁翠莲望，四目相遇，像火一样燃了。

"好！"吉杲兴奋地吩咐马大，"我们就在客房吃饭，庆祝一下，快让店家准备吧。"

马大快活地冲出门去招呼了。

朱骊驹这才真诚地望着大家开了口："说真心话，我真舍不得和大家分手。"

"山不转水转，总会相聚有日的。"吉杲忽然又侧耳细听，"好像门外有人。"

店老板敲门进来报告："吉举人，衙门里有人找。"

吉杲开门时，但见衙役手里拿着一个帖子给他说："知州老爷叫我给举人老爷送的帖子。"

他双手呈递了帖子就走了。韦良清深感怀疑和不安："不对呀，这时候送什么帖子，出事了吗？"

吉杲打开帖子，念道：

韦学正并吉举人台鉴：

　　军机处胡大人前往扬州查案路过本州。请来州衙官厅客室一见，有要事相告。

海州知州金耀祖　叩请

韦良清兴奋地长吁了一口气："既然是胡大人来了，我们就走一趟，料无大碍。"

吉杲道："可是我们这团圆酒……"

韦良清挥手："这还怕喝不上？我们回来再喝。"说着，便拉着吉杲一起走出客栈。

2

金耀祖见胡大人驾到，可谓又惊又疑，毕竟他心中有鬼，吓得浑身发抖，但没想到胡大人一来就将一份吏部公文交给金耀祖看。

金耀祖看后虽然心里有一百个不愿意，但他觉得没有想象得那么坏，所以心里顿时宽松许多。但他仍然担心胡大人会不会还有什么冲自己来的可怕目的，于是毕恭毕敬又小心翼翼地继续探询胡大人的来意："胡大人难得出京途经海州，能否多留几日，卑职也好讨教。"

"奉旨出京，时限甚严，改日再说吧。"胡大人一脸公事公办的样子道，"你从京师刚回，还有积案与一应交接手续待理，就不耽误你了。"

金耀祖听到交接二字时，心中一片恐慌，于是赶紧又强作笑脸道："既然如此，就按吏部公文办理，待吉举人、韦学正一到，即办理移交。胡大人也好做个见证，那就请大人明日再往扬州，如何？"

这时，门官进门来禀报："老爷，韦学正、吉举人在门外候见。"

金耀祖赶忙站起来客套道："快请。"

不一会儿，韦学正和吉杲进了官厅，两人齐声问候了胡大人。胡大人谦和地摆手道："韦学正，你我系昔日同窗，不必拘礼，坐吧。"

韦良清却直摇头："在下已非学正，而是戴罪之人，怎能与胡大人平起平坐？"

"学兄又见外了不是？快坐下吧。"胡大人又对吉杲说，"你也坐吧，我还有要事向二位说呢。"

吉杲便谢过胡大人，和韦良清一起坐下了。

胡大人笑眯眯地拿过一份公文对他们说："如今，维新党徒已清，朝中诸事趋于正常。况且，老佛爷高瞻远瞩，为富民强国，广纳良言，意图革新。拟倡兴农桑，广修湖河；开矿修路，师西夷新技，练军造船，研制洋枪洋炮，如此等等。"

韦良清拍手称快："如此看来，天下要大治了。"

"正是。由此，老佛爷命军机处、吏部举贤荐能，重用人才。十六王爷与本官商量，海州紧临东海，盐场、渔业资源丰盛，更宜选贤任才，理政富州。遂推选了几个人，现经吏部审定，已颁下了公文——我就念念吧。"

随即，胡大人清了清嗓子，朗声念起了公文：

"兹经吏部禀旨特议：金耀祖任淮扬道道员；免韦良清海州学正职，任海州知州；吉杲任海州州同、兼海州学正……"他往下看看，便不念了，"正巧本官前往扬州公务，顺路来此，权留一日，你们就办个交接吧。"

这个突如其来的喜讯……韦良清一时竟不知所措，离座意欲叩谢："胡大人……"

胡大人笑道："不必谢了，本人也是例行公事。"

韦良清便站着一揖："恭谢老同窗！"

吉杲感到很突然也很意外，真是喜从天降，万万没有想到自己一个朝廷要犯，一眨眼工夫成了海州州同。吉杲深知如果没有胡大人极力推荐就不会有今天，他从内心里感谢胡大人，还是一本正经地趴下向胡大人磕了个头："谢胡大人！"

"不必拘礼，快起来吧！"

吉杲站了起来，却又说："胡大人，学生乃一介儒生，不懂为政之道，这州同之职，恐不能胜任，还望胡大人向吏部回禀，易人为好……"

胡大人面容肃整地回答："既有成命，怎好收回？不懂之事，可以学嘛，况有你恩师在，时常听些教诲也就是了。"

吉杲看向一旁的韦良清，韦良清满脸笑容地向他颔首。

"年轻人总有雄心壮志，但没有能让你展示才能的地方给你，有什么用？机会来了，年轻人放手干吧。"胡大人勉励道。

吉杲受到胡大人的鼓励，暗下决心一定努力为民办事回报胡大人的栽培，说了声："学生遵命。"便回到座位上。

胡大人神情严肃起来："这海州之地，山川甚多，而湖河久欠治理，水、旱灾频繁。工、户两部早有谋划，拟加紧治理……"

金耀祖赶紧点头道："这都是职责所在。"

"现拨银已定，即可开工。此事以金耀祖为治理总监，韦良清、吉杲助之。宜先勘海州、赣榆、沭阳境内河湖，立项预算，动员乡民后，就可开工了，各位可不得有误。"

金耀祖、韦良清、吉杲三人同声称是："卑职定尽心尽责！"

胡大人又说："除此之外，还应兴办农桑，开矿修路，晒盐增场，倡导新学，重视商业，整饬边防……总之，各业都应同时兴办，靖境富民强国也。就说这些吧。"

金耀祖见胡大人来此没有其他目的，心中的石头早落了地，现在又来了精神："卑职敢不竭诚照办！"

韦良清握住胡大人手说："老同窗啊，你若晚来一天，我和吉杲等就回乡下老家去了。"

胡大人笑了笑，却又戛然止住："不过，还有些题外的话，看来也非说不可。"

"胡大人请讲。"

"离京之前，十六王爷又与我小叙一晚。以他之意，金知州与吉杲和我的老同窗往日有些小小不快。从今天起，大家都把前嫌丢开，要以国家朝廷为重，同舟共济协力奋进，一句话，要好好配合，把海州治理好。"

金耀祖深深作揖："卑职一定谨遵胡大人和十六王爷的教诲。"

韦良清不卑不亢道："老同窗，韦某一向与人为善，不争一官之职，不谋一钱之利，秉公办事，从无越轨之举；至于日后，还请老同窗放心……"

"如此就好。"

吉杲却并无一丝谄媚之色，他虽答应胡大人把前嫌丢开，但心里还是不愿意和金耀祖这样的人在一起合作共事，为了顾全大局，正色道："学生我，只怕还是那个难改的脾气，日后若遇有人贪赃枉法，终是饶不过他们的。至时，只怕学生又要给胡大人添麻烦了！"

"本官不就是在这种麻烦中过日子吗，你再添几条，又有何妨？"胡大人说着，特别瞥了金耀祖一眼。

金耀祖赶紧再度表明态度："大人所示甚是！依法治国，惩治奸贪，理所当然。"

这时，师爷悄悄进来小声问金耀祖："中午在何处用餐？"

"就在同乐大酒楼吧。"

"请不请唱小曲的了？"

"到时再说吧，"金耀祖笑着转身对胡大人问道，"时间不早了，就在此用餐便饭吧。"

"我看在这儿，不如去你家，我也正想拜望一下令尊高堂呢，二位老人身体可好？"

金耀祖突然感到胡大人话中有话，吓得脸色煞白，他竭力掩饰着内心的惊慌，镇静地说："卑职刚刚回来，家里连小菜也未备办，还是请胡大人到饭店，随便吃一点吧。"

胡大人却还是坚持要去金府："这样也好，不过，先去见见令尊高堂再吃饭。"

"到后宅还有一段路呢，我看改日再说吧。"

吉杲对胡大人的要求心知肚明，暗自叫好，故意又将了金耀祖一军："金道员哪，既然胡大人这么赏脸，就陪他到后宅去一趟，没有多远的。"

胡大人笑起来："对了，吉杲也该随我去，也好看看金小姐，你们可都是亲家了……"说着站起身来欲走。

金耀祖急得额头渗出汗珠，不知如何是好。

韦良清见状便向吉杲使了个眼色："容我说一句吧，我们下午还要交接，诸事繁忙，胡大人也要急着去扬州，改日再去也不迟。"

金耀祖一听此言，如遇大赦，用袖口偷偷抹了把汗："正是，正是。"

吉杲马上附和道："这样也好。"

胡大人嗯了一声。

金耀祖赶紧跑出门，边跑边向外面大喊："打轿——"

3

人的命运就像一场戏，好人会变成坏人，坏人也可以变成好人，生活中的恩恩怨怨暂时搁置，但是让吉杲万万没有想到的是往日对头现在又成了同事，既然命运是这样安排的，我们只能延续命运。吉杲从一个被朝廷缉拿的要犯，变成了海州的州同，从此吉杲的人生又掀开了新的一页。

又是一个清晨，海州州衙大门外，便早已停着三乘轿子。大批衙役、护兵列队站着。金耀祖和韦良清各自穿戴整齐，不时朝四周张望，焦急地等待着。

金耀祖心生不满，嘴上尽量平平静静地问韦良清："吉州同到底上哪里去了？说好的在衙门外聚齐上路的。"

韦良清也觉得奇怪："是呀，我们要等到什么时候？"

"说好今日去赣榆的，吴知县都准备好了，要勘看好几条河呢，再等下去可能来不及了。"

韦良清又张望了一会儿，果断地说："吉州同不是轻忽之人，也许是他突然遇到什么事了——我们先行一步吧。"

"只有如此了。"金耀祖招呼韦良清一起上轿，同时命轿夫，"把吉州同的那顶轿子抬回去吧。"

于是，旗牌整齐、鸣锣开道，一行人等出了海州城，向前进发。

中午时分，队伍来到赣榆县境的一条干涸河岸边。

金耀祖、韦良清下轿后和赣榆知县吴海龙边寒暄边沿着河岸巡行，吴海龙认真地做着情况介绍。

金耀祖听得很不耐烦，他登上一个土坡站定，挺胸昂首，四处眺望，好一副大官视察的模样。韦良清却不顾年事已高，推开扶他的随从，颤巍巍地走下被洪水冲塌的堤岸，细察河堤状况。河中淤积着大量泥沙，几汪将干的浅滩水中，有几条被困而无力游动的小鱼，这情形让韦良清的眉心拧成了一股绳。

站在高处的金耀祖不知什么原因忽然兴致高昂，斯文起来，得意扬扬地吟出一首诗来：

余今彻登河岸堤，
寒风吹过冻河泥。
有朝一日添新水，
阡陌良田印马蹄。

吴海龙满脸堆笑地趋上前去，点头晃脑连连夸赞："金道员不愧学富五车，好诗，好诗！"

"若治理好此河，定会为赣榆百姓造福匪浅。"金耀祖踌躇满志地晃起了脑袋。

"那是，那是。金道员，只不知此事能否就此定下？"

"本道员只不过有此想法，这是韦知州的治下，还要听听他的。"

"听说是金道员预算所需银两，那韦知州还不是得听你的。"

金耀祖又得意起来："那是当然！不过，韦知州颇精治河之道，他的主意还是要听的。"

"卑职这就去向知州老爷请教。"吴海龙急忙下坡走到韦良清跟前。

韦良清见吴海龙过来，便向他了解详情，并问他："你说这条河应如何治理？"

"这，这个，就是常规吧，疏浚导流，取弯就直，还有……"

"那河岸怎么办？堤坝怎么办？下游怎么办？需多少工、多少料？也就是多少石多少土？需要多少银子？前几天你到州衙时我已给你说了，算出来了没有？"

吴海龙头上冒出汗来："正在算，仔细算。"

韦良清的眉头又紧拧了："治河兴利，是件实在的事，不能光靠嘴讲。"

"韦知州教诲的是！"吴海龙趁机又探询道，"只是，这事能不能定下来？"

"你把我说的算清楚呈给我，据情再定吧。"

"谨遵韦知州吩咐！"

金耀祖兴致勃勃地走过来说："韦知州，今日实地踏勘，心中该有个数了吧，这条河的治理是否就这样定了？"

"我已给吴知县说了，请他把详情呈上来，还有沭阳县，等全部勘毕，一并定夺吧。"

金耀祖心中略有不悦，却又没有理由反驳，便默然不再言语。

吴海龙请示韦良清道："韦知州，时间不早了，是不是回县城吃饭？"

"下游有处险段还没看呢。"韦良清挥挥手说，"这样吧，我们继续往前走，你派人送点饭，我们随便吃点也就行了。"

吴海龙和金耀祖相互对视了一眼，俩人分明都不高兴，却也无可奈何，只好应道："卑职这就派人送饭。"

4

不知不觉间，太阳已快偏西。

金耀祖不禁恼怒地催问吴海龙："吴知县这送饭的怎么这么磨蹭，到现在还没送到？不要把韦知州饿坏了！"

吴海龙慌忙打起眼罩，向县城方向张望："来了，来了。"

果然见送饭的队伍由远而近，匆匆赶来。

"那儿有个树荫处，"韦良清拍拍身上的土说，"我们就到那儿吃饭吧。"

不料，来的几个衙役把装饭的食盒朝地上一放，扑通便跪在了吴海龙面前："大老爷，不好了！"

"何事？"

"我们抬的食盒里所有的饭食，都被途中的饥民抢光了！小的该死，请大老爷恕罪！"

吴海龙大怒："来人，拖下去，给我狠狠地打！"

韦良清急忙制止："慢——这可怪不得他。"

吴海龙讪讪地说："连这点事都办不好。"

"你那日去州衙，不是说赣榆物阜民丰、百姓安居乐业吗？"韦良清严厉地看着吴海龙责问。

吴海龙不停地抹着脑门上的汗说："可能是外地讨荒饥民路过此地……"

金耀祖见吴海龙无语可说，就来帮腔："看来很可能是外地逃荒饥民路过此地，所以也怪不得吴知县。"

"怎么怪不得？"韦良清提高了嗓门，"就算是外地饥民路过此地，作为一县父母，理应妥善安置关照才是。"

"卑职失察，请韦知州恕罪！"吴海龙吓得慌忙趴地磕头。

这时，一个衙役惊慌地指着远处说："老爷，你们看，那些抢饭食的饥民拥向这边来了。"

不多一会儿，竟有数百饥民拥至金耀祖、韦良清、吴海龙近前，齐声叫喊："我们赣榆今年先淹后旱，颗粒无收，税银不但没减，反而增加！大老爷，救救我们百姓吧！"

金耀祖、韦良清、吴海龙被他们团团围住。

5

吉杲之所以没有随韦良清等去巡察河堤，是因为他独自去了沭阳。

此时，县境内的一片湖洼荒滩上，飕飕寒风吹处，凄凄野苇枯立，衰草丛丛泣泣。飞鸦哀鸣，硕鼠乱窜。涸滩浅水，小鱼苦游。一座高台矗立于遍地瓦砾之间。杂树丛中，显露出一块残碑。

吉杲率领马大、朱骊驹、武光宗几人肃立于碑前，他们身上各背着简易行囊，穿戴也与百姓无异。

吉杲俯身看着那块残碑的碑文，喃喃地念出声来：

> 此乃沭境望湖楼也。大明嘉靖一十八年冬月，新任海州知州周济德微服遍察民情。行至湖边，见野草蔓岸，波浊不扬。下湖试之，泥沙淤底，有荡平之虞。心悲凄然。再观岸边之望湖楼，断壁残垣，裂瓦摇坠。观楼伤情，视湖流泪。遂萌根治之念。立奏朝廷，恳拨银两，动员乡氏，清淤深挖，修岸固堤。越明年，工乃竣。继重修望湖楼，建亭榭，植林木，种花草。登楼观湖，但见碧波浩渺，堤岸柳烟，流水小桥。映蓝天之白云，卧出水之芙蓉。滔滔甘流，润阡陌田禾。乡民乐之，议镌此碑，以彰大德。推余撰文以记之……

念着念着，吉杲声音哽咽，几乎难以续读。

武光宗偏头看向吉杲说："吉州同，你怎么哭了？"

吉杲用手背擦了一下眼睛说："你为何还对我如此称呼，不是说过了吗，除了场面上不得，私下里直呼我名。"

武光宗连忙点头解释道："原来在衙门里叫习惯了，顺嘴就出来，我改，我改。"

吉杲回过身来，示意马大、朱驷驹、武光宗三人朝远处看："你看这么好的湖，却因久欠治理，几乎废了。老祖宗开的基业，难道在我们这一代毁了吗？"

朱驷驹眺望着点头赞同："这湖方圆至少有五万亩那么大，清淤加深，整岸固堤，非沭阳一县百姓可为，况且所需银两，不在少数。"

武光宗说："可以奏请朝廷多拨银两。"

马大叹息道："现乡民年年受灾，非涝即旱，入冬以后，外出

273

讨饭，单召集民工，也够费神的了。"

"我吉杲现在大小也算个官，想前两年在强学会中，常与友人谈及救国救民，苦无用力之地。现在有了，无论有多难，也得干下去……"

"你看，沿那边荒坡来了一大群人，会不会是土匪？"马大惊道。

武光宗细看一番，摇头说："我看不像，个个衣衫破旧，行动迟缓。还有的背囊挑担，扶老携幼。"

吉杲沉重地叹息一声说："肯定又是出门逃生的。"

这时，一群人已来到他们近前。

马大忙问吉杲："我们是不是避开一下？"

"都是平民百姓，哪有避开之理？"吉杲走上前去问，"诸位父老乡亲，你们从何处而来，到何处去？"

人群中闪出一个老者，把担子一撂，抱住吉杲大呼："我的老天爷哟，你不是杲儿吗？"

吉杲也很是惊讶："爹，你怎么弄成这样了？"说着扑通跪倒，面对吉银山连连叩头："儿子见过爹！"

吉银山赶紧拉起吉杲："乖孩子，快起，快见过你娘，她也来了。"说着他向人群中喊："老婆子，快来呀，杲儿在这里。"

吉杲娘慢慢从人群中走出来，只见她面黄肌瘦，头发灰白，衣服烂得净是洞眼，不相信地说："杲儿来了，他不是上京师去了吗？"

吉杲快步上前，又扑通跪倒，泪流满面："不孝儿吉杲请安！"

吉杲娘拉起吉杲，紧紧抱住，百感交集地哭着："我的儿哟，能见到你就好了，还给我请什么安！"

"你们这都是要到哪里去？"

吉银山挪近一步说："这都是我们村里的父老乡亲啊，今年又淹又旱，又来了蝗虫，把庄稼秆儿都啃光了，一粒粮食也没见。乡官里正，催要课银，大家觉得在家也是饿死，就商量一下，到江南

逃生去……"

这时，朱驷驹走到吉银山面前，深深施礼道："大爷，你还认识我吧？"

武光宗也凑过来："还认识我吗？"

马大也说："老伯，你可记得我了？"

吉银山难以置信地盯住他们问："你三人不都是来逮吉呆的吗，现在、现在是追他到了这里？"

武光宗哈哈大笑："老伯，你的儿子现在当官啦，我们三个都是他的跟班。"

"当官？什么官？"

朱驷驹解释道："老伯，这一切说来话长，你只消知道，你儿子吉呆现在是海州的州同，比知州小一点，比知县大一点。还有，韦老师他当了海州知州。"

"竟有这种好事吗？"吉银山感慨万分，"真要谢天谢地啊，老天爷总算开眼了！可是，你们不是在糊弄我吧？既然当了官，官服也不穿，不坐衙门理案，来荒湖岸边干什么？"

"老伯，吉呆带我们微服私访，誓言要好好治理这个荒湖，为百姓造福呢。"

"那么多任的知州，都是屁股坐在大堂上，嘴伸到老百姓身上吸血，有多少人问过事？"吉银山连连摇头，"现在就凭你们几个就能治理好了？对了，那个恶棍知州金耀祖呢？"

"他已调任了，去任淮扬道道员。"

"看来还是当官的好，这里犯了事，挪挪窝到那里又当官，坏官到哪儿都会干坏事。呆儿你要是他们说的那样当了州同，定要为老百姓做好事，不能像金耀祖那样尽干坏事。"

"爹，有韦知州做主，我们同心奋力，定要为百姓做成几件事情。你和乡亲们一块回去吧，州里打算以工代赈，整修湖河，很快就开始了。"

"真若这样，不讲别的，儿子当官，老子也该帮个人场，那我就不走了。"说完吉银山回头朝人群大喊，"乡邻们，我儿吉杲当了海州的州同，马上要整修湖河，有饭吃，大家都别外出了！"

吉银山在当地有着一定号召力，他的话刚讲完，众人一片欢呼："好啊，孔望山的老坟冒烟了！乡亲当官了，咱们有饭吃啦……"

6

海州衙门东首的官厅，灯烛通明。韦良清、吉杲两路下去微服私访的人都已经回了州衙，个个都疲惫不堪，分坐椅上。

金耀祖先打了个长长的呵欠说："今天这么晚了，又累了一天，有什么事，明日再议吧。"

韦良清却不同意："此次勘踏，感触颇深，如何睡得着？"

吉杲应声道："韦知州所言甚是。面对饥民，遍观湖河，我们纵是铁石心肠，也当潸然泪下！既然发现了问题，今晚就议怎么解决。"

金耀祖苦笑着说："本道员和韦知州在赣榆被饥民围困，食物被抢，至此粒米尚未下肚，好不容易才得以脱身，就是铁人，也难以支撑。"

韦良清对金耀祖讲话很不满，直摇头："就算此时有佳肴美味，忆当时之情，也难下咽。"

"念起我那年迈双亲，挑担杂在逃荒饥民之中，谁又能安寝食？"吉杲的双眼又湿润了，"父老乡亲流离失所，我们又能为谁父母官？"

金耀祖见韦良清、吉杲执意要议，只好少数服从多数，无奈地点头道："既然如此，本道员心又有何安？速议吧。"

韦良清说："赣榆吴海龙只知伸手要银子，对辖境湖河之情，知之甚少。那条河的治理，还是待吴海龙将详情具禀，再做定夺。

你们意下如何？"

金耀祖还在为吴海龙打掩护："他已带我们亲察，途中也说了些该河的淤塞改道冲垮农田之情，心中还是有数的。若不立治，恐来年雨季再泛，赣榆倒成泽国了。如遇久旱不雨，又救禾无水，岂不苦了赣榆百姓？"

"韦知州并非说不治该河，而是让吴海龙再禀详情，有的放矢，方可事半功倍，见效得益。"

金耀祖无奈而又不悦地说："那就依韦知州。下一项。"

吉杲说："就是在下所察沭阳县境万顷之湖。此湖年久失修，淤积深达丈余，夏季沭河水夺路漫湖，淹田多达十万余亩；而流水一过，沉下泥沙，整个湖有荡平之势。若不治理，将遗患后代，先祖所建之湖，也就荡然无存了。"

"据我所知，此湖若修，耗料之巨，前所未有。现有赣榆、沭阳两县同时开工，恐财力、劳工都难以达到。"金耀祖话里有缓议之意，"沭阳知县吕尚仁怎么说？县里能派多少劳工？"

"在下带人实际勘探，未来得及去沭阳县衙。"吉杲回道。

"可是前几天吕尚仁知县来海州办事，我已向他说了，你要去巡察河堤，他为何不到？"韦良清责问道。

吉杲马上解释道："这倒怪不得吕知县。因在下当时到湖边已近中午，距县城还有四十余里，若去找他，往返八十里，天就黑了，什么事也办不成。"

"那就请吉州同讲一讲去巡察河堤的实际情况吧。"韦良清道。

"此湖面阔逾五万余亩，岸塌堤破，野苇丛生，荒草蔓地，几与平地无异。若清淤深挖，修岸固堤，需劳工十万。"吉杲从袖中抽出一纸扬了扬说，"详细预算都写了，诸位都看看吧。"

吉杲把纸交给韦良清，韦良清细看之后，转交给金耀祖说："概况清楚，预算准确，你过目吧。"

金耀祖接过那纸，不得不认真细阅一番，然后说："知道了，议吧。"

韦良清说："沭阳县多水患，又常夹旱灾，民穷已久，若治理此湖，倒不失利民之良策。"

吉杲也说："为救民于苦难，非治理该湖不可。"

"那就治吧——金道员，你看如何？"

"沭阳县是海州所辖之境，既然二位认可，本道员也无话可说。只不过，赣榆县——"

吉杲接说道："赣榆县也系海州所辖，我们不能抢一个丢一个，疼一个打一个，皆在治理之内。再难办也要勉力办好。"

"两县一齐治理，银两不足，劳工不济，如何是好？"

"历来办事，皆有序而为之，也就是有个先后。"吉杲坚定地说，"我意还是先集财力人力根治一湖，完工后再治赣榆县境之河。"

韦良清表示同意："如此最好。若摊子铺得太大，弄不好都半途而废，受苦的还是两县百姓。"

金耀祖眨眨眼，知道也无法说服韦良清、吉杲二人，不如顺水推舟说："既如此，本道员也认可。只是，如何计工发银呢？"

韦良清说："按开挖土石多少而计，将总银和总土石之数作比，即可算出。"

"也可以，分人计算，完工发银，如何？"

吉杲却不同意："我觉得不妥。"

韦良清看了一眼吉杲，也有些不悦了："这有何不妥？"

"此次治湖与丰年不同。若在丰年，乡民可自带粮柴，完工结账。现饥民皆欲外出逃生，无粮柴可带，他们怎么做工？又如何勒紧肚子等到完工结账领银？"

听吉杲这么说，韦良清也点头赞许："此说很有道理。"

吉杲说："在下欲以工代赈，也就是，凡乡民到工，先领粮米，然后详细计算工量，以序往下，完工结算，扣去粮米钱，剩多少，算多少……"

"好！既可赈济饥民，又可治理湖泊，一举两得。"

金耀祖暗自佩服吉杲智慧，表示没有异议："那就如此办理吧。"

"还有，挖土好算，开石运石难计。"金耀祖反问韦良清。

韦良清说："那就以斤计石数。"

金耀祖突然表现得兴奋起来，两眼放光，一道阴诈之色在他脸上一掠而过："统筹诸事，我就一力承担了，二位负责实施吧……"

7

几天后，在海州城、赣榆县城、沭阳县城的大街小巷、衙门外墙上，都贴出了新的告示，内容如下：

> 海州及所辖赣榆、沭阳二县，乃国之宝地也。境内河湖，滋养历代之乡民，方有今日之富饶。但因年久失修，水旱为害，稼禾不实，黎民苦不堪言。今奉朝廷之命，逐年整修，以造福祉。现先开工整修沭阳县境之万顷湖。凡州境百姓，不分男女，皆需上工，先发粮米，竣工结算。开山运石，以斤计数，按此付银。特晓谕周知。
>
> 淮扬道员　金耀祖
> 海州知州　韦良清
> 海州州同　吉杲

一时间，前来围观者里三层外三层，众情都为之沸腾。

有不认得字的乡亲，急得直喊："让识字的快念给我们听听。"

"这下可好了，虽然累点，总算有点吃的，比外出逃荒强多了。"

"我二大爷一家都走了，我得找他们去。"

"我得赶快回村里，劝他们不要走了。"说话间，便有人飞奔回家了。

万顷湖畔上，一队队民工扛着锹锨、挑着桶担，从四面八方拥向万顷湖。他们先搭起座座小草庵，炊烟袅袅，开火造饭。扔下饭碗后，民工们一个个意气风发地拥上山去。但见山上打石声一阵紧似一阵，运石的牛车，也一辆接一辆地努力行进。

　　一座高台上，立起一块醒目的标牌，上书"收石过秤处"。

　　一杆用长杉木新制成的大秤，悬在半空。

　　每辆运石牛车到此处，便依次过秤。

　　不料，却有车主大呼起来："乖儿哟，怎么用这么大的秤！"

　　称石者皮三狗却说："运的都是石头，小秤称得了吗？"

　　"那倒也是，只是……"

　　皮三狗二话不说，便开始过秤。他站在凳上，捋着秤砣称了一下，高声喊出："一百斤。"

　　车主顿时瞪圆了双眼："什么？我这满满一车石头，咋才有一百斤？"

　　没有人回应他。

　　只有寒风刮来枯叶、黄尘，迷乱了所有人的眼睛。

第十四章　天下奇秤

1

万顷湖畔，陷入一片吵闹之中。

运石过秤处，很快挤满了牛车和手推车。他们对前面过秤结果很是不满，愤怒的车主和治湖乡民，把过秤处层层包围，齐声叫骂。

有几个乡民甚至跳到高台上，揪住皮三狗扭打起来。

一个乡民边打边吼："皮三狗，你这个没良心的，你受谁的指派，用这种秤害人？"

另一个乡民手指两丈余长的杉木大秤责问："天下有这样坑害百姓的大秤吗？"

众人齐声叫道："叫他说清楚，是受谁的指使？"

皮三狗被吓得又捂头脸又捂腔，躲避着众人的追打，连呼救命："这是要出人命啦！"

不远处，闻讯的武光宗拉着吉杲慌忙朝出事地点跑："快，弄不好会打死人的。"

朱驷驹也拉着韦良清，从另一方向朝过秤处跑来："围得快有一千人啦，就算打不死人，事一乱说不定会踩死人的。"

吉杲迅速来到过秤处，赫然入目的是那杆出奇的大秤，他看着居然笑了起来："真是天下之大，无奇不有，这个办法是怎么想出来的？"

韦良清瞪着吉杲道："吉州同，出了这么大的事，你还有心思在那里说笑？快想办法叫围观者散开，打人的人住手，再好好了解一下情况。"

吉杲还是笑道："知州大人，你是只顾想着劝架，倒没注意这个古今一绝吗？你往高台上看看。"

韦良清这才注意到那杆高高架起的大秤，顿时大怒起来："这是谁办的事？"

"先劝散人群再查吧。"吉杲命令朱驷驹，"朱管带，你的嗓门大，快喊！"

朱驷驹便挥手高呼起来："诸位乡民，请散开，高台上打架的，都给我住手——韦知州和吉州同来了，有话慢慢说。"

众乡民见来了官人，顿时住手不打架了。

"州里的两个老爷都来了，咱们就请老爷评个理吧！"

先前那个乡民停止了打人，却仍抓住皮三狗不放："不能放走他，他肯定是知情人。"

"对，拉到老爷那里去审他。"

又有几个乡民一起上前抓住皮三狗的后衣领，推推搡搡地，把皮三狗扭到韦良清、吉杲面前。

马大上前一抖手，从三人手里接过皮三狗按到地上，面对韦良清、吉杲跪了下来："快给二位老爷叩头！"

皮三狗磕头如捣蒜："韦老爷、吉老爷，请高抬贵手，饶小的一条狗命！"

韦良清小声问吉杲："我们和金道员议定的是，我俩到万顷湖督工察看，金道员安排人称石记账，他可没讲过用此种大秤呀。"

吉杲小声回话道："没错，我记得很清楚，当时金道员说无大秤称石头，我就说了曹冲称象的故事，决定挖一深池注水，池中放

船，将一船石头称好作印记，再把石头分称合数，就是石的总重量了，他竟然自作主张，改了这种办法，这还能有个准头吗？"

"那就赶快改过来。"韦良清说。

"现在再改怕是来不及了。"

韦良清怒道："来不及也得改，难不成明着坑害百姓？"

"韦知州，可想而知，金道员肯定是做了什么文章。"吉杲其实早有了主意，他先前就对金耀祖怀有戒心，总是防着他玩什么名堂。现在他胸有成竹地对韦良清拍了拍胸脯："交给我办理吧。"

"怎么办理？"

"就用这杆秤。"

"还用这杆秤？"韦良清不解道，"你不怕百姓把你的头砸扁？"

"我自有办法。韦知州，你去察看工地吧，但需把朱管带留下帮忙。"

韦良清深深看了吉杲一眼，虽仍有疑虑，但他对吉杲的为人和智慧是相信的，于是点点头，一甩袖子，带着马大走了。

吉杲不慌不忙地命令武光宗："你且把皮三狗拉起来，还让他称石去吧。"

武光宗朝皮三狗的屁股上踢了一脚："起来，滚过去！"

皮三狗反倒不敢就走，战战兢兢地问："吉老爷能不能不治我的罪？"

"叫你去你就去，一切与你无关。"

皮三狗趴倒就磕头："谢吉老爷。"说着弯腰后退，走向称石处去。

押皮三狗的那个乡民见状，先是愣了一下，然后壮壮胆子，走到吉杲面前，也不下跪，愤愤然问他："吉老爷，你这不是为虎作伥吗？"

朱驷驹立刻呵斥他："没有规矩，有这样站着给老爷说话的吗？"

那乡民仍站着，就是不跪："这位大人，咱虽是平头百姓，但膝盖也不是不值钱，该跪的跪，不该跪的不跪，咱心里有数。"

吉杲反而很欣赏他，笑着对朱驷驹摇摇手说："不要难为他，我觉得他说得很好。"随即他转向全体乡民道，"父老乡亲，我想问一句，不知你们相不相信我会公道行事？"

"我们既看不见，也听不见。谁知道这是个什么官？"不少乡民并不买吉杲这个账。

吉杲便对朱驷驹说："朱管带，人太多，你把我顶起来，我好给大家说个明白。"

朱驷驹笑起来："哪有顶着老爷说话的？"

"休要管那些老规矩，"吉杲正色道，"若是我不向大家说个明白，他们一气之下都收拾家伙跑了，你来治理万顷湖？"

"这可是你说的啊，"朱驷驹苦笑着弯下腰来，"有生以来，我可是第一次顶着大老爷说话呢。"

吉杲跃在朱驷驹肩上坐好，朱驷驹挺直腰杆说："这下好了吧？"

吉杲问众人："大家都能看到我了吧？"

"看到了。"

"好！我明白告诉众乡亲，挖土运石如何计算，告示上早已写明，父老乡亲不必担心，一定会有满意的结果……"

先前那个车主还是不满意："刚才我可是亲身体会了你的满意结果哪！你说那称石头的大秤，全天下也不会有，莫非就是吉老爷做的？那不是明摆着害人吗？"

"既然大秤已用，也就无须更改！"吉杲斩钉截铁道，"至于是谁所做，不必细问，是州衙出的面，一切由州衙负责。最后若有差池，你们就找我吉杲好了。难道你们还是信不过我？"

"可那一车石头至少有五千斤，大秤却称的只有一百斤，这个账怎么算？叫我们如何信得过你？"

"刚才我已说过，定不让你们吃亏。到最后，若我吉杲食言，你们就去扒海州衙门，卖梁木砖瓦抵账！"

"既然如此，"车主还是逼近一步道，"就请吉老爷给我们写个字据。"

吉杲毫不犹豫地指了指身下的朱驷驹说："从现在起，你们每称一车石头，都由这位朱老爷写两份字据，一份交给你们，一份留作存根日后对账；另外，还有州衙贴的告示，你们也收一份或请人抄一份，这也算作州衙的字据，那上面有金道员、韦知州和我的名字，这总该行了吧？"

众人都满意地回答："好，就按吉老爷说的办。"

"那好，众位父老乡亲，你们都听清了，就回去各忙各的去吧。"

众乡民都满意地散去了。朱驷驹则大声喊吉杲："吉老爷，人都走了，你快跳下来吧。"说着他又弯下了腰。吉杲跳离他肩膀："这样理案倒也有趣。"

"还有趣呢，看你到时怎么收拾。"朱驷驹不像他那么乐观。

吉杲轻松地摆了摆手说："难道你也像百姓那样信不过我吗？告诉你，我吉杲既然坐了这把官椅，从一开头就想着要实在办事。你就快去称石头的地方记账吧。"

"那谁给你跟班呢？"

"我这不是还有武光宗吗？"

2

夜色如浓墨一般，笼罩着沉睡中的海州城。州衙东首官厅内，虽灯烛通明，但韦良清和吉杲的心中似乎还笼罩着一层暗纱。

韦良清闷闷地饮了口茶，终于启口向吉杲说："趁现在没有外人，我该说你几句了。"

吉杲明白韦良清会说什么，但镇定地回答："请老师赐教。"

"我哪里还敢赐教？倒要向你请教了。"

"学生不敢。"

"真的不敢？当了几天小官，胆子越发大了。"韦良清一改往日温和的神态，明显不悦地责怪吉杲，"今日万顷湖大秤之事，你那样做的结果不正是与金耀祖狼狈为奸吗？"

吉杲仍然不卑不亢地答说："倒也不是。实在是没办法的办法。"

"没办法就推倒重来，按原议定之法办理，为何又将错就错？"

"老师，你不说我倒忘了，那几个跟班——朱驷驹、武光宗、马大我都说了，此事千万别在金耀祖面前提起，就装着跟没事人一样。请老师相助。"

"把运石采石的乡民坑成那样，我能够像没事人一样吗？"

吉杲突然扑通跪倒："学生给老师叩头了。"

韦良清一惊，急忙扶他起身说："既然如此，我不说就是。但你如今可是州同啊，职责所在，你该明白的。而且，有句话我还是要说一下，这就是一人做事一人担。我问不了的事，可以不问。"

"谢老师！"吉杲舒了口气，站起来归座。韦良清看看吉杲满面倦容，又有些心疼："我们都累了将近月余，你也太辛苦了，若没事就早点歇息吧！"

吉杲摇头说："金道员说今晚还要议事，派人叫他来吧。"

"既然有事要议，就晚些再睡。你去办吧。"

吉杲立刻朝门外喊："武光宗，去请金道员前来议事。"

武光宗应了声："是。"便出了衙门。

3

金耀祖此时正兴致勃勃地在钟鼓楼旁的同东酒楼包间内，饮宴正酣。

紫檀大餐桌边共坐着十人：金耀祖和皮小姐，还有郎聚才、谭武彦、贺敏高、傅芳章、隋汴渠、卞迟仁、蓝大力、温德银八郎人。

郎聚才一直偷眼瞟着金耀祖和贤雅不足、浪荡有余的皮小姐在调情，见他情致正高，便拍马道："金大老爷，听说你已把前妻休了，如今和皮小姐如胶似漆，何不快把喜事办了，我们也前去庆贺庆贺，喝杯喜酒。"

金耀祖一听此言，不禁眉开眼笑，随即又作出一副日理万机的样子答道："你不知我多忙啊！整修万顷湖的事方才安排就绪，这是奉旨办事，马虎不得的；马上又要按老佛爷的旨意重振国运，在海州先建立八大局，试行之后，在淮扬道推开。其他不说，仅这八大局的总监人选，就够费神的，哪有时间考虑办喜事呀！"

谭武彦也献媚道："再忙，喜事要办、亲也要成。皇上不比你忙嘛，不也早早成了大礼嘛。"

贺敏高赶紧帮腔："怎的不是？道员老爷还是抽空把喜事办了吧，我们也在一块热闹热闹。"

"对，快办了吧，"众人一片附和，"有什么事，在座的都可派人相助，又不要你亲自动手。"

金耀祖色眯眯地举起酒杯，望着皮小姐说："就等等再说如何？"

皮小姐却伸手把金耀祖的酒杯夺掉，故作娇柔嗔怪状说："不能喝了。你老是今个儿推明日，明日推后天的，等你又找个漂亮的就把我给甩了——是不是这样？说！"

"小宝贝啊，发什么火呀？我不是把什么都给你说了嘛，你说做什么就做什么——你哥我不是安排到万顷湖称石头了吗，工程一结束，三五万银子不声不响就进腰包了。"

皮小姐立刻转嗔为喜，向金耀祖打了个飞眼："就你会说，银子还没到手呢。"

隋汴渠说:"这不跟到手的差不多,跟上金老爷,你们皮家可真是掉到福窝里去了。"

"谁叫他姓金呢!"皮小姐一脸得色。

卞迟仁则关心着金耀祖前面的话,关切地问他:"金老爷,你说的那八大局,是哪八个?"

"大多是学西洋的,也就是李鸿章李中堂常倡导的,师夷制夷,富国强兵。"金耀祖说,"拟设的八大局是:路矿局、盐务局、农桑局、织造局、机器局、商务局、钱业局、电线电报局,各局皆设一总监,全权负责。"

温德银也问:"不知这总监人选金老爷敲定了没有?在座的能不能跟金老爷弄碗汤喝?"

众人齐声附和:"是啊,就是给碗稀饭喝也是好的。"

金耀祖故作公事公办之态说:"难啊!不说别的,如今单是候补候了十年八年的知县都能上把抓。京里府里的大街上,撂棍都能打七八个。我这里一有消息,托亲带友的就送来四五百个履历,叫我怎么选定啊。"

郎聚才皱了皱眉,忽又舒展道:"在座的跟你都是多年的老友了,能不能也递个履历供选?"

"选贤任能,历代如此,诸位送一个也可。但话得说在前头,虽说是我全权负责,也需上呈严审,到时可不是我说的算了。选上不要谢我,选不上切莫见怪。"

"那是当然。虽不言谢,但我们毕竟是多年老友,你办此事上下也需要打点打点,你为大家办事,总不能让你掏腰包吧。"

"那是,那是。"众人又一片附和,"办事需要打点的打点费我们出。"

金耀祖暗自得意,酒意上头,把在场人都扫了一遍,心里直乐:看这帮货,哪个不想做官?哪个不得听我的摆布?

但他嘴上仍不露声色,继续装模作样:"暂且不要把话说得那么远吧，先把履历交给我再说。但你们要管好自己的臭嘴。"

众人喜出望外连声道："是，是，金老爷，我们何时交呢？"

"越快越好。三天以内吧。"金耀祖故作肃整面色道，"不过，这递履历只是第一程序。"

"哦，还需要我们做什么？"

"因为在海州这地方是试行，吏部让专呈报审，且对报呈候选人员，要进行考试。"

众人一惊："考试？考什么？像乡试和会试那样？"

金耀祖故意停顿一会儿，张开双臂把趴在他肩上撒娇的皮小姐搂在怀里，让她坐在大腿上，边搂抚着边吐出四个字来："大不一样。"

"有何不同？"

"一、要考西洋知识，比如西洋有哪些重要国家，有何物产，国都叫什么？还有军队洋枪、洋炮、炮舰等；二、凡候选人员，一律要考洋文，也就是英语。诸位务必做好准备才是。"

众人全都目瞪口呆，说不出话来。

郎聚才眉头皱作一团说："我们过去念的可都是'子曰'，连一个西洋国家的名字都不知道。认识的都是中国字，跟洋文不沾边。为什么非要考这些不可呢？"

"这些局的总监将来很可能要跟洋人打交道，若不懂人家国度的情况，不会洋文，怎么跟人家谈生意做买卖？所以，光懂中国文章中国字是不行的，要会把洋文翻成中国话，又要把中国话翻成洋文。所以必考不可。"

"这是谁的主意？"

"当然是朝廷的主意了。"

隋汴渠垂头丧气地说："这就全完了。据我所知，咱海州就没一个人会洋文的。"

温德银却说："听说有一个。"

"谁？我怎么不知道？"

"就是不久前新任州同吉杲吉老爷。"

"他也是乡试中举后到京师参加会试的，他啥时学过洋文？海州也没有教洋文的先生。"

"据说他到京师会试后未中，参加了强学会，强学会里又有不少会洋文的，吉老爷一边跟他们学，一边又到同文馆找了洋文的书，捣鼓两年就学会了。"

"同文馆是干什么的？"

温德银说："是朝廷专门翻洋文的衙门。"

金耀祖听他说到吉杲，先已不高兴了，现在赶紧挥手道："你们都不要再说那些了，先把履历写好交给我，然后各想各的办法。到时候就是其他都够格，考试考不好，本道员可也是无能为力了……"

这时，有个堂倌推门探个脑袋说："金大老爷，州衙门里有人找。"

"让他进来。"

只见武光宗走进来，勉强弯了一下腰说："韦老爷、吉老爷请金道员前去议事。"

金耀祖连忙答应："知道了，你回去禀告，说我马上就到。"

武光宗走了。

众人都很不解："都什么时候了，现在还议事？"

"所以我刚才说忙得很，你们还将信将疑，这该知晓了吧？"金耀祖放下皮小姐，站起身来说，"那我就先走一步——郎聚才，烦你叫乘轿子，把皮小姐送回去。"

4

金耀祖回到州衙，看见韦良清、吉杲正在讨论问题，便做出一副关心的样子问："整修万顷湖开工后，情况还可以吧？"

韦良清点点头："还好，整修顺利。"

"我这几天正为吏部的一个公文奔忙，也没能去查看，二位辛苦了。"

吉杲语中含讥地说："金道员是个大忙人，各做各的事，谈不上辛苦。吏部来的是什么公文？"

金耀祖拿出公文递给韦良清说："二位看看就知道了。"

韦良清细看一遍，又递给吉杲看。

吉杲看过后说："又要添吃皇粮的了，我们照办就是。"

"虽然公文上说让我照办，但也是在海州试行，二位还是知道为好，也有个协调。"

吉杲没有出声，凝神细思了一会儿，又专注地打量了金耀祖一眼，微笑一下说："依我看，这是好事。"

好事？金耀祖心觉吉杲的态度有异，便问他："你的意思是？"

"很简单啊，这八大局一设立，衙署怎么办？州衙就这点房子，金道员你又不愿去扬州住，还占着一部分，后宅的住处你也没搬，我和韦知州及几个随从至今还住在和顺客栈，连个窝都没有，还怎么设局？"

韦良清便表态说："吉杲讲的也是实情。但吏部的事也不能不办。最关键的是，这八大局总监的人选要特别慎重，要选德才兼备才是。"

"这个嘛，我想金道员忙了几天，心中该有谱了，我们可不便多问。"吉杲注视着金耀祖，话中有话道，"只是这考试可要多费点事了。"

"公文上说，不考八股和策论，专考西洋知识和洋文。"韦良清也望着金耀祖说，"海州境内有几个能通过的？试卷是吏部出还是同文馆出？"

"我也不太清楚。"

"肯定是同文馆出了。"吉杲说。

"那阅卷呢？送到府里还是京师？"

"吏部公文没有详说。府里说由他们请人阅卷。"金耀祖盯着吉杲说，"听说吉老爷会洋文？"

"哦？"韦良清好奇地望着吉杲，"我可没听你说过，只见过你有洋文书，是从京师带回来的。"

"金道员，切不可对外人说我会洋文。"吉杲严肃地对金耀祖、韦良清俩人说，"现在万顷湖整修正在吃紧处，我要常去察看，若府里知道我会洋文把我抽去阅卷之类，是会延误工期的。"

金耀祖巴不得这样，但嘴上又说："我知道万顷湖的整修图纸都是你画的，离不开的；但若府里抽调，我也拦不住。何况，吉老爷的履历里写得有啊，若吏部告诉府里，非抽调你不可。"

"不管怎么样，暂不说它了，早着呢。"

"可不早了，一个月后就开考了。"金耀祖强调道。

吉杲便顺口回答："金道员办理此类事最在行——工、户二部整修湖河的银子只拨了一部分，眼看就用完了，你可得抓紧催！"

韦良清点头道："甚是。这银子一定要续上，现在已近腊月，说不定很快就要下雪，得抓紧将湖底淤泥清好，不然，一下雪，天寒地冻，就没法干了。再说，工钱银两也该初结一段，乡民回家过年还要花钱。"

吉杲趁机强调："还有那运石料的银子，也要按告示上说的进行结算，无论如何要取信于民。"

金耀祖不觉有些脸热，却故作镇静地回答："我已派人催了，很快会如数拨给的。"

吉杲暗中察看金耀祖的脸色，闻言悄悄一笑说："金道员，那个称石头的皮三狗是你委派的？"

金耀祖一愣，但又不得不承认："是的，那人的名字虽不好听，但做事细心，我相信他不会出错的。"

"我想也是，"韦良清意味深长地逼视着金耀祖呛道，"凭你的眼力，看人不会错的。"

吉杲却毫不客气，直言相逼："那么杆天下少有的大秤，也是金道员请修秤的匠人赶制的？"

金耀祖顿时红透了脸，半吞半吐地勉强答道："这个嘛，当初，我本欲按所议称量的……但我仔细考虑，按常理挖池注水又弄船，怪麻烦的，工期又那么紧。所以就，就想了这个办法——那秤怎么样？不准吗？"

"听说很准，称起来也方便。"吉杲还是不动声色地说，"只是秤砣比石碾还大，称起来有点麻烦。虽然比用船省事多了。"

"这就好啊，"金耀祖舒了口气说，"我还担心不好用称不准，打算明天去看看呢。你这样一说我就放心了，石头又是采又是运，都是百姓的血汗，无论如何不能亏了他们。"

吉杲忽然站了起来说："金道员，还有一事请多关照。"

"何事？"

"至少在海州城，你不可向外人言说我会洋文。"

"那是当然，我不会给你添麻烦的。"

"还有，称石头的秤你也不用去看了。"

金耀祖一时有些发愣，摸不清吉杲的意思，但想了想觉得不会有什么大问题，便顺口答应了。

5

二十天一晃而过。

这天清晨，彤云密集，朔风骤紧，很快便普降了大雪。但见那雪片纷纷扬扬，铺天盖地。海州城内，一片洁白。路上几乎看不见行人，林中更无一丝鸟鸣。山川披银，四野茫茫。

海州州衙内，金耀祖、韦良清、吉杲三个人冒着大雪，匆匆往大堂东首的官厅赶去。

吉杲先达官厅，顾不上掸去自己身上的雪，先拉了一把韦良清，并帮他掸着身上的雪。

韦良清有些庆幸地望着天说："这雪下得真大，幸亏万顷湖整修完工了。"

金耀祖跟着进屋，附和道："怎么不是，这老天爷真是有眼，整修万顷湖刚刚告竣，它就下雪了。"

三人进屋后，围炉暖手，接着议论起来。

"要不是有急事，在家围炉吃茶相叙、对窗赏雪，该多有趣啊！"吉杲笑道。

韦良清却不以为然："下大雪还有什么趣？不知又有多少百姓挨饿受冻。"

"海州辖境居民今年还算可以，"金耀祖明显一脸轻松，"他们能以工代赈，家里省点粮食，不致饥寒交迫了。"

吉杲反驳他说："金道员，你别忘了，其他乡民的工银结算清了，还有运石的没算，他们还等着回家过年呢。"

金耀祖一惊："不是说都按斤数付了银子吗？"

"可他们不愿意啊。"

"不愿意？按斤付银，天经地义，还闹什么？"

"他们不愿要银子。"吉杲说着，暗中向韦良清使了个眼色。

"那他们想要什么？"

"要粮食，米也行，麦也可，高粱也将就。"

金耀祖摊摊手说："那就以石头所摊银两，折成粮食——各粮各价，给他们算了。"

韦良清细品吉杲眼神，此时恍然大悟，禁不住笑了，便说："乡民们很是精明，要银子又不能吃，干脆要粮省事。"

"那，那……"金耀祖有些狐疑地打量韦良清和吉杲脸色，隐隐觉得有些不妙，便问吉杲，"你不是说秤很准，运石乡民都满意吗？"

"我是没说秤不准。但此时，和他们说话很难说通。"

金耀祖额上浸出了细小的汗珠："要粮给粮，从库仓称给他们就是了。"

"他们不愿用库仓里的秤。"

金耀祖急了："官仓库粮，皆以此秤为准，怎会不愿用？难道反天了？"

韦良清顾自烤火，也不抬头，却暗暗发笑："吉州同，你把运石乡民的要求明告金道员就是了，这点小事，何必绕这么大的弯子。"

吉杲故意向金耀祖拱手道："我若明说，又怕金道员生气。"

"都是为朝廷效力，在一块议事，明说一句话，也是常理，我为何会生气？"

"金道员如此心胸豁达，我就说了吧。其实，运石乡民的要求并不高，也算合情合理。他们要求以什么样的秤称石头，就用什么样的秤称粮食。再说得更明白一点，用杉木秤称石头，就用杉木秤称粮食。金道员，这回听清楚了吧？"

金耀祖一下子瘫坐在椅子上："原来是这样。"

吉杲显得平平常常地说："我觉得，他们这样也不过分。金道员，是不是就如此办理？"

金耀祖向韦良清投去求救的目光："韦知州，是不是还有其他办法？"

"依我看，舍此别无他法。"

"若不这样办，恐怕会激怒乡民啊。他们手里都拿有请人抄的告示和每次过秤的收条，告起状来，在座的都吃罪不起。况且，这杆两丈余长的杉木大秤还是你请修秤匠人专制的，你更脱不了干系。"

金耀祖意欲要赖："这样办吧，赶快派人把那杆秤抬回来，用锯子锯断，用斧子劈开，当柴烧掉算了。"

吉杲寸步不让："你当那些乡民是傻子？他们比咱们想得还细，

早就把那杆秤用车拉到海州城了，跟了千把辆车子，把海州城所有的骡马客栈都挤满了。五更天就去找我，我把他们劝回去了，说和金道员商量好，上午就答复他们，肯定不让他们失望。"吉杲突然手指门外说，"看，他们又来了。"

金耀祖朝门外一看，但见飞雪纷纷中大批乡民，几乎把州衙空地挤满了，顿时面色发青，话音都颤抖了："衙役呢？快拦住，不能让他们进来！"

韦良清不慌不忙地站起来说："金道员，何必惊慌？乡民也是讲道理的，只要答应他们的合理要求，不会闹事的，更不会行凶打人。"

吉杲假装关切地上前拉起金耀祖，语气却不容置疑地说："金道员，不能再犹豫了。你如同意，我马上跟他们说。"

金耀祖垂头丧气地沉思了好一会儿，最终无可奈何地点了头："箭在弦上，也只好……就依他们吧。"

"金道员早这么爽快不就省事了嘛。"吉杲微笑着走到门外的雪地里，站上高处大声说，"父老乡亲们，我们说话是算数的，用什么秤称石头，就用什么秤称粮。这可不仅是我吉杲的意思，金道员、韦知州也同意如此办理。"

"我们信得过吉老爷！"众乡亲欢呼雀跃起来，"什么时候称粮，把车拉到什么地方？"

"都把车拉到后街官仓去——对了，把那杆两丈余长的杉木大秤也带上。以粮种比价折算，要米要麦要高粱都行，但要条据俱全，不得有诈。"

"知道了，我们给吉老爷叩头了！"雪地上顿时跪倒一大片人。

吉杲忙制止他们："可别这样，你们的要求本来就合情合理啊！快趁着雪未化，路上能拉车，称过粮赶紧回家过年吧。"

"今年过年，我们要多买几封高香烧烧。"众乡亲都欢天喜地地去了。

吉杲返回屋内，望着垂头丧气、哭丧着脸的金耀祖说："金道员，我还有句话说。"

"都这样了，还有什么好说的？"

"这官仓都是国库粮，是朝廷为赈灾特备的，任何人都不许乱动一粒——这你都是知道的。故此你必须在三日之内设法补齐，否则，让朝廷知道了，可是死罪啊。"

"补齐是自然应该的。"韦良清也加重语气强调。

金耀祖有气无力地怔了好一会儿，喃喃地点头说："补，是自然会补的……"

大雪依旧纷纷扬扬地飘着，雪片里夹着细碎的雪粒，扑簌簌地打在窗棂上的声音，在这万籁俱寂的静夜，听起来真像是什么精怪在低吟。

这个雪夜无比凄清……

第十五章　雪夜秘踪

1

次日上午，海州州衙东首官厅内，金耀祖耷拉着脑袋，无精打采地听着韦良清、吉杲关于年后继续兴修水利的举措。

一个差役飞奔进来："金老爷，外面有京师来的信使，说是有紧急公文。"

"啊？"因为平时作恶多端，金耀祖总是心虚胆怯，眼下还在为库粮的亏空发愁，突然听到京师来使，不免条件反射地惶恐，身子也有些摇晃，刚从椅子上站起来，两腿一软，竟又一屁股坐在了地上。

吉杲微微一笑，上前拖起了金耀祖："金大人，你这是怎么啦？莫非身体不适？"

金耀祖抹了一把头上的冷汗，强自镇静下来："没事没事，坐的时间有些长了，猛一起身没站住。"

韦良清也笑了："那就好，我们一道去看看吧。"

三人一起见过京师信使，金耀祖收了公文，信使离去。

韦良清、吉杲神态自若，谈笑风生。只有金耀祖仍是一副惊魂未定的神情。他拿起那封公函，既想打开，又怕打开，内心在不断地揣度着："这到底会是什么紧急事呢？对了，前不久军机处胡大人路过海州，说是到淮扬道查案，这查案，应是都察院左、右都御史和监察御史的事，军机处怎会插手呢？难道贩运私盐的事发了吗……"

韦良清见金耀祖手拿那封信发愣，便道："金道员，为何不把信打开看一看？若有急事，马上就办，切莫延误了。"

"就看，就看。"金耀祖咬牙下定决心拆封抽信，仔细观看，面容忽然转为喜色，"嗬，我说是什么急件哩。"

韦良清问："是哪个衙门的？"

"十六王爷的信。说是有个洋人要来海州，让我们做好准备，届时接待一下。"

"洋人要来？哪个国家的？"吉杲忙问。

"说是大英帝国的。十六王爷信上说，是来帮我们探矿的。"

"探矿？"吉杲感到奇怪，"这些洋人怎知我们海州有矿？"

韦良清摆摆手说："既然是十六王爷来的信，他肯定知道，等他们来了，再详细问吧。"

"对，来了再说——"金耀祖一脸轻松地说，"现在二位都在，就议一议吧，若洋人来了，我们做些什么准备呢？"

吉杲说："不外是吃、住、行。"

"洋人是吃洋饭、住洋房、坐汽车的，我们海州都没有。"

吉杲白了他一眼："还拉洋屎、放洋屁呢……"

韦良清急忙制止："休得胡说。"

"对了，吉大人会洋文，自然也懂得洋人的规矩，这件事你是不是多考虑一下？"金耀祖想把这个皮球踢给吉杲。

金耀祖没有想到吉杲爽快地答应下来："那都交给我好了。"

"如此我就放心了——说起洋人，这预选八大局总监的考试日期快到了，我们也议一议吧。"

"府里或吏部是否派主考官来？"韦良清关心具体方式。

金耀祖摇头说是不派了，由州里自办，结果上呈即可。

"那么，因为所考内容是西洋知识和洋文，就让吉杲任主考吧，他是内行。"

金耀祖亦表示同意。

吉杲有些犹豫道："我——不太合适吧？"

"只有你最合适，"韦良清不容分说地对吉杲说，"你先把考场的有关律条拟一下，这是一件非常严肃的事，马虎不得的。"

金耀祖说："这件事先得有人具体办，详情待上呈的批文下来再说吧。"

"那考试那天，上边是否派员巡视，也要询问一下。"韦良清叮嘱道。

吉杲点头肯定道："上边肯定会派人来巡视，具体派谁来等我探问一下情况再说吧。"

此时，有一个衙役进门叩头："禀金老爷，外边有人要见你。"

"谁？"

衙役说："皮三狗。"

金耀祖一下子皱紧了眉头，他迅速瞟了韦良清和吉杲一眼，不耐烦地挥手道："就说我知道了，叫他回去吧。"

衙役转身出门。韦良清道："金大人有事就先去吧，我家里也来了两个人要见见。也没什么大事了，又下雪，都回去吧。"

金耀祖和韦良清先后离去，只有吉杲一人在火炉前喝茶，嘴里还不时念念有词："洋人，探矿，考试，洋文……这里面的事情恐怕不简单哪。仔细想想，倒也有点意思，有点意思……"

2

鹅毛大雪纷纷扬扬下得更厉害了，海州城在风雪中显得有些模糊，朔风阵阵，呼啸漫卷，零星的几个路人都弓腰缩肩，裹紧身上的衣衫，像那些可怜的野狗一样，匆匆奔窜。

独有一人，拢着衣袖，冒雪而行，身上也无遮雪之具，但其脚步却甚是徐缓，不紧不慢，似乎还有吟哦之声。而他身后不远处，有一乘小轿尾随。

这人继续走路。尾随的小轿却又多了一乘。

这人拐进窄街时，后面的小轿又多了一乘——三乘小轿，皆相隔一段距离，仿佛训练过一般。

待这人拐进宽巷，尾随的小轿又多了一乘。

这人继续行走，又拐进一窄巷，后面的小轿则又多了一乘——这时共有五乘小轿紧跟在其身后了。

终于，这人行至标有"和顺客栈"字样的门口，但见东西两侧，各停一乘小轿，往巷口再看，尾随的小轿又多了一乘——六乘小轿，依次停下，把小巷几乎塞满了。

这人倒像没发现一样，顾自进了客栈大门，拐拐抹抹，走进一间客房。

客房内，端坐着韦良清、朱驷驹、武光宗、马大和两个陌生的乡下年轻人。

韦良清向来人打招呼道："吉杲，你怎么也不弄件东西遮雪，看，像个雪人了。"

"雪落在身上不化，湿不了衣裳的。"吉杲不慌不忙地拍打着身上的雪。

韦良清则递给他一条手巾："快用手巾掸掸。来，我引见一下两个家里来的人。"

"我看见了。"

"这二位是我乡下的侄子，一个叫大福，一个叫大贵，快见过吉州同老爷。"

大福憨憨一笑，瞅瞅吉杲："这么年轻就当老爷了？"

大贵也说："我还以为吉老爷已是白胡子飘胸了呢。"

"不要乱说，"韦良清制止这小哥俩，"怎能对吉老爷不敬？"

"这没啥呀，"吉杲笑着招呼两人，"都快坐下，我本来就不是什么老爷，不要拘那些官场繁礼了。"

"好吧，你俩都坐。"韦良清便问俩人，"这么急着来找我，有什么事？"

大福说："是村里人托我们来的。"

大贵也说："我们那里来洋人了。"

"这有什么稀奇的！是路过，还是住在村子里？"

"不是路过，老是在我们那一带山里转。"

"不知住在什么地方，白天来，晚上走。"

吉杲走近前来，认真地问："一共有多少人？带的什么东西？"

韦良清也问："有没有当官的跟着？"

大福说："有十几个人，脖子上有的挂着长筒玻璃镜，有的拿着小锤子，还有个高个子，手里拿一张大纸，纸上曲里拐弯地画着什么，一边看山，一边看图。"

"他们说什么话没？"

"说的都是洋话，一句也听不懂。"大贵补充道，"他们一边走一边看，还用小锤子敲敲石头。有的讲'藕开'（OK），有的讲'那藕'（no），还有的讲'依鹅斯'（yes）……"

"我还听他们讲什么'卡拿'（China）和什么'糠锤'（country）和什么'皮剥'（people）……"

"那都是洋话……"

"但村里人都又奇怪又害怕。"大贵也不由得缩了缩脖子，"咱这山里净是石头，哪有'藕开'和'那藕'呢，还有什么'依鹅斯'，根本就没鹅的影子，哪来的'鹅斯'？"

大福说："对了，他们还讲'哈锣'，村里人都说，锣都是铜做的，叫铜锣，'哈锣'是用什么做的呢？锤子有木头做的，有铁做的，用糠怎么做锤子？"

"更吓人的是什么'皮剥',那不是杀人剥皮吗？所以，村里人叫我们赶紧来找你，看州里知道不知道。"

"村里不少人都要用家伙打这些洋人，也让我们问一问，能不能打，或者把他们赶走。"

"你二人刚才讲的洋人所说的话，吉老爷就懂，你可以问问他是什么意思。"

吉杲笑道："他们讲的这些话，翻成中国话就是'好的''不''是''中国''国家''人民'等，还有打招呼的话……"

"还有临走时讲'拜拜'，走了还'拜'什么？"

"那就是'再见'的意思。"

"好了，不要多扯这些了，等我把这些事和吉老爷商量一下，过几天再回话。"

大福拱手告别："那我们就回去了。"

"吃过饭再走吧。"

"怕雪下大了分不清路，还是早走得好。"

韦良清便吩咐马大："那你带他二人去买几块烧饼和其他干粮，无论如何不能让二人饿着肚子走路。"

马大应声带着大福、大贵走了。

"你怎么看？"韦良清沉思了片刻，问吉杲，"我看这里面有文章。"

"是呀，十六王爷给金耀祖送来急信，说是洋人最近要来，为何早就到了？"

"那些人会不会是打头阵的，其他的洋人过段时间再来？"

"也有可能。依我之见，我等不要在这里瞎猜，等雪停了，到你老家那里看一看。"

"也好，我怕村里的人冒冒失失，真的和洋人打起来，到那时可就不好收拾了。"

吉杲赞同道："为了防止意外，我们不如先派两个人前去打探一下，看他们住在哪里，到时我去走一趟，和洋人见面交谈一下，顺便摸摸底细。"

"事不宜迟，我看今天就派人去。"

"就派朱驷驹去吧，他在京师见过洋人，经历多些，胆子壮，遇事也会周旋。"

"叫马大也跟去吧。"

吉杲转身对朱驷驹说："朱管带，就麻烦你跑一趟了，你快出门追一下送大福、大贵的马大，和他们一道去韦知州的老家，暗中打探洋人的住处，速速回来告诉我们。"

朱驷驹应承出门后，吉杲又对韦良清说："这些个洋人，随随便便就来到我们的国土乱窜，村民就是把他们揍一顿或者赶跑，也没什么大不了的。"

"哎！"韦良清不同意，"话可不能这么说。他们若没得到朝廷的恩准，会来到中国？若是打了他们，说不定会惹乱子的……"

吉杲忽然听到敲门声，回头问道："谁在敲门？"

"是我，郎老爷的跟班忍饥。"

"进来吧。"

忍饥进门来，趴倒就磕头："我给吉老爷请安了。"

吉杲笑道："是哪个'狼'老爷的跟班？"

"就是郎聚才呀，开铁匠铺的。如今混好了，捐了个知县。"

"那你跟着'狼'老爷还会少吃的，咋叫忍饥这个名字？"

"回吉老爷的话，娘生我时已是两天没揭锅盖了，出生就没吃的，所以取了这个名字。"

"郎老爷叫你来找我有事吗？"

"是呢，"忍饥道，"郎老爷近来要考洋文，想请吉老爷前去指教。轿子就在门外等着。"

吉杲正在迟疑，门外又有人在喊："忍饥，说完了就快出来，该轮到我们了。"

吉杲招手道："那都进来吧，一块说说省事。"

屋外一下子进来七个人，都一齐趴倒给吉杲磕头。

吉杲忙叫他们起身："大家不要急，我问到谁，谁就说话，不准抢先。说话时也不准下跪，就站着讲。"

众人齐齐应声。

吉杲便顺序指人问："你叫什么，谁派你来的？"

那人回答道："我叫挨饿，是谭武彦老爷的跟班……"

"哦，谭老盐是开盐店的，早就捐了个功名——是监生吧？也是请我去讨教洋文的？"

"是的。"

"你的名字也怪可怜的，出生就挨饿。"

"吉老爷神算，你早知道了？"

"这还要问吗？——下面我就不再详问了，指谁谁回答。"

于是，一众人都轮流自报家门：

"我叫馒头，是开农具店贺老爷贺敏高的跟班……"

"我叫面条，布匹铺傅芳章老爷的跟班……"

"我是杂货店隋汴渠老爷的跟班，叫棉袄……"

吉杲大笑起来："下一个是不是该叫棉裤了？"

"不，吉老爷，我是叫棉被，花烛鞭炮店卞迟仁老爷手下打杂的……"

"那你们两个该是……"

"我是黑猪，银器店蓝大力老爷的学徒……"

"我叫黄牛，钣金店——就是做铁皮壶的，温德银老爷打下手的……"

"你们都是来请我去教洋文的？"

众人都答："是啊是啊，轿子就在门外等着。"

"你们都站在这里等着，我和韦老爷商量一下，然后回答你们。"

"是，恳请吉老爷体谅我们，老爷急等着回消息呢。"

吉杲把皱着眉头坐在那里一直未置一言的韦良清请到隔间房内说："韦老师，海州城里要热闹了。"

"我估计，金耀祖主办荐举八大局总监的事，又要发一笔了。"

"怎么不是？我也早就料想到了。"吉杲恨恨地说，"可我们不能让他白得银子，得治治他。"

"怎么治？你有证据吗？可不是上次使用杉木大秤，那是明摆着的，这回的底细可不好摸。"

吉杲思忖片刻，意味深长地笑了："我还是那句老话，请韦老师不要拦我，我自有办法！"说着，他凑上前和韦良清小声地说了一阵，"老师以为可否？"

韦良清笑笑道："你反正诡计多端，何妨一试。"

"当然是试试，我也没十分把握。"吉杲便取来笔、墨、纸，说道，"韦老师，你就出去喝茶吧，顺便让武光宗进来。"

韦良清点头出去后，武光宗马上进来问安。

吉杲吩咐了武光宗几句，武光宗点头应命，又来到门外，面对站着的八个跟班道："我喊谁谁进去，吉老爷有话说！——忍饥！"

"小的在。"

"进去吧。"

忍饥点头进去了，但不久后又出来，其余七人依次进而复出。

于是吉杲从内间走出来，认真地关照他们："各位回去之后，务必按我所交代的，回禀你们的老爷。从明日起，都按此顺序来此地，我教他们洋文。"

众跟班都应诺着相继出了门，很快融入漫天风雪中。飞雪把八乘小轿吹得左歪右斜，摇摇摆摆，渐渐消失在巷口……

3

大雪一直下到傍晚才停下来。人们纷纷望着天，暗暗祈祷这雪不要再下了，否则真可能要成灾了。只是，自然界的阴晴变化，对于金耀祖来说，似乎无足轻重。因为他根本无暇顾及天气，命运总要和他开点玩笑，让他隔三岔五就得生几回气，疲于应对麻烦。

这不，金耀祖此刻又在自家的客厅里发起火来。

金耀祖面色铁青地怒视着面前的皮小姐，皮小姐则披头散发，杏眼含怒，面对金耀祖，把那满口银牙咬得咯吱咯吱响。

客厅的门紧闭着。皮三狗竟也手持着半截棍，如铁塔一般，两眼射出的凶光，直逼金耀祖。

"我的金大老爷，你倒是说话呀，"皮小姐厉声逼问金耀祖，"那个小梅花到底是怎么回事？"

"那是郎聚才他们请我吃酒，找的个唱曲的，何来的小梅花、小牡丹？"

"瞎扯！"皮小姐恨不得蹦上天去，"你还嘴硬七屁八磨的？当我不知道？你都睡过七八回了！"

金耀祖恼怒地乱挥着胳膊，矢口否认："那全是谣传，绝无此事！况且，我已派人操办我俩的喜事了……"

"喜事？你若脚踩两只船三只船的，我叫你办丧事！我还不知道你，你和前妻不也是办了喜事吗？不照样把她休了！"

金耀祖无奈地瞪了皮小姐好一会儿，不禁在心中自怨自艾："这一切说到底还得怪我自己，怎么会看上这个泼货？早知今日，何必当初呢？"

皮小姐见金耀祖不出声，更是逼近一步："说呀，你怎么不说话了？当初你用轿子把我偷偷抬到这里时，可不是这副嘴脸啊？"

皮三狗也掂着半截棍靠了过来："小妹，和这种人打什么嘴皮子官司，让我来！"

金耀祖吓得把椅子挪了一下，欲站起来："你想干什么？"

"你心里清楚，"皮三狗恶狠狠吼道，"你麻利地把三万两银子给我拿来！只要我得到该得的银子，你就是再找十个女人，都与我们皮家无关……"

皮小姐却不依他："怎么无关呢，我肚里都有……"

"有了怕什么？只要把银子拿来，一包药就下来了，然后熬几锅参汤，一顿喝个三五碗，不用一月，你仍是如花似玉。"

"这个罪你替我受？"

"这也是你自找的，原来说好的，等他把银子交齐才点头，谁叫你火急火燎的？"

皮小姐又一跳三尺高："你还说我呢，不是你叫我先上，把他套住，然后再逐渐紧绳要他给银子的吗？"

"自家人就别打嘴仗了，让姓金的先交银子再说！"

金耀祖无可奈何地从椅子上站了起来："我现在实在没有银子。"

"当初你是如何许的愿？"

"我已给了你一个肥差，叫你到万顷湖工地称石头，完工下来，你至少要得三万两银子，是你自己没干好，怎能怪我。"

"胡说！"皮三狗吼道，"还不是你姓金的手下人——那个叫什么吉杲的派人监视我，事后又遭了姓吉的算计——根本上还是你办事不周，自己赔了银子，连我这一份也鸟蛋没有了，我白忙了两个月，不向你要向谁要？"

"皮三狗，"金耀祖语气软了下来，"我已补了你三千两了，在我有难处时，你竟持器上门威逼，这算什么亲戚？"

"那你就写个欠据，立字为凭，限期给齐。"皮小姐继续逼迫他。

"要什么字据？"皮三狗不答应，"一个道员老爷，还弄不来三五万两银子？我要银子不要字据。"

"可是，你兄妹二人把我逼在屋里，寸步难行，叫我到哪里弄银子去？"

皮小姐和皮三狗对了下眼神，估计金耀祖说的也是实情，便也放缓了语气对皮三狗说："哥，要不就放他出去一下，但是要限于今夜子时，若不送银子就让他好看！我们哪也不去，就在屋里等他。"

"不行！"皮三狗根本不吃这一套，"老子在道上走不是一年了，他一出门溜了，再到哪里去找？"

"本道员是朝廷命官，海州就这么大地方，难道我会跑了不成？"金耀祖几乎是在乞求了。

"谅你也没这个胆！实话告诉你，皮爷在海州境内乃至淮扬、淮泗二道，江湖上的朋友多的是。他们连洋枪都配齐了，还怕你一个光杆子鸟道员？"

"那不就是了，"皮小姐说，"我们不要说废话耽误时间了，就放他出去弄银子。"

"不行，"皮三狗还是不放心，"不管怎么说，放他一个人出去我不放心。这样吧，小妹，你跟他一道，防备他半路变卦跑掉了。"

"外面下着雪，积雪又深，我一个女儿家，怎么跟他一道走？"

"叫他雇乘轿子，两个人坐，抬着走，这不行了？"

金耀祖感觉有机可乘，眨巴着眼睛，劝诱皮三狗道："你可是当哥哥的，这黑天黑地，大雪漫天的，为何要让她去？再说我若半路上跑了，她也撵不上，不如你自己跟我一道去算了。"

"我扬州来的两个朋友很快就到，我得在此处等他们，没有空。"

可皮小姐也不情愿出去："我在家等他们算了。"

皮三狗犹豫半晌，终于答应了："好吧，我就跟他一道去——走吧。"

金耀祖一下子又难受了。他原想的是劝皮小姐不要去，没想到现在竟换了皮三狗去："这下可更难了。郎聚才他们已在同乐酒楼等我，小梅花也去了，还有要事相商，竟遇上皮三狗这个难缠头，我怎样脱身呢？"

皮三狗已走到门口，回头催他："走呀，还傻站着干什么？"

"我得……我得考虑一下先到谁家去能借到银子，不然，还会空跑一趟。"

"哼，"皮三狗毫不客气地指斥他，"你恐怕是想磨到半夜三更就不用去了吧？告诉你，千万别想要滑头，更别把我不当回事。不信你去道上访访，你就是弄些衙门里的兵丁来，也奈何我不得。"

金耀祖暗自在心里发狠："皮三狗这人，早晚我得除掉他，不然他在海州终为我的心头大患。唉，也怪我当初上了他兄妹二人的圈套，弄得骑虎难下！可是，怎么除掉他呢？对，去了再见机行事吧……"

于是他同意和皮三狗一起去："外面的雪下得大不大？要不要带雪具？"

皮三狗打开客厅门，趁着透出去的灯光看了看，复又关上门道："这雪又下大了。"

"那我们还去不去？"

"别说下雪，就是下刀子也得去。走！"

"我带件披风吧。"

"雪又淋不湿衣裳，别费事了，快走。"皮三狗毫不客气地揪住金耀祖的袖管，使劲把他拉出了门。

4

雪果然又大起来，甚至比白天下得还猛，很快就成了暴雪。海州城内又黑暗又迷茫，行人相距几尺，就难以识面。

金耀祖和皮三狗两个人影，冒着大雪，一步一滑地走在一条大街上。

城隍庙旁的一眼废旧枯井，几乎被雪把井口封住。

金耀祖和皮三狗的足迹很快被雪埋住，像无人路过一样。朔风呼啸之中，皮三狗机警地向四周巡视，又不时地盯着金耀祖。

金耀祖倒像是心诚不二，毫无四顾之状，只是艰难地踏雪行走。

皮三狗不禁有点心虚，暗想，我怕是太急切了，真不该赌气在此时出门，万一真被他耍了……

金耀祖还是在前面一步一步地走着。

皮三狗越发不安起来："我说金道员，都快到城隍庙了，再往南就到城门了，你到底往哪里走？"

"到城隍庙往左拐，走不多远就是郎聚才新盖的房子，很快就到了。"

"郎聚才能拿出三万银子？"

"这几年他大发了，别说三万，就是五万也难不倒他。"

"我怎么不知道？"

"现在不是知道了吗？"金耀祖从鼻子里哼出一团白雾，心里暗自鄙视他，嘴上却仍不紧不慢道，"现在雪下得这么大，总得找个能借到银子的朋友，不然，我们不是白受一趟罪吗？"

"姓金的，我不愿听你屁哄人的话，万顷湖的整修，我已经遭你暗算了，你至少能从中捞十万两银子；该我的三万两银子你若不给我，我就四面去告你，告不倒你就请朋友把你给做了——我们走着瞧，看谁厉害！"

金耀祖顿时吃了一惊，心里更加痛恨和懊悔起来，只好拼命安抚皮三狗："我这不是正去给你借银子吗，何必搞得像仇人一样？再说，等把你妹妹娶过门，两家就是亲戚，往后的日子长着呢！"

"我不需要什么长的、短的日子，只要银子。你若食言，告状也不用到府到京的，把底细告诉吉杲就行了，你细想想，你可是他的对手。"

一听此言，金耀祖脑袋里嗡的一响，顿时觉得天旋地转。也许是遭遇倒霉事太多了，近来他经常会有这种异样的感觉：有时眼前的事物突然模糊一片看不清楚；或者记得清清楚楚的一件事突然怎么也想不起来。而这些身体上的不适，比起眼下面临的新的威胁又算不了什么了。皮三狗真要对吉杲他们说穿什么的话，自己的一切甚至小命也要不保呢。这么一想，他陡然感到极端的绝望和恐惧，嘴里满是唾沫，他咽下去，口水马上又涌上来，再咽，又涌上来。为了稳定情绪，他抓起一把地上的积雪往嘴里塞，感觉稍稍好了些。可是皮三狗又逼近了他，甚至作势要揪他的衣领。

狗东西！金耀祖心里愤怒地骂了一声，一股恶气火一般烧遍了全身——他像一头饥饿的狼一样瞪着皮三狗，却尽量使出温和的语气安抚说："你可别这么说，咱们自家人还是得以和为贵啊。"

皮三狗哼了一声，催他赶快走。

金耀祖往前看去，发现他们已经来到了城隍庙的枯井旁，突然一咬牙，猛地从怀中掏出洋手枪，转身对准皮三狗的胸口就开了一枪。

"砰"的一声，这黑夜里听来格外吓人的响声将金耀祖也震蒙了，随着那声闷响，皮三狗应声倒地。

半晌，金耀祖看四周没有动静，便上去踢了皮三狗一脚："你算什么东西，敢跟我凶神恶煞！也不想想，你还能精明过我？"说着话，他藏好洋枪，把皮三狗的尸体倒拉着，抛进枯井便匆匆而去。

风裹着飞雪，很快掩盖住了一切踪迹。

5

金耀祖除了皮三狗，心情大爽，也不顾雪大路滑，像条狗一样一阵狂奔，很快便奔至同乐酒楼的豪华包间里。

众人见金耀祖冒大雪赴宴，一阵寒暄后，金耀祖和郎聚才、谭武彦、小梅花等十个人便推杯换盏，笑语喧哗起来。小梅花则挨着金耀祖而坐。

郎聚才又喝干一盅酒后，显出一副关心的模样问金耀祖："金老爷，你咋恁晚才到？"

"你没看雪下得这么大吗？我在衙门里议事，很晚才出来，积雪深路难走，就这还算快的呢。"

小梅花却不相信他的话："下这么大的雪还议事？准是又和皮小姐亲热后才来的吧？把我在这儿晾着，你好狠心呀！"说着顺势扑到金耀祖怀里，握起小拳头乱捶一阵："我叫你不听我的话……"

谭武彦忙劝阻小梅花："小梅花，'教训'过了就行了，我们还和金老爷有要事商量呢。"

"就知有事，把我都急死了。"

贺敏高急切地问："金老爷，我们交给你的履历呈上去了吗？"

"这还用说，你们不催我也要抓紧的，日期卡在那里，谁敢耽误？"

众人都开心起来："如此我们就放心了。"

蓝大力却说："只能算放一半心吧。还有考试这一关没法过呢，还是要考那鸟洋文？"

众人又都叹息起来："这可是个大关头，难过呀。"

"我见过一张洋文的报纸，那字曲里拐弯，像蛐蛐找它二大娘一样，别说写了，认都不认得，还考个鸟。"

金耀祖一本正经道："话可不能这么说，上命难违。还有十天就临场了，诸位还需努力才是。"

郎聚才便问："主考定的是哪位老爷？"

"由道里和州里定，不是本官，就是韦老爷或吉老爷。"

"考题是由哪里命的？有无老爷你到考场巡视？"

"说是由吏部命题，也可能是由同文馆出，还没听说派员巡视，到时就知道了。"

温德银诡秘地笑了笑道："不好意思，说句不该讲的话，准不准带夹带？"

贺敏高便说他："温老爷啊，你怎么还不识相！考八股策论带夹带，藏得好了，也许有用；考洋文可就不同了，你连洋字都不认得，知道往哪一题上抄呢？若弄个牛头不对马嘴，还不如在试卷上胡乱画好。"

谭武彦自信地说："我倒想了个妙办法，不知行否？只不过，这个办法是要冒风险的。"

众人忙说："先说说看。"

"若哪位在同文馆里有朋友，设法将试题的题根弄到手，再请会洋文的把答题写好，大家一人抄一份，不就齐了吗？"说后直盯着金耀祖的脸色看。

"别妄想了。"金耀祖板起脸说，"这个弄法，搞不好要杀头的。"

"没那么严重吧？大家做得小心些嘛。"

贺敏高也摇头道："我说句到位的话吧，在座的除了金老爷，谁能够得到吏部和同文馆的老爷呢？金老爷若肯相帮，这事就成了。"

"胡说！你们想让我也犯杀头之罪吗？"

郎聚才涎笑着道："金老爷，你不是不知道，京师会试还有老爷透题的呢，至今杀了几个？况且，这次考试只在海州，影响面小，谁去管得那么细？"

有人便说："我来说句实话吧。金老爷为大家办事，我们也不能不识相。我说个数吧，若金老爷肯帮忙，我们一人愿出一万两银子作为打点费，诸位以为如何？"

众人齐称愿意。

金耀祖仍然故作清廉："你们愿意，我可不愿意。虽然这些银子都作为打点用的，但若办不成，都找我要银子，我又向谁要去？再说，冒这么大的风险，我也不会干。"

"只要金老爷尽心尽力了，办不成也不怪呢，更没人向你讨回银子。至于冒风险，小心些就是了，关键是吏部和同文馆里的朋友要靠得住……不谈这些了，让金老爷想一想再说吧，喝酒！"

金耀祖突然面露愁容，站起身来对郎聚才说："郎老爷，陪我去小解一下。"

郎聚才便拉着金耀祖走了出去，边走边小声问："金老爷是有何妙计？"

金耀祖小声地对他咬耳朵："有个朋友从我这里拐骗三万两银子跑了，我也不好对外人言。若有人问起，就说是你借的，我做的担保。"

"这算什么事！行！"但一细想，他又犹豫了，"若要出示借据呢？"

"你随便写一张就是。"

"写谁呢？"

"实在不行就写我，或是写我那个即将成为事实的小孩舅皮三狗的名字也行。"

"这皮三狗可是海州出名的难缠人，就写你借的吧。"

"也可以。不过，切不可对外人言。"

"只怕是未过门的皮小姐想提前当家，开始查你的账了。"郎聚才坏笑着说，"不过没问题，若是皮小姐问我，我会帮你说话的。"

金耀祖暗自高兴："虽然不是什么大事，可我毕竟也怕落个惧内的名声，如此最好。"

"只不过，等你把皮小姐娶进门，那小梅花怎么办？纳妾，还是玩过了就扔？"

金耀祖冷笑起来："你这是什么话？天下这么多女人，漂亮的多的是，难道见一个娶一个吗？"

"哈哈哈……"

6

金耀祖料想不到，此时有两个黑影，一高一矮，自南门方向走来，吃力地踏雪而行。当他们来到城隍庙旁的枯井边时，发现那个没被雪完全掩盖的小黑洞里，竟然伸出一只手，正在慢慢地摇晃着，并且还隐约传出呼救声："救命啊——"那声音凄惨、微弱，被风声吞没，很难听得到。

两个黑影靠近枯井，十分诧异。一个黑影侧耳细听后说："我怎么听见有人说话的声音。"

另一个黑影听了听，摇头道："现在是深夜，城隍庙这一带住的人又少，怎会有人此时出门？大概是你听错了。"

"不对，那声音非常细小，却像是呼救声。"

"会不会有客商夜阻城隍庙内，遭强盗谋害，没有被杀死，才拼命呼救？"

"这里离城隍庙的大殿还有一段路，风紧雪大，应该不是从庙里传出来的。"

"快别说话，我好像也听到呼救声了。"

第一个黑影惊叫起来："咦？你看前面，有个黑乎乎的东西在摇晃！"

另一个黑影赶紧往前看去："真是的，果然有东西——对，我想起来了，那地方本是口废井。"

"这就不奇怪了，废井旁肯定长着不少蒿草，冬天枯萎后，秸秆尚在，雪未埋住，随风摆动，不足为奇，走吧。"

但那黑影却蹲着不动："我记得井沿一带没长蒿草，爬根草是有的，但茎不会挺出地面的……听，又有呼救声了，就在附近。"

"我也听到了，离此不远。"

"这声音也不像是从庙里传出来的，我们就在附近找找，说不定是讨饭的被雪埋住了。"

两条黑影边摸索着，边往前察看。

"那是什么？"一个黑影叫起来，"我看见个黑乎乎的东西了，确实不像一棵枯蒿。"

"那地方就是废井啊，我们小心，互相拉着手，千万别掉进去了。"

两人互拉着手，慢慢前行。

一个黑影又喊道："快看，那黑乎乎的东西很像人的手呢！你仔细看看——又慢慢摇动了。"

另一个黑影倒退了一步："我的妈哟，真是一只手，井里怎会有人？大概是碰上鬼了吧！"

说着，他吓得一屁股坐在了雪地上——

两个黑影被吓得胆战心惊，但又觉得不能见死不救呀。他俩壮着胆子趴在井沿上，仍然伸出手去，一起拉扯，果真拖上来一个已经奄奄一息的人。天黑看不清那人的长相，也想着天寒地冻，即便是陌生人也不能拉上来不管吧。一个黑影说："咱俩好人做到底，把他带回去施救……"

"好。"

第十六章　举狼荐狈

1

　　夜已很深了，但海州城内和顺客栈的客房内，韦良清、吉杲、武光宗仍围炉而坐，商议着事情。

　　韦良清后悔自己不该派朱驷驹和马大去老家探听消息："雪下得这么大，出了事可不得了。"

　　"韦老师，若不派他二人去打探洋人的情况，怕你睡不着，有马大在，不会有问题，他对路熟。"吉杲安慰韦良清道。随后吉杲又接着说："如今派了人吧，你还是睡不着，反正你没一天安心的时候。"

　　武光宗也表示没有问题，安慰韦良清道："朱管带和马大哥都当差多年，有经验，我估计不会出事的，说不定会连夜回来呢。"

　　吉杲忽然支起耳朵倾听："门外有声音。"

　　武光宗急忙起身打开门："天哟，你俩真的回来了。咦？怎么抬着一个人？"

　　朱驷驹和马大抬着一个奄奄一息的人进了客房。一进门，朱驷驹就吩咐武光宗把门关上。

　　马大也说："快找东西在地上铺一下，好把这人放在上面。"

　　吉杲拿了一张芦席铺上，又垫了一床被子说："这人前胸还有

321

血迹，快放下。"

朱驷驹、马大将被救的人放到铺好的地铺上。

吉呆一眼认出此人："这不是皮三狗吗？"

马大赶紧端来灯盏，几个人都伸头细看伤者的脸："像是皮三狗。"

吉呆哼了一声说："怎么像是的，就是皮三狗，就是那个在工地负责称重的家伙！"他立在一侧细看良久，说："这分明不是刀伤，倒像是洋枪弹打的。"

"皮三狗？"韦良清不解地说，"谁和皮三狗有仇呢，居然用洋枪打他？"他弯腰细看了一下，"这人还有气，快弄点热汤给他灌下去。"

"不忙，先查看伤在哪里，取出子弹，包扎好伤口，再灌热汤不迟。"朱驷驹说，"两位老爷站开一点，我来看看。"说着他解开伤者衣服，见左肩胛有个洞，还在洇血，"去把桌上那剩的半碗酒拿来。"

武光宗赶紧端来那半碗酒，朱驷驹用棉絮蘸酒擦去血迹，抽出腰刀在火上烤了烤，吩咐马大、武光宗按住皮三狗身子防止他疼醒乱动，遂一刀下去挑出了弹头，昏迷中的皮三狗无力地动了两下，继续昏睡不醒。"暂时只能这样了，"朱驷驹替他包扎好，"我们这里没有药，就怕他伤口感染，发起热来。"

韦良清沉思道："洋枪打的？海州怎会有洋枪？朱管带，你和马大在何处发现的皮三狗？"

朱驷驹说："我和马大路过城隍庙附近的废井时发现的。当时天太黑，救人心急我俩也没细看，就把人抬回来了。"

马大说："据我所知，皮三狗在海州一带黑白二道都结交，能用洋枪打他的人肯定和他很熟。"

"不但和皮三狗很熟，而且对海州城也很熟，不然，怎会把他推到那口废井里？"吉呆肯定地说，"救人要紧，朱管带，你和马大再辛苦一下，把皮三狗送去医馆救治，等皮三狗醒过来，一问便知什么情况。"

朱驷驹，马大答应一声，抬起皮三狗出了门。

韦良清叹了口气道："这真是一波未平一波又起。我还没顾上问一问朱驷驹去探查的情况，却又出了个凶案。"

吉杲却摇头道："韦老师，依我说，这案子暂不要查。"

"这是什么话？在所辖之境出了凶案不查，不是失察失职之过吗？"

"我是说暂不查，而不是不查。"

"你的想法是？"

"这凶案最特殊的地方，是洋枪杀人。皮三狗黑白二道的朋友中谁有洋枪？这是先要弄明白的。看他那样子一时难醒。我现在突然有个感觉，皮三狗家肯定有外来的人！我们应该立即派人去看一下。"

韦良清点头同意。

吉杲又说："但在派人前往之前，必须把皮三狗藏起来。老师你想，那凶手朝皮三狗开了一枪，料他必死，并将其推入井中灭迹，说明凶手和皮三狗之间有重大隐情；再说，皮三狗和黑白两道关系密切，亦有蛛丝盘错之勾当……"

"有理。"韦良清说，"将皮三狗藏起，利于查清更复杂的案情。"

"正是，所以，立即派人到皮三狗住处，看他家有无外人来往。"

"皮三狗住在金耀祖租的房子里，若派人去查，金道员会不会……"

"若要减少金耀祖的猜忌和不快，不如我亲自带人前往。"

韦良清想了想说："还是我去吧，你在此还要安排藏皮三狗和派人看管的事。"

"不，我去最合适，"吉杲坚持道，"若有什么不测，留你最后出面，好有个周旋。"

"好。"韦良清觉得吉杲分析得有道理，"你就速去吧。"

"让朱驷驹随我去，让马大保护皮三狗。"

"好。"

吉杲走了。

2

与此同时，海州城内一四合院客厅里，皮小姐正在接待皮三狗的两位扬州朋友郝道仁和白路汉。这两人都显得有些焦躁不安。

皮小姐边沏茶，边问他们："城门早已关了，两位大哥是怎么入城的？"

"一座城门如何能将我二人拦住？"郝道仁吹嘘起来，"那城墙三纵两跃不就越过了。"

"哦哟，几年未见，两位大哥的功夫越发厉害了。"

白路汉却仍是一脸焦躁："说好了的，让皮大哥在家待着，为何又出去了？"

"他是跟金道员去办件急事，很快就会回来，请二位大哥稍候。"

"是步行还是坐轿子？"

"外面风大雪紧，风裹轿子走不快，两人是步行去的。"

白路汉勉强喝了一口茶，又伸手朝怀里摸了一下："也只好等一会儿再说。"

皮小姐忽然听到门外有响动，高兴地去开门："应该是我哥哥回来了。"

打开门，皮小姐顿时怔住了："吉老爷？你们为何这时来了？快请进来，快请进来……"

吉杲也没客气，径直走入房中，看见在座的两人，也不惊讶，随口便问："深夜打扰，请莫怪罪——你有客？"

皮小姐笑着点头："是我大哥的两位朋友——"

两位客人朝吉杲望了望，没有吭声。

朱驷驹问道："你哥呢？"

"我哥随金道员一块出门办事去了，马上就回来。"皮小姐显得很自豪。

一听她提到金耀祖，吉杲的心便跳动了一下，暗想："这可有意思了。金道员不在家，皮三狗却被人用枪打伤后推进废井。这两个人又来找皮三狗，这几人之间到底有何关系呢？"

于是吉杲佯装无意地问了一句："请问，两位是何时到的？见过皮三狗了吗？"

皮小姐抢先答话："他们刚到不久，来时我哥哥已和金道员出去了……"

吉杲没有理睬皮小姐，仍问稳坐不语的郝道仁和白路汉："这么晚了，不知两位是怎样进城门的？"

郝道仁警惕地偷瞟吉杲一眼，懒洋洋地说："叫兵丁开门就是了。"

白路汉却向郝道仁递了个眼色，撒谎说："守门兵丁都认识皮大哥的，我们说一声就开了城门。"

朱驷驹突然发话："不对吧，你俩是不是翻墙入城的？"

皮小姐有点害怕，一不小心说漏了嘴："就是呢……"

白路汉却向郝道仁递了个眼色，没动。

吉杲突然发令："朱管带，把这二人给我锁了。"

朱驷驹应了一声，便跃身前往，抖出链子，逼向他们："翻墙入城，定有隐情，老实点！"

白路汉、郝道仁二人确实是老江湖，神情并不慌乱，待朱驷驹逼向近前，突然各自掏出洋枪，以迅雷不及掩耳之势，分抵住吉杲和朱驷驹的胸口："我们来此，只是顺路，和皮大哥叙旧，别无他意，放我们走！"

白路汉也说："与人方便，与己方便，我们来此，未动海州一草一木，与吉老爷无损，请你放明白些！"

吉杲也不是庸俗之人，面对这突如其来的变故，他毫不慌张，身子一个急闪，突然往下一矮："朱管带，上！"

朱驷驹应身抬起右手，欲抢郝道仁手中的洋枪。白路汉、郝道仁同时闪开了。他们并不恋战，各自收枪转身，奔向厅门，急忙开门，蹿跳而去……

吉杲与朱驷驹追到厅门外，看了一会儿，二人已杳无踪影，便转回身来。

朱驷驹叹息道："这俩人身手倒是不凡。"

"可惜我们没有洋枪。"吉杲很失望，他又看了看吓得抖作一团的皮小姐，"皮小姐，对不住，吓着你了。"

皮小姐哆哆嗦嗦站起来："妈呀，他们，他们也和金老爷一样，都，都有洋枪……"

"是吗？"吉杲意味深长地说了一声，便带着朱驷驹回去。到门口他又回头对皮小姐叮嘱道："今晚之事，若金老爷回来，你不可对他讲起。别不把我的话当回事，因为你如果说了，势将有性命之危！"

"我，我，我不说！"看着吉杲他们出门后，皮小姐吓得放声大哭，"我的天呀……"

屋外，朱驷驹边走边问吉杲："吉州同，你是不是故意放他们走的？"

"是的，留二人在此，只会给查案带来不便。"

"此案立即审理吗？"

"原打算立即就审，现在大可不必了——切记，封锁住救皮三狗的消息，一切都和往常一样，该做什么就做什么。至于下一步，待我回去和韦知州商量一下再说吧。"

"咦，你看——"朱驷驹忽然指着前方喊起来，"好功夫啊！"

只见两个黑影在积雪盈尺的大街上飘飞而行，且毫无足迹。

"我们追是不追？"

吉杲摆摆手："随他们去吧。"

3

几乎与他们前后脚的工夫，金耀祖回到了皮家小院。皮小姐欣喜地为金耀祖拍掸身上的落雪，娇滴滴地问道："你怎么一个人回来了，我哥哥呢？"

金耀祖则故作气愤道："别提此事了，你那个哥哥真是说不上来的货，快别提他了！"

"莫非……他做了什么对不起老爷的事吗？"皮小姐惊讶道。

"我给他借了三万两银子，他居然揣着银票，趁我不注意时溜了，害得我找了半夜，也未见他的踪影。"

皮小姐吃惊地说："我哥怎会是这种人？以前可不是这样。"

"云随风向走，人随时局变，我也未料到他会突然挟银逃走啊！况且，我们还是亲戚呢，说出去真丢人。"

"也许他有急事等着钱用，过几天说不定还会回来的。"

"但愿如此吧。"

"若他回心转意回来了，你会治他的罪吗？"

"看你说的，是亲三分向，不亲又一样。既然我们是亲戚，我不看僧面看佛面，有你在，我还会治他的罪吗？"

皮小姐放心地舒了口气："你可要说话算话啊，以后我只有靠你了。看在你我二人的情分上，日后你要对我好。"

"我不对你好，还对谁好？"金耀祖发现茶几上放着两只茶杯，顿时警觉起来，"我不在家的时候来人了？来的谁？男人还是女人？说！"

皮小姐也注意到了茶杯，先是一惊，后又坦然一笑说："你看你，还是对我不放心，疑神疑鬼的。"

金耀祖指着几上的茶杯逼问："这是怎么回事？"

"我以为你快回来了，就提前准备好杯子沏茶的。"皮小姐拿起一只茶杯说，"你看，干干净净的。再说，下这么大的雪，谁还会串门呢？"

金耀祖逐渐释疑了："是这样就好，怪我多心了。时间不早了，我们抓紧歇着吧。"

"是，我就去铺床。"

金耀祖躺在床上却毫无睡意。他在黑暗中眯着双眼，脑海里却不停地出现枪打皮三狗的场面。

皮小姐躺在金耀祖身边闭着眼睛，却也难眠，心里不停地嘀咕：我哥哥怎么会做出这事呢？别的不说，他总该为我着想吧，为何不顾后果呢？他挟了银票逃走，会想不到金耀祖可能拿我治罪吗？不对呀，为何他一个大活人，就这么快不见踪影了呢？……

4

海州城和顺客栈从早晨开始就很是热闹。

一乘接一乘的轿子，匆匆而来，匆匆而去。从轿里分别走出郎聚才、谭武彦、贺敏高等人，入内一会儿，又分别乘轿而去。

客房内，吉呆端坐桌前，手指着一张写满英文字母和单词的大纸，向躬身而立的来人指指点点。来求教的人态度无不恭敬有加，可细看他们，一个个表情呆滞、疑惑、麻木，还颇难为情，嘴里则几乎都反复喊着："老爷多多指教！"

吉呆一直忙到傍晚。

京师通往海州的官道上，一匹快马带着朝廷的公差风驰电掣般直奔海州而来。

公差驰抵海州学正衙门后，金耀祖、韦良清、吉杲一起出门迎接。

公差将一卷打着封印的东西交给金耀祖，金耀祖验看后便交给韦良清，韦良清看后又交给吉杲。

随后，他们三人立即进屋，将那卷东西锁进一个红木大柜内，锁上三把铜锁。吉杲将三把钥匙在手里抖了抖，然后给了金耀祖、韦良清各一把，自己留一把。

5

八局总监人选考试序幕正式拉开。

和顺客栈内，吉杲、韦良清早早地起了床。

吉杲见到韦良清，行了一礼后说："韦老师，考场设在石室书院，你先去看看，我安排一下考场守卫，然后一同前往文庙拜祭。"

韦良清点头，便出门西去了。

吉杲来到场院，叫上朱驷驹说："你带十个衙役，按我昨晚向你交代的，速去石室书院。"

朱驷驹应诺着，带着十名衙役去了。

吉杲又招呼来武哨官和马大，吩咐道："你二人各带十名衙役，在考场入口处严守，任何人不得擅入考场。考试时，派衙役在考场前后轮流守望。"

武光宗和马大也立即带着衙役去了。

吉杲随即也乘上轿子前往文庙。

文庙大成殿内，一片肃然。孔子画像前，香炉内檀香高烧，青烟缭绕。

吉杲手持一炷香，面对六十余名应考者高声宣布："本学正奉命主考，望各位生员秉承圣人教诲，至德至诚，做好答题。不得夹带，试场内不准相互交谈、暗传答题。违者，严惩不贷！现在，叩拜圣人。"

接着，吉杲又焚香行礼，众人皆随着行礼。礼毕后，所有人一一退出，前往石室书院考场。

考场内，应试生员端坐桌旁。除海州的郎聚才、谭武彦、贺敏高、傅芳章、隋汴渠、卞迟仁、蓝大力、温德银外，其他人都是些生面孔。内中既有头发花白者，衣衫褴褛者，亦有血气方刚者，目光炯炯者，有人甚至手抖头摇，令人啼笑皆非。

看到应试这般人，这般形容，巡视着的吉杲不禁心情复杂，既感到自己肩头责任重大，又为许多人捏了一把汗。

韦良清和吉杲的心情一样，还为考试能否选出合适的人才感到几分忧虑。

只有金耀祖，趾高气扬地在场内走游一圈，威风慑人，却目光游移。根本上，他与韦良清、吉杲的想法和目的就大不相同。

吉杲命师爷开始发卷："当众拆封。"

师爷拿出试卷，在金耀祖、韦良清、吉杲及众生员监视下，拆封发卷。

应试生员们一个个急不可耐地瞅着发下的试卷，见前半部分是汉文，心情还算平静；而当看到后半部分的洋文题目时，大多都心跳气促、目瞪口呆。

吉杲见发卷已毕，便宣布道："时辰已到，开始答题。"可是他环顾应试生员们，发现竟迟迟无人落笔。个个都在抱头哀伤，或面面相觑。

许多应试生员虽然不敢出声，却都在肚里叫苦：这美利坚合众国、法兰西、大英帝国、意大利的国都各是什么？这叫我如何记得清？

这些个洋文都像是鬼画符，谁知他娘的是什么意思？噢，对了，得设法去小解，顺便看看夹带……

也有应试生员先是愣着，接着忽又一喜，在美利坚合众国的国都下写上"伦敦"二字，心中暗喜：总算被我蒙对一题……

那个叫傅芳章的，先在封线上边工工整整地写上名字，停了一会儿，看稀罕似的看洋文试题，低声自语道："真他娘的有意思，洋文里面还有三尖图（指大写的A）和狗尾巴圈子（指小写的e），笔画也不算多，就是不会念哪……"

更多应试生员早已没了信心，心里痛惜起自己的妄想来："这么看来，我那银子是白花了！看都看不懂，还考个鸟……"

郎聚才不甘心，咬牙企图一搏，便站起来举手道："报告考官，本人急欲小解。"

吉杲并不阻止："去吧，速去速回。"

郎聚才大喜，匆匆出门，直奔茅厕。可进到里面他又呆住了，但见六七个衙役，把蹲坑都占满了，急得他满头是汗："你们能不能快点？"

衙役们纷纷嘲笑地回答："这能快得了吗？我刚蹲到。"

"郎老爷，我认识你，早饭是不是光喝的稀饭？"

郎聚才跺着脚喊："我可没穷到连馍也吃不起。"

"那你肯定不是撒尿，等一会儿吧。"

郎聚才用右手朝裤腰里摸夹带物，心中却很是绝望，暗想："净是些鸟衙役，也不能掏出来看，这可怎么办？"他一狠心，索性不管不顾，背过身去，将夹带掏了出来，展开后正欲看时，身后有个衙役叫他："郎老爷，我忘了带手纸，把你手里的纸借给我用吧。"

郎聚才惊慌地缩着身子："那可不行，我自己还要用。"

"你们来考试的还少纸用？"那衙役突然站起来，伸手把郎聚才手中的夹带夺去擦屁股，随手又扔到茅坑里。

郎聚才又气又绝望，却奈何不得，只得灰溜溜地离开了茅厕。

可是那不知情的几个同谋者，如谭武彦、贺敏高、傅芳章等一众人，见郎聚才获准上茅厕，一个个都先后也要来茅厕。不料那班衙役也轮换着蹲住坑位，不给他们留一丝空子，这些人的夹带要么先后变成了衙役们的手纸，要么不敢掏出来看，只能悻悻而去……

吉杲早早就布置了这么一着。现在他笃悠悠地来到门口，欣赏滑稽戏一样，不动声色地看着那些垂头丧气的小丑，心中偷偷发笑。

回头时，吉杲见金耀祖和韦良清正在低声说话，便走向他们。

韦良清表情严肃地对他说："我看那考卷上的西洋知识，都是极普通寻常的，竟有这么多人答不出来，实在是可悲可叹呀！"

吉杲一向赞赏新学，听了韦良清的话后点头应和："由此看来，中国这种教书、选才的办法，确实得改一改了。"

金耀祖则不同意他们的看法，尤其对他们防范严密的监考手段感到不悦，愤愤地说："二位大人，有些事我想不明白呢——那些跟班的衙役是不是都生病了？"

吉杲明知故问道："金大人说哪里话，他们一个个生龙活虎的，哪有什么病？"

韦良清也说："确实如此，他们个个健康得很嘛。"

"若未生病，怎么一个个都占着茅坑起不来？这不是都拉肚子吗？"

韦良清不知内情，也觉奇怪，便问吉杲是不是有这事。

吉杲也装不知，说："金道员既然说了，我们不妨同去看看。"

金耀祖板着脸不肯去。

吉杲便激金耀祖道："为何不看去？"

"终考的时辰快到了，还看什么？"

韦良清还是不解地问他："这衙役蹲茅厕和考试有何关系？"

金耀祖一时语塞，吭哧着说不出话来。

吉杲却还要让金耀祖难堪："请金道员言明，下官也好借机讨教。"

"刚才我见有些应试生员要去小解或大解，却轮不上，这不误了他们的答题时间吗？"

吉杲似乎恍然大悟，马上把脸一板，喝道："朱管带！"

朱驷驹立即跑步赶来。

"你速将茅厕里的衙役赶出来，给应试的生员留些空位。"

朱驷驹离去后，吉杲向身边韦良清、金耀祖点头道："若二位大人没有其他吩咐，我就进场去了。"

"是该去了，时辰眼看就到了，"韦良清说："你去宣告一下，应试生员们停止答题，收齐试卷密封，送府批阅。"

吉杲说："请金道员和韦知州去当堂监收。"

韦良清点头认同。

金耀祖心知大势已去，对这次考试结果很失望，不想去见那些狐朋狗友，但在吉杲相邀下又不得不同去，气得面部都扭曲了，于是暗中咬牙切齿，决心施展他的"备案"，以求一逞……

6

考试结局果然出乎意料，似乎合了金耀祖的心愿。

金耀祖正召集郎聚才、谭武彦、贺敏高、傅芳章、隋汴渠、卞迟仁、蓝大力、温德银齐聚同乐酒楼。觥筹交错，呼喝喧哗，一个个弹冠相庆。金耀祖面色生辉，得意扬扬地搂着小梅花坐在正席。

金耀祖仍然努力摆出一副官威道："今日诸位理应一醉方休。然重任在肩，需多思量一下日后如何尽职尽责，报效朝廷。"

郎聚才立刻溜须道："那是当然！金老爷，刚才你念的吏部批文，我晚来一步，没有听到，能否再说一遍？"

众人立即附和："对，金老爷再说一遍吧，好消息是百听不厌哪。"

"那我就再说一遍，"金耀祖板起脸来，朗声宣布，"朝廷已是批准，由郎聚才任路矿局总监，谭武彦任盐务局总监，贺敏高任农桑局总监，傅芳章任织造局总监，隋汴渠任机器制造局总监，卞迟仁任商务局总监，蓝大力任钱业局总监，温德银任电线电报局总监——望各位各司其职，为国出力。"

郎聚才喜出望外，拍着手道："这岂不是说明，我们的考试都过关了？"

"那是当然。若过不了关，吏部怎会批下来？"

隋汴渠还算清醒，泼了众人一瓢冷水："过关？你们考对几题自己还不清楚？若不是金老爷从中设法，一个都过不了！"

"我说呢，"郎聚才马上向金耀祖拱手道谢，"金老爷啊，我们更得要谢你了，真不知这么难的事情，你是怎么帮的忙？"

傅芳章说："刚才金老爷说了，京师同文馆有个朋友出了力，还有最要紧的是，府里原打算让吉杲老爷去阅卷，被金老爷暗中给换下来了。金老爷又请人把卷子秘密填了答题——不然，那些个洋文哪个考得了？"

郎聚才一跳老高："这大恩大德真乃胜过亲生父母，我们都该给金老爷磕三个响头！"

众人呼啦啦站起身来："还是郎老爷想得周到，我们快磕。"

金耀祖笑逐颜开，却又努力显出矜持相，连连摆手："不必不必，都免了吧。"

"那怎么成呢？这头一定是要磕的，不然，我们吃面没面味，喝酒没酒味，吃菜没菜味，像少了亲生父母一样。"

郎聚才带头挪椅子，以腾个空子来。可是温德银发现地上吐的都是骨头，还有抖落的汤水，油污一片，不禁皱了眉："这地，可得扫一扫哪。"

"不用扫！"郎聚才说："金老爷待我们恩比天高，我们给他磕头还能顾上什么干净不干净？就是遍地是刀子，我们也得跪下。"

众人一片应和："是是是！快磕头吧！"

众人便扑通扑通地跪倒在地，面对端坐的金耀祖，齐齐磕了三个响头，每人额头上沾满灰污，衣服上沾得黑一块黄一块的。

大家又满饮了一盅酒后，温德银不好意思地问："有件事想请教金老爷，这总监之职国朝尚未设过，这官阶……"

"我倒忘记告诉诸位了。"金耀祖说，"总监之职比照州分司运判和盐课司大使，一律为从八品——虽比知县小些，但这是实职、肥缺，可是那些七品之职难以相比的。"

众人又齐声道谢。

蓝大力环顾左右后，又问了一句："那咱们现在能否自称'卑职'或'下官'了呢？"

"当然可以。"

蓝大力又问："这太好了，只是，金老爷在上，下官有事向老爷请教！"

"讲。"

"现在八大局已建立，各局总监已委任，可连个衙门都没有，总不能各自在家处理公务吧？"

众人也都关心起来："蓝老爷说得对呀。"

"就是在家办理公务，也未尝不可，但若府、道、京里的老爷前来巡视，面子上也难以过去吧？"

金耀祖悠悠地自饮了一杯酒，徐徐答道："诸位所言之事，本官已早做安排了，各局都要建总监衙门，但道里是个空架子，拿不出银子来，各局又是为海州而设的，理应由州里解决建衙的银子……"

"既然如此，那我们就放心了。请问金老爷，衙门什么时候动工？"

"要建造的话，地点就选在州衙西边。不过，由于近几年海州非淹即旱，课银难收，州里一时也拿不出这笔银子。"

郎聚才有点发急了："可总得有个期限呀，州里何时能拿出银子？"

"我初算了一下，建一座衙门至少要两万多银子，八个衙门共计十七八万两，加耗费，没二十万两是难以建好的。可这笔银子州里三两年都拿不出。"

"没地方办理公务，我们八人总不能在海州大街上下棋吧？"

众人都哈哈大笑起来。

金耀祖突然板起面孔，怒道："这有什么好笑的？"

众人又赶紧赔罪："对不住金老爷，下官不该如此。"

金耀祖放缓了语气："其实，州里暂时拿不出银子，你们可以暂借嘛，等州里有了银子，再拨给你们还上就是了。"

"这可是一笔不小的数字，何处去借？"

金耀祖大为不屑地翻着白眼："你们这帮人，既然做了官，脑子就应该灵活些，还要我一一讲明吗？为何不可在各自所辖的各业内暂借呢？"

众人几乎同时欢呼起来："对呀，我们咋没想到呢？"

"这事就说到此为止吧，诸位日后有何事体，单独再议……"

忽然，门外传来惊呼声："不好啦，洋人来了，快跑呀……"

众人都大惊失色："洋人这时咋地闯来了？老天爷哟，我们往哪里躲呢？"

"来不及了，快想办法。"郎聚才竟一头钻到了桌子底下。

众人便都紧随郎聚才，一齐朝桌子底下钻，个个吓得浑身乱抖。

金耀祖也不知外面究竟发生了什么状况，一时间也没了主意，可是又觉得保命要紧，于是也顾不上自己的官威了，一把拉住小梅花的手就往门后躲去。

第十七章　勇捍河山

1

外面究竟发生了什么情况，让这一帮人洋相百出？

原来，在海州同乐酒楼大门外，真的出现了两个洋人——一男一女，都是白人。他们各自牵着一匹马，向人呜里哇啦讲着什么。而那男的也是有点吓人，嗓门粗嘎，还长得人高马大，一脸浓密的黄胡须。那女洋人没甚可怕，生得眉目俊俏，看样儿像位小姐。

但见那男洋人发了一通无名火后，从衣袋里掏出一封信，在手里扬着。

看门的酒楼小二终于醒悟过来，这洋人可能是要向什么人送一封信，就大着胆子朝男洋人走来，并向他鞠了一躬。

男洋人也像是懂得了店小二的意思，重又说道："I'm looking for a friend.（我来找位朋友。）"

店小二便瞎蒙道："送信的？送给哪一位？他知道你要来吗？他叫什么名字？"

男洋人虽然也听不懂店小二的话，但感觉像是问他话，马上变得和颜悦色了："Yes, I have. I think he's expecting me.（是的，我们事先已经约定好了的，我想他正在盼着我。）"

"你的朋友到底叫什么名字？"

男洋人猜到是问他收信人是谁，便大声回答："Jin Yaozu.（金耀祖。）"

店小二是真够聪明的，根据洋人的嘴型加猜测，说："噢，是找金大老爷的，交给我吧！"

店小二伸手要信，男洋人也就把信交给了店小二。

店小二接过信，飞步往楼上跑，边跑边喊："金大老爷，洋人给你捎信来了。"

金耀祖躲在包间里听到喊声，壮着胆子问了一句："何人在门外大声喧哗？"

店小二进了包间门，慌忙说："是我，洋人让我给你送信。"

金耀祖这才放了心，赶紧从门后出来，整整衣衫，恢复了往日的官威，一伸手说："把信给我！"

店小二把信交给金耀祖，同时俯身朝包间的桌子底下张望，窃笑起来："你们咋都钻到桌子底下去了？"

金耀祖立马板起面孔呵斥："休得胡言！他们喝醉了，你去吧。"

店小二立即退下，金耀祖急忙看信，读罢顿时长出了一口气，嘲笑道："看你们这班没用的家伙。洋人是来送十六王爷的信的——看把你们吓得，都赶快钻出来吧，没什么事了。"

众人一个接一个狼狈地从桌子底下钻出来，各自拍打身上的尘土。但沾的油污和痰迹无论如何也拍打不掉，浑身脏兮兮的像个叫花子。

郎聚才凑上前，贼兮兮问道："金老爷，是十六王爷来的信？信里说些什么？"

"说的什么？你刚上任就有事做了。"

"这么说，是我职内的事？"

"怎么不是？"金耀祖一副威严相说，"十六王爷在信中说，洋人要来海州探矿，由约翰先生带队，约翰先生的手下已于月前先期前来海州云台山、孔望山一带考察了。约翰先生和他的师爷秘书小姐前来海州见我，让有关衙门给予协助——你看，你是路矿局总监，当然是你分内的事。"

"那我们现在就该去迎接洋人吧？"

"那是当然。这位洋人是由十六王爷介绍来的，我们当然要隆重接待。幸好今天各位总监都在，快出来，站好队。"

八位总监立即列队站好，由金耀祖带着，郎聚才排第二，络绎下楼去。

小梅花不知趣，也扭着屁股跟上来："你们都去迎接洋人，留下我一人怎么办？我也要去看看热闹。"

金耀祖皱起眉头看了她一会儿，终于点头："女人真烦。你就跟着一道走吧。"

"可是，洋人要是和我说话，我听不懂怎么办？"小梅花嗲声嗲气地问道。

一句话提醒了金耀祖，他突然站住道："诸位停步。"

郎聚才还在迷糊中："金老爷，是不是……该给洋人准备些见面礼吗？"

"暂时还用不到。只是见了洋人，我们都不懂洋话，如何是好？"

郎聚才说："吉老爷会洋文又懂洋话，何不速速派人前去请他。"

"对对对，郎总监，这是你职内的事，烦你快快去请吉州同。"金耀祖兴奋道。

"那我出去借匹马，很快就回来，请诸位稍候。"郎聚才说着，飞步下楼而去。

金耀祖招呼大家还回包间，吃茶等候。

等众人折回包间，金耀祖拍着小梅花的香肩道："我的小乖乖，总当是女人无用，今天倒幸亏你提醒我，不然，非出洋相不可。"

小梅花顺势撒娇："我懂什么，还是老爷你遇事想得周到。"

众人等了好长时间，才见郎聚才满头大汗地跑了回来，气喘吁吁地说："你看这，真不凑巧，吉老爷和韦老爷带着跟班到乡下去了，这可如何是好？"说着他忽然想起什么又拍拍脑袋："对啦，刚才送信的那个店小二，是怎么和洋人说话的？如果洋人听不懂，会把信交给他带给金老爷？"

"是呀，说不定粪堆里还埋颗大珍珠呢，弄不准那店小二懂洋话。"

金耀祖也眉开眼笑了："很有可能，快传店老板，让他把那个送信的店小二带来。"

"我这就去。"郎聚才擦了一把汗，又急忙跑下楼去，不一会儿，将尖头鼠脑的店小二带了上来："金老爷，我把他带来了。"

店小二不知发生了什么事，先扑通跪倒："小的给金大老爷磕头！见过大老爷！"

金耀祖满意地端详着他说："看你这样子，倒是蛮伶俐的。叫什么名字？"

"回大老爷的话，小的姓万，贱名寺通。"

"万寺通，这个名字好！你家住哪里？念了几年书？"

万寺通突然怔住，心里扑通扑通打起鼓来，暗想："我可是在南京犯了案子逃到徐州，从徐州逃到扬州，又从扬州逃到湖州，再沿着运河跑到海州……我可千万小心，万不可将这实情漏给金老爷。"于是他眼珠乱转着，顺口瞎编道："小的不知大老爷要问的是我哪个家？"

金耀祖不解："你有几个家？"

"小的生下来后住在宝应父母家，念书时住在镇江姥姥家，谋事时住在宿州表叔家，娶妻时住在五河岳父家，现在，岳父母和妻子都死了，又在海州安了家……"

金耀祖听后更高兴了："想不到你这小子，还真是见多识广呀！那我问你，你刚才从洋人手里拿信时，是怎么和洋人说话的？"

万寺通也真是个聪明人，一听这话就明白金耀祖可能是有求于自己了，于是便想借机弄点银子花。他立即装出很有把握的样子回话："这其实不难，和洋人说话与跟中国人说话没什么大区别。"

"你到底懂不懂洋话？"

"这些年在外边混，洋人见得多了，有时帮他们带带路、买买东西，他们也请我喝茶下馆子，所以，他们所说的话我都能听懂了。"

"这么说，那洋文你也能认得？"

"回老爷的话，"万寺通说，"我刚才忘记说了，前几年小的还在广州当过洋人的跟班呢，所以也学了点洋文，要不是那洋人回老家去了，我也许还到不了海州呢。"

"好极了！"金耀祖拍着大腿说，"你既懂洋话，又懂洋文，那也该懂些洋礼吧？"

万寺通心里也暗暗高兴，觉得自己算是把金老爷拿住了，于是更加放胆编去："这些……其实也都是些小事，我怎会不懂？"

"那你能不能说一说，跟洋人见面是否要叩头？该说什么话？"

万寺通的眼珠又转了一下，回想起刚才洋人那扬手的动作，便说："这见面时，得把右手扬起来。"说着万寺通做了个扬手的示范动作，"至于说什么话，那就多了——这样吧，由我和他们说话，你们就不用问了。"

金耀祖转身命令郎聚才等总监："你们都跟着万寺通的手势，给我演习一遍。"

万寺通显得得意，又把右手一扬示范起来："就这样做就行。"

金耀祖和八大总监排好了队，跟着万寺通扬起右手做起动作："这样做可以？"

"行了，行了，我和洋人说话时，你们就可以把右手放下了，但必须低着头，不能东看西看的。"

众人齐声答应："知道了。"

金耀祖兴奋地拍拍万寺通的肩膀："你小子还真有两下子，告诉你，如果今日把这事办好了，日后你就是本道员的通士，别在这鬼地方混了。"

万寺通听金耀祖承诺大喜过望，又一次扑通跪倒叩头："谢金大老爷栽培！"

"起来吧，带我们一道去见洋人。"金耀祖一脸得意，又很兴奋，心头一块石头悄然落了地。

2

金耀祖一行人闹哄哄地来到了同乐酒楼大门口。此时仍有许多过路行人相聚一块，远远地站着，观看那两个牵马的洋男人、女洋人。但见他们在叽里呱啦说话，神情中透着焦灼与不满。只不过他们的对话，旁人靠得再近，也一个词都听不懂。

此时，从酒楼走出的一队人中，万寺通走在最前头，依次相随的是金耀祖和郎聚才等八局总监，最后面的是小梅花，小脚乱抬，屁股乱扭，捂着嘴笑。

这队人的突然出现，无疑又引发了街上围观的男女老少的莫大兴趣，他们像看把戏一样，更加兴奋地指指点点，纷纷议论起来。

这回轮到洋男人、女洋人惊讶了，两个人面对着这队奇形怪状的人，也都睁大了双眼，目瞪口呆。

洋男人反应快些，他客气地先打了声招呼："How do you do？（你们好。）"

金耀祖偏头听着，一脸迷茫地问万寺通："洋人说的是什么？"

万寺通其实也没懂，却继续瞎蒙道："你没见他向大家扬右手吗？他是在向我们问好，快叫大家也把手摇几下。"

"诸位，跟我一样，摇几下手。"

众人齐声应和着，学着金耀祖的样子，扬起右手，殷勤地摇了几下。

洋男人感觉顺利，高兴地说："I'm looking for Jin Yaozu.（我想

找金耀祖。）"

金耀祖又忙问万寺通："他说的什么？"

万寺通想起送信时洋人说的找金耀祖的话，便说："洋大人说，谁是金耀祖金大老爷？"

金耀祖连忙走近洋人，但举着的右手仍未放下："下官见过洋大人老爷。"

不料这回不妙了，那洋男人看着金耀祖扬起的右手，误以为要扇他耳光，吓得忙向后退了一步，但仍客气地说了句："Glad to meet you.（有幸见到你。）"

金耀祖又是不懂，只好再问万寺通："他说的是什么意思？"

万寺通早已通过察言观色，心里有了点数，便又胡编："洋大人说了，他见到你非常高兴，请大家把举着的手都放下来，因为都已见过礼了。"

金耀祖便向洋大人作了一揖："欢迎光临。"

金耀祖又命八局总监都把手放下来。众人便都唰的一下，整齐地放下举着的右手。他们刚才虽举得胳膊都酸了，但仍不敢动一动。

洋男人笑着向金耀祖说道："I'd like to extend my stay by several nights.（我想在这儿住几天。）"

其实万寺通对洋人的语言也是连估带猜，但脑瓜子还是非常灵通的。他见洋人的眼神像是找住宿的地方，马上向金耀祖胡扯洋人的话意："金大老爷，洋人说，这里有没有客栈住？"

"有啊，"金耀祖急忙说，"你赶快向洋人把我的话翻过去，说这家酒楼就有上等客房，马上可以安排住进去。"

万寺通走到洋人面前，向酒楼比画一下，又把手放在脑边，做了个睡觉的手势说："大人，这里可以住的，很好的房间！"

洋男人虽然听不懂他的"英语"，但从手势上已明白万寺通的意思，又说了句客气话："We're very sorry for the inconvenience.（给你带来不便，我们很抱歉。）"

万寺通立即转身对金耀祖说："洋大人说了，他同意住在同乐酒楼。"

"快把店老板找来，叫他马上安排两间上等客房。"

万寺通应诺着，进去找来店老板，然后向洋人比画一下，又指了指楼上，意思是安排住在楼上。

洋男人满意地点了一下头："Thank you.（谢谢你。）"

万寺通便做了个请的手势，洋男人和洋女人把马交给店老板，随万寺通进了酒楼大门，后面的金耀祖又向八局总监示意，同时又唰地举起右手，紧随其后，向门内走去。

看着他们这副怪诞又谨慎的模样，小梅花停了下来，笑得弯了腰，同时向围观者说："你们看见了吧，知道他们在干啥吗？反正我是半点也闹不清，不过，看着可比耍猴有意思多了……"

3

傍晚时分，海州辖境赣榆县夹谷山下，别是一番风光。这里苍山如海，雾气蒙蒙，近山脚处，枯林蓑草，随风抖动。

而在山脚下的一片空地上，聚集了千余山民，各执棍棒、锄头、抓钩之类器具，怒声聚涛，峡谷回应。

面对着异常愤怒的山民，韦良清和吉杲正分别向山民劝说着什么，朱驷驹、马大、武光宗及数名兵丁，紧张地围护着他们，拼命拦住有些向前冲的人群。

而在愤怒的人群对面，正有十多个洋人，个个吓得面如土色，一动也不敢动。

这时，远处的一条山路上，一乘轿子飞快地朝聚集山民的山脚下抬，轿后跟了一队兵丁。轿子内坐着个胖子——赣榆县知县吴海龙。虽是冬天，但他额上不住地滚下汗珠，惊恐、焦急之色布满胖胖的圆脸，三绺黑须则不停地抖动着，似乎在应和他的声声叹息。

一见吴海龙到来，山脚下的山民顿时吼声如雷："不要听官家的！快把狗日的洋人都砸扁了！"

韦良清挺身迎上前去，加大嗓音大声道："各位父老，务请都安静一下，仔细听听吉州同将与洋人交涉的情况通告大家。"

吉杲纵身跃上一块巨石，举起双臂，神情亲切，语气却坚定地说："各位父老乡亲，耐心一点，请听我把事情的原委告诉大家。"

众山民渐渐安静了下来。不料，有个手持半截棍、赤臂的壮汉，一边扬着手中的棍子，一边高声吼叫："吉大老爷，请容我申明一点，不管你说什么，但有谁想把我们祖上的山和海卖给洋人，我们就跟他拼了。"

"对，坚决不能！"吉杲铿锵有力地表示同意，"请大家一定要相信我：我们的海州，阻海连山，藩淮蔽鲁，水陆交通，三方所趋，实南北之重地；昔有壅塞之险，今为府海之区，背本而趋末，土旷而产丰，北辖赣榆，南辖沭阳，与淮、徐、沂、莒接壤，地方三百五十里；滨海鱼盐，常济万民，稼禾繁多，山藏奇宝——这么好的地方，我们又怎么可能允许洋人染指呢？"

"不能！"众人山呼起来。

"我的心思是和大家一样的，我已和洋人多次交涉，并晓以利害，坚决索回这张卖山、卖海之图，让他们速离州境，不许再来。现在，就请父老乡亲让开一条道，让洋人速速离去。"

众山民议论纷纷，最后同声答应："我们听吉老爷的。"

但仍有人表示反对："这不行，我们还要知道是谁卖的，他得了洋人多少银子？若不严惩卖国贼，我们就不放洋人走。"

"对！若没人指使，谁敢踏国土一步？把败类查出来，乱棍打死他！"

吉杲肯定地表态："众位父老，我和韦老爷带人前来，正是为此，待查出卖国贼，定当众严惩！"

"那我们先不能放洋人走，若走了人，到时如何对证？"

韦良清不禁焦急万状，连忙振臂高呼："诸位乡亲，急事当前，还望各位就按吉老爷说的，先放洋人离境。若冲动只会授人以柄，若打死打伤洋人，更会引来两国交兵之祸的。"

一个山民忽然说："不管怎么说，这洋人来赣榆，知县老爷总该知道的吧？没县大老爷的首肯，他们也认不得咱们这夹谷山。"

"对，该找知县大老爷问个明白！"

这时有那眼尖的山民指着后方说："你们看，那边来了一顶轿子，是不是知县大老爷来了？"

山民们回头看过，都说肯定就是知县老爷。

吉呆便说："众乡亲，我看这么办吧，等吴知县一到，我们就把洋人带回县衙，详加审问，你们以为如何？"

众山民议论一番后，纷纷表示愿意相信吉老爷和韦老爷——你们看，吴老爷的轿子到了！

吴海龙匆匆下轿，一手提着袍襟，一手不停地擦着红胖的肥脸，小跑着过来，先到韦良清面前作揖："下官见过韦老爷！"说着又转身向吉呆一揖，"见过吉老爷！"

韦良清气愤地责问他："早早派人去请你，为何这时才到？"

吴海龙慌忙申诉："卑职是在途中遭几股乡民拦截，所以……"

"若这边打了起来，死几个洋人，你担得起责任吗？"

吴海龙连连作揖："都怪下官来迟，请两位老爷恕罪！"

"我们恕罪容易，若洋人和中国打起仗来，你的头可就长不住了！"

"好在乡亲们都是明理的人，"韦良清也擦了擦脸上的汗，抓紧时机赶紧下令，"有话都回衙再说吧。吉老爷，你去和洋人交涉一下，我们和吴知县一道回赣榆县衙。"

"好。"吉呆便急忙向洋人们走去。洋人中有像领队的头目，眼见刚才吉呆制止山民激情的一幕，便感激地走上前道："Thank you.

（谢谢你！）"

吉杲先是和洋人小声说了几句话，然后大声地，像是责备地说："Justice must not be denied to anyone，however poor he may be.（任何人均应得到公平对待，不管他如何贫穷。）"

洋人指指山民道："Their terrible suffering aroused our pity.（他们可怕的苦难引起我们的同情。）"

吉杲赶紧摇手制止洋人不要再说，同时又用洋文讲了自己的意图，请他们快回县城。

洋人一听这话，忽然摇摇头，不满地做出一副病态："I'm very ill，please take me to the hospital.（我病得很厉害，请把我送到医院去。）"

吉杲勃然大怒："No！"说着扭头向朱驷驹招招手，"带几个衙役过来！"

朱驷驹明白吉杲的意思，立刻招呼来一众衙役，把洋人围了起来，训斥道："你们都给我老实些！"

洋人们见动真格，顿时软了，暗中商议一会儿后，无奈地答应了。

吉杲嘱咐朱驷驹道："把他们带去赣榆县衙，但不许虐待他们。"

朱驷驹应了声是，便和衙役们围住洋人，朝通往赣榆的路走去了。

吉杲转身回到韦良清、吴海龙身旁，向众山民表示感谢："你们的通情达理十分可敬，我代表州衙感谢你们的配合。现在诸位可以回家了。"

吴海龙恭敬地请韦良清坐他的轿子，韦良清一口拒绝："我们干脆一块走吧，我不累的。"

吉杲也坚决要请韦良清坐轿："韦老师，你辛苦一天，赶快上轿歇歇！"

韦良清笑道："你还不是和我一样，我们干脆一块走走，松松筋骨。"

"我比你年轻,我走走,你上轿。"

正在韦良清和吉杲推让之时,远处出现一个差役,骑着马飞奔而来,在马背上高喊:"韦老爷,有你的信札。"

4

一行人回到赣榆县衙,已是晚上,但大堂官厅内,明烛高照,大家顾不上休息,立即会议。一场刚柔并济的攻心战随即展开。

韦良清、吉杲神情严肃,知县吴海龙不时地暗瞟他们两人,明显惶恐不安。

吉杲早已将他的神情看在眼里,却只当没看见。他掏出从洋人那里要来的地图,展开细看,但故意让吴海龙瞧见。

韦良清先发话道:"吴知县,洋人在海州四处活动,你之前知道不知道?"

吴海龙起身作揖道:"回韦大人的话,下官忙于公务,近日,又有顽匪从东海犯境,骚扰乡民,下官又派兵前往围剿,故未能详察,下官有责!"

"那顽匪犯境,乃是腊月以前之事,本官已得详报。现今年后已逾两月时日,你为何不下乡详查?"

"下官走了几趟,未闻洋人踪迹。"

韦良清板起脸来,提高嗓门逼问他:"本官和金耀祖几次来赣榆到诸山查看,洋人涉足赣榆夹谷、子赣等地已两月有余,你竟然会闻所未闻?"

吴海龙尴尬至极:"这——失察之责,都在下官!"

吉杲冷笑一声,朝吴海龙扬了扬手中的地图说:"吴知县,你见过这张地图吗?"

吴海龙假意仔细看了一眼地图说:"那是洋人所带的,下官从未见过。"

"没见过？我见上面有几处新标的山名，只有汉字，并无洋文，且是不久前所写，你怎会不知？"

韦良清也凑过来看了会儿地图说："连洋人没标的山都重新写上，难道是洋人所写？"

吴海龙声音颤抖起来："那图可能是洋人不知何时所制，下官确实不知！"

吉杲愤怒拍了下几案："吴知县真的不知？"

吴海龙几乎发不出声音，软弱地回答："真……真的不知！"

韦良清冷冷地看着吴海龙，不紧不慢却话中带骨地强调道："吴知县哪，我和吉大人之所以接到金道员的急信也没回海州，是因为觉得你在洋人入境上有些难处，才来贵县一叙。若吴知县不解本官的良苦用心，那后果恐怕将由你全部担待了！"

"吴知县，我明说了吧。"吉杲直言道，"我已与洋人详细交谈过——我会洋文懂洋话你是知道的。我已了解了内中的相关情况，再者，你的笔迹——字委实不错啊，乃是师法宋徽宗的瘦金书——我从你上呈的有关公文里，也不止一次见到过，那地图上新标的山名是何人所为，还要我说出来吗？"

"吴知县，我知道你为补赣榆知县之缺，已苦等了十五年，实属不易。"

韦良清见此时火候差不多了，便晓之以理，动之以情："所以，你须明白，自己说出来的事，与我们对你讲出来，可就不大一样了！内中情由，就不需我明言了吧？"

吴海龙顿时大汗淋漓，喘着粗气，苦思良久后，他突然站起身，面朝韦良清、吉杲跪下道："下官已理解二位老爷的良苦用心，皆出于对下官一片关爱之情！可，可我不敢说呀……"

"你只管讲来，今日只有我们三人在场，我和韦老爷对外不说，谁会知道？"

"我还是刚才对你讲的那样，吉老爷已与洋人详谈了，你说出来，只是相互印证一下，且与你有好处。"

吉杲又紧逼一步："要不要我先点明几件事？那与你自己说出来可就不一样了。"

"别，别！"吴海龙咬了下牙关，干脆答道，"推磨打碾，反正都是一样转——下官这就详说……"

韦良清笑了笑，转以和缓的语气向吴海龙摆摆手说："你起来说吧。"

"下官知罪不轻，不敢坐着言讲。"

"你这又何必？"吉杲笑了，"叫你起来，你就起来吧。"

吴海龙松了口气，一骨碌爬起来，落座后沉思片刻，开始竹筒倒豆子，讲述以下内容——

那是数日前的事。

午后有一匹快马在赣榆县衙门外停下，信差交给门官一封密信，上写"赣榆知县吴海龙亲启"。

吴海龙拆封展信，但见八行书上写着：

> 本王与英商约翰先生大人详议，该国欲购海州云台、赣榆夹谷、子赣诸山，以开矿藏、筑临东海之码头，备洋轮靠岸。总面积若亩，英人按平方公里算之。计付英镑若干，折白银若干。先送吴知县白银三十万两，以协洋人勘查山川矿产之用。有关详情，由金耀祖道员面谕，密之，慎之……

吴海龙虽然不算明智，却也并非傻子，他在惊喜之余，内心泛起惶恐。毕竟他深知，十六王爷密札中所言之事，牵涉到国体和大政，事或不成，自己必担罪不起。但违抗王爷之命，却又更让自己马上就没有好果子吃。如何处置，让他深深犯了难，以致他彻夜难眠，长久地在书房里踱来踱去。

一会儿，似有数之不尽的元宝在他脑海里盘旋起落。

一会儿，他又仿佛看到突然事发后，乡民围攻县衙，最终自己被绑赴刑场之画面。

而当他咬牙打算软抗之时，脑中却又幻化出十六王爷等出面相保、金耀祖带兵弹压乡民，且又摆酒为自己压惊、到妓院寻欢之画面……

于是，鸡叫三声之际，吴海龙还是屈服于利禄之诱，一拍桌子，做出了决心蹚一蹚王爷和金耀祖他们浑水的决断。

之后，一切似乎顺风顺水，甚至已有人趁着黑夜，给他家里搬来大量的银子。而洋人随即也来到衙门，呈出地图，让吴海龙添标未注山名，吴海龙一一照办。很快洋人便开始了在诸山寻矿，在临海测量之工作。

一天夜里，金耀祖秘密来到吴海龙家中，与其密商并订立了防备万一的攻守同盟……

嗫嚅地叙述完前因后果，吴海龙情不自禁地又趴在韦良清和吉呆面前，连磕几个响头道："二位老爷，下官都如实说了。"

韦良清愤怒地问他："给你那银子动或未动？"

"下官终觉此事非同小可，若事发小命非玩完不可，所以，那银子只动了三万两……"

"做了何用途？"

"过年时，送给金道员两万两当作年礼，另一万两在年关赈济灾民了——都有师爷的笔笔记录和灾民的收据，只是送给金道员的两万两未有收据。"

韦良清吁了口气："这么说，倒也够难为你了。"

吉呆却逼上一步对吴海龙说："快拿纸笔来。"

吴海龙浑身一震："吉老爷的意思是？"

"把你所说的写下来。"

吴海龙额头又渗出了大滴冷汗，迟疑片刻，索性壮了壮胆子道：“二位大人，容下官再说几句。”

　　韦良清点头同意。

　　“时下官场之风，想必二位老爷都清楚，”吴海龙说，“我也清楚的，我知道二位老爷是善心人，如修整万顷湖，确得万民颂扬。可二位老爷知道金道员从中得了多少好处吗？”

　　“不知道。”

　　“至少不下于十万两。”

　　吉杲厉声逼问：“你是怎么知道的？可有根据？”

　　吴海龙又站了起来，肯定地说：“下官闲暇之时，喜学西洋算学，那都是我自己测算出来的。”

　　“你有演算的底根吗？”

　　“有。”

　　吉杲点头赞许：“本人也学过西洋算学，比古书《九章算术》并不逊色。等你说完了事情，吴知县不妨取出让在下学一学。”

　　吴海龙郑重点头：“是。”

　　韦良清便问他还有什么话可说。吴海龙点头称有：“事已至此，还请二位老爷开恩，听下官斗胆说些为二位老爷担心的话。我想二位老爷在朝中并无大靠山，若日后遭人暗算，恐怕连下官也挂进去了。”

　　“此话怎讲？”

　　“比如吉大人让下官把刚才所讲写出来，可能作为上折子的某一佐证。若能扳倒对手，皆大欢喜，若对手被后台护住，下官写的东西岂不成了我的罪状了？”

　　韦良清不禁点头：“这倒也是！那就不具实名。”

　　吴海龙摇头叹息道：“韦大人是个明白人，可是，若下官所写不具实名，有朝一日便不可作为实证。若想扳倒对手，岂不少了重要一款？”

354

吉杲沉吟一会儿，也表示同意吴海龙的话。

吴海龙顿时轻松起来："那是否意味着，下官就不必写了？"

不料吉杲却断然回答："当然要写。"

韦良清仍觉于心不忍："那不是难为吴知县吗？"

吉杲摆摆手，在堂中来回踱了一会儿后，果断地说："吴知县你只管写去，吉某可保你无虞。"

吴海龙还是心有余悸："下官终是难以放心，这关乎下官的全家老小……"

韦良清心有戚戚然，便示意吉杲道："那就……"

"必写不可！"吉杲的态度仍然决绝，"但吉某可与吴知县立字为据，若日后牵扯到吴知县，皆由吉某承担。"

"我怎能为保自己把一切都推给吉老爷呢？下官不为也。"吴海龙说着，竟泪下如雨。

"你是怕我的话没用吧？吴知县，只管拿纸笔来。"

吴海龙只好取来笔、墨、纸，递给吉杲。吉杲提笔蘸墨，一挥而就，交给吴海龙。

吴海龙细看字据之后，仰天长叹一声，随即将字据揉搓成团，点火焚之。他返回身来，又跪在吉杲面前说："谢吉老爷。"

吉杲伸手去拉："吴知县请起。"

韦良清不解地问吉杲："这是怎么回事？"

吴海龙立即站起，说了声："请二位老爷稍候，下官就到书案将详情写下。"说罢，他立即转身朝书案走去。

韦良清便问吉杲说："金道员傍晚派差役送来急札，说是州里又来洋人，有事急议，我们何时回程？"

"那就明天吧。"

"金道员的信中之意，是让我们连夜回海州城。"

"今夜的事多着呢。"

韦良清坚持说："我们把吴知县写的东西带走不就行了？"

"不，我们还需连夜和洋人交涉一次，然后，速让吴知县派兵把洋人送走，切不可让这里的洋人和海州城里的洋人见上面。"

韦良清略思一下，拍了下手说："我知道你的用意了。"

这时，吴海龙手拿写毕的东西，交给吉杲："吉大人，下官已写毕，请审。"

吉杲接纸在手，拍了拍吴海龙的肩膀表示赞许，同时叮嘱他："吴知县，请务必派兵丁下半夜就将洋人送走。"

"下官这就去办。"

这时，忽有衙役来报："回禀大老爷，有个洋人去上茅厕，跳院墙逃走了，我们前去追赶，他居然用洋枪打我们……"

吴海龙吃了一惊："后来追到没有？"

"没有，看样子朝云台山跑去了。"

"云台山？"吉杲闻讯也很是着急，"坏了！都怪我虑事不周，险些出了大祸，吴知县。"

吴海龙上前一步道："我会增派兵丁，严加看守洋人。我这就再带兵丁去云台山。"

吉杲拉住了他说："还是我去云台山吧，我发现有个洋人会些拳脚，说不定就是他……"

说毕，吉杲已迅速消失在门外。

5

夜晚通往云台山的小路极为难行。周围群山墨黑，眼前道路难辨。一行兵丁，寻路而行，既无灯笼，又无火把。沿途只闻脚步声，不听人言语。

却有一人轻手快脚，行路如飞，率先潜入山林之中。

还有一个黑影已先至弥陀庵，绕道前往九龙口，很快潜入了朝阳涧。

那黑影在朝阳涧喝了一会儿溪水，左右巡视后，往西直奔倒屋崖，避在石崖后，边喘息边仔细观察四周动静。

尾随之人直入玉皇关，跃到一株树上向关口巡视。

随后，黑影闪出玉皇关，向青峰顶攀缘，动作神速无比。

尾随者轻轻跃下树来，抄近路向青峰顶攀登。二者相距仅丈余，皆听不到任何声响。足见双方都有超奇的轻功。

那黑影到了青峰顶后，又向四周窥视，似未发现可疑迹象，遂将身子一纵，向东南方向的大佛寺疾掠。

尾随者寸步不离，紧紧尾随不舍。

大佛寺内，静寂无声。闪过几层深院，大雄宝殿内有烛光闪亮。一老僧坐于蒲团之上，微眯双眼，手持小木槌，有节奏地敲着木鱼，口念"南无阿弥陀佛"。黑影已悄悄潜入殿内，攀梁至大佛顶端，两眼警惕地瞟着老僧，腾出一只手来，在梁檩上摸着什么。

老僧微闭二目，似毫无察觉，仍不紧不慢、有节奏地敲着木鱼，入定入神地念"阿弥陀佛……"

黑影在梁上将一物拿在手上，掠身向门外箭一般射去……

老僧仍稳坐不动，眯着双眼，将右手敲木鱼的小槌只那么微微一抬，小槌居然像箭一般准确击中黑影持物的右手。

黑影"哟"的一声，手中之物飘落。黑影正旋身去取，眼看即将抓到，先前那尾随者突然箭一般疾射而入，伸手握住黑影将要接住之物。黑影旋即出手，向尾随者击去……

敲木鱼的小槌，不知何时已回到了老僧手中，他仍微眯双眼，口念佛号，将持木槌的右手只那么轻轻一抬，小槌再次如箭飞出，射向黑影的面门……

黑影出击的右手尚未收回护挡，就听他"哎哟"一声，扑通落地。

老僧仍稳坐蒲团不动，不知何时，敲木鱼的小槌又回到右手里，只不过将木鱼敲得紧且响了，口里停念佛号，像是对尾随者说话：“施主，将这罪孽之人带走吧……”

尾随者现身于老僧背后，深深施礼道谢：“多谢师父！”

老僧并不回头：“不必多礼，山中所藏宝物，皆在那个物件上。去吧——”说完悠然地敲着木鱼，口念阿弥陀佛。

尾随者一步上前，展臂挟起被老僧击落之人，怀揣那物件，飘掠出门，消失在茫茫夜雾之中。

第十八章　民意难违

1

仿佛是骤然之间，曙光乍现，东方欲晓。山隐薄雾中，霜盖枯草丛。雄鸡村中鸣，野猪山野行。

通往海州城的官道上，雪融积水结冰，坑坑洼洼，薄冰映天。但见一行人马，毅然踏冰而行。

韦良清、吉杲和朱驷驹、武光宗、马大骑着马，身后跟着一队衙役和兵丁。

突然，远处隐现出一黑点，渐渐大了起来，看样子行走匆促。

吉杲抬手示意韦良清道："韦老师，你看见了吗，前面似有个人疾步行走。"

韦良清说："我这眼有些毛病，冷风一吹，就流泪水，看不真切。"

朱驷驹亦催马紧走几步，赶到吉杲马旁，告诉他前面有个人影，形迹可疑。

"也许是乡人起早赶路，趁冻快走，以免日出之后，化冻泥泞难行，切莫错怪了好人。"韦良清怕他们乱来，特意关照他们。

吉杲很有把握地说："大凡趁冻起早赶路办事者，多肩担手提，不像此人行路慌忙，有别常人。"说着命令朱驷驹向前迎一迎，拦住那人询问一下。

朱驷驹催马前行，而前面那黑影只顾快步行走，未加注意，突见有人骑马而至近前，顿时惊慌起来，一转身便下了官道，朝路旁野地里飞奔，嘴里还暗暗嘀咕："天啊，真是怕鬼有鬼，怕见行人又遇骑马的。"

朱驷驹大声呼喊："好汉，我有话问你。"

黑影头也不回，飞奔逃去。

朱驷驹勒马转向，紧追而去。

黑影只作没听见，顾自下到沟里，踏冰越过，不敢喘息，继续前奔。

朱驷驹见前面有沟，不禁一笑，傻东西，我不会下马越冰追赶？他翻身下马，越冰追去。

黑影累得气喘吁吁，慢了脚步暗自道："乖儿哟，这回八成是跑不掉了。"

朱驷驹三纵两跨，已抄到黑影前头，伸手一把抓住黑影的衣领，像提只小鸡一般，返身过了沟。另一只手牵住马，来到官道上。

黑影连声哀求："我的大爷哟，请松松手，衣领把我勒得喘不过气来。"

朱驷驹看了看手中提的那人，笑道："谅你也没本事逃出我的手心！"说着把那人放了下来。

黑影喘了几口粗气，果真未跑，转而问道："爷，你和前边朝这里走的人马是一道的？"

朱驷驹瞪了他一眼说："是的，为何问这个？"

"你们是哪个衙门的？是不是赣榆的？"

"不，我们是海州衙门的。"

"海州衙门？和吉大老爷是一起的？"

"正是，吉大老爷就在前面，马上就到了。你看，右边骑马的就是。"

黑影吓得扑通跌倒，浑身筛糠般地乱抖："怎么偏偏碰上了他。"

朱驷驹笑起来："你为何这般怕吉大老爷？其实他并不厉害，若做错了事，只要向他道出实情，他会原谅你的。"

"真的？"

"我为何要哄你呢？吉大老爷到了，有何事快向他说吧。"

黑影立即双膝拄地，用膝前行，边行边喊："吉大老爷饶命！吉大老爷饶命！"

吉杲闻声翻身下马，看着膝行之人道："你是何人？为何呼我饶命？"

黑影连忙趴倒，两手都被薄冰割出血来，连连叩头："小的姓万贱名寺通，原是海州同乐酒楼的跑堂。请大老爷饶小的不死！"

"本官原来并不认识你，也不知你有何冒犯于我，怎呼我饶你？"

韦良清因天色已明，旭日东升，霞光万道，已能看清人面，见跪地之人双膝、两手流血，又于心不忍，便吩咐他站起来说话。

万寺通却道："小的不敢。"

朱驷驹推了他一把说："韦老爷和吉老爷叫你站起，你就放心站起。"

万寺通摇摇晃晃地站起身来。

吉杲便问他："有什么事就快说吧，我们还要赶路。"

"是这样，大老爷！"万寺通便述说了自己为洋人替金耀祖送信，以及冒充通士等情况，"小的听说吉老爷今日回海州，又知道吉老爷会说洋话，会看洋文，怕露了馅，就偷偷跑出来，打算到赣榆海边搭船逃到上海或广州去。不料大老爷起早赶路，又给撞上了。请大老爷饶命，小的也是穷极了，只想糊弄些银子花花，别无他意。"

吉杲忍不住想笑："你倒也算个小能人了，对洋文洋话狗屁不通，居然能糊弄住金道员和八局总监。"

"就是，就是，其实小的没什么能耐，只不过会察言观色、见

361

势胡编瞎诌而已，谁知碰巧蒙对了，金大老爷让我当他的通士，我哪里敢呀！糊弄了一天，就逃跑了。"

韦良清问万寺通："那洋人还在海州吗？"

万寺通说："回大老爷的话，洋人就住在同乐酒楼的上等客房里。"

"哦？"吉杲关切起来，"他们总共来了几人？"

"回大老爷，共来两人，一个男的，个子很高，还有个女的，听金大老爷讲，是男洋人的师爷小姐。"

吉杲笑道："是什么师爷小姐，用洋话说，叫秘书。"

"小的不懂！"说着万寺通又疑惑起来，"可八局的总监和金道员，都是老爷啊，为何也不懂呢？"

韦良清关心地问他："你既然当了金大老爷半天加一夜的通士，听到或看到洋人和金大老爷说了什么、做了什么？"

"其实，我后来才看出来，那鸟洋男人也会说中国话，后来和金大老爷在客房里说了半夜的话。"

吉杲紧追一句道："你听到他们说的什么吗？"

"没全听清，只听到'签约''银子'等几句话，还见洋男人拿出两张写满洋文的纸……"

"不要再往下说了。"吉杲忙命令万寺通，"跟我们一道回海州城吧。"

万寺通又吃了一惊，赶紧跪倒："大老爷饶了小的吧，若被金大老爷逮住，还不把我的皮剥了。"

"有我们在，金大老爷岂敢。"韦良清安慰他。

吉杲更提醒他："你若逃不出海州，终究也性命难保。"

"还请两位大老爷给小的指点一条生路。"

吉杲和韦良清对视了一眼，便点点头道："也罢，趁金大老爷尚未发现你逃走，速速去吧。朱管带，你把带的散碎银子拿几两给万寺通，然后骑马将他带到海边，等候船只，待他上了船，你再返回。我们就先走一步了。"

万寺通喜不自禁，连连叩首："小的谢天下最好的大老爷！若小的日后能混个人模狗样的，一定报两位大老爷的大恩大德。"

朱驷驹一把将万寺通揪上马："少啰唆了，上马赶路。"

待万寺通坐稳了，他即扬鞭催马，呼啸而去。

2

海州城内的同乐酒楼客房里，金耀祖如坐针毡。

洋人约翰操着半生不熟的中国话追问金耀祖："金大人，那个知州韦老爷，还有个叫什么吉杲的州同，今天会不会回来？"

"我已派人前往赣榆县传他们回来了，估计很快就到。"

约翰仍表怀疑："从我的经验来看，你说话不算数的。你先说昨晚就回来，现在又说很快——你这个很快就是很慢。"

金耀祖无奈地说："那我再派人前往催催？"

"不用了。我看还是由金大人把契约签了，我也要去赣榆县，亲自看看我们的人，勘界、找矿。"

金耀祖直摇头："约翰大人，我已说过了，这个契约不归我定，按职权应由知州大人来签才行……"

"难道你的官不比知州大吗？又是你的辖地，为什么非要知州签不可？"

"虽说我也可以签，但这些都是在州境以内，总要和知州老爷商量一下我才能签呀。"

约翰生气地讽刺他："我知道你们当官的商量、研究、议一下、再议，等等，都是没有底的，不知到什么时候……"

金耀祖拍着胸脯说："这次肯定是很快了。"

"可是，十六王爷说你完全可以签的，难道那老头子说话也不算数？"

"十六王爷说的没错。但还是与知州、州同商量好为妥，以免伤了官场和气。"

约翰尖声冷笑："什么官场和气？表面和气，暗中打架，你死我活的……哈哈哈！"他突然又板起面孔，看看手表说："金大人，我再等一个小时，如果那个知州还不到，你就把我送给你的银票退给我，我回京城找十六王爷去。"

金耀祖不禁也恼怒起来。脸上不敢流露情绪，心里却在暗骂约翰：这个狗日的洋鬼子，居然来这一套！若真的不签，我那几十万两银子可就白白溜走了。但我怎么能随便签这个约呢？那契约上写的都是洋文，我也认不得，洋鬼子都是贪得无厌的，要是他们在契约上把整个淮扬道或淮安府都写上去，我认不得，糊里糊涂签了字，不成了大卖国贼吗？对！赶紧把万寺通叫来，让他看看契约上的洋文，到底写了多大的亩数……

这么想着，金耀祖把牙一咬答道："约翰大人，本官可以签约，但必须把契约拿来，让我的通士先看一遍。"

约翰绷紧的面孔松弛下来："这当然可以——艾丽丝。"

艾丽丝答应着来到房间。约翰用手比画了一下。艾丽丝立刻明白，便转身出门，很快把契约拿来交给约翰。

金耀祖看着满是洋文的契约，眉心拧成了一股绳："这个……我这就去找我的通士看看，行吗？"

约翰沉下脸说："这当然可以，不过，必须让通士到这里来。"

"好，让通士先看一下。"金耀祖遇赦般赶紧出门，却不料与匆匆而来的郎聚才撞了个满怀。

郎聚才张口就说："是金大人，我正找你呢。"

"我也正在找你，那个狗日的洋人定要让我签约。"

郎聚才不安地说："若不和韦老爷、吉老爷议一下，你马上就签不太合适吧？"

"谁说不是呢？可洋人等不及了，又把十六王爷抬了出来，我不签怕是不行。"

"按理说，在下是路矿局总监，也应知道契约的内容才是，签约也有我的一份。"

"没办法，洋大人非要我签不可。"

"那就要详细知道契约写的是什么。"

金耀祖着急地说："我不正是出来找你，你赶紧把万寺通找来，让他翻出契约的内容。"

郎聚才重重地跺了下脚说："我正为此事而来，万寺通那小子不见了！"

金耀祖大为惊讶："不见了？昨晚我才给他二十两银子，让他好好地当我的通士，他也说抓紧把契约要来，翻一下内容，怎就突然不见了？是不是跑到哪里去快活，睡到现在还没起床？"

"我急得半夜都没睡着，考虑到契约非同小可，早晨起来就忙着找万寺通，该找的地方都找了，鬼影都没见。"

"怪了！"金耀祖说，"他为何要跑呢？跟我当通士，还会少了他的银子花吗？"

郎聚才也只有抓耳挠腮："金老爷，我说句不该说的话，你可能被那小子骗了。"

"怎么会呢？他见洋人时不是把该翻的话都翻出来了吗？"

"那只是把洋人的话翻过来，洋人会讲中国话的多的是，可认识字的又有几个？"

"你怀疑万寺通只会洋话不认识洋字？"

"正是！还有，你昨晚不是派人去赣榆县送信，让韦老爷、吉老爷快回来吗，也许万寺通那小子知道吉老爷会洋文，怕露馅，所以赶快溜了。"

"有道理，有道理。"金耀祖如热锅上的蚂蚁乱转着圈子，"现在怎么办？洋大人还在那里等着呢。"

"只好再给他拖一拖，等吉老爷回来再说。"

"可洋大人不愿意呀。"

"我有个办法。"郎聚才说,"洋人这次来签约,是与官府有关的事,要到衙门里去才行,哪有在客房里与官府签约的。"

金耀祖大喜:"妙!你的意思是把洋大人请到衙门里去,等候韦老爷、吉老爷他们回来?"

"对。"

金耀祖像找到救星似的一把拉上郎聚才说:"那我们就一块去请吧!你也多说说理由。"

金耀祖、郎聚才两人便一起向客房走去。

3

金耀祖、郎聚才万万没有料到的是,此时他们去海州衙门,正可谓自投罗网,不吓死也得出一身汗。因为海州衙门外,已然是一片愤怒的海洋。

从大堂、仪门直至大门外的宽街上,都跪满了人。围观者更是成千上万,把街道挤得水泄不通。

跪着的人群明显是有组织的。他们分成特色鲜明的八大部分:

第一部分紧靠大堂门外,是由肩扛铁镐、手提各类铁锤、怀抱各种铁铲的人组成,他们面前有持木牌者,木牌上写着"路矿工民"。

第二部分紧挨在"路矿工民"之后,相隔数尺,跪着的是头顶麻袋、手持晒盐工具的人,前面有人持牌,上写"盐务工民"。

第三部分紧挨"盐务工民"之后,相隔数尺,跪着的是手持扫帚、木杈、笆斗的人,前排有人持一木牌,上写"农桑民众"。

第四部分紧挨"农桑民众"之后,相隔数尺,跪着的是手持织布梭、头顶各色布的人,前排有人持牌,上写"织造工民"。

第五部分紧挨"织造工民"之后,亦相隔三尺,跪着的是手持各类铁壶、铁桶、铁锤的人,前排有人持木牌,上写"机器制造工民"。

第六部分紧挨"机器制造工民"之后，相隔数尺，跪着的是手持鞋、袜、衣帽、锅、碗各类商品的人，前排有人持牌，上写"商务工民"。

第七部分紧挨"商务工民"之后，相隔数尺，跪着的是手持各类账册、算盘，穿长衫马褂的人，前排有人持牌，上写"钱业职员"。

第八部分紧挨"钱业职员"之后，相隔数尺，跪着的是手持笔墨信笺、头顶专制邮袋的人，前排有人持牌，上写"电线电报雇员"。

每一部分跪着的人都有三五百，并有人领头，各自不停地高喊：

"我们出不起钱盖衙门。"

"我们养活不起那么多老爷。"

"我们要吃饭穿衣。"

"请州大老爷体恤小民。"

而在州衙大门外的一条背街上，盐务总监谭武彦、农桑总监贺敏高、织造总监傅芳章、机器制造总监隋汴渠、商务总监卞迟仁、钱业总监蓝大力、电线电报总监温德银，个个手足无措，惊恐万状。

谭武彦气愤地叫骂着："路矿总监郎聚才这狗东西跑到哪里去了？为何这时还不见影？"

"听说他去找金道员，商量和洋人签约的事。"

"这时还签个什么鸟约？都火烧眉毛了。"

"听说他管辖的山上有矿，要卖给洋人，他从中肯定得了洋人的银子，要不，怎会屁颠颠地一大早就跑去了？"

卞迟仁一直在唉声叹气着，现在便有气无力地劝大家："我们别等了，快商量个办法吧。"

蓝大力缩着脖子直摇头："现在已激怒了各业民众，就凭我们几个，能有什么好办法？依我之见，这都是郎聚才那个龟孙羔子猴急得不得了，非要把银子连夜派下去盖衙门，才把百姓给激怒了。现在他倒好，还忙乎着去舔洋人的屁股！"

　　有人不耐烦了："你们都别在这里胡瞎扯了，快想个办法要紧。"

　　傅芳章却是不服气："其实，我们本也够寒酸的，虽当了总监，连个衙门也没有。摊银盖衙门，又不是为我们自己。"

　　"对极了，我们也有苦处。"

　　"各业民众有苦处，都能聚众找州大老爷，我们为何不能也聚起来找他们去？"

　　蓝大力直拍大腿："这倒是个好办法！集合起来，我们也到衙门里跪下。"

　　"各业民众跪下，手里都拿有东西，我们拿什么做个标志呢？"

　　谭武彦半真半假地说："我们没有衙门官署处理公务，连印都揣在怀里，或像带鹌鹑一样把印装在袋子里，挂在裤腰带上。不如我们就头顶大印，一齐跪下。"

　　众人是你一句，我一句，一片叫好。

　　众人越说越来劲，有人还建议应该像各业民众一样，有个人跪在前排，手持木牌，上面写几个大字，以显示身份。

　　"那写几个什么字呢？"

　　"就写'总监老爷'四个字。"

　　"这可不妥，哪有自称'老爷'的？这不是轿杠插到裤裆里——自己抬自己吗？别人看了会讨厌我们的。"

　　蓝大力歪头想了会儿说："就写'各业总监'四个字吧。"

　　"好！这个好！"

　　于是，温德银真就跑去找人写牌子了。

　　可是这还没完。又有人认为，既然如此，总还得写个折子呈递，要不，怎么向州大老爷说缘由？

众人又纷纷赞同，只是议到该由谁来写这折子，却又一个个缩头缩脑，都说不会写。

卞迟仁抓抓脑门说："算起来，只有郎老爷会写几笔，可他现在却没来，只好等他来了再说吧。"

这时，有人瞅见温德银扛着做好的牌子回来了，兴奋地喊起来："来了来了，温老爷来了。"

温德银果然大口地喘着粗气跑来了："我看见知州韦老爷、州同吉老爷带着人马从赣榆县回来了，正在大门外和金道员说话，那个鸟洋男人和洋女人也在。"

"那你看见郎聚才了吗？"

"当然看见了，我还告诉他我们正在此地等他。"

"他来不来？你把写个折子的事告诉他了没有？"

"他说他正陪洋人，不能来了，叫我们自己写折子。"

傅芳章又恼怒开来："这个小孬种，就数他狡猾！摊派建衙银子是他出的主意，倒腾出事来了，他又当缩头乌龟，真不是东西！"

"现在的问题是，牌子也做出来了，我们还去不去？"

"离了张屠户，我们还能吃连毛猪？我们照去我们的，得了好处也不给他郎聚才。"

"可是，要到哪里去下跪呢？"众人又七嘴八舌起来。

"当然是大堂门口，越近越好。"

"那地方已被人占了。"

"到大堂东首的官厅门口跪吧。"

"对，那地方最好，与其他各业民众跪的地方也有个区别。"

"那这牌子谁举？"

"牌子是你去做的，还是由你来举！"

温德银连忙推托："我的个子矮，举不高。"

"矮你就站在最前排，还不和高个一样啦？"

温德银忸怩半晌，心里很不情愿，但又没好理由再推辞，只好勉强扛起牌子走在了前头。

众人便嘻嘻哈哈地相跟着，走出背街，向着州衙大门走去。

4

局面混乱，是对韦良清、吉杲领导和化解矛盾能力的一种严峻考验。尤其是这一切都是在他们猝不及防的情形下发生的。

所以，当韦良清和吉杲、武光宗、马大等骑着马急如星火般来到州衙大门前时，虽然围观的人们一片欢呼，纷纷给他们让出一条通道，但人们的各种呈示吁求传入这几个人的耳中时，他们仍然也免不了吃了一惊。

那些跪着的各业民众的呼叫声一浪高过一浪。

"我们出不起钱盖衙门！"

"我们养活不了那么多官老爷！"

"请州大老爷体恤小民！"

韦良清见状气得脸色发青，大声问吉杲："你知道这是怎么回事吗？"

连一向足智多谋、镇定自若的吉杲，一时也有些沉不住气了，他向韦良清摊了摊手说："我也不知道啊。"

韦良清怒吼："那金道员呢？他在干什么？"

"看样子不会在此，是不是派人去请他？"

这时，武光宗指着身后说："来了来了，我看见他跟一个洋男人、一个洋女人朝这边来了。"

"对，郎聚才也跟在后边。"马大也说。

"我们且下马，问问他是怎么回事。"韦良清下马向金耀祖来的方向张望着。

随从几人也各自下马。武光宗和马大带着衙役、兵丁围成圈状，护着韦良清、吉杲，劝开不断拥上来的民众。

金耀祖也没有预料到会有这种状况，当他陪着洋人约翰、艾丽丝和郎聚才一道来到州衙大门时，被眼前的景象吓得几乎话都说不出来了。

　　金耀祖只好命令郎聚才："你快前去看看，发生了什么事？"

　　郎聚才一眼看见了刚下马的韦良清、吉杲等人："我不用去了，你看，韦老爷、吉老爷回来了，我们先去见他们吧。"

　　早已吓坏了的约翰见了这么多人，不敢上前。

　　艾丽丝更是用英文一连声地尖叫："Oh! My God! Oh! My God! "

　　金耀祖只好硬拉着约翰上前去："没事的，你看，我们的知州韦老爷也在，快让小姐不要叫了。"

　　而大门口的民众发现了金耀祖、约翰、艾丽丝和郎聚才等人，已一起向他们拥来。

　　金耀祖急得浑身乱颤，咬牙拉着约翰快步挤过人群，终于来到韦良清、吉杲跟前："韦知州、吉州同，你们可算是回来了。"

　　韦良清指着跪在地上和围观的民众："你快解释一下，这都是怎么回事？"

　　"我也是刚到这里，不知内情啊。"

　　人群中的温德银发现郎聚才也来了，伸出手一把拉住他。郎聚才赶紧小声问他："你怎会在这里？"

　　温德银便向他述说了先前发生的事，反问他："你参加不参加？"

　　郎聚才拼命挣开温德银的手："我这儿有事，怎么能去？"说着他又凑到金耀祖跟前，焦急地问："金老爷，你看这人多事乱，得赶快派兵保护洋人呀。"

　　吉杲不屑地白了郎聚才一眼，冷冷地斥责他："这时候哪里还有多余的兵？而且，民众难道会把洋人吃了？"

　　郎聚才只好把头一缩，退到金耀祖身后去。

　　金耀祖却一把抓住郎聚才说："你就负责看护一下两位洋人吧。"

郎聚才嘴上答应着，却完全不知所措，只好假装出力，其实只在约翰、艾丽丝身边乱转，毫无作用。

"韦大人，"金耀祖央告道，"我带这两位洋人，是前来州衙找你和吉大人共同商量签约的事，没料到此处聚了这么多人，这还怎么进衙署呢？"

韦良清没好气地说："你自己也看见了，我连下脚的空都没有，怎么过去？"

金耀祖无奈地说："韦知州，我们还是赶紧另寻一个处所会见洋人吧。"

"这怎么可以？"韦良清不同意，"议签约是官府的事，又不是小商小贩谈供售，当然要在衙署进行。"

吉杲在旁见金耀祖一副狼狈相，心中暗自发笑，便插话说："金道员，怎会进不去呢？我有个办法，保证民众会让路。"

金耀祖大喜："请吉大人快讲。"

"现在还不能讲，待我到人群中查看一圈回来后再讲。"

吉杲随即把外面的官服脱掉，露出里面的平民便装，大摇大摆地挤进人群中。

韦良清对金耀祖的所作所为很是不满，仍然严厉地逼问他："金道员，出了这么大的事，你真一点也不知道？为何这么多民众聚在州衙？"

金耀祖慌忙向韦良清辩解，说他自己一直在忙着接待洋人。他又强调道："知州大人你知道吗，洋人是带着十六王爷的信来的，我敢马虎吗？"

"那我问你，刚才民众呼喊'我们没钱盖衙门'是怎么回事？州里从无盖衙门一说，为何民众会冒出这话？"

金耀祖不得不老实坦白说："近几天你和吉杲下乡私访去了，没能及时告知你，上次所议的建立八局试点的事，经过考试选才，八个局的总监，吏部的批文都下来了……"

韦良清霎时瞪大了眼睛："是哪八个人？"

金耀祖一口气说出那八个人的名字："盐务总监谭武彦、农桑总监贺敏高、织造总监傅芳章、机器制造总监隋汴渠、商务总监卞迟仁、钱业总监蓝大力、电线电报总监温德银，这八人都系从八品。"

原来是这伙人啊！韦良清更生气了："据我所知，这八人的人品皆不怎样，何况在考试时，他们都未做出答题，吏部是据何审批的？"

金耀祖狡黠地说："这可是上边定的，内情我就不清楚了，况且我们地方官员也管不到吏部的事呀。"

韦良清叹了口气说："所以，八个局的总监都要求盖衙门？我们又从哪弄这些银子？于是你们又想向百姓摊派，怪不得激出这场民变来。"

"这也是无可奈何的事，"金耀祖仍然强辩着，"八局既已建立，总得有衙署才行，而州里暂无银子支付。所以，经八局总监合议，暂拟各业借支……"

"不要再说了，什么暂借银子？分明是向各业摊要，民众又不明就里，难怪齐聚州衙，向我们讨要说法。"

"这个……也可能是他们办事走了样……"

"岂止是走样？"韦良清又愤怒起来，"一下子建八座衙署，至少要二十多万两银子，此事非同小可。你们为何不等我和吉州同回来再议？多年来，海州未设八局也都过了，现在延缓几日又有何妨？"韦良清使劲甩了甩袖子，"现在这局面，就劳你去收拾吧。"

金耀祖赶紧劝韦良清道："知州大人息怒，眼下事情既然出了，谁都难以处理啊。我们只有共同设法来平息了。况且，眼前又有洋人看见这些，若事情闹大了，对我们的声誉有损，日后谁还会同我们做买卖？"

"什么买卖？是光卖不买吧！"韦良清语气不悦地说着，突然发现温德银举着"各业总监"的牌子,七人排成一行,朝州衙的大门挤去。韦良清指着他们气愤地说:"金道员,这也太不像话了!你看那几人是在做什么?"

金耀祖顺着韦良清指着方向扫眼看去,顿时也气得脸色煞白,心里恨恨地咬着牙想:"这几个蠢货,就愁天不塌下来了,居然越急越添乱子,看我事后怎么收拾你们。"

但金耀祖脸上却做出一副不知情况的模样:"我也不知那是些干什么的。"

郎聚才却不知趣,闻听他们对话,急忙凑上前释疑:"我明白那边怎么回事。"

金耀祖一见郎聚才来添乱,没好气地拼命给他使眼色:"你乱说什么?又能知道什么?"

郎聚才没弄明白金耀祖的意思,又急着向韦良清摆功,却还是说出了实情:"他们都是另外七个局的总监啊,也是急于建衙门的事,便去州衙官厅前跪请,要求州里……"

金耀祖愤怒了,猛地推开郎聚才:"不许乱说!"

韦良清看着金耀祖的狼狈相,不禁笑了起来:"他不说我也看明白了。他们也是想浑水摸鱼,向州里讨钱来的。"

正说着,吉杲满头大汗地从人群里挤了过来:"韦老师,我到里面走了一圈,心里已然有数。现在,只要金道员按我说的办,我们不但可以进衙,而且跪请的各业民众马上可以散去。"

金耀祖不敢相信:"你别又来耍什么计谋,这可是大事,你有什么办法能这么灵,能否先告诉我一下?"

韦良清也来了希望,便劝吉杲,只要能立即平息眼前事端,就不妨先对金耀祖说。

吉杲却仍故作神秘状说:"其实,有的办法先说出来就不灵了——既然金道员开口了,也不能驳他的面子,就先说一个要求吧。首先,金道员,你把新任的八局总监叫来。"

"这好办！"金耀祖用手指着州衙大门东首朝人群里挤的七人说，"那七个浑蛋都在那里，还有一人在这里。"他回手指了指郎聚才。

"好，"吉杲对郎聚才说，"就请你去把那七人喊来，越快越好。"

郎聚才答应一声，慌忙地挤了过去，不一会儿，便将七人带到金耀祖、韦良清、吉杲面前。

金耀祖急于平息事端，抢先说："诸位今日所为实属胡闹，但眼下情况紧急，我们暂不追究。但现在开始，你们要一切听从吉州同的安排！"

吉杲穿上官服，沉稳地命令他们："八位老爷，就请你们一个挨一个排起队来，举牌子的人站在前头。"

八人便都按要求排好。

金道员在前，韦知州紧随，跟在八位老爷后边。

韦良清有些怀疑，但出于对吉杲的信任，也就不说什么，招呼金道员："请吧！"

金耀祖更是深怀疑虑，可事至如此，他又不好不从，只好同意，扭头问吉杲："那洋人怎么办呢？"

吉杲早有考虑，顺口便答："洋人跟在韦老爷身后，最后边是衙役。"

"那你自己呢？"

吉杲紧握拳头，高高举起说："本官自然应冲锋陷阵。且为了诸位的安全，我走在八位总监的最前头。"

吉杲走到位置上，站定后回头喊话："诸公记住，不论我说什么，你们都不许言语。不然，出了危险，本官概不担待。"

紧接着，吉杲转过身去，大步前行，边走边向民众喊话："诸位各业民众，请你们让开一条路，诸位老爷和总监都来了……"

民众们一见官员们这副阵势，情不自禁地呼喊起来，你推我挤，呼啦啦地拥上来，"大老爷……"的呼声响彻云天。

第十九章　众叛亲离

1

面对着汹涌的人潮，吉杲并不畏惧。他登高摆手，示意大家平息情绪，然后高声安抚道："各业民众，本人是海州州同兼海州学正吉杲，现受金道员、韦知州及八局总监之托，郑重传达各位老爷的话：八局所摊派银两，马上归还……"

不料，站在吉杲身后的温德银却大声抱怨："我们何时说归还了？"

吉杲似乎早有预料，他回头瞪了温德银一眼，低声而威严地说："你不愿归还吗？去向民众说去，他们若打死你我可管不了。"

温德银顿时像泄了气的皮球，垂下头不敢再出一声。

金耀祖也气愤不过，欲言又止，心里则痛恨不已："又被这小子要了……"

韦良清眼看吉杲的话起了明显作用，内心十分欢喜，发现金耀祖脚步放慢，似乎要溜，立刻喝住他："金道员，你快跟上。"

吉杲也拿金耀祖说事："金道员有话，让我传给各位民众……"说着，他回头小声地将了金耀祖一军："金道员，依你之意我说还是不说？"

金耀祖进退两难，硬着头皮看了看愤怒的民众，心里益发胆怯，只得勉强回话："说……吧。"

"好！"吉杲提高嗓门道，"金道员对八局总监擅作主张，向各业摊派建衙银两，十分恼怒，将对八位总监严惩。除此之外，对八位总监每人罚银两千两，以作开办新学之用……"

这大出意料的一着，令八位总监一个个差点瘫倒，他们恶狠狠地瞅着金耀祖咒骂他："真不是东西！"

"我，我何曾……"金耀祖心中叫苦，却又不敢当众否定吉杲的承诺。不料吉杲更进一步说："金大人还让我传话，此次对八局总监的处罚，还算轻的。日后，若他们再胆敢鱼肉各业民众，定要严惩不贷！"

民众齐声欢呼起来："好！我们谢谢金大老爷！"

吉杲又说："诸位民众，现在，我传知州韦老爷的话，韦老爷说了，海州建立八局，实属试办，将视情而定取舍。八局总监办理公务之处，暂设在州衙，一人一桌，不配杂役及车马轿，皆廉政为民……"

民众又欢呼："好——谢韦老爷——"

"现在，各业民众，推举一人，携带摊派建衙银两字据，到州衙大堂，办理退银事宜。八局总监罚银，将张榜于明日公示，请各业民众，即刻回去料理生意。"

民众欢呼着，议论着，陆续散去了。待吉杲带领八局总监及金耀祖、韦良清和两个洋人到了州衙大堂门口，除各业举荐之人，院里已空无一人了。

八个总监面面相觑又垂头丧气，于是都迁怒于金耀祖，恨金耀祖是两面三刀之辈！

金耀祖有苦难言，欲思报复，却一时没了章程。他只好偷偷怒视吉杲，咬牙切齿在心里暗咒：好你个捣鬼的吉杲，咱们走着瞧……

2

民乱平息，当天下午，在韦良清召集下，金耀祖、吉杲、约翰和艾丽丝，聚于州衙内，开始审议签约事宜。

约翰带来的那两份洋文契约，摊开在众人面前。看着他，各人的表情各异，内心也起伏不同。

最焦虑的是金耀祖，上午刚输了一着，要是这个契约再弄不成，他不知道自己还怎么在官场混，更不敢面对京城的十六王爷。

吉杲却不卑不亢地打量着约翰，说："约翰先生，金大人将此事已向你说过了吧？"

约翰看了一眼金耀祖说："I don't place much trust in his words.（我不大相信他的诺言。）"

金耀祖急忙问吉杲："他说的什么？"

"约翰先生说他不大相信你的诺言。"

吉杲转向约翰道："约翰先生，据我所知，你是个中国通，为方便起见，我们都使用汉语吧，这样各位都能听懂。"

约翰点头同意。

吉杲看着金耀祖和韦良清说："二位，我的引荐完了，代表州衙的是你二位大人。不过我要强调一言，金大人，你可没资格签约。"

金耀祖顿时气歪了脸，正欲发话，吉杲正色道："你可是道员，并非海州的实职官员。这里唯有韦大人有权签约，因为他是知州。"

金耀祖哼了一声，不再说话。

韦良清摆摆手说："现在还不到具签的时候，我们理当先议一下契约的条款再说——吉杲，你会洋文，还是由你将契约的条款逐一翻成汉语。"

约翰有些吃惊，怀疑地盯着吉杲说："吉老爷会英文？"

吉杲没接他的腔，顾自把契约的主要条款翻译了一遍，再看看约翰说："翻译得对吗？不过，约翰先生不要紧张，只要条文规范、无欺诈内容，我们都会认真对待的。"

约翰连连称是。

韦良清便对约翰说："我们暂不忙议契约，我想问约翰先生一个问题。"

"请讲。"

"请问，那些先于约翰先生两月前到海州辖境的云台、子赣、夹谷诸山勘查的人员，是不是贵国的？"

"No，不，不是！"

"若说不是，他们所标地图的山、海、河为何与你带的契约条款写明的山、海、河名字相同？"

"约翰先生，"金耀祖为摘出自己的嫌疑，便把话头扯到约翰身上，"你不是说，会先签契约后勘界吗？为何提早来人勘查，而且我也毫不知情？"

约翰摊摊手说："这可能是个误会，我要仔细查查。"

韦良清严肃地说："暂不说你查不查，但我可以正告你：对大清国的土地，无论是买也好、租也罢，在未正式签约之前不与官府交涉得到许可，随意入境，都是侵略行为——我没说错吧？"

"对！"吉杲大声补充道，"这不仅仅是涉足我们国土，而且还自行勘界、探矿，这更是我们所不能允许的。"

"这个，"约翰赶紧强调，"我们虽然知道一些情况，但不能说所有涉足海州的外国人都与本国有关。"

"我劝约翰先生还是实事求是的好。"

约翰挺着脖子强辩："你们说我哪一点不诚实？"

"约翰先生，还要我说出来吗？"韦良清厉声反驳他，"当然，我们还是可以给约翰先生留点面子。但我必须向你说明一个极简单的道理：如果你想买一座山，并写好了契约，别人到那山上乱凿乱挖找矿，你会同意吗？"

"那我当然不会同意。可是，你这话究竟是何意思？"

韦良清笑了一笑，扭头向吉杲示意："把东西拿出来，让约翰先生看一看。"

吉杲掏出标有矿产资源的子赣、云台、夹谷诸山的地图以及标有可建码头的海岸图，递给约翰："请看吧。"

约翰假模假样地仔细看了一遍，内心自知无法抵赖，只好改换语气说："对不起，这个我确实不知道。不过也许是我的手下做的——这一点，我向你们表示道歉！"

"仅仅表示道歉是远远不够的，"韦良清说，"你必须说出此种做法的目的！"

"目的？噢，那当然是友好合作。"说着，约翰瞟了一眼金耀祖。

金耀祖被他一看，顿时显出慌乱之色，心里更是直打鼓："我的天哟，怪不得跑外面去调查我，原来吉杲和韦良清竟去揭我们老底了。只不知吴海龙向他们说了底细没有？如果说了这麻烦可大啦……"

"友好合作？"韦良清忍不住斥责约翰，"倘若我不经贵国女王允许，到你们那里探矿勘界，会被允许吗？若我偷偷为之，也叫友好合作吗？"

"这个嘛，"约翰无奈地垂下了头，"现在你想让我怎么办？"

金耀祖看得越发焦急了，感到再这样说下去，底细将很快露出来，他摸着腮帮子，竭力想要设法引开话题。于是金耀祖提高嗓门劝道："诸位诸位，我看啊，我们不必为此闲话再争来论去的了，还是逐项议商条款吧。"

"金道员这是什么话？"吉杲尖锐地指责他，"这怎能说是闲话呢？这关系到主权大事，怎能儿戏？"

金耀祖只好无奈地闭了嘴。不想吉杲又顶了他一句："讨论此等大事，岂容走神？大家都理应听清！"

"行行行，你们议，你们议，我不再多言就是。"

韦良清又问约翰："约翰先生，私自踏入别国国土的不法之徒，你到底打算怎么办？赔礼道歉，还是赔偿损失？"

约翰没想到还有这一着，不禁皱起眉头又摸鼻子又抓耳朵，半晌才不得不亮出实底来："我可以告诉韦大人和吉大人，若我未得到贵国高层人士的许可，我是不会涉足海州的。"

听约翰这么说，韦良清微微一笑，面色也缓和下来："约翰先生这几句话还算有诚意。"

金耀祖却已惊得六神无主，只好强行岔开话题："我看这天色不早了，是不是先吃晚饭，明天再议？"

"金道员，"吉杲讥讽地大笑起来，"你好像有点贵人多忘事啊，我们可是吃过了饭刚坐下不久。"

约翰也不满地说："金大人，当官的就是天天吃饭喝酒吗？现在吃什么饭，我们正谈着要事呢。"

韦良清点头赞同，便请约翰接着说。

约翰气昂昂地道："那我就实话实说吧。我们做的事，可是得到十六王爷和金道员许可的。"

"有何凭据？"

"有十六王爷给金道员的信，也有金道员的信。"

韦良清严厉地说："私人信件代替不了公文，公事以公文为准。"

"可是在贵国，有不少地方，上级官员给下级官员写的信，比公文还顶用，所以，我就没和你们州里联系。"

"其他地方我无权干涉，但在海州，"韦良清一字一顿地说，"我认准的只有公文。"

约翰无奈地摇头说："韦大人，我能看出，你是个办事认真的官员，但我不得不奉劝你，有时候这可是行不通的。"

吉杲哈哈一笑，插话道："所以，我说约翰先生是中国通——

这个不错吧！"

"哈哈哈，这话有意思。"约翰有点得意起来，"那么，往下就不用深说什么了，我们还是具体议一下条款吧？"

韦良清却意味深长地笑望着约翰说："不急，我们有的是时间。只不过我估计，再往下讲，约翰先生就有些不便了吧？"

"韦大人，你很聪明，用中国话说，叫'打住'吧？"

"我看还不能'打住'，因为你所说的'打住'的事，我们手里也有。"

约翰连连摇头："这，不太可能吧？"

韦良清立刻示意吉杲："把那件东西拿出来请约翰先生过目。"

吉杲便拿出一卷写着洋文的纸，交给约翰。

约翰仔细看了一遍，不禁赞叹道："了不起，记录得一点不差。"

吉杲伸过手说："约翰先生，请把东西还给我。"

"你们还要？"约翰把纸拿在手里扬了扬，并不打算归还。

金耀祖早已伸长脖颈看，见全是洋文，他半点不懂，急忙小声问约翰："上面写的什么？"

约翰滑稽地耸耸双肩，看着吉杲伸在他脸前的手，只好打哈哈说："这可是好东西，哈哈！"但还是将那纸递还给了吉杲。

韦良清说："约翰先生，我再告诉你一件事。你的手下在赣榆县被千余名乡民围困，不许他们进山探矿，是本人和吉大人、赣榆的吴知县解了围，他们已安全离州境返回京城，请你放心。"

约翰顿时呆若木鸡。

吉杲说："约翰先生，海州士民爱乡惜土，往往人勇心齐，必要时可是敢于拼命的。今天上午，那么多各业民众，为捍卫自己的利益要拼命的情景，你该看到了吧？"

约翰脑中随即闪现出民众义愤的场景，不由得一阵战栗："看到了，看到了！用中国的话说，叫'民意不可违'。"

"约翰先生，那契约的条款还议不议呢？"

"这个啊，"约翰极不情愿又无可奈何地沉默了半晌，耸耸肩膀说，"那就只好免议了！这样吧，明日我就启程了。"

金耀祖还没反应过来，愣愣地望了约翰一眼说："先生明天就走？那我们的契约还没签呀？"

约翰没好气地向金耀祖发泄怒气："你，你真是一个糊涂蛋！"

3

回到同乐酒楼，金耀祖始终闷闷不乐，眼前是一桌酒席，身边却只有小梅花坐在桌旁陪着他。也不知为何，客人们迟迟未到，场面异常冷清。

小梅花偏偏还来搅扰，她噘着小嘴，一半生气一半撒娇地说："老爷，你答应给我买戒指买项链买玉镯买金镯买衣服买金钗买耳环耳坠缎子布，为啥还不给我买呀？"说着扑上前去搂金耀祖的脖子。

金耀祖不耐烦地推开她："去去去，别爬天扑地的，你没见老爷正烦着吗？"

小梅花急了："像你这样一下子拿到五十万两银票还烦着，我们就不活了？你给我买这些东西也不过三两千银子，与五十万相比，还不是九牛一毛，何况你还有其他进项的银子呢。"

"你知道个屁！"金耀祖气急败坏地吼起来，"五十万两银票早被洋人拿回去了，事没给人家办成，有何理由拿人家的银子？"

"哟，"小梅花还不知趣，"就算没有那五十万两，八大总监为当上官，一人就送你两万两，合起来不是十六万两吗？还有万顷湖省下的工钱十万两，总共二十六万两，这还嫌少吗？"

金耀祖大惊："你是怎么知道的？"

"你自己讲的呀。"

"我何时讲的？"

"你怎么忘了？那天晚上你喝醉了酒，抱着我不放，亲口跟我说的呀。"

金耀祖不禁咝咝地吸开了凉气，心里沮丧至极地想："娘的，女人可真不是好东西，弄不好就被她玩了，看来我得设法赶紧把这个小妖精弄走……"

金耀祖大声呵斥小梅花："那都是我瞎说的，是酒话，根本没这回事。"

"为何说得那么绝呀，我一不抢你的，二不告你，只不过让你给我买点东西作个念想呀。"

金耀祖怔了一会儿，暗想："这会儿还不能得罪她，我得先稳住她再说。"于是他换了副腔调，抱过小梅花安抚她说："好了，好了，小宝贝心肝，你应该相信我，从不会说假话。只不过，要等我忙过这一段，保证就带你到南京去买。"说着，他使劲拧了一下小梅花的屁股，"这该行了吧？"

小梅花大为开心，反手搂住金耀祖，狂热地亲吻起来。

金耀祖皱着眉头，好不容易把小梅花推开："好了好了，要是被八局总监看见了多不雅。"

小梅花忽然感到了真有什么地方不对头，于是她向门外张望了一会儿，回过头来认真地问："今天是怎么啦，都变得这么奇怪？往日那帮家伙，都是他们请老爷，早早就来了的，今日老爷请他们，却迟迟不来，好大的架子！亏得还是你栽培他们呢，忘恩负义的东西！"

小梅花的话，让金耀祖也感到不安了："都说好了的，为何一个都不到呢？我这有要事找他们呢，这几个混账东西！"

4

金耀祖做梦也没想到，他苦等不来的一帮人，此时正在海州洞天春酒楼的包间里推杯换盏，喝得酣畅。

谭武彦又满饮了一盅酒后，捋捋袖子嚷道："他娘的，今晚能伸开肠子喝一场酒了。"

贺敏高立刻反唇相讥："你哪天喝酒没伸开肠子？"

"跟金老爷一块喝酒，你伸开肠子了？处处赔着小心，像孙子一样！"

郎聚才也不赞同他的话："我说啊，金大人可是没有亏待过我们，今晚他请大家去同乐酒楼，我们却在这里喝酒。若不前去，怕不妥吧？"

谭武彦怒道："你要去舔狗屁就去吧！"

众人哈哈大笑。

傅芳章说："我们不赴约当然有点不妥，可他金大人也太拿我们不当人了，没和我们商量，就每人罚两千两银子。"

有人顿时也讲开来："亏得吉老爷还算讲人情，把我们原来请他教洋文的每人两万辛苦银子又还给了我们，要不，这罚的两千两银子一时到哪里抓去？"

郎聚才冷笑一声说："吉老爷就那么分文不取？"

"他还给我们的白花花的银子还能是假的？"

"难怪你们老是办不成正事，头脑太简单了！依我看，说不定这里面别有用心呢。不过，现在说别的都没意思了，那金老爷请我们，我们真的一个都不去？"

"要去，你先去，我们舒坦一会儿再说。"

"那我先去了。"郎聚才真的离座出门去了。

众人看着郎聚才的背影，一个个咒骂起他来："这小子真是堆臭狗屎。"

"就是，我们每人花了两万多银子，弄个总监的头衔，现在看，值也不值？……"

"怎么是两万多两银子，还有每人一万两银子送京城托人弄答题的呢。"

温德银几乎要跳起来："对呀，我倒忘了，这些银子都交给了金道员，总共是多少？"

"那还不好算？三八二十四——二十四万两。"

"现在看来……我怀疑，金道员真的把这些银子都派上了我们的用场吗？"

"是很难说哪——你看金道员那个抠搜劲，能用个零头，也就是四万银子打点就撑天了。"

"那才是个坏种啊！"傅芳章也直点头，"不算不知道，一算吓一跳，为这一件事他就弄了二十万两。"

"所以我说，大家花这么多银子到底值不值得？再说，我们这些银子也不是漫水淌来的，是口里抠、手里伸、肚里挪积攒起来的，为何当初都像被雷打昏了头，拱手相送呢？"

"你这样一说我倒清醒了！现在，衙门没衙门，俸银没确定，也没公务办理，跟着金道员狗屁苍蝇瞎哄哄，到底是谁蚀本、谁得利，诸位该清楚了吧？"

众人一个个面面相觑，却只能满脸苦笑，无奈地摇头："看来，我们是明摆着都上了金耀祖的当了。"

贺敏高眨巴了一会儿眼睛，又想起了吉杲："若不是吉杲老爷把我们送给他的银子又还了回来，我们的亏吃得就更大了。"

"怎么不是？"温德银也感慨地表示赞同，"说到底，还是韦老爷、吉老爷为人正派啊。"

"对，金大人曾暗中拉我们跟吉老爷、韦老爷作对，幸亏我们在观望没动手，不然，真对不住二位老爷。"

很久没有出声的蓝大力忽然说了句心里话："我看啊，这官场不是好混的，那官员也并不是容易当的。贪了吧，民众骂，还提心吊胆；不贪吧，为当官铺路花了这么多银子，不捞回来心里难受；再者，我们这八个总监，有什么鸟本事？连折子都写不好！"

被蓝大力这一说，谭武彦猛地跳起来，拍着桌子叫嚷道："依我看，这个鸟官我们不如不当！干脆找吉老爷告金耀祖那个狗官，把我们的银子都要回来，让吉老爷、韦老爷再选有能耐的人当这个破官。"

"就是，咱们没有本事，弄个官帽子套在头上，也是活受罪。"

"我看这样办吧，先礼后兵。今晚金大人不是要请我们吗？我们马上就去，先向他要银子，他若给了，咱们一哈两笑；要是他不给或是耍赖，我们就按下一步走。"

众人呼啦一下都站了起来，推开酒杯齐嚷道："对，就这么办！我们走吧。"

于是，一伙人一窝蜂地出了酒楼。

5

金耀祖正在同乐酒楼包间里大发雷霆，把眼前的酒杯和筷子都使劲捋到地上："这几个熊人，居然真的不来了？"

小梅花只得好言相劝，一面喊店小二来换酒杯，一面说："老爷不要急，哪会有请吃不到的？再等一会儿吧——老爷你听，楼梯响起脚步声了，不是有人来了吗？"

果然，郎聚才敲门进来了："金老爷，我来了。"

小梅花慌忙去迎接："快上桌，可把老爷急坏了。"

郎聚才作揖道："实在对不住金老爷，有点事耽误了。"

金耀祖自解尴尬说："你该不是到春香院黑牡丹那里去焐被窝了吧。"

"金老爷请我们，我哪敢呀。"

金耀祖见只有他一人，又愤怒起来："他们几个呢？"

郎聚才不好实说，便搪塞道："我没约他们一道，也许快到了吧。"

"那就好，我还以为你们都不来了呢。"

"金老爷请我们是给我们脸上贴金，我们还往脸上抹灰吗，怎会不来！"

金耀祖和郎聚才正寒暄着，忽又听到楼梯上杂乱的脚步声，金耀祖大喜："小梅花，快把酒杯都倒满。"

"是，老爷！"小梅花忙着倒酒。只见谭武彦率先推门进来："哟，小梅花为大家倒酒呀，那可就有股子梅花香了。"

众人先后进门，一起打哈哈："怪不得刚进门就清香扑鼻呢。"

"都坐，都快坐，"金耀祖吩咐小梅花，"快叫店小二来上热菜。"

金耀祖感到奇怪，见他们都站着："你们为何不坐，还见外吗？"

谭武彦看看大家，吞吞吐吐道："金老爷，不瞒你说，我们刚刚喝过酒了。"

金耀祖一怔："难道你们没接到我的帖子？"

"不是，是我们觉得消受不起。"

金耀祖大皱眉头："恐怕是为那笔罚银，诸位生我的气了吧？"

众人一齐小声回答："金老爷，我们哪敢呢？"

"那又是为什么？"金耀祖咬牙切齿地说，"实话告诉你们，我被吉老——吉杲那东西耍了！"

"吉老爷怎敢耍金老爷？"

"我根本就没说罚你们的银子，那是吉杲信口胡说的。"

"我们怎么觉得，吉老爷确是好意，并非耍你。"

金耀祖又愣怔了："此话怎讲？"

隋汴渠说："若吉老爷不这样讲，说是你从中出的主意向各业

摊派建衙门的银子，当时几千民众一怒之下，还不把你金老爷砸淌屎了！"

"胡说！"金耀祖猛拍了一下桌子，"如此说来，你们都认为吉老爷是好人？难道你们到现在还不明白，那吉呆满肚子孬点子，怎能和本道员相比？"

"可是，吉老爷不坑人啊。"

"我跑上跑下、忙里忙外地为你们争到缺位，当了总监，难道是坑你们吗？"

温德银梗着脖子回呛他："但你金老爷可并没有白忙。"

"没有白忙？我得了你们什么好处？"

"至少二十万两银子。"

金耀祖愤怒地狂甩袖子说："本道员今晚好心好意请你们来，为的是向诸位说清那笔罚银的实情，消除误会，齐心协力，共图大业。难道你们竟不能体谅本道员的良苦用心，竟向我讨银子来了？"

谭武彦壮着胆子说："这正巧被金老爷说对了。"

众人齐声说："我们正是前来讨银子的。"

金耀祖向郎聚才瞥了一眼："郎总监，你说你是单独应约前来的，告诉我实话，你也是来向我讨银子的吗？"

郎聚才还是觉得不好撕破脸皮："这……"

贺敏高毫不客气地揭穿了郎聚才的谎话："郎总监是在胡说，他也和我们一起在洞天春酒楼喝的酒，只不过提前走了一步。"

金耀祖咬牙怒问："郎总监，是不是这样？"

郎聚才不得不垂头默认了。

"你提前走一步来这里，是否怕来晚了讨不到银子？"

郎聚才感到自己的好意被金耀祖曲解了，索性把心一横说："金老爷，如果你处处以自己之心来测别人之意，那我就实说了吧。我们在洞天春酒楼喝酒时，他们一片抱怨……我觉得不能对你这样无情，就提前离席，来和你说说话，还想将他们的情况向你透露，只是尚未来得及讲，谁知你是这样对待我……"

金耀祖相信他说的是实话，马上向他道歉。

郎聚才连忙摇手说："金老爷，免了吧，到此刻，我已算是知道你的为人了。看来，还是七位老弟比我有眼力。"

郎聚才向其他七个总监拱了一圈手说："诸位，郎某往日若有对不住的地方，敬请各位海涵！"

七个总监都拱手还礼说："看郎老兄说哪里去了，能认清一个人的面孔，确实不易，我们不也一样上当受骗了吗？"

"既然诸位老弟原谅了老兄，那日后在生意场上还是朋友，理应同心同德，做好本分生意，方便海州民众。"

众人都应道："郎兄说得对！我们携起手来，共兴商贸。"

谭武彦却又逼问金耀祖："金老爷，我们都把话说明了，你看着办吧。"

"看什么看？办什么办？"

"你金道员的脑袋瓜灵得很，还有何不明白的——还我们银子。"

金耀祖气得满面通红："我为何要给你们银子？"

"是你拿我们的银子，说要上下打点跑官的呀。"

金耀祖咬紧牙关，耍起赖来："你们这么说，有何为凭？"

众人纷纷道："我们向你交银子时都留了账，并注明了日期、地点。"

"既然如此，我给你们凭据没有？"

"你拿到了白花花的银子，难道不是凭据？"

"我说的是我写的收银的字据，你们有吗？"

众人更愤怒了："这么说来，金大人是想要赖了？"

"我说的是字据，没有字据，我凭什么给你们银子？"金耀祖说着将右手一甩，"都给我滚……"

小梅花刚巧在这时候推门进来，喜笑颜开地说："老爷，热菜上来了。"

"上什么热菜？"金耀祖气急败坏地骂她，"给我端出去喂狗。"

众人互相交换了眼色，一个个拂袖而起："好呀！堂堂朝廷命官，居然随便骂人，走，我们告他去！"说着都愤然离去。

6

夜深了，海州城内大街上，陷入了一派沉寂。

只有小梅花搀扶着喝得大醉的金耀祖，慢慢向前走，同时小心翼翼地问金耀祖："老爷，今晚到哪里过夜？"

金耀祖打着酒嗝说："我现在一见皮小姐那个烂黄瓜脸就恶心，就到你的春香院吧。"

"可老爷别忘了，你欠的银子还没还呢，答应给我买的东西还没见影呢。"

金耀祖猛地推开小梅花："他娘的，难道连婊子也想欺负我？"

"老爷，咱们做这行当的也是人，是没办法的事，你不能开口就骂的。"

金耀祖控制不住，抬手就打了小梅花一耳光："我不但骂，而且还要打呢！你个贱货还能反天？"

小梅花捂着脸，立即站住："老爷，没想到你真的能动手打人？"

"我就打了怎么的？不管怎么样，本老爷还是堂堂的道员，你能把我怎么着？"

"怎么着？我们人再贱，也不该被人随意打骂的，何况你还是个老爷？"

金耀祖仍然蛮横地说："你想怎么办？难道敢告我不成？"

"兔子急了还咬人，"小梅花反手狠狠推了金耀祖一把说，"何况我们是人呢？我不信天下没有说理的地方！"

金耀祖狞笑起来："好大的口气！当婊子的还想说什么理？"

"当然要说理。我们也能找人写状子，不信你等着瞧！欠银子不给，凭这一条就能告你。"说完，小梅花双手捂脸跑开了。

金耀祖愣在原地半晌，突然掏出身上的洋枪，对准小梅花道："我叫你跑，我叫你告。"砰的一声，金耀祖扣动了扳机。

小梅花惨叫一声，扑通倒地。

金耀祖看也不看，朝枪口吹了几口气，把枪揣入怀里，扬长而去。

7

金耀祖踉踉跄跄地来到一座四合院门口，敲了敲门。门吱呀一声打开了。

皮小姐意外地看见是金耀祖，惊道："老爷回来了！"

金耀祖伸头朝客厅看了一眼，见里面灯火通明，不禁生疑道："这时候，客厅里为何还亮着灯？"

皮小姐并不正面回话，往里就走："你快进屋吧，天不早了。"

金耀祖刚跟进客厅，突然怔住了。他没想到客厅里竟坐着郝道仁、白路汉两个壮汉，手里各拿一把洋枪把玩着，见金耀祖来了也不离座施礼，像没看见一样。金耀祖恐惧地惊叫一声："你们是谁？"

郝道仁、白路汉冷冷地看着金耀祖说："难怪你不认识我们。我们不久前可是光顾过贵府的，只是没能够见到金大老爷。"

金耀祖心里很想转身退出去，又明白已经不可能了，只得硬着头皮进入厅内，同时放软口气说："我还真不知二位高姓大名，前来敝府有何贵干？"

郝道仁若无其事地说："来找位朋友叙旧。"

白路汉补充了一句："就实说了吧，那朋友就是皮三狗。"

金耀祖大为震惊，然后强自镇静下来说："噢，诸位原是皮三狗的朋友。"他又假惺惺地向皮小姐吩咐："快沏茶。客人用过饭没有？"

"不客气，用过了。"

"上次前来，听说皮三狗随老爷一道讨银子去了，这次为何还是不见他的面？"

金耀祖故作不好意思地说："这事呀，实在难以启齿。说起来，也都是亲戚。可上次本官带皮三狗讨到银子之后，他居然怀揣银票偷偷逃走了，至今尚未回来。"

郝道仁站起身来，慢慢走向金耀祖说："金老爷，你说的是实话吗？"

白路汉也逼上来："皮三狗真的是逃走了？"

金耀祖赶紧摊开两手说："你们看，他的妹妹还在这里，若皮三狗真的不是逃走，皮小姐还能放过我吗？"

"你哥皮三狗真的逃走了？"

"听老爷是这么说的。"

"金道员，"郝道仁又把洋枪在手里转了个圈说，"既然来找朋友不遇，只好请你帮个忙。"

白路汉又补充道："我们手头的银子用完了，就向你借一点花花。"

金耀祖急欲打发二人快走，只好回答："借多少钱？二位只管说。"

"也就十万两，小数，小数。"

金耀祖惊得目瞪口呆，心里预感到某种不妙，几乎要站立不住了："十、十万两，这可……"

"金道员不必心疼，我们日后定要奉还的。"

"可我一时从哪儿去弄这么多银子呀？"

"莫非你糊涂了？"白路汉说，"你该知道这个数目并不多，还要我点破吗？"

"既然如此，"金耀祖只好施展缓兵之计，"我就先安排二位歇息，明日就取出给二位便了。"

"我们现在就要。"

"拿了银子我们就走。"

"现在不行，必须等到明天。"

"真要等到明天？"那二人马上把金耀祖紧紧包夹住，满脸满眼都是凶光。

金耀祖心知不妙，眼睛一转，伸手就欲掏怀中洋枪。不料两把洋枪同时抵住了他的脑门。

郝道仁狞笑着，从牙缝里挤出一句话来："你若现在不给银子，我倒没什么——"他使劲用枪口顶了顶金耀祖的脑门，"只怕它不会答应！"

白路汉也使劲用枪口顶了顶金耀祖说："咱这老兄可是很不好讲话的，脾气怪得很！"

金耀祖顿时瘫软在地，仿佛一条被打断了脊梁骨的狗。

第二十章　青史永彪

1

月华如水，洗刷着寂静的海州城。

令人有些奇怪的是，空荡荡的马路上竟有一算卦先生手持卦幌，优哉游哉地踱向和顺客栈来。他手中的幌子上写着"吕祖灵签"四字。到了客栈门口，这位先生开口便似念似唱起来：

> "说到龙蛇马又来，
> 细看无不遂心怀。
> 前生俱是有缘分，
> 及到今时运已该！

——掌柜的在吗？"

店老板应声跑到门口问："门外何人？是不是住店？"

此人却不回答，顾自又念：

> "几历邪缘竟不摇，
> 知君高见直冲霄。
> 世间共识善德好，

相逢先把姓名标。

——在下周敬祖，投宿贵店来了！"

店老板一听周敬祖的名字，急忙打开大门，施礼请进："仙人来啦！"

周敬祖边进门边朝店老板脸上看："掌柜的，恕在下多嘴，我见你额纹舒展，眉宇卧龙，贵店定有贵人暂住。"说着，他便至柜台前的椅子上坐下来。

店老板连声恭维他："仙人刚进敝店就能算出真情，敬佩，敬佩！"

"休要夸奖。"周敬祖笃悠悠地说，"常言道，身离渡口箭离弦，人在前途眼望穿。莫怨行人归棹晚，管教日内得团圆——此乃道行中事。掌柜的，在下能见一见店中住的贵人吗？"

"仙人还是先住下，再见贵人不迟。"

周敬祖笑着抚弄自己的长须说："这么说，我真算对了？"

"实不相瞒，敝店现就住着海州知州和海州州同。仙人果真欲求一见？"

"那是当然。初来海州之地，怎可不先拜拜父母官呢——请带在下前往……"

这时，吉杲闻声已打开房门，伸出头来问："店老板，是哪位要见我们？"

"有一个刚到的仙人。"

吉杲打量了一下周敬祖，马上出门施礼道："既然仙人大老远地来了，理应立即出迎才是，怎能劳他先登门呢？"说着，他已走到周敬祖面前。

周敬祖站起身来道："水火相济，阴阳相契，育物新民，参天赞地——在下冒昧了，不妨先看看大人的手相吧。"

吉杲犹豫片刻，坦然地伸出右手来："有劳仙人了。"

"些许小事，何言有劳！"周敬祖将一物塞进了吉杲手里，同时说，"大人伸错手了，男左女右嘛。"

吉杲笑道："对不住啦，隔行如隔山，本人不懂。"

周敬祖将吉杲的左手细看一下，突然像是一惊："你看我这记性，竟将自己的行囊忘在门外了，我去去就来。"

周敬祖疾步出门，吉杲也不多问，转身就往房间里去。

店老板好奇地问："吉老爷不等等算卦先生了？"

吉杲却肯定地回答："他不会回来了。"

"这怎么可能呢？"

"你若不信，就出门看看。"

店老板急忙出门，很快就转回来："果然不见踪影了，难道真是神仙？"

"谁也说不清——你忙着吧，我回房间了。"

客房里的韦良清正在细看吉杲从赣榆县带回的地图，见吉杲回来，就随口问了一句："你怎有兴趣去看一个住店算卦的？"

"哪里是什么算卦的，分明是前来给我们送密信的公差。"

"何以见得？"

吉杲从右手里展开信："这不是信吗？"说着将信递给韦良清，"老师先过目吧。"

"你也该看呀，你就念给我听吧。"

吉杲便念起来："韦知州、吉州同，二位见字，速将金道员控制，有重大案情。我不日即到——胡。"

韦良清惊道："原来是军机处胡大人的信！快把送信的公差安置一下。"

吉杲说："早走了！"

韦良清说："那我们商量一下，下一步怎么办？"

吉杲将信就着烛火点燃之后说："胡大人上次路过此地去扬州，时间不短了，可见案情重大。"

"我估计案子肯定牵扯到金耀祖，不然，胡大人不会火速派人送来密信的。"

吉杲点头认同："韦老师，依我看，在胡大人来到之前，我们也该把金耀祖的事了结一下了。"

韦良清立刻赞同："这是当然。不过，还是先按胡大人的意思，把金耀祖暗中监视起来，也有利于我们调查金耀祖在海州的案子。"

"韦老师，你看怎样监视金耀祖？"

"让马大带一帮衙役，皆着便衣，在他的住处四周布岗；另外让武光宗带兵丁配合四门守城兵丁，把住城门；朱驷驹带人守住州衙一带的街道——你以为如何？"

"这样安排也可以，但派谁守在金耀祖的左右呢？"

"管带、哨官、兵丁、衙役都派得差不多了，总不能让你我二人守在金耀祖的左右吧？"

吉杲笑了："虽不能像你所说，但你我二人却不能离开他。还有，韦老师你忘了，还有京师源顺镖局。"

"我们想到一处了，只是他们在京师，离这儿太远。"

"近日，他们一直在本地活动。"

韦良清信心十足："好！今晚就得把金耀祖暗中监视起来，先派谁去？"

"还是用老办法，派人请金耀祖到衙门官厅议事。"

"以何为议题呢？总需让他深信不疑才好。"

吉杲想了想说："就以八局已经建立，议一下他们如何司职——顺便把八局总监也请来，不就把金耀祖软禁起来了吗？"

韦良清叹息一声道："八局总监的委任，金耀祖做得确实离谱。派谁去请金耀祖？"

"朱驷驹。"

"好，快去传他。"

2

郝道仁、白路汉两个壮汉正用洋枪顶住金耀祖的脑门，皮小姐在一旁吓得浑身乱抖。

金耀祖不住地哀求着："二位好汉，本官今夜是无论如何也拿不出十万两银子的。"

"那你的脑袋可要搬家了。"

"不用和他饶舌了，我们把他带到城外去吧。"

"二位好汉，若信不过我，本官可以家人性命抵押，明日交了银子，你们再放人。"

郝道仁厉声讽刺他："你还想哄我们？你的底细我们早摸清了。你还有什么家人？金盖天，你的老爹死了，你瞒报丁忧，藏在了金家寨；你妹妹金连珠给吉老爷做老婆了，你娘也随她去了；还有你的前夫人，听说马上也要和朱管带成亲了。皮小姐你尚未娶过来——你连一个家人都没有，用谁来抵押？我们不会上当。"

金耀祖大惊："你，你们全都知道了？"金耀祖不禁闭上双眼，但心里却腾起一股恶气，他狠狠地咬紧牙关，暗想："既然这样，那我自己不安生，也不能让她们好过；再说，保命要紧，可就顾不了那么多了。"

于是他马上睁开眼睛，高声道："二位好汉，我还有话说，二位刚才所说，只讲对了一半。眼下，我妹子和吉杲还没成亲，我那夫人也未嫁过去，在择吉日。她二人仍和我娘住在州衙内宅我原先住的房子里，她们完全可算作我的家人，做人质抵押有何不可？"

白路汉看了郝道仁一眼，点点头说："金道员既然如此说了，就烦请你带我们走一趟。"

郝道仁补充道："你若敢耍我们，你的头就长不到明天早晨。"

金耀祖连连点头，用手抹了一把额上的汗水："本人一向笃信诚实，不会有半点虚言。"

白路汉立刻揪起金耀祖，扭头向皮小姐说："你守在这里，不许出门！我们且随他走一趟。"

3

金耀祖此言倒也不假，金连珠、韩慧媛此时的确尚在海州衙门内宅里。只是她们正在和翠莲丫鬟一起，匆忙收拾着一应细软，身边还有金老夫人在一旁看着，手捂着胸口，长吁短叹，显得既忧愁又焦急不安。

金老夫人说："这都快到半夜了，还是等明天再收拾吧，我都困了，想歇了。"

金连珠劝她说："妈，吉杲派人来告诉说，必须收拾好连夜出城，等不到明天了。你困了就靠在椅子上睡一会儿，我给你盖件棉袄。"

金老夫人更为惊异："连夜出城？到哪里去？"

"到孔望山吉杲老家去。"

"到那里去干吗？我们金家寨不是有房子有地吗，干脆回金家寨便了。"

韩慧媛腾下手中抱的一条棉被，插话说："娘，你还不知道，金家寨的房子和田地，都被你儿子给卖了……"

金老夫人愣了一下，顿时大放悲声："你说什么？都卖了？那可是金家人老几辈攒下的家业呀！你们为何早不告诉我？"

"娘，房子、田地都被金耀祖卖了钱买官用了，不然，他怎会升到道员？也是连珠妹妹怕你知道后心疼，我们都没敢跟你说。"

金连珠一边抓紧将一些衣服打进一个包袱里，一边耐心劝说："娘，别难过了。田地、房子和钱财，都是身外之物，生不带来死不带去，卖就卖了吧。"

金老夫人还是十分忧愁："闺女呀，娘心里也早看出，吉呆是个有仁有义的人，他对我们不会有外心。可他家里穷成那样，一下子添四口人吃饭，怎能支撑得了？就这还没算穿的、用的，那房子也不够住呀。"

"娘，你又忘了，"金连珠指指韩慧媛和郁翠莲说，"我们到吉呆家只是暂住，马大也要把小妹娶过门了……"

金老夫人沉默了一会儿，抹了把泪说："这么说来，我也放心了。可是，吉呆的官当得好好的，为何突然要我们搬到乡下去？是否出了事？"

"吉呆说，如今天下很不太平，把我们放在城里他不放心……"

"有何不太平的？皇上照坐金銮殿，老佛爷同样揽朝政，谁还敢把他们怎么样？几千年都是这样，咋会变了？"

金连珠贴近母亲耳朵，压低声音说："娘，你听我说，可别向外讲。"

"你说吧，我的嘴严着呢。"

"听说南方出了革命党，弄不好天下真的要大乱了。真要那样，皇上的龙椅能不能坐稳，还很难说呢。"

"真有这种事啊？"金老夫人一下子又着急起来，"照你这样说，我们还是老早躲到孔望山为好——我也不困了，你们快收拾吧。"

突然间，金耀祖被郝道仁、白路汉推搡着进到屋里，见到忙碌的四人顿时愣了，金耀祖问道："你们这是做什么？"

"你来干什么？"金老夫人见金耀祖就满头冒火，她立即把头扭开去，恨恨地说，"你当你的官，我们当我们的老百姓，当官的别管咱们老百姓的事。"

金连珠却不同，她发现两个壮汉手里都拿着洋枪，不离金耀祖左右，心知大事不好，故意装糊涂问他们："你二位是公差还是……"

韩慧媛则吓得拉住郁翠莲躲到墙角，浑身乱抖，小声而急切地劝金连珠："小、小妹，别说话，别动为好……"

郝道仁瞟了一眼金连珠，态度倒也和善："你就是金道员的妹妹吧？"

金连珠冷冰冰地瞪了金耀祖一眼，答道："过去是，现在不是。"

白路汉看了看把头扭向一边的金老夫人，也平和地问："那这位老太太，你老是金道员的娘吧？"

金老夫人干脆把身子背过去，恨恨地答道："过去是的，现在不是。"

"这么说来，"郝道仁咂咂嘴，看着韩慧媛说，"这位大姐应该就是金道员的太太吧？"

韩慧媛也低下头去，照样回答："过去是，现在不是。"

郝道仁冷笑一声，黑着脸转向尴尬无比、无地自容的金耀祖道："我说金道员啊，看来你是向我们说谎了。"

白路汉也指了指金老夫人、金连珠、韩慧媛和郁翠连说："金道员，你仔细看一看她们四人的穿戴，衣衫平平，首饰皆无，怎像是你家的人呢？像你这道员之家，不说男的，那女眷和高堂哪一个不是穿金戴银、珠光宝气的？说像你家的人，那才怪呢——鬼才肯相信！"说着，他故意把洋枪在手里转了一圈。

金耀祖绝望地瞅瞅金连珠，又瞟瞟韩慧媛，然后扑通一声跪在金老夫人面前，边磕头边哀求："娘啊，我怎么不是你的亲儿子金耀祖啊？你看我现在的处境多可怜啊，你为何竟不认我了呢？"

金老夫人一听此言，紧闭的双眼不禁渗出泪水来，她鼻子抽动几下，嘴唇索索抖动，却始终未说一句话。

金耀祖只好又掉转身子，用膝盖挪到面如冰霜的金连珠面前："妹妹呀，哥如今什么都明白了！以前的事且莫提了，现在当哥的有性命之危，你千万要救救我呀，我给你磕头行不行？"

金连珠却掉转了身子，背对金耀祖："你求神走错庙门了。"

金耀祖只得又膝行至韩慧媛面前，仰面流泪说："看在我二人夫妻一场的分上，你能不能帮我说句话？"

韩慧媛气愤而悲伤地说："如今能和你说话的何止一人？先是皮小姐，后是小梅花，接着又是绿牡丹——个个都香喷喷的，你还用得着我说话吗？"

金耀祖抬头看了看郁翠莲，自知无望，但还是想开口，郁翠莲却先说道："请你免开尊口吧。"

金耀祖无奈在地上转了半圈，又朝着金老夫人面前膝行过去："娘啊，无论如何，这是生死关头啊，你就救救儿子吧！"

郝道仁早已不耐烦了，他一伸手抓住金耀祖的衣领，喝道："这出戏该收场了吧？"

他稍一用力，就把金耀祖提溜了起来。金耀祖站了起来，一改刚才乞求悲悯之状，恶狠狠地说："两位好汉，你们应该看得出来，尽管她们都不承认我，但她们就是我的亲人，你们把她们带走，准保没错。"

"若信了你的话，有错的倒是我们了。"白路汉二话不说，上前扭住金耀祖的另一只胳膊就往外拖，"走你的吧！"

"且慢，"郝道仁向他使了个眼色说，"既然金道员带我们来了，总该把话说清楚再走啊，不然，她们还以为我们是绿林中人前来打家劫舍呢。"

于是，郝道仁向在场的人扫了一眼说："金道员欠我们十万两银子，他说今晚没有，以你们——也就是他的家人做抵押，明天给我们银子，明天他若不给，你们——也就是他的家人就任我们砍杀了！"

金老夫人一听此言，顿时直直地从椅子上跳起来："原来你这东西死到临头还不悔改，竟然还是黄鼠狼给鸡拜年，没安好心！看来你是彻底不可救药了，你那眼里淌的泪，连狗尿都不如了！——你们还愣着干什么，还不把他打出门去！"

"娘，我们就听你的！"金连珠应声欲打，一时难寻称手的东西，抓起整理好的包袱，便朝金耀祖砸去。

韩慧媛便也抓起一只鞋朝金耀祖砸去。

郁翠莲往日在金耀祖面前连大气都不敢出，他想打就打，想骂就骂，现在也来了勇气，竟操起一个花瓶，砸向金耀祖的头。

金耀祖拼命躲闪，脊背已被花瓶击中，哎哟一声哀号，又瘫软在地上。

"你们且勿动手，交给我们处置吧。"郝道仁和白路汉上前抓住金耀祖，往外就拖，"你算是活到头了。"

金耀祖却猛地一个激灵，趁他们松懈之机，挣脱束缚夺步出门，转眼便消失在黑夜里。

郝道仁和白路汉岂肯放过他，两人同时发一声喊，疾步追了出去……

4

海州城内，夜色中涌动着黎明到来前的晖光。

那是一连串燃烧的火把和灯笼。

按照韦良清的指示，全城四门都在加兵派勇。大街上，不停有兵丁往来。州衙门口，朱驷驹带一队兵丁赶到，布岗加哨。

武光宗带着一队兵丁将金耀祖住的那座四合院团团围住。

巡逻的兵丁遍布大街小巷。

远远地，朱驷驹就发现有一个黑影正跌跌撞撞地从州衙仪门旁的通道上向大门狂奔。

朱驷驹立刻大喝一声："谁？干什么的？"

金耀祖听到喊声，他的胆子顿时壮了，便放慢脚步，回头再看，追赶他的两个黑影也不见了，这才放心地来到朱驷驹对面站定说："是朱管带，这时来衙门有什么事？"

朱驷驹怀疑地盯着他说："是金大人啊，你已不住州衙后宅了，为何又……"

金耀祖假称和朋友吃了点酒，出来走走，顺便来衙里看看。

"你到过大堂那边的官厅没有？"

"黑更半夜的，我去那里做甚。"金耀祖又发现门外岗哨林立，奇怪地问他，"夜里还派这么多人守衙？"

朱驷驹答道："你来了正好，韦老爷还命我马上去请你呢。"

金耀祖愣了一下说："有什么要事吗？"

"是有急事要议，我这就带你去吧。"

金耀祖想给自己一个回旋余地，便说："我回去换件衣服再来吧。"

朱驷驹怕金耀祖听到风声逃走，便坚持道："我看不必了，韦老爷、吉老爷也不是外人，同在一个衙门为官，夜里又不迎上面来的大老爷，穿随身衣服也行，况且你还没穿便服呢。——走吧。"

金耀祖再次偷眼察看岗哨，又发现朱驷驹始终紧紧相随，脑中立即闪现自己先前打死小梅花的场景，感觉不妙，还是停步不前道："刚才天黑从小巷路过，将不知谁家的酱豆子盆碰掉了，淋了一脊背——我还是回去换身衣服再来吧。"

朱驷驹仍然盯住不放："回到府上来回要走不少路呢，好在是天黑，别人也看不清楚——就算韦老爷、吉老爷看到了，只要你向他们说明情由，也不会笑话你的——快走吧，两位老爷该等急了。"

金耀祖再也无词推托，无奈地随朱驷驹向州衙大堂走去。

5

金耀祖进到州衙大堂后，和韦良清、吉杲寒暄几句后，便不再言语，只是不时地窥视门外有无异于平常的守卫，心中七上八下，捉摸不透这到底是怎么回事。

再看韦良清和吉杲，他们似平常一样，喝茶、说话，但也不时地暗察金耀祖的表情和举止，更对金耀祖脊梁上的酱豆糊和汁液浸湿的官服猜疑不已。

韦良清试探着问他："这几日太忙，有些该议的急事老抽不出空来商议，搁置下去也不是事，所以，将金道员和吉杲同都请来了，误了你们休息，实感过意不去。"

吉杲不以为然地说："做官的，理应如此。"

金耀祖也就尽力掩去不安之状说："韦大人为海州百姓日夜操劳，着实可敬得很，至于我等，就不值一提了。就劳烦韦大人将需要商议之事提出吧。"

"那我就开门见山了。"韦良清说，"其实，也是为金道员具办的建立八局之事。现各局总监业已委任，理应各司其职，具办的事该有个纲目吧？"

"那是，那是。"金耀祖心不在焉地随口应付。

吉杲则追问他："是否就按各业之情依次议之？"

韦良清点头道："那是当然。金大人，你说先议哪一局？"

"随便，随便吧。"

"既已设局，就有必要，怎能随便呢？"吉杲还是逼视着金耀祖。

韦良清也认真打量着金耀祖的表情说："那就按顺序来吧，先议路矿局。"

"这修路开矿，是当今朝廷富民强国之举。"吉杲侃侃而谈，"就海州而言，原州县官道，久欠整修，多处出现桥塌路断、车马难行之状；再，各省都在兴建铁路，海州东临大海，西通徐州，朝廷已有修津（天津）镇（镇江）铁路之议，海州能否修一条自东海至徐州之铁路呢？"

韦良清说："整修辖境官道，近期可行；若建铁路，非海州一地而可为了。金大人系淮扬道员，应协调境内各州府，派工出资。但所需银两之巨，更非地方能负担得了，还应向朝廷奏请批拨才是……"

金耀祖点头同意:"这是职道分内应办之事,可马上具文上呈……"

"上呈?尚未勘踏,如何上呈?线路长度是多少?所建路基土石是多少?应建桥梁是多少?总计需银是多少?地方筹集呈多少?朝廷批拨是多少?金道员心里有数吗?"

金耀祖傻兮兮地望着吉杲,心不在焉地摇了摇头:"本道暂时还没什么数。"

韦良清不悦地说:"道员都心中无数,大事如何办理?何况这还只是设想。急办之事是整修境内官道,复建水毁之桥梁,这个金道员该有谱吧?"

金耀祖再次陷入了深思,半晌不开言。

吉杲依旧逼问他:"先整修哪条官道?比如,海州城通往赣(榆)沭(阳)之官道,县通乡村之便道,除了都要有具体谋划外,也应晓谕所辖二县,同心协力,限时求质,整修完毕。至于开矿,更是非同小可——金大人,洋人那张标有海州辖境各山的矿产图,你已熟记在心了吧?"

金耀祖越发感到不安了。今晚情势明显有异,他却还是搞不清这二人葫芦里卖的什么药,便更加小心起来,含糊应道:"我没有全记,略知一二。"

"金大人仅略知一二?若你和洋人真的签了契约,岂不铸成大错?"

金耀祖意识到这的确事关重大,于是马上极力挽回:"幸亏未签契约——但若具签,职道是应铭记在心的。"

"这矿如何开呢?金大人该知道吧?"

金耀祖只得又信口胡说:"也就是开山炸石……"

"开什么山?炸什么石?"吉杲寸步不让,"哪座山该开?所开之山,石中有铁、有铜?含量多少?如何冶炼?炼厂何处建?所需工几何？所需银几何？炼过之铁或铜售价几何？是亏还是盈？"

"这倒未细算过。"

吉杲往椅背上一靠，语带恼怒地说："照如此议法，难有结果了。还是应让八局总监前来共商，也好议之有决，决之能办。"

韦良清赞同道："那就请八局总监前来。"

金耀祖却表示反对："现在时过半夜，若请他们都来，怕是到天亮也议不完。"

"当官理事，就是到天明又有何妨？"吉杲不容金耀祖多说，便唤，"来人——"

衙役进门后，吉杲命他速请八局总监前来州衙议事。

衙役出门后，金耀祖心中的不安已升腾到了愤恨，直着嗓子道："若议事应早些告知，为何到这般时候才想起来？"

"金道员，这可怪不得我们。"韦良清不客气地反驳他，"先前我们不知你到何处去了，难以寻到，如何告知你？"

金耀祖沉默片刻，妥协道："那我们不如趁此机会，略议个大意出来，待他们来了，也可议得快一些。"

"各业之事，还是先听听总监们说些内情，议起来方能有的放矢。我们不妨将州城的街巷整修议一下吧？"吉杲看了看韦良清说。

韦良清明白吉杲的用意，便也附和道："这样也好。别的不说，单就城内居民饮水而言，我看非设法不可。"

"怎么不是？"吉杲更作重视之态道，"这真是一件头疼而又急切的事。据我探查，全城不少水井都年久失修，余下的，也都淤泥埋泉，有的甚至成了干枯之井……"

"城隍庙旁的那口莲花井，昔日是何等的好啊！清泉甘洌，凉饮甜津，烧水沏茶，增香添味，如今，已无滴泉了。"

吉杲目光犀利地观察着金耀祖的脸色，又加了一把火说："依我之见，若要修井，就从南门各街巷开始，莲花井第一个就要修……"

一听说到莲花井，金耀祖脸上顿时浮起惊恐之色，赶紧说："其实，那莲花井当初开凿之时，选址就有些欠妥，居于高坡之上，泉水怎能旺？倒不如将此井填实，另选址新挖一井，比重修也费不多少工时。"

"金道员言之有理。只是那井的砌壁之砖，还有些用场……"

"此井建于汉代，距今几千年了，每一块砖都是件宝物。纵然废弃填实，也要把壁砖清挖出来，这是老祖宗的东西，万不可舍弃了。"

金耀祖还想阻挠这事，便又说："海州城历史悠久，城内秦砖汉瓦多的是，一口废井几块烂砖，弃之又如何？再说，清挖壁砖，又要费些时日。"

吉杲不同意："纵然费些时日，说不定还能在莲花井里挖出宝贝呢。"

韦良清也说："那就挖，金道员，你意下如何？"

金耀祖暗自吃惊，脑海里又浮现出他枪杀皮三狗并推其入井的画面，额上不由得渗出汗珠："饮水之井，能有什么宝贝？也不过是些烂罐朽桶之类，还不如埋在里边，好省几锹土呢。"

"以金道员的意思，那就不再清挖直接埋土掩上了？"

"正是……"

突然，从大堂外传来隆隆的击鼓声。韦良清一惊："何人半夜还敲击堂鼓？"

吉杲立即站起来："我去看看……"

已有衙役匆匆进门："禀告老爷，有人半夜击打堂鼓。"

韦良清急问："都是何人？"

"回禀老爷，是八局总监，带头击鼓的是郎老爷。"

韦良清心领神会，立刻发令："快传击鼓之人前往大堂。"

衙役应声转身走了。

韦良清领头向外走去："就请金道员和吉州同一道前往大堂，看看到底出了什么案子。"

6

一行人来到海州衙门大堂。韦良清居坐正堂，响亮地拍了一下惊堂木，威严地发令："传击鼓之人上堂——"

两班执着水火棍的衙役立即呼起了堂威——

只见郎聚才头一个走上堂来，后随着另外七总监，齐在堂口列站。

郎聚才甩袖下跪："卑职郎聚才并七总监见过老爷。"

七总监亦同时甩袖下跪："见过老爷。"

韦良清朗声说道："诸位起来说话，为何午夜击鼓？"

郎聚才和众人一齐站起，异口同声地回答："回老爷的话，我等一则前来辞去总监之职，二则要状告一人。"

韦良清心生疑惑，便问他们："新任之职，尚未为国效力，为何辞去？且又欲状告何人？"

郎聚才从袖中取出两个折子，双手呈上道："回老爷的话，都在两个折子上写着呢。"

韦良清身后的师爷立刻走过来，从郎聚才手中接过折子，呈给了韦良清。

韦良清展读了第一份折子，笑了起来："看来尔等尚有自知之明。其实，这官也真不是你们想象的那样好当的。既然如此，本知州也不便多说什么。只是诸位之职皆由吏部所批，须待本州呈上去再说。在吏部尚未批准之前，尔等仍需各司其职。"

郎聚才拱手道："我等自知无德无能，不能虚占此位，还是让给贤者才者为好，然后各营各业，愿做大老爷的顺民。"

于是八人同时把右袍襟撩开，各自露出装印布袋，摘下取印，捧在手里上呈。

韦良清扭头与吉杲、金耀祖商议道："二位的意思呢？"

"意不可违，就依他们所言吧。"吉杲说。

金耀祖的脸色却如死鱼般惨白，他不安地回答："以职道之见，建局设职，系朝廷试行，我等岂能做得了主。"

"那此事就暂缓回复吧，"韦良清拍板道，"尔等暂把官印带回去，容定夺后告知。"

八总监互相望望，便又将官印装好系牢，放下袍襟掩住。

这时，韦良清已看过第二份折子，他故作不明地瞟了一眼金耀祖，使劲拍了下惊堂木："尔等大胆，怎敢联名状告金道员？"

"金道员借设局、考试、任职之机，索收我等银两不下二十万。身系朝廷命官，索贿受贿，违犯朝廷律条，我等出于除贪清政之心，为何不可状告金道员？"

"金道员，有无此事？"

金耀祖慌乱地用衣袖擦着额头，不敢正面回答，只用乞求的语气道："职道是否可以看看状子？"

韦良清顺手就将状子递给金耀祖。金耀祖两手发抖，展状草草看过，交给韦良清，同时咬牙切齿地咒骂道："这些人都没安好心，纯是一派胡言！"

吉杲站到韦良清面前说："本官是否可以一看？"

韦良清二话没说，便把状子交给吉杲。吉杲看罢状子，脸上露出意味深长的笑容说："看罢此状，突然想起，在下也有一事，似与金道员有关，能否一言？"

韦良清点头："但说无妨。"

吉杲伸手入怀，摸出几张写满洋文的纸张说："这是偷潜海州、赣榆云台、子赣、夹谷诸山洋人的供词，言及金道员擅自允许洋人践踏我国土探矿，并向金道员等行贿银子之事……"

韦良清故作惊讶道："怎么，竟然又是指控金道员收受贿银？"

"韦老爷请看，白纸黑字。"

韦良清便将书写洋文的纸张取过，看了一眼后递给金耀祖说："你也看一看吧。"

金耀祖早已慌得六神无主，腿也簌簌乱抖，但他咬牙撑着，尽量保持上身不至歪斜，也不去接材料，胡乱找理由道："本职道不识洋文……"

"这个好办呀，"吉杲像欣赏一头捕获的猎物一样，笑望着金耀祖道，"要不要我翻出来给金道员讲一遍？"

"我看不必了。"韦良清摆手说。

吉杲便问他："那请容我问一句，知州大人对此事如何处置？"

八总监抓住时机一齐发声："也请韦大老爷为我等主持公道，向金道员索回我们的血汗银子。"

韦良清不禁有所迟疑，暗自沉吟："今夜之本意，是请八总监前来，以和金耀祖议事为由，监视并拖住金耀祖。不想出了总监辞职和两件状告金耀祖索贿受贿案。而实际上正如吉杲所言，也该把金耀祖的事结一结了。可是，他毕竟还是道员，这个案子我和吉杲是无法判结的，这该如何是好？"

恰在此时，门外的堂鼓骤然又隆隆作响。

"何人击堂鼓？"

衙役匆忙跑进来禀告："大老爷，外面有三十多个女子在轮番击堂鼓。"

"三十多个女子？"韦良清为之惊讶，忙命传击鼓之人。

衙役退出去不一会儿，果然领着众多女子来到堂口，还有四人抬着一个女子。

"尔等是何处女子？为何击鼓？"韦良清温和地问道。

众女子一起跪伏于地道："我们是春香院的姑娘，前来为死去的妹子小梅花申冤，请大老爷为民女做主。"

"小梅花？她是如何死的？"

一个姑娘说："她的胸口有一伤洞，不像利刃所伤。"

另一个姑娘说："我看像是被什么枪打死的。"

韦良清不禁站起来，严肃地问她们："人死在何处？是谁发现的？"

"她是自己爬到春香院门口才断气的。"

"我们顺着血迹，找到同乐酒楼附近，发现了一摊血迹，可能就是在那里被打伤倒下，她往回爬时失血过多而死。"

韦良清沉思良久，说："这么说来，小梅花是出门和人相会被打死的。她与何人来往密切？"

众姑娘七嘴八舌道："她是被金道员包养的，离开春香院已有月余，不知为何却被打死了。"

"请大老爷为小梅花申冤啊。"

韦良清扭头去看金耀祖，发现吉杲也在逼视着金耀祖，而此刻的金耀祖已如稀泥巴一般，瘫在椅子上直不起身来了。

"金道员，是你包的小梅花？"

金耀祖困兽犹斗，还在竭力抵赖："绝、绝无此事！"

韦良清转问那些姑娘道："你们有何证据，能证实金道员包了小梅花？"

"有金道员为小梅花包租的房子为证。我也曾为小梅花送口信，见过金道员和她在一起，金道员还说过要娶小梅花。"

"一面之词，本官不能全信，需仔细查案，方可判定……"韦良清正说着，外面突又响起隆隆的击鼓声。

韦良清大觉诧异："今天这是怎么了？门外又是何人击鼓？"

衙役匆忙进堂禀告："老爷，外面有一女子击鼓。"

"又有一女子击鼓？带进来！"

衙役出门不一会儿，便将人带了进来。此女子到堂口扑通一跪，哭喊道："请大老爷给民女做主。"

韦良清端详着她，问："下跪女子，家住哪里？叫什么名字？"

"小女海州城皮家巷人，邻人皆呼皮小姐，民女是为哥哥皮三狗申冤来的。"

"皮三狗……"

"我知道。"吉杲插话道，"就是在整修万顷湖时，金道员派的那个掌杉木大秤称石头的人。"

"想起来了，"韦良清点头道，"可是整修完万顷湖之后，他不是回家了吗？"

皮小姐接话道："是的，老爷。可有天晚上，风雪大作，我哥皮三狗向金耀祖索要银子，金耀祖连夜带上他出门，说是出去找银子，结果，自那夜出门之后，我哥再也没有回来过。"

韦良清怒目圆睁，逼视着金耀祖喝道："金道员，你可知道皮三狗的去向？"

金耀祖哆嗦着，勉强发出声来："职道、职道是带他出去讨银子，是，是在郎总监处借了三万两银子交给他，谁知，他接了银票就溜了……"

吉杲立刻插话道："金道员，我倒听不明白了，是他向你讨银子，还是你向郎总监借银子？你为何把银票交给皮三狗？"

"这——郎总监那里有我的借据。"

韦良清便问郎总监："你是借给金道员三万两银子吗？金道员是和皮三狗一起到你家的吗？"

"没有，没有。"郎聚才头摇得像拨浪鼓，"我本来没借过三万两银子给金道员。是那天晚上喝酒时金道员叫我写下这张借据，落上皮三狗的名字。我因不明内情，没有写，金道员说他自己写好交给我——现在还放在我家呢。"

韦良清当即便命令衙役，随郎聚才一道回家，把字据取回。

郎聚才和衙役走后，金耀祖的内心稍稍缓了一点，便恶狠狠地瞅着皮小姐，语带威胁地说："你哥携银票跑了，你还来倒打一耙！"

"胡说，我现在敢肯定，就是你把我哥害了。"

他们争吵着，衙役和郎聚才进了门："禀老爷，字据取到。"

韦良清看过后，在金耀祖眼前一扬说："是你写的吧？"

金耀祖无法抵赖，却又负隅顽抗："根本是他自己跑了，与我何干？"

吉杲突然走到金耀祖面前，尖锐地发问道："难道不是你，把他用洋枪打死后，推到城隍庙旁的莲花井里了？"

金耀祖顿时从椅子上瘫滑于地，无力地狡辩道："这人、人命关天的事，你怎么这、这般说？"

吉杲哼了一声道："金道员，我让你见一个人，愿不愿意？"

金耀祖浑身一震："何人？"

"衙役，去把那个人带来。"

不多时，衙役带进一个人来："禀老爷，人带来了。"

来人竟是皮三狗！皮三狗一进到大堂，见到金耀祖，便双眼圆睁，恶狠狠地扑了上去，揪住金耀祖便是一顿乱打："你这个狗东西，用洋枪打我，还把我推到井里……"

韦良清急忙喝止皮三狗："公堂之上，不得动手……"

皮小姐意外见到皮三狗，又惊又喜，扑上前把皮三狗抱住，兄妹俩放声大哭。

"来人！"韦良清威严地瞪着金耀祖说，"金道员，今晚就要委屈你一下了。"

几个衙役应声而到，韦良清命令他们："把金道员带进官厅，好生侍候。"

领班喳了一声，招招手，上来四个衙役，架起了金耀祖。金耀祖拼命挣扎，大呼："你们这是干什么？我是朝廷命官，为何这样对待我？我要上折奏你们一本！"

吉杲冷笑着答道："金道员，这是韦知州让你到官厅去歇息一下。况且，我还要陪你呢，走吧。"

金耀祖更是抗拒："我不要你作陪。"

"既然如此，那就请吧。"

衙役们二话不说，硬是将金耀祖架走了。

韦良清面向众人说道："堂下所有人等，暂且回去，待本官详查案情之后，再行公断——退堂。"

"退堂……"衙役们齐声喝道。

7

大局恰如离弦之箭，一旦击发，便任凭风吹雨打，仍坚定不移地射向目的。

体现这支利箭之威的，还有从京师通往海州的官道上，那数十匹骏马的飞驰疾行。他们所到之处飞沙扬尘，马背上坐着的身披铠甲的威武将官，更是个个生龙活虎，抖缰扬鞭，催马疾进。

马队的后边，亦是扬尘滚滚，几乎一望无际的兵丁队伍，正精神抖擞地行进，长长的队伍一直延伸到与地平线相接之处。

傍晚时分，从扬州通往海州的运河边官道上，亦有五位骑马的官员向北飞奔。蹄声嘚嘚，挥鞭带哨。骑马者皆躬身伏在马背上，不停地双脚点镫，左手抖缰。五匹快马如箭一般向海州方向射去……

天方破晓，海州城内的衙门官厅外，已是兵丁林立。朱驷驹往返于兵丁之间，神情威严。

官厅内，韦良清和吉杲并椅而坐。他们虽显疲惫，但精神仍旺，相互低声交谈着。

官厅角门的门口，站着两个衙役，看管独坐其中的金耀祖。

金耀祖垂头丧气，双眼紧闭，似睡非睡，心里一直如风中蓑草般翻涌不已。

很快，便有衙役匆匆走进官厅禀告："老爷，军机处胡大人到。"

韦良清顿时精神一振，起身招呼："快请。"

衙役转身走到门厅前，朗声说道："有请胡大人。"

胡大人面容清健、精神抖擞地快步入厅。身后跟随的四人，都相继与迎上来的吉杲、韦良清拱手互揖，各道辛苦。

韦良清笑着欢迎道："这般绝早就赶来了，胡大人辛苦啦！"

"急需回京复命，只好星夜赶路了。"胡大人紧握着韦良清的手说，"相托之事，办得如何？"

韦良清偏头向角门方向以眼相示："鳖已在瓮中矣。"

"好！"胡大人满意地拍了下手说，"此次已将两淮盐运使的案子查结了，案中与金耀祖有关的，不下八十万两银子。"

吉杲从旁递上一折道："下官与韦知州也已将金道员的有关贪赃枉法、鱼肉乡民、行凶杀人、出卖国土、丁忧不报等所犯案子一一查实，都在这里，一并交给胡大人，请奏明皇上，依律严惩。"

胡大人接过折子，转给随从收起说："我们稍事休息，换些马匹，天亮后就带上金耀祖回京师去。"

韦良清笑着说："胡大人不必这般着急，在此地歇息两天，再走不迟……"

突然，有个衙役惊慌地闯进厅来报告："禀告老爷，不知为何，海州城门已被京师来的兵丁围住了。"

韦良清大吃一惊："朱管带他们呢？"

"和武哨官、马大到各城门巡查去了。"

胡大人也颇为惊异："这是怎么回事？京师怎么会派兵包围海州呢？"

"我估计和那个洋人有关。"吉杲稍一思量，便说道，"是不是约翰谎说回京，到徐州后，即向京师发电报，朝廷怕得罪洋人，火速派兵来找我们的麻烦？"

韦良清不解道："就算洋人到徐州发电报，京师离海州一千八百余里，也不会来得这么快呀。"

吉杲突然想起一事，肯定地说："如此说来，应该是我们在赣榆放走的那十几个洋人回到京师后，告诉了详情，京师方面这才发兵的。"

"很有可能。"

胡大人急忙问他们："在赣榆县放走洋人是怎么回事？"

韦良清便把在赣榆向洋人询问了详情后，就把他们放走的情况报告了一下。

"就是这事了！"胡大人愤怒起来，"应该就是洋人和卖国贼相互勾结所为。走，我们且去看看。"

"就由韦大人陪胡大人前去察看吧，"吉杲说，"下官要速将城内兵丁做一些安排。搞不好，这兵临城下，一场厮杀在所难免了。"

胡大人点头同意："目下情况未明，先调遣一下兵丁也好。我们且先行。你也定要严守金耀祖，休要让他溜了。"

"下官明白。"吉杲话音未落，人已闪身冲出了官厅。

8

天光大亮，海州城内的大街小巷和钟鼓楼都沐浴在绯红的朝霞之中。

韦良清陪胡大人一行匆匆登楼，在回廊边走边向四门观看。但见州城的四门，都被兵丁围得铁桶一般。

胡大人手指南门城下示意韦良清说："韦知州你看，那个骑枣红马的不正是十六王爷吗？"

韦良清也已发现了他，点点头说："围城的兵丁肯定是他带来的。"

"不言不明。这个老东西，为了几个洋鬼子就这样兴师动众？"

"谁知道呢，对此人我不摸底。据说胡大人和十六王爷交往甚密，难道不知一二？"

"对王爷这帮人，有几个人能够摸得透的？"胡大人话虽这么说，语气仍然坚定，"我倒要下楼前去会会他，看他此行围城到底为何目的……"

"我看胡大人没这个必要了。你看，城门已开，吉杲现在都快到十六王爷近前了。"

"越是这样，我们越要火速前去，快让楼下的兵丁备马。"

韦良清、胡大人立即转身，尽速向城门而去。

此时吉杲已单骑走出了南门。十六王爷一眼看见吉杲，便气昂昂地喝问："那不是吉杲吗？为何这般时辰才来？"

吉杲在马背上抱拳施礼道："下官吉杲见过王爷。因不知是哪位将军率兵困城，及至探明，方来迎接。请王爷恕不敬之罪！"

十六王爷哼了一声说："那就罢了。本王爷率兵前来，实为捉拿革命党，因怕走漏风声，故而秘密行事。"

这话出乎吉杲意料，不禁一惊："革命党？我怎不知？"

实际上，吉杲是知道的。京师源顺镖局参加革命党。吉杲是赞成革命党的。而且革命党人来海州联络、发动并实施一系列行动的过程，吉杲几乎都了如指掌，而且正在利用这股力量，为自己铲除海州恶魔、扫清妖风。但他深知其中利害关系，平时从不轻易暴露自己及革命党的行动。现在也一样，不到关键时刻，他必须继续谨慎，在王爷等人面前保守这些秘密，所以就故作惊讶不解的姿态。

十六王爷自然不知道吉杲的心思和计划，所以恨恨地挥舞着双手，厉声说："休说你们不知，本王亦是刚刚探知，南方有一伙革命党，为首之人名叫周敬祖。他们密潜海州，筹集银两，鼓动民众造反，与朝廷作对。本王爷特奉命将其捉拿归案，望尔配合于我。"

十六王爷抓周敬祖的动机，吉杲非常明白。周敬祖是胡大人的密使，王爷把周敬祖定为革命党，其实就是用罪名来牵制胡大人，换回他手中的信札。

于是吉杲不动声色又不慌不忙地说："竟有此事，这可非同小可，请王爷即刻进城，至内衙署详陈。正巧，军机处胡大人从扬州查案刚到海州，不妨一块商讨缉拿革命党之计。"

"胡大人也在此？"王爷有些愕然，但很快恢复镇静道，"那本王自当与其相会。你前头带路……"

吉杲却将手一指道："王爷，你看，胡大人、韦知州已骑马赶来了。"

"那就略候片刻，和他们一块进城吧。"

吉杲忽然悄悄地凑近十六王爷，小声道："下官为你备了一份薄礼，一百多万两银子吧。"

十六王爷闻讯，不禁大张嘴巴，欲笑又强压下表情，假惺惺道："是何礼物，竟值这么多银子，你小子不会糊弄本王吧？"

"吓死下官，也不敢糊弄王爷呀。"

十六王爷开心地笑起来："本王谅你也不敢……"

这时胡大人已来到近前，就在马上作揖道："没想到在下与十六王爷能在此地不期而遇，真是巧得很哪。"

韦良清也在马背上施礼："不知王爷驾到，下官一步来迟，请恕有失远迎之罪。"

"不必客气，"十六王爷得意地摆弄着架子说，"是本王预先未打招呼，怪不得你们。"说着，他甩甩袖子招呼大家，"我们就一块进城吧。"

9

海州衙门从大门、仪门至大堂的甬道两边，都有兵丁手握刀柄，挺直胸膛，面容威严，眼中腾出一股肃杀之气。

十六王爷悠然坐于马上，面容轻松平静。但那两只眼睛却暴露了他的内心。他一刻不停地扫视着衙院四周，甚至连一株小小的冬青都不放过，心下暗中赞叹海州府衙兵纪肃整，胜过京师。

一行人来到大堂门外后，各自下马。由吉杲引领着，来至大堂东首官厅，按职位落座。衙役献上茶后，亦悄然退下。

韦良清先开口道："下官不知十六王爷率兵前来辖境，有何谕令？"

"在座的都不是外人，我就直说了吧——其实，在城南门本王已向吉杲透露一二了。只因近来南方革命党兴风作乱，为首一名叫周敬祖的，居然潜入京师及各省州府，鼓动民众，扬言取代当朝。海州乃直隶之州，系海陆通衢，早被革命党作为聚集地之一……"

韦良清面色陡变："下官实在不知……"

吉杲马上接过话头道："韦知州，实是下官一时疏忽，未及时向你言明。王爷所说的革命党，已潜入海州三月有余，昨晚已被下官拿获。"

十六王爷闻言倏地挺直了身子，大喜道："乱党真的已被你拿获？为何刚才不告诉我？"

"下官不是说要献给你一份礼物吗，我还说值一百多万两银子呢。"

胡大人对吉杲说的话，心知肚明。对十六王爷来海州捉拿周敬祖的目的也很明了，他知道自己的密使与镖局有联系，他并不反对，这次十六王爷想通过捉拿周敬祖来威胁他，让他放弃调查金道员、追查贩卖私盐之事。

十六王爷朝胡大人望了望，又明知故问："吉州同，怎么没见金道员？"

还没等吉杲回话，被关在角门内间的金耀祖突然听到十六王爷说话声，放声大呼："王爷救命——王爷救命！"

"何人在喊救命？"十六王爷很是惊讶地问。

吉杲微微一笑说："那也是一件要献给你的礼物。"

"这算什么礼物？他是何人？"实际上，他已听出是金耀祖的声音，却故意问道。

"是金耀祖金道员——他也很值钱。"

"他值什么钱？"

"他贪占的银子何下一百万。"

"此言不虚。"胡大人应声附和道，"在下此次奉命去扬州查案，据两淮盐运使详陈，牵扯金道员的就有五十万两之巨。在下来此正为查证此案的……"

吉杲趁机说："王爷，胡大人要找金道员查问他贩卖私盐之事，不如……"

"怎么又查？"十六王爷板起脸说，"这事我们三人在京师不是都具结了吗？——对了，我那封信的事？"

吉杲不卑不亢地说："在京师具结乃旧案……"

胡大人也强调道："是，此次所涉乃新案。"

"我问的是信札之事。"十六王爷猛地提高了嗓门。

"等贩卖私盐之事查完后，自然会把信札归还王爷。"

"什么？"十六王爷恼怒地拍了下桌子，"你敢和本王爷谈条件？"

"王爷请别忘了，"吉杲仍是不卑不亢地答道，"此次王爷是前来捉拿革命党，不是为要回信札吧？不然，我把捉拿的革命党放了？"

"你，你敢——"

"王爷，恕在下多嘴，"胡大人劝说道，"乱局当前，我们还是以大局为重。是不是先将金耀祖押上来审查，或是把两个革命党押上来，你一起审问？"

十六王爷见状，气糊涂了，顺口吼道："押上来。"

吉杲掩嘴偷笑，暗想："这不正中下怀吗？"随即高声呼叫来人，吩咐他们立刻把金道员和革命党都押上来。

衙役不一会儿就将白路汉、郝道仁、金耀祖都押了上来。

郝道仁、白路汉下跪，金耀祖却站立不跪。

十六王爷一见是郝道仁、白路汉二人，心下大惊，但马上又恢复了常态，装着若无其事的样子。郝道仁、白路汉看到是十六王爷，心中一阵狂喜，刚要开口，却被十六王爷凶狠的目光制止住。

他们这种微妙的细节，都被吉杲看在眼里，有意问："王爷，先审谁？"

胡大人见十六王爷左右为难，主动说："王爷，依下官之见，还是先审金道员，再详审两个革命党吧。"

十六王爷被解围了，连忙说："好，好。"转身一见金耀祖满身污垢，披头散发，又急又气，但又不得不说句官话："金道员，在京师分手，本王就让你好自为之……"

金耀祖垂死挣扎道："卑职都是被吉杲无辜加害的，请王爷为卑职主持公道。"说着便向王爷跪下，拼命叩头。

"是本官冤枉了你？"吉杲不屑地从袖中取出折子，递给王爷说，"那好，这个让王爷看看自明。"

十六王爷接过折子并不翻阅，而是顺手递给胡大人说："我不看了，由胡大人具办吧。"

金耀祖赶紧扭转头来给胡大人叩头："还乞胡大人为下官主持公道。"

十六王爷眼瞟着金耀祖的丑态，心里却暗暗恨着吉杲："这个鬼东西，竟然专与我等作对！"说着，右手悄悄探进怀里。

吉杲叹息一声，便叫人把郝道仁、白路汉带下去。

衙役逼上前来，郝道仁、白路汉只得摇晃着站起来，却再次向王爷投去求救的目光："王爷哪，我……我做的一切可都是为你呀！"

听闻此言，十六王爷突然掏出洋枪，先是对准金耀祖，旋即却迅速掉转枪口，"砰"的一枪向吉杲射去。

吉杲已注意到他先前探手入怀的动作，早有防备，此时纵身斜掠，身子已落在官厅门口。

几乎与此同时，京师源顺镖局的十几名镖师和朱驷驹、武光宗、马大像风一般突入官厅，迅速将十六王爷、胡大人、韦良清都围在核心，大叫："都不许动，谁动就做了谁！"

十六王爷瞠目结舌地望着众人："你、你们是要造反吗？"

徐老大一把揪住王爷的衣领，斥责他："你为何要射杀吉杲？"又逼上前说，"你此来，抓革命党是假，杀吉州同是真，我们是特来护卫他的。"

"你们和吉杲早有……"

徐老大拍拍胸脯说："没错，我们早有联系。现受革命党之托，向王爷讨回海州百姓的银子。"

"你们、你们都是革命党？"

"少废话！是又怎样，不是又怎样？"

十六王爷无奈，忽然瞪着胡大人和韦良清，高声命令："胡大人，韦知州，快命兵丁将这些革命党拿住——还有，决不能放过吉杲。"

胡大人虽然不明就里，心里却并不恐惧。但为了迅速平息事态，他好言劝慰道："请好汉们息怒，有什么话只管说。"

十六王爷仍不死心，还悄悄企图去拾丢在地上的洋枪，却被吉杲将他的手连同洋枪一并踩住："老实点吧，王爷，徐老大的话你没听到吗？"

十六王爷假装糊涂："什么话？我、我没听清。"

"那我就再重复一遍——他们要讨回海州百姓的银子。"

"我、我怎会有海州百姓的银子。"

吉杲向徐老大使个眼色："请徐镖师给你说个明白。"

徐老大手握洋枪走到王爷面前说："你勾结洋人出卖海州矿山，洋人给你一百万两银子……"

"这个……"王爷还是想蒙混过关，说，"即使真有此事，本王也并没有卖成呀！"

"但银子你已收了！还有，金耀祖给你送了三十万两银子，你又从两淮盐运使那里得到五十万两，总计一百八十万两——说，你现在是还银子，还是交人头？"

见事已不可挽回，十六王爷不禁浑身乱抖起来："我现、现在哪里有银子？"

"可以派人去取呀。"

"我——"

胡大人趁机说："王爷，依在下之见，还是花钱买平安吧，你就依了他们。"

"你可派胡大人回京师代你取回银票。"吉杲义正词严、毫不通融地说，"就劳你写封信札吧。"说着，他命人取来文房四宝。

十六王爷："我、我答应就是，你们可随我去京师取银票……"

吉杲果断地说："恐怕诸位好汉不答应——王爷就暂在海州，由韦知州陪你住几天吧。写！"

十六王爷握笔在手，迟迟不肯落笔："怎么写？"

吉杲问："这还要我教吗？"

胡大人劝道："王爷，你就写海州受灾严重，饥民嗷嗷待哺，暂从家中支银若干，捐赠海州，赈济灾民，注明由胡某人具办即可。"

十六王爷硬着头皮写了信札："就请胡大人跑一趟，若家人问起我……"

吉杲插话道："就说你在海州赈灾，事毕即回。还有，请胡大人代传你的命令，围城兵丁立撤回京。"

十六王爷垂头丧气地看了看胡大人："就请胡大人一并辛苦了。"

"理应为王爷分忧，在下马上就走。"胡大人爽快地应诺，转向徐老大又问，"我能否将金耀祖带回京师？"

"当然可以，但你必须尽快取银返回。"

"那是当然，在下绝不食言。"胡大人一挥手，命手下押上金耀祖，一同出门而去。

"诸位好汉，能否容本官把王爷带走？"韦良清问徐老大。

徐老大点头同意："可以，但必须由我们的几个弟兄陪着——赵钢、李武两位兄弟就辛苦了。"

赵钢笑道："地点已安排好了，就在金道员住的那座宅院。"说着他用脚踢了踢王爷，"起来吧，跟我们走。"

"我的腿发软，站不起来。"

赵钢便叫人架起十六王爷。不料，狡猾的十六王爷偷眼瞅着赵钢手中的洋枪，嘴上说着谢谢，身子突然一跃而起，迅疾夺下赵钢手中的洋枪，朝旁边的李武开了一枪，并趁众人大惊之际，蹿出厅门，跃上一匹马，飞奔而去……

"快追！"吉杲立即率众人骑上马，紧追不舍。

十六王爷边跑边在马背上呼喊："围城官兵，不许撤走，快与我捉拿革命党——"话音未落，徐老大已瞄准王爷，"砰"地放了一枪——

十六王爷一声惨叫，跌落马下……

10

前文说到的那支震撼海州的"飞箭"，终于如一切善良正义之人所期望的那样，突破艰难困苦，穿越重重迷障，如愿射中目标。

然而，这只是初步的奋斗，时值非凡历史时期的中华大地上，正风云际会，向着改天换地、再造中华的大目标，此起彼伏，前赴后继。如风如雨、似歌似泣的斗争远未有穷期。

好在，仅仅五年之后，中华大地就如火如荼地上演了一幕又一幕打破天荒、震古烁今的庄严活剧——

随着武昌首义的枪声，清王朝开始土崩瓦解。

不久后，孙中山在南京就任中华民国临时大总统。

随后，袁世凯在北京就任中华民国临时大总统。

大潮依旧汹涌，革命方兴未艾。

南京国民政府又粉墨登场。

然而，这仅仅是开端。许多过去的混世魔王，如"金耀祖""十六王爷"之类的官员，照样在"新政府"里长袖善舞、风生水起。

那些肆虐人类千百年的自然灾害——洪水、虫灾、旱灾、地震依然频发。

灯红酒绿之中，百姓罹难、军阀混战等仍在这片土地上轮番上演着。

幸而，革命、创新、改天换地、奋发图强之心，亦如那津浦铁路上日夜飞驰的一列列客车，正日益声势浩大地、呼啸不已地向着理想的境界，全速驶去。

而在现实的车厢里，我们看到了更多令人鼓舞的情景。比如韦良清，他后来在国民政府教育部任职，现在正在返回海州的路上。他怀中揣着一封信，其目的是请吉杲出任京官……

令人遗憾的是，当韦良清回到海州，四处遍寻吉杲的时候，却再也难觅他的踪迹。

韦良清只好到吉杲的家乡，为吉杲父母烧纸祭奠一番，又满怀关切地抚慰金连珠，话及吉杲，俩人都难抑涟涟清泪。

所幸那日正值中秋，月色极好，多多少少驱散了郁积于俩人心中的阴云。那月光水一样直泻下来，满地白花花的，很少的几棵树几乎都看不到影子。除了阵阵山风和不知哪个旮旯里传来几声不知名的鸟叫，周围的世界静得十分神秘。

金连珠和韦良清都情不自禁地抬眼望天。月亮看起来并不太圆满，不知怎么会这么明亮，像一只眼睛，不动声色地俯视着眼下的世界。

吉杲这会儿不会在那上面吧？这个念头一出，金连珠不由自主地打了个哆嗦，于是赶紧将目光移向别处。别处除了星星还是星星，明明灭灭地在月亮周围的浮云中闪烁着，不知道它们又在看些什么，想些什么。

总之它们都是很幸运的，金连珠感慨地想，各自有各自固定的位置，互不相干，优哉游哉，一梦就是万年，哪像我们这些饱经磨难的人哪！

可是，她随即又自我反驳道：不管它们怎么活，怎么想，我们毕竟都是和它们不一样的人哪！一个个活生生的生灵，能够不想、不喊、不跑、不跳、不想让世界变得好一点吗？

想到这里，金连珠又偷眼觑了一下身边的韦良清，发现他仍然抬着头，久久凝视着月亮，那神情却是庄重而自信的。她仿佛看到了希望，心里泛起一片稀薄却温暖的光华，融化在纯洁无瑕的月光里……

抱着希望的不仅是金连珠，还有海州的父老乡亲们。虽然从此以后，他们都再也没能见到吉杲。

他究竟去了哪里？

有人说他是北上参加革命，也有人说他是南下加入讨袁军，甚至有人信誓旦旦地说，他已完成了夙愿，隐居于云台山深处，参禅礼佛……

也许，人们永远也见不到吉杲，解不开他悄然消失之谜。但有一点是确定无疑的，吉杲永远活在海州人民的心里。

提起吉杲，海州一代代男女老少，没有不知道他的大名的，没有不铭记他给海州百姓所做过的无数善举，以及他勇毅过人、不屈不挠的胆识与壮志……